クレイジーボーイズ

楡 周平

角川文庫
16141

クレイジーボーイズ　目次

第一章　バークレー

上原哲治《うえはらてつじ》は家を出ると、ガレージからマウンテンバイクを引き出し、小高い丘を一気に駆け降り始めた。緩いカーブをノーブレーキで体の重心だけを使って曲がりきる。途端に視界が開け、サンフランシスコ湾が目の前いっぱいに広がる。丘の麓《ふもと》には、バートに平行して走る高速道路があり、その先にはベイブリッジが、そして遠くダウンタウンの町並みが清冽《せいれつ》な大気の向こうに見える。

九月最初の週末。もう十時半になろうというのに、エルセリートの住宅街はひっそりと静まり返っている。ペダルを漕《こ》ぐまでもなく、マウンテンバイクはみるみるうちに加速していく。

カリフォルニアに降り注ぐ光線には、世界のどことも違う独特の輝きがある。それはまるでクリスタルの粒子が混じっているのではないかと思われるほどに眩《まぶ》しく、そしてすべての色を鮮やかにさせる。目に映る光景のすべてが、まるでピカピカの原色のタイルを埋め込んだモザイクでできているように美しい。日差しは強烈だが、湾の外の太平洋を流れる寒流のせいで、気温はさほど上がらない。こうして風を切って丘を駆け降りていると、肌に強烈な太陽のエネルギーを感じるが、暑さは全く伝わってこない。むしろ乾き切った大気が体の熱を奪い、肌寒いほどだ。

哲治は目の前に広がるサンフランシスコ湾の光景と、道路を交互に見ながら更に加速しようとペダルに力を込めた。

この風景を毎日見るようになってもう五年になるが、まったく飽きることはない。カリフォルニアは、黄金の大地と呼ばれるように、金色に輝く草原の中に常緑樹の緑が点在するだけの場所だ。もっともそれはカリフォルニアを一言で表した場合のことで、ことサンフランシスコにかぎっては当てはまらない。夕刻になると、乾いた大陸と寒流との温度差によって生じた霧が、ゴールデンゲートブリッジを越えて巨大な真綿のような塊となって押し寄せ、ベイエリアを覆い尽くす。哀愁を帯びた船の汽笛が湾内に響き渡り、煙るような霧雨が大地にささやかな湿り気を与える。そして霧が晴れると、夜の闇の中に対岸のダウンタウンの夜景が見え始める。それを目にするたびに哲治はアメリカにやって来て、初めて家に足を踏み入れた時に父が漏らした言葉を思い出す。

「生活を考えればもっといい物件は他にもあったさ。だけど俺はこの場所が気に入ったんだ。この景色を買ったんだ」

今にして思うと、父の選択は決して間違っていなかったと思う。自然の偉大さと人工的な美とを毎日こうして体感できる場所は、アメリカ広しといえどもそうはないだろう。ましてや、ちっぽけな島国日本ともなれば皆無と言っていい。

乾いた風が頬を撫《な》でてゆく。出掛けに浴びたシャワーのせいで湿り気を帯びていた頭髪が乾ききり、ライオンの鬣《たてがみ》のように逆立ち始めた頃、麓にある駅に着いた。マウンテンバイクを抱えながら、駅の階段を上る。ほどなくして、郊外とダウンタウンを繋《つな》ぐバートがプラットホームに滑り込んで来た。

週末、それも郊外に向かうというのに、バートは酷《ひど》く混んでいた。さながらウィークデイの夕刻、ダウンタウンで仕事を終えた人間たちが家路につくラッシュアワーのように人で埋め尽くされている。しかも、ほとんどの乗客が藍色《あいいろ》の地に『CAL』とプリントされたキャップを被《かぶ》るか、同様のTシャツを着ている。彼らの目的はただ一つ。今日バークレーのメモリアルフィールドで行われるUCLAとのフットボールの試合を観戦しに行くのだ。

哲治は、失礼と言いながら、込み合った車内にマウンテンバイクを持ち込んだ。サンフランシスコでは地下鉄の車内に自転車を持ち込むのはごく日常的なことである。当たり前のようにスペースが開き、ドアが閉まると、バートは静かに走り出した。

エルセリートからバークレーまでは時間にしてわずか十分ほど。案の定、地下のホームに着いた途端、乗客のほとんどがバートを降りる。構内が藍色と黄色の人波で埋め尽くされる。地上に出ても、その光景は変わらない。まるで何かの宗教団体の集会が開かれるかのように、同じような恰好《かっこう》をした人間の群れが、小高い丘に広がるバークレーの構内に向かって進んで行く。

哲治はマウンテンバイクに乗ると、今度は緩やかな坂を上り始めた。向から先は、人々が向からメモリアルフィールドではない。そのすぐ下のキャンパスの一角に密集するフラタニティの一つだ。それは、一般の学生が住む寮とは違い、一見したところでは普通の民家のようなたたずまいをしており、それぞれの建物の壁面にはギリシャ文字三つで表される記号がつけられている。もちろんこうした寮が存在するのはバークレーに限ったことではない。全米の各大学にも同様の寮があり、ここで学生生活を送った者たちは、学校間を跨《また》いでのネットワークが構築され、卒業して社会に出た後も何かにつけ交流を持ち続ける仕組みになっているのだ。ちなみにフラタニティというのは男子寮のことで、女子寮はソロリティと呼ばれる。

大木が立ち並ぶキャンパスを抜けると、瀟洒《しょうしゃ》なフラタニティが見えてくる。哲治はその中の一つ、『κΩΣ』と金文字で書かれた建物の前でマウンテンバイクを降りた。ブルーの屋根に白い壁、臙脂《えんじ》に塗られたドアがある三階建ての一軒家だ。二十人ほどが暮らすこのフラタニティのドアは常に開いており、中に入るとすぐのところが食堂になっていた。目指す部屋は二階の一番奥にある。階段を駆け上り、長い廊下を歩くと赤くペイントされたドアがあった。

「マーク、いるかい。テツだ」

哲治はドアをノックする。

「開いているよ。入んな」

すかさず中からマークの甲高い声が答えた。

ドアを開けると、かけっぱなしにしているオーディオセットから流れてくる激しいロックの音に包まれた。部屋は日本流に言うなら八畳ほどといったところか。窓に面して勉強机が置かれ、その左側にはベッド。右側には壁面いっぱいに本棚が据えられ、そこから溢《あふ》れ出した書籍が床にまで積み上げられている。机の上もわずかな隙間を残して、本やペーパーで埋め尽くされている。

マークは机の前に置かれた椅子に腰を下ろし、高く脚を組んだ姿勢でこちらを見ると、来訪を予期していたかのように口だけを歪《ゆが》めてニヤリと笑った。

マーク・パターソンは、バークレーの四年生になったばかりで、機械工学を専攻している。見事な金髪にブルーの瞳《ひとみ》は、ドイツ系である彼の母親からの遺伝だ。顴骨《けんこつ》が張り出した顔だけを見ると、痩《や》せているように見えるが、ぴったりと張り付くように着た黒いＴシャツに浮かぶ胸の筋肉は驚くほど発達しており、腹部にも豊饒《ほうじょう》な畑の畝《うね》を思わせる筋肉が息づいている。いつ見ても溜め息が出そうなほどの見事な肉体だが、この点だけを強調して彼を特徴づけるのは早計というものだ。

カリフォルニアには独自の文化がある。いや文化だけを取ってみれば、独立国と言ってもいい。その最たるものが健康志向だ。学生のほとんどは、授業が終わるとジムに籠《こ》もり、筋トレやエアロビクス、ジョギングを始めとする運動に余念がない。日頃口に入れる食物にしてもオーガニック。ファストフードなど決して口にしないという輩《やから》も多い。もちろん喫煙など、罪悪以外の何ものでもない。

だから、バークレーの構内にはマークのような体つきをした男は少なくないのだ。この男の特徴を挙げろと問われるならば、その目の輝きにあると答えるだろう。彼は決して粗暴な男ではない。いやむしろ、人と接する時には極めて穏やかな口調で話し、常に笑みを絶やさない。だが、鮮やかなブルーの瞳の奥に宿る光は、太古の自然を思わせるような不思議な輝きを宿しており、決して感情がそこに表れることはなかった。

最初にマークと会った時も、如才のない受け答えとは裏腹に、彼の瞳から漂ってくるミステリアスな雰囲気に、近寄りがたいものを哲治は感じたものだった。そうした印象を受けながらも、マークの許を訪ねるようになったのは理由がある。一つは初対面からマークが年齢差を超えて、自分を対等に扱ってくれたことだった。歳など関係がない。アメリカ社会では、いったん、知り合いになればその時からファーストネームで呼び合いフランクな付き合いが始まると思われがちだが、それがすべてに当てはまるわけではない。カレッジでも、一年生と四年生では基礎体力に大きな違いがあるし、知識や経験に至ってはそれこそ雲泥の差がある。要するに『ガキ』など、まともに相手にしてられないというのは、いずこの国だって同じことなのだ。

だが、マークは違った。バークレーは全米の州立大学の中では、UCLAと並ぶ最難関の大学の一つで、ここに入学するだけでも尋常な頭脳の持ち主でないことは明らかだ。にもかかわらず、最初からマークはそんな素振りを見せることもなく、こちらの話に聞き入り、明確な受け答えをしてくれたばかりか決して自ら会話を終わらせることもなかった。もっとも彼がそう振るまったのは、哲治の父の存在によるところが大きかったかもしれない。

かつて日本の中堅自動車部品メーカーで働いていた父が突然会社を辞めたのは、五年前のことである。

五年前――。あの年には自分の人生を左右する大きな変動が幾つも起きた。父が長く研究員として勤務していた会社を辞めたこともあるが、それまで波風一つ立たなかった家庭の中に突然不穏な空気が漂い始めたのである。その原因が父が職を失ったことによるものかどうかは分からない。ただ一つはっきりとしているのは、それまでごく平凡な主婦として家を護《まも》ってきた母が、いきなり離婚を切り出したということだ。哲治は二人の間に生まれたたった一人の子供である。離婚は夫婦間の問題だが、何よりも哲治を唖然《あぜん》とさせたのは、母が親権までをも放棄したことだった。通常、こうした場合、母親というものは夫婦の縁を解消しても、親権だけは手放さないものだ。

だが、母は違った。離婚を口にして以来、まるで父の血を引いた我が子にまで嫌悪の色を露《あら》わにし、日常の接触さえ拒むようになったのである。平和だった家庭はもろくも崩壊し、母は家を出、哲治は父と二人で暮らすようになった。そんなところに舞い込んだのが、バークレーへの招聘状《しょうへいじょう》だった。

元々父は、少し風変わりなところがあった。人が五手先を読むなら自分は十手先を読む。

思いついたアイデアは決して人には話さない。研究を行うのも、論文を書くのもすべて独力。第三者の介入を極端に嫌う。

常人がそんな日々を送れば、たちまち行き詰まるか、精神に変調をきたしかねないだろうが、父は違った。孤独を愛し、何よりも自分の能力が誰よりも高いと堅く信じていた。自分と同期の多くが大学に残り学者の道を歩むか、超一流企業へと就職していく中で、東京大学の大学院で工学博士の学位を取りながら、あえて自動車部品、それも中堅メーカーに職を求めたのはそんな気持ちの表れだったのだろう。大学に残っても教授にまで昇り詰めるのはほんの一部の人間。大企業に入ったところで、研究職の人間がトップになることはできない。ましてや研究テーマですら会社の一存で決められてしまうのが常である。人に縛られることが嫌いな父は、先々を見通し、輝かしい学歴と研究実績を武器に、自由な研究に没頭できる環境を選んだに違いない。

父の会社での待遇がどんなものであったのか、正確なところは分からない。しかし、与えられた職務をこなす一方で、自分の望む研究を続けられてきたことは確かなようだった。入社以来職務とは別に父が没頭してきたのは、ガソリンに代わる新世代のエネルギー自動車、水素自動車を実用化させるためのキーとなるタンクの開発だった。海のものとも山のものともつかぬ新技術の開発。会社の限られた施設の片隅でプライベートな時間を削りながら独力で取り組んできたのである。そんな父の姿を見て「あれは上原のペットビジネス」と陰口を叩《たた》く連中もいたと聞く。そして入社から二十年。父の執念はついに実を結んだ。水素自動車実用化を可能にせしめる画期的なタンクの開発に成功したのである。

それは世界の名だたる自動車会社の有能な技術者たちが、開発に鎬《しのぎ》を削っていたもので、文字通り企業の浮沈を賭けた最重要の技術であった。したがって、特許の申請がなされるや否や、全世界のメーカーがその使用許可の打診をしてきた。

しかし、問題はその特許が会社のものとしてではなく、父個人の名前で申請されたことにあった。

近い将来、世界中で生産される自動車のエネルギーが水素に変わる。そこには漏れなく父の開発した技術が使われる。しかし、特許が父個人に帰属すると認定されれば、会社にはビタ一文の金も入ってこない。当然、会社がそんなことを認めるわけがない。

この技術は会社の施設を利用して開発されたものだ。だから特許の所有権は会社に帰属する。

会社は規程に従って、特許の出願一件に対して一万円。そして功績を評価し、三百万円の特別報酬を支払うことを申し出てきた。

「たった一人でこれだけの技術を開発したのだ。この特許は私のものだ」

父は会社の申し出を拒絶した。もっとも、父はこの特許によって得られる利益を独り占めしようとしたのではない。他社から得る特許使用料、もしくは部品販売で得る純益の五%を報酬として支払ってくれれば、特許が会社に帰属することを認めてもいいと言った。

それでも会社は父の要求を鰾膠《にべ》もなく撥《は》ね付けた。交渉は決裂し、会社は特許権の帰属確認を求めて裁判所に訴訟を起こした。争いは法廷に持ち込まれ、それと同時に父は会社を去った――。

当時、しきりに家の中で父は言っていたものだった。

「私の主張が認められれば、想像もつかないような金が入ってくる。それに取って代わる技術が出てこない限りはね。そしてそれは特許権が有効であるうち続く……」

だからなぜ、それからさほどの時間を置かず母が離婚を切り出したのか。今でもその真意は理解できない。富と幸せは表裏一体である。それを放り出してまで、ましてや血を分けた子である自分を捨ててまで、なぜ母は家を出たのか――。

とにかく、そんな父に目を付けたのがバークレーだった。ノーベル賞受賞者を輩出するカリフォルニアの名門大学。くわえて環境問題には常軌を逸していると思われるほど過敏に反応するのがカリフォルニア人気質だ。考えてみれば、これほど父の再就職先として好ましい場所はない。

そして父の研究室で、学部生にもかかわらずアシスタントをしていたのが、マークだった。彼にしてみれば世界的な発明をした教授の息子と懇意にすることは、これから先、進学するにしても就職するにしても、決して悪い話ではない。

だが、そんな計算があったにせよ、初めて暮らす異国の地で、何かと面倒をみてくれる相手ができたことは哲治にとっても喜ばしいことだった。さして時間を置かず、二人は頻繁に会うようになり、週末には彼の部屋を訪れ時間を過ごす。それが、ここ一年ばかりの哲治の習慣になっていた。

　哲治は床の上に積み上げられた書籍やペーパーの山を踏まぬように注意深く足を運びながら、傍らに置かれた椅子に腰を下ろした。引き開けられた窓からは、乾いた空気が流れ込んでくる。いつもの週末なら、さほど人影のないカレッジアベニューはメモリアルフィールドに向かう学生でいっぱいだ。

「ねえ、マーク。君は試合を見に行かないの？」

「試合って、フットボールのことか」

「ああ」

「あんなものの何が面白いんだ。頭の中まで筋肉でできたむさい男のぶつかり合いに興奮するなんて理解できないね」

　マークが鼻を鳴らしながら白けた笑いを浮かべ、窓の外に目をやった。

「CALとUCLAの試合は東部でいうなら、イエールとハーバードの対戦に匹敵する最高のカードだろ。新聞だって、今日の対戦を大きく扱っているぜ」

　哲治は出掛けにざっと目を通したサンフランシスコ・クロニクルの記事を思い浮かべながら言った。

「俺はそれほどの愛校心なんか持っちゃいないんだよ。それにフットボールの試合なんか見に行っちゃこいつができねえだろ」

　マークはおもむろに机の引き出しを開けると、中からグリーティングカードを入れる封筒を取り出し翳《かざ》して見せた。封筒が不自然に膨らんでいる。中身が何かは分かっている。マリファナだ。

アメリカには様々なドラッグが蔓延《まんえん》している。ヘロイン、コカイン、それにスピードといったハード・ドラッグを常用している人間も少なくない。もっとも、こうしたドラッグは依存性が高く、使用する者の体を確実に蝕《むしば》んでいく。それを知りながら敢《あ》えて手を出すのは、人生を捨てた愚か者のすることだ。だが、マリファナは別だ。ナチュラルハイ。こいつを吸うと日頃自分がどれだけのストレスを感じているかがよく分かる。すべての緊張から解放され、気分が楽になる一方でそれまで眠っていた神経が鋭敏になる。目に映るあらゆる色、そして耳に飛び込んでくる音楽が鮮明になる。しばしの間、至福の時間を味わい一眠りすれば気分は爽快《そうかい》。常習性もなければ、価格だって他のドラッグに比べれば安いものだ。事実カリフォルニアでは、カウンティによって自家使用のマリファナの栽培、使用が合法とされている所だってあるくらいだ。アメリカの若い世代にとっては、大人になるためのちょっとした通過儀礼のようなものでしかない。

そうは言っても、ここバークレーではマリファナはご法度。見つかれば警察に逮捕されることになる。当然、手に入れるためには少しばかりヤバイ人間と接触しなければならない。いわゆる売人と呼ばれる連中なのだが、マークはそうした人間と付き合いがあるらしく、いつも飛びっきり上質のマリファナをストックしている。それが哲治がマークの許《もと》を週末決まって訪れるもう一つの理由だった。

「今日は少しばかり趣向を変えようか」

マークは意味あり気な笑みを浮かべると言った。

「趣向を変える？」

「最高の物が手に入ったんだよ」マークは封筒の中に指を入れると、透明なプラスチックバッグに入った小さな袋を取り出した。ジップロックで封印された袋の中には、チョコレートのような黒い塊が入っている。「こいつはハシシだ。いつも吸ってる葉っぱなんかとは効きが違う。すげえハイになれるぜ」

ハシシを見るのは初めてだったが、もちろん知識はあった。マリファナの樹液を固めたものだ。普段使用している葉っぱよりも成分が凝縮されている分だけ、効きがいいことは容易に想像がつく。

「で、それをどうやって吸うの？　ボンゴ《水パイプ》？　それとも——」

「まあ、ボンゴで吸うのも悪くはないが、もっといい方法がある。とにかく出掛けるとするか」

マークはハシシの入ったプラスチックバッグを封筒に戻すと立ち上がった。

「それから今日は一人仲間を加えるからな」

「えっ、誰が来るの？」

「ヒデといってな、お前と同じ日本人だよ」

「バークレーの？」

「ああ、コンピュータサイエンスを専攻している三年生だ。お前も同じ国の仲間ができるのは嬉《うれ》しいだろ」

「そりゃそうだけど……」

哲治は思わず口籠《ご》もった。マリファナをやっているのはマークと自分だけの秘密だ。毎週末にこうして彼の許を訪ねているのは、どちらかがこの事実を漏らさなければ、決して他人に知れることはない、という安心感があったからだ。だが、この秘密の会合にもう一人、新たなメンバーが加わる。しかも日本人がだ。バークレーの日本人社会は狭い。もし自分がマリファナを吸引しているなどということが知れれば、父の立場がない。そればかりか、父が日本で抱えている訴訟にだって、どんな影響を及ぼすかしれない。

「何だ、その気のない返事は」

マークはこちらの心情を見透かしたかのように嘲《あざけ》りとも取れる笑いを投げ掛けてきた。

「口の堅いやつなんだろうね」

「心配するな。マリファナを吸いましたなんてことを自ら進んで話すやつがいるかよ。第一そんなことは自慢にもなりゃしねえよ」

「それで、そいつはどんなヤツなの」

「ジムでよく顔を合わせるうちに意気投合してな。大分生活には苦労しているらしく、普段は勉強の傍ら、ソロリティで女学生相手のボーイと皿洗いのバイトをやってるんだとさ。真面目を絵に描いたようなヤツなんだが、そんな人間ほどちょっとした悪さへの憧《あこが》れを抱いているもんさ。だから、マリファナの件を持ち出した時には目を輝かせて食いついてきやがった。まあ、苦学生ってもんは護《まも》るものを持っている。自分の将来を台無しにするようなヘマなんかしやしねえよ」

マークがそこまで言うなら、断る理由など哲治にはなかった。第一、日頃のマリファナ代にしたところで、ただの一度だって要求してきたことはない。こと、この儀式に関しての決定権は彼にあるのだ。

マークはおもむろに携帯電話を取り出すと、ボタンをプッシュした。それを耳に当てると、

「ヒデ？　これから外に出る。メモリアルフィールドの上の駐車場で会おう。それじゃ……」

とだけ言い、電話を切った。

＊

メモリアルフィールドの周囲は、人でごった返していた。スタジアムのゲートには、ブルーの地に黄色で『ＣＡＬ《か》』とペイントされたヘルメットを被った、屈強な男たちが出陣の時を待っている。人波を掻き分けながら坂道を上ると、やがてさほど広くない駐車場に出る。ヒデの姿はすぐに見つかった。バークレーのスクールカラーであるブルーのトレー

ナーにカーキ色のチノーズのパンツ。薄汚れた白いスニーカーを履き、手にはクーラーボックスをぶら下げている。身長は百七十五センチほどか。ソロリティでボーイと皿洗いのバイトをしているという触れ込みに相応《ふさわ》しく、髪を真ん中から左右にボリュームを持たせて分けていて、手入れが行き届いている。切れ長の目と薄い唇に知性が漂っている。

「待ったかい」

坂を登ってきたせいで、マークが荒い息を吐きながら言う。

「いや、それほどでも。たった今寮を出てきたところだよ」

ヒデはすぐ傍らにある建物に視線を向けた。そこには中世ヨーロッパの古城を思わせる堅牢《けんろう》な石造りの寮があった。

「紹介しよう。こいつがテツ・ウエハラ……」

「宜《よろ》しく」

「白田秀彰《しろたひであき》……ヒデと呼んでくれ」

白田の手が伸び、しなやかな指先が哲治の掌を握った。

彼の素性のあらましを聞いてはいても、これから誰にも知られてはならないことをするのだと思うと、やはり緊張感が込み上げてくる。握り返す手に込める力もどこか半端になる。一方の白田にしたところで、同様の思いがあるのか、顔に宿した笑みもどこか強《こわ》ばっているようにも見える。

「二人ともそんなに堅くなるな。こいつを一発キメれば、皆お友達だ。すぐに打ち解けるさ」

マークは、ぽんと肩を叩くと先に立って急峻《きゅうしゅん》な丘を登り始めた。

そこから丘の様相は一変する。バークレーのメインキャンパスは大木や手入れの行き届いた植栽が植えられているが、それも中腹を過ぎると、所々に森があるだけであとは草が剝《む》き出しになった斜面となる。舗装された道も途中までで、それ以降は赤土が剝《む》き出しの山道に変わる。ちょっとした登山とも言える苦行の果てに、ようやく頂上近くまで辿《たど》り着くと、『C』と黄色くペイントされた巨大なコンクリートのシンボルが姿を現す。ここがマークとマリファナを吸うお決まりの場所だった。

足を止めた哲治は振り返り、目の前に広がるパノラマを見やった。足元には、ブルーと黄色で埋め尽くされたメモリアルフィールドがある。その先には大木に囲まれたバークレーのメインキャンパス。そしてどこかアメリカの開拓時代を思わせるような古ぼけた建物が連なる町並み。さらにその先にはサンフランシスコ湾が広がっている。抜けるような青空には雲一つない。熱を帯びて汗ばんだ体に、時おり清冽《せいれつ》な大気が優しく吹き抜けていく。周囲に目を向ければ、野生の鹿がのんびりと草を食《は》んでいる。

「さてと、始めるとするか」

マークは黄色くペイントされたコンクリートに腰を下ろすと、ポケットに手を入れた。例の封筒と一緒に、ジッポのライター、そしてハンティングナイフを取り出した。

「マーク、何をするんだ。そんな物騒なもの……」

叫んだ声が裏返る。マークは無言のまま白い歯を剝き出しにしてニヤリと笑った。黒いサングラスをしているせいで、目の表情が見えない分だけ不気味だ。ハンティングナイフの刃がぎらりと光った。白田の腰が引け、二、三歩後ずさりするのが分かった。

「びびるんじゃねえよ。出掛けに言っただろ。今日は少しばかり趣向を変えるって」

マークはジッポの蓋《ふた》を開けると、火を点《とも》した。

「テツ。手伝えよ。手で火を覆って風よけをつくれ」

哲治は言われた通りに両手で炎を覆った。マークの手がハンティングナイフの側面を舐《な》めるように炙《あぶ》り始めた。磨き抜かれた刃が熱で曇っていく。やがて充分に熱が回ったところで、マークは紙をまるめた筒を取り出した。

「テツ、こいつを口に当てろ」

「それでどうすんの」

「俺がハシシをナイフに押し付ける。そこから上がる煙をこいつで吸い込むんだ。ヒデ、よく見てろ」

マークがおもむろに茶褐色の塊をナイフに押し付けた。熱した鉄板の上にステーキ肉を押し付けたかのように、ジュッと音を立ててハシシの塊が溶ける。彼の手がナイフの表面をなぞるたびに、濃い煙が上がる。

哲治は紙の筒を口に当て、それを一気に肺の中に送り込んだ。濃厚な煙が新鮮な大気とほどよくブレンドされ体内に入り込んでくる感覚がある。目いっぱい吸い込んだところで息を止め、紙筒を白田に渡した。

「こいつはホットナイフといってな、ハシシの吸い方としては最も贅沢《ぜいたく》で一番効く方法なのさ」マイクが舌なめずりしながら言う。「さあ、ヒデやってみろ。煙を思いきり吸う。肺の中が煙でいっぱいになったところで息を止める。限界になったところで煙を半分吐き出す。そして今度はフレッシュな空気を吸い込みまた息を止める。いいな」

初めて禁断の果実を口にする緊張感からだろうか、白田の喉仏《のどぼとけ》が上下する。ぎこちない手つきで紙筒を受け取ると、唇を尖《とが》らせながらそれを口元に当てた。筒の先とマークの顔を交互に見ながら吸い口をナイフへもっていく。再びハシシがナイフに押し付けられる。茶褐色の塊がナイフの腹を往復するたびに白煙が上がり、溶けた樹脂が微細な泡を立てながら溶け出す。

哲治は、止めていた息を一気に解放した。マリファナ特有の青臭い薄い匂いが鼻腔《びこう》を擽《くすぐ》る。煙がたちまちのうちに大気の中に溶け込んでゆく。半ばほどで息を止め、今度はフレッシュな空気を送り込んでやる。

効果はすぐに現れた。まばたきを一つした次の瞬間、周囲の光景が一変する。カリフォルニアの突き抜けるようなブルーの空が深みを増す。大気の中に溶け込んでいるクリスタルの粒子が輝きを増し、周囲の色が鮮やかになる。遠くに広がる猫目色のサンフランシスコ湾がすぐ傍に見える。湾の中を激しく流れる潮の音が聞こえてくるようだ。

「テツ」

マークがナイフとハシシを手渡してきた。何をすればいいのかは、今までの彼の所作を見ていれば分かる。哲治は消しゴムほどのハシシの塊をナイフに押し付けた。煙が上がり、それはたちまちのうちにマークの体内へと吸収されていく。

その行為を二度ずつ繰り返したところで、三人は地面に腰を下ろした。足元のメモリアルフィールドから歓声が上がった。いよいよCALとUCLAの試合が始まるのだ。観客を挑発するようなアナウンスと共に、マーチングバンドが華やかな音楽を奏で始める。スタジアムを埋め尽くした黄色とブルーの人波が揺れる。普段ならモザイク、あるいは色の汎濫《はんらん》としか思えないその光景が、今は何気なく見ているだけでも、一人ひとりの動きがはっきりと見えてくる。

この感覚を何と言えばいいのだろう。精神があらゆる呪縛《じゅばく》から解放され、幸福感とピースフルな充足感に満たされる。哲治はマリファナの効果に身をゆだねた。マークにしても白田にしても、同じなのだろう。地べたに腰を下ろしたまま、すっかりリラックスした様子で遠くの一点を見詰めたまま動かないでいる。

「最高……こいつぁ、最高だぜ……」

白田が呟《つぶや》くように言う。彼の頬はだらしなく弛緩《しかん》し、目は充血している。その様子を見て、マークが鼻で笑うと、また遠くのどこかに視線を戻した。

「ねえヒデ。一つ訊《き》いてもいいかな」

「ああ」

いやに間延びした口調で白田が答えた。

「どうしてアメリカにやって来たの」

「何でそんなことを聞く」

「だって、大学院生ならともかく、学部の学生で日本人は珍しいから」

「俺はさ、中学に上がる時に親父の転勤で、サンノゼにやって来てな」

「サンノゼってシリコンバレーかい」

「そう。親父はアメリカの半導体メーカーの日本法人の技術者だったのさ。それで、当時半導体開発のメッカだったシリコンバレーに送られたってわけさ」

ヒデはそう言うと、地べたに大の字になって寝そべった。

哲治もまたそれに倣《なら》って地面に身を横たえた。果てもなく広がる空を見ていると、距離感が全くなくなる。青い無限の空間に吸い込まれていくような感覚が全身を駆け抜ける。

「もっとも、シリコンバレーの繁栄なんて過去の話さ。今じゃ、あの地域は空きビルだらけ。親父も研究所が閉鎖されると、日本に戻されちまってさ」

ヒデの声が天から降ってくるように聞こえる。スタジアムの歓声に小鳥の囀《さえず》りが混じる。

それを心地よく感じながら哲治は白田の話に黙って聞き入った。

「もっとも俺は、幸運だったのかも知れないな。親父の帰国が決まった時には、バークレーからの合格通知を手にしていたからね。もしもあと一年、いや半年、帰国が早くなっていたら、俺は間違いなく日本へ連れ戻されていたに違いない。今じゃ日本でも帰国子女枠を設けている大学も少なくないらしいが、日本じゃ名門と言われる大学を出たところで、アメリカじゃ十把一絡《じっぱひとから》げにされちまう。世界に通用する一廉《ひとかど》の人間になろうとすりゃ、やはりアメリカの大学を出た方が何かと都合がいいからな」

「世界に通用する人間って、目的は何なのさ」

「そいつぁ、まだ分からないな」

「大学ではコンピュータサイエンスを専攻しているんだろ」

「大分手垢《てあか》がついた分野になっちまったけどな。だけどさ、この分野はまだまだ進化する。金脈はまだ発見されたばかりだ。成功を摑《つか》むチャンスは誰にでもある」

「ヒデにとっての成功って何さ」

「そうだな……」白田はそこで一瞬押し黙ると、マリファナの快感に身をゆだねるように深い吐息を漏らし続けた。「少なくとも、名の有る企業に就職するとかなんかじゃない。自分で事業を興し、自らの才能一つでそれを世界に名を成す企業に育て上げ、大金を摑む……」

「そして早くに引退してワイナリーでも持つのかい」

哲治はちゃかしたつもりだったが、

「そうだな、それも悪くないな。コンピュータビジネスの世界は、発想をものにした人間が勝利を摑む世界だ。だけど、ワインは違う。自らの手ではどうすることもできない自然が相手だ。そしてワイナリーのオーナーになることは成功者の証でもある」

意外にも、白田は真剣な口調で答える。

「まるでベンチャー志向の強いスタンフォードの学生のような考え方だね」

「成功者ってのはな、どこまで自分に運があるか、それを試してみたくなるものなのさ。手にした莫大《ばくだい》な富、それが一文無しになっちまうか、それとも更にそれが膨らむか……。ワイナリーの経営なんてその最たるものだ。その年の気候で出来が左右される。長い時間をかけて熟成させ、市場に出しても、どれほどの値がつくか分からない。だけどいったん高い評価を受ければ莫大な金になる。究極の運試しってもんさ」

「その運を試すためには、大金を稼がなきゃ」

「チャンスは誰にでもあるさ。夢を放棄しない限りね。君のお父さん、上原教授だってそうだろ。名もない日本の中堅企業でこつこつと研究を続け、ついに自動車業界を一変させるような革新的な特許をものにした」

「確かに……でもねえ、所詮《しょせん》宮仕えの身が開発した特許なんて、幾らの金にもならないよ。何しろ会社が提示した報奨は――」

「知ってるよ。全く酷い話だ。次世代の自動車の内燃機関と言われる水素自動車の実現を可能にする技術を開発し、特許を取った。申請は上原教授によってなされたが、権利を共有してもいいと言ったそうじゃないか。にもかかわらず、会社は申し出を拒絶しただけじゃなく雀の涙ほどの報酬を提示してきた。アメリカ企業だったら考えられない処遇だよ。こう言っちゃ何だが、上原教授が勤務していた部品メーカーは大手の自動車メーカーの下請けだ。本来ならメーカーが開発設計した部品を造りながら、細々と経営を続けていかなきゃならなかった。それがあの革新的発明によって状況は一変した。水素自動車の製造が本格化すれば、会社には莫大な特許使用料が黙っていても転がり込んでくる。将来特許使用料から上がる一定額を成功報酬として要求するのは、発明者としては当然のことだよ」

「問題はその金額なんだよ」

哲治はぽつりと漏らした。

「何も利益の全部を独り占めにしようってんじゃないんだ。利益のたった五％だぜ」

白田はさも自分ごとのように声を荒げた。

「そもそも親父が歩合を言い出したのは、将来爆発的な需要が見込めるにしても、収益が一体幾らになるか。それが分からないからなんだ」

「賢い選択だね。水素がガソリンに取って代わり、新世代の自動車が普及すれば、エネルギーどころか環境問題も解決する。それこそ、国策として振興を後押ししようとする国も少なからず出てくるだろう。もちろん、普及は段階的に進む。水素の生産プラントの建設、インフラの整備、何しろ新たに手をつけなきゃならない問題はたくさんあるからな。それに、世界では毎年六千万台もの自動車が生産されているんだ。こいつが一気に水素自動車に代わるとは思えない。収益に応じたリターンをそのつど貰《もら》う。実に理に適《かな》った申し出じゃないか」

「でも、日本人はそうは見ないよ。会社が訴訟を起こし事の次第が明らかになるや、常識外れの請求だと非難囂々《ごうごう》さ。親父の試算だと、供給するタンクが量産ベースに乗ったとしても、販売価格は五万を下らないんだとさ。仮に純益が二十％だとして、一万円。その五％で五百円。世界で生産される自動車の十％が水素エネルギーに変わったとしたら、六百万台で三十億円もの金が毎年親父の懐に入ってくる」

白田が唇を尖《とが》らして口笛を吹いた。

「すげえな。まさに夢のような話だ。だがな、何も恥じ入ることはねえぞ。それは紛れもなく、上原教授が額に汗してものにした発明の成果じゃないか。世の中には、もっと楽をして大金を手にした人間がいるじゃねえか。例えばビル・ゲイツのようにな」

「どういうことさ」

「大体、ウィンドウズなんてマックもどきの代物じゃねえか。それまでプログラムを覚えなきゃ使えねえ代物だったＤＯＳのマシーンをアイコンをクリックすればいいだけに変えた。それで、今や世界一の大富豪を気取っていやがる。それに比べれば当たり前すぎる話だ」

「ヒデはそう言うけど、日本ではまるで親父は金の亡者《もうじゃ》のように思われてるよ。こんな法外な要求は聞いたことがないってさ」

「並外れた成功者を受け入れないのが日本の社会だ。きっと訴訟を起こした会社の経営者や従業員はこう言ってるんだろ。この発明を実現するためには、会社は研究施設や資金を提供した。しかも給料を払ってな。つまり研究の成果は、個人のものじゃない。会社のものだってな」

「その通りだよ」

「だが、それで会社は幾らの利益を上げる。上原教授に五％のインセンティブを払ったとしても、五百七十億円もの利益を得る。もしも連中の理屈が通るんなら、これは搾取以外の何ものでもない」

「親父もそう言ってる」

「俺は上原教授が勝利することを願っているよ。心の底からね。能力は正当に評価されるべきだ。たとえその成果の対価が常識を外れたものだとしても、誰からも文句を言われる筋合いなんかありゃしねえ。第一だな、日本人は尻《けつ》の穴が小せぇんだよ。誰もが成功者になれるチャンスがあり、誰もが無一文になるリスクを負っている。それが人生だってことをこれっぽっちも分かっちゃいねえんだな」

正直な話、父が抱えている訴訟に関して哲治はさほどの興味を覚えていなかった。研究者に支払われる報酬がどうあるべきか、それが分からなかったし、第一、争点になっている金額が大きすぎてピンとこない。それに、ここでヒデとこんな話をしていても、所詮は訴訟とは何の関係もない人間同士の戯言《ざれごと》でしかない。

「お前ら、何を話してるんだ」

突然、傍らからマークの甲高い声が聞こえた。

「つまらない話だよ」

「人がせっかくぶっ飛んでる時に、訳《わけ》の分かんねえ言葉で話をすんじゃねえよ」

マークは非難がましい声を上げながら、白い歯を見せて笑った。

「すまない……」

「まあいいさ。それより、追い打ちをかけようぜ」

再び彼はハンティングナイフをジッポの炎で炙り始める。もう手順は分かっている。それぞれが、再びハシシを吸い終えたところでマークがおもむろに言った。

「ところでヒデ、頼んでおいたものは持って来たんだろうな」

「もちろん」

ヒデは呂律《ろれつ》が怪しくなった口調で答えるとクーラーボックスを開けた。中には三日月形にカットされたオレンジと缶ビールがクラッシュアイスと共に入れられている。

マークがすかさずクアーズのタブを開け、喉仏を上下させながらビールを飲み干していく。哲治はオレンジを口に含んだ。

マリファナが鋭敏にするのは目に映る色や、音だけではない。味覚をも研ぎ澄ます。ぎっしりと詰まったオレンジの実が口の中で弾《はじ》けると、芳醇《ほうじゅん》な果汁が口いっぱいに広がる。粘り気を帯びた口腔《こうこう》の粘膜が、潤っていく感触。そして酸味と甘味、強烈なオレンジの香りが鼻腔を抜けていく。まさに天国の果実の味だった。

哲治は何度も口の中で舌を鳴らし、寄せては返す波のように味覚と嗅覚《きゅうかく》を刺激してやまない果実の余韻に浸りながら、再び横になり天を仰いだ。遥《はる》か下のスタジアムからは、歓声とマーチングバンドが奏でる華やかな音色が聞こえてくる。吸い込まれそうな蒼穹《そうきゅう》が果てしもなく広がっている。

身体が宙に浮きそうになる感覚が全身を走る。至福の瞬間は永遠に続くと思われた。

「これがカリフォルニアだぜ。この青い空が人を狂気に駆り立て、クレイジーな文化を生むのさ」

マークの声が頭の中に響き渡る。

クレイジー――。なるほど、カリフォルニアを一言で表すのにこれほどピタリとくる言葉はない。

哲治は、その言葉に何度も頷《うなず》きながらじっと目を閉じ、マリファナの酔いに身をゆだねた。

＊

夕刻になってもハシシの余韻はまだ残っていた。行きはペダル一つ漕ぐ必要もなかった坂道が、帰りはマウンテンバイクを押さなければならない登りとなる。疲労感とは明らかに違う気《け》だるさに全身が包まれるのを覚えながらハンドルを両手で握り、前傾姿勢を保ったまま、一歩、また一歩と進む。アスファルトの路面を踏みしめる足に、奇妙な浮遊感がある。そのせいか、ともするとよろめきそうになる体のバランスを取りながら哲治は家を目指した。

丘の中腹に差しかかったところで足を止めた。背後を振り返ると、そこには見事なベイエリアのパノラマが広がっていた。突き抜けるように高い空は深い藍色に変わり、刷毛《はけ》で掃いたような雲が太平洋に沈む夕日を反射して鮮やかな茜色《あかねいろ》に染まっている。湾に目を転ずると、遥か彼方《かなた》に見えるゴールデンゲートブリッジの向こうから、白い霧の塊が押し寄せてくるのが見えた。

ハシシやマリファナの困ったところは時間の経過を忘れさせること、それにふと目についた単純な光景にも異常なほどの集中力が働いてしまうことにある。実際、マークの話によれば、ダウンタウンでマリファナをキメた男が、赤、黄、緑と変わる信号に見とれ、その場を動かずにいたために、不審に思った警官にバレて現行犯逮捕された事例もあるという。刻一刻と変化していく夕暮れの景色に見とれるアメリカ人は少なくないが、それもテラスに出した椅子に座っていればこそ様《さま》になる。こんな住宅街の真ん中、しかも路上に立ち止まっていたのでは、万が一警察のパトロールカーにでも出くわせば、厄介なことになりかねない。それに、昼にオレンジを口にして以来、まともな食べ物を摂っていないせいで、猛烈な空腹感を覚えてもいた。

哲治は、再びマウンテンバイクのハンドルを握ると、坂道を上り始めた。

家に着いた時には、周囲はすでに薄暗くなっていた。マウンテンバイクをガレージに入れ、キッチンに続くドアから室内に入った。灯《あかり》一つ点《とも》っていない家の中よりも外の方がまだ明るいせいで、リビングの一面すべてを覆う大きな窓から、霧に満たされた湾が一望の下に見渡せる。すでに、ゴールデンゲートブリッジは霧に隠れ、サンフランシスコに続くベイブリッジに点る灯と、そこを渡る車のヘッドライトが霞んで見えるだけだった。

哲治は部屋に灯を点すと、家に戻る道すがらエルセリートの駅前にあるショッピングモールのチャイニーズレストランでテイクアウトした夕食をテーブルの上に置いた。紙パックが二つ。一つにはフライドライス《炒飯》、もう一つにはフライドチキンのオレンジソース、手っ取り早く言えば酢豚の肉がチキンに代わったものが入っていた。両親が離婚して以来、哲治は家でまともな食事にありついた記憶がない。父は日本にいた当時から、食べ物には無関心で、夕食すら家で摂ることは稀《まれ》だった。アメリカに来てからは、特許にまつわる訴訟を抱えているせいもあって、哲治の食事どころか、生活そのものにもほとんど関心を払わなかった。だから、三度の食事はいつも外食、もしくはこうしたテイクアウトの代物を勝手に食べる。それが二人の間の決まり事になっていた。

その父も一週間前から日本に行っていて家の中には誰もいない。追われるように祖国を去った父にしてみれば、日本の土を踏むことは、決して愉快なことではなかったろう。それにもかかわらず日本に行かなければならなかったのは、かつて勤務していた会社との間で未《いま》だ決着がつかないでいる訴訟、その第二審の判決が出ることになっていたからだ。

会社が起こした裁判は、提訴された段階から世間の注目を集めた。何しろ、日本では企業に勤務する研究者が、発案した特許を自分のものだと主張した例はほとんどない。それに加えて、自動車のありかたを根底から変えてしまうような革新的な発明である上に、実用化されれば支払われる額が年間三十億円は下らないという日本人の常識からは到底かけ離れたロイヤリティがかかっているのだ。もっとも、世間の関心はもっぱら最後の部分、つまり発明の対価の多寡にあって、研究者の権利や発明の内容など二の次であった。そしてマスコミを始めとする世間の論調はこれまた一貫していて、『常識を外れた権利の主張』、『アメリカナイズされた研究者の傲慢《ごうまん》』、といった父の主張に批判的なものばかりだった。中にはご丁寧にも、日本を代表する大会社の社長のコメントとして『もし、上原教授の主張が認められれば、企業は発明の対価を支払うことによって、逆に経営の危機に陥る可能性もある』という、法律論を逸脱した感情的な記事を掲載するメディアすらあった。

だから、提訴から三年を経て、一審の東京地裁が被告、つまり父の主張を全面的に認めた判決を下した時には、世間は騒然となった。あらゆるメディアが判決を画期的なものと捉《とら》えるどころか、裁判長の良識を疑うといった論調で司法の判断を叩き、そして父を叩いた。もちろん、原告となった、かつて父が勤務していた会社は即時控訴し、争いは再び法廷に持ち込まれた。

あれから二年――。高裁で審理を繰り返してきた判決が今日出る。日本との時差を考えれば、今ごろ父は法廷にいるはずだ。おそらく、その場には多くのマスコミが詰めかけ、大変な騒ぎになっていることだろう。それを考えると、物音一つしないこの家の中で、一人こうして静かに食事を摂ろうとしているのが嘘のように思えてくる。

哲治はキッチンの椅子に腰を下ろすと、二つの紙パックを開けた。香ばしい匂いが鼻腔を擽る。猛烈な食欲が込み上げてくる。フォークを使ってフライドライスを口に運び、咀《そ》嚼《しゃく》する間もなく今度はチキンを頬張る。それらが胃の中に送り込まれるたびに、身長百八十センチ、体重六十八キロの体にエネルギーが満ちてくるのが分かった。

一気に食事を平らげた哲治は、最後にダイエットペプシの五百ミリリットルボトルを一息に飲み干すと、ようやく満ち足りて大きなゲップをした。

まるでその音に反応したかのように電話が鳴った。サイドボードに置かれた時計は午後六時十五分を指している。日本時間では午前十一時十五分だ。父からの電話にしては少し早い気がする。

「ハロー……」

一瞬の間を置いて、

「哲治か」

低いバリトンが聞こえてくる。父の声だった。

「父さん。出たの判決」

用件は言わずとも分かっている。哲治は訊《たず》ねた。

「ああ、全面勝訴だ。高裁も地裁の判決を支持したよ」

めったなことでは感情を表に出さない父だったが、さすがに興奮と喜びは隠しきれない。いつもより声が上ずっているように感じる。

「それは良かった。おめでとう」

「何だその気のない返事は。父親の主張が地裁に続き高裁でも認められたんだ。それも百パーセントだぞ。もう少し喜んだらどうだ」

「だけど会社にはまだ最高裁への上告のチャンスが残されているんだろ。判決が確定したわけじゃない」

「確かに連中も、これで引き下がったりはしないだろうな。上告することは目に見えている」

「一審、二審で勝訴しても、最高裁で逆転敗訴なんて例はいくらでもあるんじゃないの」

哲治は醒《さ》めた口調で言った。何しろ、日本では企業に属する研究者が発案した特許が、企業、個人のいずれに属するかなんて訴訟は、ほとんど前例がない。父が一審、二審で勝訴したのは、判例主義を常とする裁判所に、モデルとなる事例がなかったからにほかならない。つまり、これまでの法廷においては、原告、被告側双方の主張を元に裁判官が独自の判断で結論づけたもので、それを考えれば最後の法廷の場となる最高裁で裁判官が、一転してこれまでの判決を覆す可能性だって決して低くはない。そう考えると、この裁判においての、一審、二審の判決など意味がないのは明白というものだ。やはり勝負は最高裁がどんな判断を下すかだ。そして、もしも最後に逆転判決を下されれば、父が受ける精神的ダメージは、それまで勝利を重ねてきた分だけ酷いものになる。いや、ダメージは精神的なものばかりじゃない。訴訟には莫大な費用がかかる。バークレーの給与は、決して安くはないが、ちょっとした相談事でも時間給を取る弁護士を何人か雇っていることを考えれば、それだけで賄《まかな》い切れるものではないだろう。父がどうやってその費用を捻出《ねんしゅつ》しているのかは分からない。しかし、借金をしているにしても、金を提供している側は、勝訴すれば莫大な特許料が父の懐に転がり込んでくることを前提としていることは容易に推測がつく。だが、敗訴した場合、その額は到底一代で払い切れるものではないだろう。そのとき父の負の遺産を引き継ぐのは誰でもない、この自分である。それを考えると、年間三十億円もの特許料が転がり込んでくると言われても、完全に決着がつくまでは素直に喜ぶことなんてできない。哲治はそう思っていた。

もちろん父にしたところで、そんなことは先刻承知だが、二度の全面勝訴に意を強くしているのか、

「最高裁はな、これまでと違って、原告、被告が出廷を繰り返し、策を弄《ろう》しながら戦いを繰り広げる場所じゃない。これまでの判決の妥当性のあるなしを裁判官が検証する場だ。今までの経緯を考えれば、そう簡単に今日の判決が覆るとは思えない」

きっぱりと断言した。

「でもさ、父さん——」

「詳しいことはアメリカに戻ってからだ。これから記者会見をしなけりゃならない。そっちへは今日の夜の便で帰る」

哲治が言いかけたのを父は途中で遮ると、一方的に告げた。

「そんなに急ぐこともないだろ。久々の日本なんだし……」

「こんな、せせこましい国は御免だ。それにこっちにいると、マスコミが煩《うるさ》くてかなわんからな」

「こっちに帰ってきたところで同じだろ」

「論調が違うさ。少なくとも、アメリカのマスコミは革新的な技術を開発した人間に対し、敬意を払うことを知っているからな。とにかく時間がない。それじゃな」

回線が切れた。再び部屋の中が静寂で満たされた。窓の外には、丘の麓にあるエルセリートの街の灯が見えるだけで、サンフランシスコ湾の中は深い霧で覆われていた。遠くから船の汽笛が聞こえる。

食事を終えた哲治は、リビングへと足を運び、ソファに身を投げた。リモコンを操作してテレビのスイッチを入れる。四十二インチのプラズマ画面に、サンフランシスコ・ジャイアンツの試合が浮かび上がる。フットボール、野球、バスケット、それにアイスホッケーはアメリカの国技といってもいい。多くのアメリカ人がプロ、アマチュアの如何《いかん》を問わず、いずれかの観戦に熱狂するものだが、哲治にはそれが分からない。たかがスポーツ、それも法外な高給を得ている、自分とは何の関わりもない人間のプレイに、我がことのように一喜一憂する。地元の誇りだと言って憚《はばか》らない人間だって少なくない。

所詮は他人事《ひとごと》じゃないか。こいつらどうしてこんなものに熱中できるんだ。

スポーツ中継を見るたびに、高額な金を払い、わざわざ人込みに出掛けていく心情が理解できない。こんなことに時間を費やす人間が馬鹿に見えてくる。そう言えば、日本やヨーロッパではサポーターとかいう連中がいて、サッカーのナショナルチームの試合を観るだけのために世界のどこへでも追いかけていく連中がいたっけ。いったいそんなことをして何のためになるというのだ。何が残るというのだ。

哲治は、自分に関わること以外、興味を覚えない。スピーカーを通して、観客の歓声、それに視聴者を煽《あお》るようなアナウンサーと解説者の声が聞こえるたびに、逆に気分は白けてくる。

退屈さにたえかねて哲治は思わずソファの上で伸びをした。チノーズのパンツのポケットの中に忍ばせた物体が太腿《ふともも》に触れる感触があった。何気なく手を入れ、中の物をテーブルの上に取り出すと、数枚の紙幣、コインに混じって、ジップロックがついた小さな袋があった。中には、小指の先ほどのハシシの塊が入っている。

ぶっ飛んでいたせいで、これまで忘れていたが、今日の別れ際、マークが土産だと言って、持たせてくれたことを思い出した。父が帰って来るのは早くとも明後日。明日の夜にでもキメるつもりでいたのだが、帰りが一日早まったとなると、明日以降家でこいつを使うのは難しくなる。何しろ、父の行動パターンが読めないのだ。昼間は二人とも学校に行ってはいるが、哲治が帰宅するとすでに父がいることもあれば、長い時には二日も家に帰ってこないこともある。かと思うと、深夜に突然帰宅することだってある。マリファナは特有の青臭い臭気を発する。ハシシだって同じようなものだ。たとえ自室で吸引しても、すぐに気付かれてしまう。首尾よく、父が留守の間にぶっ飛んでも、いつ帰ってくるかと怯《おび》えながらでは至福の時間が半減するというものだ。

哲治は自室に入ると、机の引き出しの中にしまっておいたパイプとライターを取り出しリビングに持って行った。ハシシをパイプの中に入れ、ライターで炙る。樹脂が赤く燃え、煙が肺いっぱいに忍び込んでくる感覚がある。息を極限まで止め、半分ほど吐き出す。そしてそこで再び大きく深呼吸――。

二度三度とまばたきを繰り返すと、テレビ画面の色が変わった。野球場の芝生のグリーンが、鮮やかになる。歓声が頭の中で渦を巻き、まるでお祭り騒ぎの球場のフィールドのまっただ中にいるような臨場感に襲われる。

三度ばかり、ハシシの煙を体内に送り込むと、高揚感が込み上げてきて、哲治は知らず知らずのうちに鼻歌を口ずさんでいた。そうしているうちに酷く喉《のど》が渇いてくる。キッチンに立ち、オレンジを八等分に切り、その一つを口に入れた。芳醇な果汁が喉を潤す。ふと、窓の外に目を転じると、この間にだいぶ薄くなった霧の彼方に、サンフランシスコのダウンタウンの夜景が見えるようになっている。まるで宝石箱をぶちまけたような光の集合体に目をやっていると、突然携帯電話が鳴った。

甲高い呼び出し音が脳蓋《のうがい》の中で渦を巻く。表示を見るとマークからだった。

「YO、メーン。ワッツ・アップ！」

「ご機嫌じゃねえか、テツ。さてはキメているな」

「ご推察の通り。お土産、使っちまった」

「ったく、どうしようもねえな。まあ、確かにマリファナやハシシには習慣性はねえが、たまにやるから有り難みがあるってもんだぜ。もっとも、お前がハイになりたくなる気持ちも分からんではないけどさ」

「何のことさ」

「CNNを見てみろよ。今速報で、上原教授のニュースをやってるぜ」

「本当か」

「先生、勝ったんだな。おめでとう」

マークの言葉を聞きながらリモコンを操作し、チャンネルをCNNに合わせる。画面が切り替わるとそこに紛れもない父の姿が大写しになった。どうやら記者会見の様子らしい。演壇の上の長いテーブル。そこに置かれた多くのマイクを前にして、何事かを喋《しゃべ》っている。肉声は聞こえない。それに代わって、レポーターの声が会見の概略を伝えている。

『――東京高裁は、第一審の東京地裁の判決を全面的に支持し、上原カリフォルニア大学バークレー校教授勝訴の判決を下しました。日本の裁判では三審制が取られているために、原告のオリエンタル工機はすでに最高裁に上訴することを明らかにしており、司法がどういう判断を下すかが注目されています』

「これで、お前も一生安泰ってわけだ。何しろ、先生が発案した部品によって、水素自動車は実用化に向けて一気に加速する。特許使用料が五%だとしても、とんでもねえ金が黙っていても懐に転がり込んでくる。そして特許の権利は二十年続く。つまり、お前に引き継がれるというわけだ。どうだ、大富豪になった気持ちは」

マークは含み笑いをしながら言った。

「まだ、最高裁の判決が残されてるんだ。喜ぶのは早いよ」

「五年だぜ。五年。それだけ長い時間をかけて、二つの裁判所が判決を下したんだ。これが覆るもんか」

「まあ、常識的に考えれば、そうかもしれないけれど……」

ハシシの効きはピークを迎えようとしている。舌が縺《もつ》れる感じがする。

「何だ、いやに歯切れが悪いな」

歯切れが悪いのはハシシのせいばかりじゃない。裁判の行方には、勝敗とは別にずっと心の隅に引っ掛かって離れない一つの不安があったからだ。

「あのさ、マーク……」こればかりは言うまいと思ってきた。だが、やはりハシシのせいだろうか。哲治は自分でも不思議と思えるほど素直に言葉が出た。「仮に裁判に勝ったとしても、親父が特許料をそのまま自分のものにするかどうかは分からないよ」

「何だって？」マークは突然笑いだした。「お前、ほんとにどうかしちまってるんじゃないのか。いいか、今度の特許が先生のものだと認定されればだな——」

「世界で生産される車の十％が水素に変わったとして、年間三十億円もの金が入ってくる。親父はそう言っていたよ」

「そうだ、三十億。そんな大金を、誰に渡すって言うんだ」

「それは分からない。だけど、親父の性格を考えると、裁判の目的は金なんかじゃない、もっと別のところにあるような気がするんだ」

「なら、何が目的だって言うんだ」

「つまり、これは親父のプライドの問題なんだな。研究者のプライド。物を作り上げた人間に対する敬意は金の多寡にかかわらず正当に評価されるべきだという考え方を社会に問う、一種の挑戦なんじゃないか、僕にはそう思えるんだ」

「じゃあ、何か。仮に先生が最高裁で勝訴しても、特許料は自分のものにせず、別の目的に使うとでも」

「ありえる話だね」

「そりゃあ、お前の思い過ごしってもんだ。第一研究者ってもんの心理を理解してねえよ」

マークの口調が俄に真剣なものに変わった。「研究者ってのはな、企業や大学にかかわらず、どんな機関に身を置いていても、研究費は常に悩みの種なんだ。それも偉くなればなるほど、その傾向は強くなる。実際、バークレーにも多くの研究所があるが、所長ともなればどんだけの予算をぶんどってくるかが仕事になっちまう。自分の研究なんてやってる暇なんかありゃしねえんだ。そこにだぜ、年間三十億もの金が入ってくるとなりゃ、それこそ先生は、自前で金の心配をすることなく研究に没頭できる。そんなチャンスを摑んだってのに、それをみすみす捨てたりするもんか」

「親父は今のバークレーでの待遇に満足しているよ」

「お前、セグウェイを知ってるよな」

マークは唐突に切り出した。

「もちろん」

セグウェイは電気を動力とする二輪車で、内蔵されたジャイロが瞬時にしてバランスを取り、前進するも後退するも乗った人間の意のままに動くだけでなく、決して転倒しないまったく新しいタイプの乗り物のことだ。

「あいつを発明した男はさ、他にも色々な特許を取得していて、大変な財産を一代で築いた。それこそ一生かかっても使い切れない金を手にしたんだが、それでも新たな発明への情熱を失うことはなかった。自前で研究所にするビルを買い、それとは別に島も手に入れた。もちろん、島の住人は彼一人。そこに豪壮な家を建て、自由に使える研究施設を持った。毎日の通勤はヘリコプター。それも島のヘリポートから研究所のあるビルの屋上までひとっ飛び。彼は今でも、そうして誰に縛られることなく、自由気ままに研究者としての生活を送っているのさ。年間三十億もの特許料が入ってくりゃ、先生だって、そんな生き方ができるってもんさ」

確かに常識的に考えれば、マークの言う通りだろう。しかし、その常識というものが通用しないのが父である。それは父が辿《たど》ってきた経歴を見れば明らかだ。大企業に入ったり大学に残ったりする学友を尻目に、名もない中堅の自動車部品メーカーに職を求めたのもそうならば、日本人の感覚からは常軌を逸した行動を起こしたのも、父の性格をよく表していた。

父のことだ、大金を手にしたところでライフスタイルを俄に変えたりはしまい。もし、父の胸中にそうした思いがあるならば、父子二人の生活の中でなにかしらの話があってしかるべきだ。しかし、訴訟については常に自分に絶対的正義があることを幾度となく話すことはあっても、勝訴した後のことには一度たりとも触れなかった。それに加えて、一審の判決が出た直後から、銀行、証券、投資顧問会社と、金の匂いがするところに群がる連中が、必死にコンタクトを試みてきたが、端《はな》から相手にしないどころか、汚らわしいとばかりに早々に電話番号を変えてしまったほどだ。

もちろん、訴訟の成り行きについて、哲治が無関心だったといえば嘘になる。いや、最大の関心事項だったといってもいい。しかし、それを今まで口にしなかったのは、親が稼ぐ金のことについてあれこれ詮索するのは浅ましいという気持ちもあったし、それ以上に金など残すつもりはないと告げられた時に酷い失望感に襲われるであろうことが分かっていたからだ。

「とにかく、親父は親父、僕は僕。奇妙に思うかも知れないがそれがウチの決まりなんだ」

「子を思わない親なんてこの世にいるかよ」

いるさ、と答えたくなるのを、哲治は既《すんで》のところで堪《こら》えた。事実、離婚したのは仕方がないとしても、母は親権を放棄しただけでなく、その後の接触も頑《かたく》なに拒んでいる。もしも、自分に対して母が一片でも愛情を感じていたならば、決してこんな行動に出たりはしないだろう。

だがそんなことをマークに話してもしかたのないことだ。

「しかし、CNNにこんなに大きく報じられてしまうと、また一騒動もちあがるな」

哲治は話題を変えた。

「おそらく、こっちに帰ってきても、記者会見でもしないことには収まりがつかんだろう。これから暫《しばら》く、上原教授はまさに時の人だよ。バークレーでの地位も保証されたようなもんだ。講座を受講する学生の数も今までとは比較にならんだろうし、これだけの発明だ、ノーベル賞だって夢じゃない。スター教授を抱えるのは学校にとって願ってもないことだからな。まったく人生ってのはよくできたもんだぜ。運を摑んだ人間は、何もかもいい方向へと進む。それを考えると、教授のアシスタントとして採用された俺にもツキがあったってことになるかな」

「だといいんだけどね」

そう言いながら、マークの一言が引き鉄《がね》になって、哲治は新たな不安が込み上げてくるのを感じていた。

そう、何もかもうまくいきすぎているのだ。確かに、運を摑んだ人間は、やることなすことのすべてがいい方向に進むというのはよく言われることだ。しかし、その一方で、幸、不幸は表裏一体と言われるのもまた事実だ。

果たして、父は大きな運を摑んだのだろうか。このまま、大きな不幸に見舞われることもなく、人生を全うできるのだろうか。もしそうでないとしたら、摑んだ運が大きい分だけ、それに匹敵する、いやそれ以上の大きな不幸に見舞われるのではあるまいか……。

ハシシの効きはさらに強まってくる。基本的にこのドラッグは感情をハイにさせるものだが、マイナスに作用し始めると、限りなく精神を負の方向へと導く特性を持っている。

まさに、いま哲治はその方向に向かい始めていた。

もはや、マークの言葉など、頭に入らなかった。

哲治は窓の外に広がるサンフランシスコの夜景に目をやりながら、二言三言曖昧《あいまい》な受け答えをすると、電話を切った。

第二章　ニューヨーク

東部時間の夜十一時。ニューヨーク郊外にあるウエストチェスター・カウンティ空港に一機のプライベートジェット、ガルフストリームが滑り込むように着陸した。タキシングを終え、スポットに停止するとドアが開き、数人の男が降り立ち、待ち受けていた数台の車に乗り込んだ。その中に、夜目にも一際深い光沢を放つ一台のマイバッハがあった。

「長いフライトお疲れさまでした」

ドアサイドに立ち、迎えの言葉を投げ掛けるデビッド・ソロモンに向かって、チェスター・ジャクソンは鷹揚《おうよう》に頷《うなず》くと後部座席に身を滑り込ませた。すぐに反対側のドアが開き、ソロモンが隣の席に座った。行き先を告げるまでもなく、二人を乗せたマイバッハが音もなく走り始める。

「どうでした、ヒューストンは」

「メキシコ湾に建設中の新しいプラットホームは計画通り、順調に進んでいる。この分だと年末には試掘に取り掛かれるだろう」

ソロモンの問い掛けに、ジャクソンは前を見据えたまま言った。

「それは何よりです。ここ数年、中国での石油需要が伸びているせいで、国内外のガソリン価格は上昇の一途を辿《たど》っていますからね。生産量の増大は、急務の課題。このまま今の状態を放置しておけば、燃費のいいハイブリッドカーの普及に拍車をかけることになります。ガソリン消費が減ることは、我々にとって、決して喜ばしいことじゃない」

「ハイブリッドカーね」ジャクソンは鼻で笑うと、「まあ、理屈の上では君の言うことも分からんではないが、長期的に見ればガソリンの消費量はそう変わらんよ。この国の人間は消費を美徳だと思っている。ガソリン代が浮けば、さらにもう一台車を購入したくなるものさ。つまり一台当たりのガソリン消費量が減ったところで、トータルではそう変わるものじゃない」

傲慢《ごうまん》な口調でいい、ジョン・フィリップスで仕立てた背広のポケットから葉巻を取り出した。すかさずソロモンがシガーカッターを差し出してくる。ジャクソンは、それを器用に操りながら、

「そんなことよりデイヴ、今日、君にわざわざ空港まで来てもらったのは他でもない、ハイブリッドカーなんて代物よりも、もっと厄介なものが出現する可能性がいよいよ高まってきたようだが……」

ジャクソンは、丁寧に葉巻を炙《あぶ》り火を点《とも》すと口に銜《くわ》え、返す手でドアに取り付けられたスイッチを入れた。軽やかなモーター音と共に、透明なガラスが持ち上がり、前席と後部座席を仕切った。完全に密室状態となったところで、ソロモンが言った。

「例の件ですね」

「ああ……」

ソロモンに連絡を入れたのは、ヒューストンからの帰りの機中でのことだった。長いフライトの間に、マティーニを啜《すす》りながらなに気なく見ていたCNNで報じられたニュースを見た瞬間、心地よい酔いは一瞬にして吹き飛んだ。水素自動車を実現するためのタンクに関する特許。その判決が下り被告側、つまり研究者個人のものと裁定されたのだ。

アメリカ有数のオイルメジャーであるキャメロン社の最高経営責任者、ジャクソンにとって、これは由々しき事態だった。もしも水素自動車が実用化され、量産されることになれば、資源は無尽蔵である上に、クリーンそのもの。ガソリン自動車がたちまち駆逐されるのは火を見るより明らかだからだ。

「まったく厄介なことになったものです。特許が発明者である上原教授のものと認定されてしまえば、間違いなく技術はあらゆる自動車メーカーに公開されるでしょうからね。さらに大きな問題は、その時点で全世界、特にオイルを輸入に頼っている先進国のほとんどが、国策として水素自動車の普及に向かって、急速にインフラを整え始めるだろうということです。これは、単に自動車燃料の革命という域に留まりません。何しろ燃料となるプラントの建設、水素の運搬車、補給ステーション……計り知れない経済効果というおまけまでつくんですから」

「しかし、とんでもないものを発明してくれたもんだ。ノーベル賞確実の世紀の大発明だよ。従来のタンクと同じ重量で、七百気圧に加圧した水素を積めるとはな。これなら今のガソリンエンジンと航続距離もさほど変わらない。もっとも、水素を作るには電気がいる。電気を作るためにはオイルがいる。自動車の燃料が変わったって、元が変わらなきゃ同じことではあるんだが……」

「問題はその次です。今はまだ夢物語ですが、水素自動車が実用化されれば、太陽や風力といった自然エネルギーの生産技術に拍車がかかり、いずれ水素燃料はすべて自家生産で賄われる。長距離ドライブはスタンドへ。日々の生活に必要な燃料は自宅で補充。そんな時代が来ることは間違いありません。余剰電力を水素生産に回してやればいいんですからね。まさに究極のクリーンエネルギーですよ」

「だからこそこんな時間に君を呼び出したのだ。そんな事態を迎えたら、我々オイルメジャーがこれまで築き上げてきた帝国は崩壊してしまう。そんなことは断じてあってはならない」

葉巻の吸い口に歯を食い込ませながら、ジャクソンは呻《うめ》いた。

「分かっています」

ソロモンが静かな声で言った。

世界のエネルギー市場を牛耳るオイルメジャーには様々な役割を持った人間がいる。彼の肩書きはキャメロン社の経営企画室調査部長ということになっていたが、その役割は主に世界中に散在する石油産出国の国情分析、そして裏の使命として利権確保のための工作、敵対勢力を封じ込めるための対策立案を担っていた。

「それで、その上原教授についての調査はどこまで進んでいるんだ」

その問い掛けを待っていたように、ソロモンがブリーフケースを開け、中から一台のラップトップ・コンピュータを取り出した。軽やかなサウンドと共に、液晶画面に青白い光が浮かぶ。

「やはり、彼の背後には厄介な存在がいることが分かりました」ソロモンは無表情な視線で画面を見詰めながら言った。「洋の東西を問わず、この手の訴訟には莫大《ばくだい》な経費がかかる。一介の名もない部品メーカーのサラリーマンだった上原教授が、公判を維持していくだけの費用をどうやって捻出《ねんしゅつ》できたのか。それを調査したところ、思わぬ組織の関与が浮かび上がってきたのです」

「どんな組織だ」

「グリーン・シーズです」

「何！　あの連中が今回の訴訟に関与しているのか。それは確かか」

「ええ……」

ジャクソンは一瞬言葉を失った。グリーン・シーズはサンフランシスコを拠点とする世界有数の環境保護団体である。世界各国に支部を置き、動物や自然環境の保護、核・原子力、有害物質——環境に関することならば何にでも首をつっこむ。その活動は時に過激を極め、狙いをつけた企業には連日のデモをかけることなど序の口である。『鯨はお友達』

と公言して憚《はばか》らない彼らは、遠く南氷洋にまで出掛け、体を張って捕鯨の邪魔をし、毛皮を着ている人間にペンキをぶっかけるといった実力行使も辞さないときている。そして現在、彼らが最も力を入れているのが、地球温暖化の元凶とされている自動車からの温室効果ガスの削減だった。

「なるほど、連中が資金援助をしているのなら、なぜ上原教授がこれだけの長期に亘《わた》って公判を維持できたのか、納得できる話だ」

「連中の資金は豊富な上に、こと環境と名のつくものについては、狂信的になる。いやもはや、団体そのものがカルトと言ってもいい。何しろやつらは企業活動なんて環境破壊と引き換えに金を得る営利追求組織以外の何ものでもないと考えているんです。いや企業どころか、時にはその地に古くから根づいてきた文化そのものすら否定する。ご存じでしょう、日本の捕鯨に対して、連中が何をしでかしたか」

「ああ、知っている。それどころか、日本の漁民が古くから食してきたイルカの捕獲ですら、今や困難なものにしてしまった。それも実にセンセーショナルな手を使ってね」

「湾に迷い込んだ、イルカを一網打尽にした。思わぬ豊漁に沸き返った漁民はイルカを殺し、浜辺で解体した。当然、湾の中はイルカの血で赤く染まる。連中はその写真をここぞとばかりに公開し、こんな残虐非道極まりない行為がまかり通っていいのかと一大キャンペーンを打った」

「そのお陰で、今じゃ浜に鯨やイルカが打ち上げられれば、それこそ漁民総出で海に逃がす。それも大金を使ってね。しかし、その大部分は助からない。従来ならば、人々の食卓を潤したに違いないのに、わざわざ埋葬する始末だ。実に馬鹿げた話だよ。まあ、連中にしてみれば、イルカや鯨はお友達だ。その肉を食うなんてことは野蛮極まりない行為と言うのだろうがね。じゃあ、いったい人間は何を食って生きていけばいいのだ。システマチックに育てられ、日々屠《ほふ》られていく鶏や牛はどうなんだ。まさか草を食って生きていけとでも言うのかね」

「動物の保護が徹底された後は、草にも感情がある。それを食うのも残酷だとでも言い出すでしょうね」ソロモンは真顔で言うと、「しかし、厄介なことになったものです。連中にとって、水素自動車が実用化されるとなれば、少なくとも、目下最大の問題に掲げている温室効果ガスの排出問題が大きな前進を見ることは明らかです。しかも、アメリカが二酸化炭素排出量規制に関する京都議定書への批准を拒んできた理由である産業破綻《はたん》、大規模な失業、競争力の低下といった問題が事実上無きものになってしまう。それに、実際に水素自動車が市場にリリースされれば、あらゆる州の知事がその出現を歓迎するでしょう。マスコミももちろん、普及を煽《あお》ることは間違いありません。もちろん大統領だって、それを否定する材料はなくなってしまう。まさに連中にとっては、願ったり叶《かな》ったりの事態になるというわけです」

深刻な溜め息をついた。

「いったい我々がこれまで排出規制に関する様々な法案、それにあの忌《い》まわしい京都議定書を批准させないために、どれだけの資金を投下してきたと思ってるんだ。数多《あまた》の研究機関に資金援助をしながらノーベル賞学者を含む学者たちをオルグした。それだけじゃない。議会へのロビー活動、メディアを使った大規模なキャンペーン。あの能無しの馬鹿者を大統領に仕立て上げることができたのも我々の力があったからこそだ。それがたった一つの発明によって水泡に帰すなんてことは悪夢以外の何ものでもない。そんなことは考えたくもないね」

ジャクソンはせわしげに葉巻をふかし、先端からスーツの上にこぼれ落ちた灰を弾《はじ》きながら、忌々《いまいま》しげに言った。

「その通りです」

「その通りですだって？　君の答えはそれだけかね。もはや我々には、かかる事態を阻止する手だては残されていないと言うのか」

ソロモンに何の罪もないことは分かっている。しかし、こうした深刻な問題に直面した場合に、何かしらの有効な手だてを打つのが彼の仕事だ。ジャクソンの口調はどうしても彼を問い詰めるようなものになった。それが苛立《いらだ》たしさに拍車をかける。

「まだ方法がないわけじゃありません」

その言葉に思わずソロモンの顔を見ると、彼は腹案があるらしく、冷静な目でジャクソンを見詰めている。

「聞かせてくれ」

ジャクソンは再び葉巻をふかすと、先を促した。

「最大のポイントは、最高裁の判決がどうなるかにあります」

「おい、デイヴ。君は何か勘違いしてるんじゃないのか。いま行われている裁判の争点は、特許がどちらのものかということなんじゃないのかね。たとえオリエンタル工機が最高裁で勝訴したとしても、連中がそれを製品化し市場に送り出し、莫大な利益を得る。その流れが止められるわけでもないだろう。まあ、こうした裁判の場合、敗訴した方に費用負担が命ぜられるのが慣例だろうから、上原教授に資金援助していたグリーン・シーズに対しては、ダメージを与えることにはなるが、我々が存亡の危機に立たされることに変わりはない。そうじゃないのか」

「当たり前に考えればそうなります」

「じゃあ、どうするというのだ」

「これをご覧下さい」ソロモンはキーボードを操作すると、コンピュータの画面をジャクソンに向けた。「ここ、三年間のオリエンタル工機の株価推移です」

「それがどうした？」

「オリエンタル工機は東証二部に上場していますが、第一審で敗訴してからというもの、株価は極めて低い水準で推移しています。日本円で二百円そこそこ。ドル換算にして一株二ドル弱にすぎません。おそらく、誰しもこの訴訟に関しては、オリエンタル工機が敗訴する、そう見込んでいるからに他なりません。まちがいなく二審判決が出た今日以降の株価はさらに下がるでしょう」

「奇妙な話だね。確か上原教授が要求していたのは、利益の五％じゃなかったのかな」

「もし、特許が彼のものだとオリエンタル工機が素直に認めればね。しかし、彼らはあくまで戦う道を選んだ」

「ちょっと待ってくれ、すると裁判に勝訴すれば——」

「特許を上原教授が百％支配することだって充分に考えられますよ。何しろ、裁判の争点は特許がどちらに帰属するかを争っているのですからね。最高裁が二審判決を支持すれば、前言を実行するか否かは、彼の考え方でどうにでもなることです」

ますますソロモンが何を言わんとしているのか、分からなくなってくる。もし、上原が前言を翻《ひるがえ》し、部品の製造をオリエンタル工機に許可しなければ、巨大なビジネスを失うどころか、一セントの金だって入ってこないことになる。それがオリエンタル工機の株価とどんな関係があるのだろう。

思わず小首を傾げたジャクソンに向かって、ソロモンはとつとつとした口調で説明を始める。

「私の考えはこうです。まず最初にオリエンタル工機の株を我が国のファンドを使って買い占める。大量株の保有者は五％を超えた時点で、株式大量保有報告書を提出する義務がありますが、日本ではファンドがそうした行為を行った場合、二週間ごとに報告義務があります。そこで七つ以上のファンドを使い、あの会社の少なくとも三十％の株を買い占めさせる……」

「ボロ株に大枚の金を注ぎ込むのかね」

「まあ、お聞き下さい」ソロモンは落ち着いた口調で続けた。「多くの日本の自動車部品メーカーの例に漏れず、オリエンタル工機も太陽自動車の系列下にあります。自動車メーカーとしては日本でも弱小のね。そして太陽自動車は十年前に深刻な経営危機に陥り、我が国のジュピターの傘下にある。実際、いま太陽自動車のCEOになっているのはジュピターから送り込まれた人間です」

「まさに貧すればなんとやらだな。ジュピターだって、今では業績不振で喘《あえ》いでいる」

「その通りです。アメリカの自動車産業が経営不振に喘いでいるのは、いずこも同じですが、ジュピターは特に酷《ひど》い。もともと、我が社だけではなく、オイルメジャーは、アメリカの自動車会社の株をある程度保有しています。我が社も、ジュピターの発行株式の五％を保有している株主です。それを関連会社を動員して二十％まで買い進める……」

「つまり、ジュピターを通じて、太陽自動車を、そしてオリエンタル工機を支配下に置くと言いたいのだな」

「その通りです」

「それにどんな意味があるのだ。オリエンタル工機が最高裁で負ければ大損害だぞ。危険な、いや無謀な賭《か》けとしか思えんが」

「オリエンタル工機が勝てばどうなります？　いや、勝たずとも和解に持ち込むことができるとすれば？」

「オリエンタル工機は上原教授が開発した技術を用いたタンクを製造し、水素自動車を市場にリリースさせる。ただそれだけのことじゃないか」

「どこのメーカーに供給するんです？」

「太陽自動車。それにジュピターに決まっている」

「太陽とジュピターがなぜ、市場でさほどのシェアを奪えず、弱小の地位に甘んじているか。その理由は何だと思います」

「少なくともジュピターに関していえば、デザインが悪い。いかにも安物。貧乏人がしょうがなく乗る車だというイメージが定着している」

「それが革新的な技術、つまり水素を燃料とした車だというだけで消費者の購買意欲をそそるものでしょうか」ソロモンは、ぐいと身を乗り出すと考えを一つ一つ検証するかのように言葉を区切りながら言った。「我々は、ジュピターを、ひいてはオリエンタル工機を、事実上支配下に置く。取得した特許は、有効期限が来るまで他社には公開せず、独占的に支配する。そして、今まで通りクラッジ《不細工》な車を作り続ける。水素自動車を普及させるためには、ある一定以上の台数が現実に使用されることが絶対条件になります。そのためには、全世界のメーカーが一斉にこの技術を用いた車をリリースしなければ、インフラの整備は覚束《おぼつか》ない」

「なるほど、事実上の特許の封印をしてしまうというわけか」

ようやく、ソロモンの企《くわだ》てが理解できたジャクソンは呻《うめ》いた。だが、それを聞いてもすぐにいくつかの疑問が脳裏に浮かぶのは否めない。

「しかしね、これだけの革新的な技術を独占などできるものだろうか」

ジャクソンは、葉巻をゆっくりと口に運ぶと訊《たず》ねた。

「特許や著作権の独占は合法的なものですよ。ディズニーの例があるじゃありませんか。ミッキーマウスを護《まも》るために、著作物の使用権は従来の法律で期限が切れる寸前になると、延長され続けている。つい数年前まで著作権者の死後五十年だったのが、今では七十年ですよ。まあ、環境問題が絡んでいますから、世間から非難は浴びるでしょうが、何も水素自動車をリリースしないわけじゃない。クラッジなデザインでも、乗りたければどうぞといっているだけのことです」

「なるほど……しかし、君の案は最高裁でオリエンタル工機が勝訴するか、あるいは両者が和解するかしなければ実現は不可能だ。上原の背後にグリーン・シーズがいることを考えれば、和解はないだろう。おそらく、最高裁で勝訴すれば、収益の五%どころか、それ以下の使用料で、メーカーの如何《いかん》を問わず特許を公開するんじゃないのか」

「その推測は正しいでしょうね」

「ならば、どうする」

暫《しば》しの沈黙があった。豪華な車内に、闇を切り裂きながらインターステイト684を南に向かって疾走するマイバッハのエンジン音だけが聞こえる。ソロモンは遠くに見える

家々から漏れる灯《あかり》に目をやっていたが、突然、底冷えのするような視線を向けると、

「それについても、考えがあります」

コンピュータのキーを叩《たた》き、新たなファイルを画面に浮かべ、冷静な口調でプランを話し始めた。

＊

マンハッタンのダウンタウン、ホウストン・ストリートの一画に、一台のイエローキャブが停まった。夜九時。古ぼけたビルの谷間は闇に沈み、ストリートを行き交う人影もほとんど見当たらない。後部ドアが開くと、ヘッドライトの灯の中に路上に降り立つ一人の男の姿が浮かび上がった。ソロモンだった。傍らのビルの一階には小さな裸電球が寂しげな光を放っており、そこに黒くペイントされた鉄扉を照らし出している。彼は立ち去るキャブに一瞥《いちべつ》もくれることなく扉に手を掛けた。

『フェラーリ』。このニューヨーク屈指のイタリアンレストランは、広く名前を知られてはいても、実際にここに足を踏み入れたことのある人間の数はさほど多くはない。なにしろ顧客は、この街の頂点に君臨するビジネス界のごく一部の人間か、ハリウッドの映画スター、あるいは名のあるミュージシャンといった類《たぐい》の者たちばかりである。店名すら表に掲げていないこの店に出入りすることを許されるのが、この街での成功者の証であり、自

らが置かれたポジションを再認識させることに繋《つな》がるのだ。

光量を落とした店内に入ると、タキシードに身を固めたボーイが立つ受付があり、背後は深紅のぶ厚いカーテンで遮られ、中は見えないようになっている。

「グッドイブニング・サー……」

慇懃《いんぎん》な口調でボーイが言う。

「予約をしたソロモンだが」

「承っております。すでにお連れ様がお待ちです。どうぞこちらへ」

予約のノートを見ることもなく、ボーイが優雅な手つきでカーテンを開いた。内装はイタリアの名車、フェラーリをイメージしたのだろう。壁はポルトローナ・フラウの革を用いた手作りのシートを彷彿《ほうふつ》とさせるベージュ一色。テーブルクロスはカーテンと同様深紅である。メインダイニングには二十ばかりのテーブルがあり、その上にはキャンドルが灯《とも》されている。席はすでに埋まっていたが、誰一人としてこちらに注意を払う人間はいない。

ボーイはダイニングを廻《まわ》るようにして奥に進むと、そこにある三つの個室のうちの一つにソロモンを案内した。

「待たせたかな」

八つの席が用意された部屋に一人座る男に向かって、ソロモンは席に歩を進めながら訊ねた。

「五分前に着いたところだ」

ロジャー・イングラムが口の端を微《かす》かに歪《ゆが》めながら応《こた》えた。黒いシルクのシャツに、同色のパンツとジャケット。歳はまだ二十五歳。五十を越えたソロモンとは親子ほど歳が離れているにもかかわらず、彼の目には人生の表と裏を知り尽くしたような暗く冷たい光が宿っている。

経営企画室調査部長という肩書きを持つソロモンが、利権確保のための工作、敵対勢力を封じ込めるための対策立案を担う裏の顔を持っているなら、そこで決定された工作を請け負い、実行に移すのがこの男の役割だった。

「飲み物は？」

「シェリーを頼んだ……」

ソロモンの問い掛けに、イングラムが物憂げに答える。

「じゃあ、それを二つだ。食事は後にする。それまでは呼ぶまで放っておいてくれ」

注文を受けるのはウエイターの仕事だ。ボーイは一瞬怪訝《けげん》な表情を露《あら》わにしたが、ソロモンが二十ドル札を握らせてやると、満面の笑みをたたえ部屋を後にした。

「聞きしに勝る豪華な店だな。よく予約が取れたものだ」

イングラムが言う。

「この街に金で解決できない問題などあるものか。店のブッキングミスで、誰かが今夜のディナーを二ヵ月待たなきゃならなくなった、それだけのことだ」

「会合の場所としても申し分ない」

「ここに足を踏み入れることができるのは、ごく限られた階層の人間だけだ。その上バリエーションにも富んでいる。ビジネスマン然とした私と、君のような恰好《かっこう》をした人間が会っていても目立つことはない」ソロモンは淡々とした口調で言い放つと、「で、調べの方は順調に進んでいるかな」

本題を切り出した。

「つつがなく、と言っておこうか」

「君らしくもない随分持って回った言い方だな」ソロモンは脚を組むと背凭《せもた》れに身を預けた。「調査を依頼してからすでに五ヵ月。この間に東京では高等裁判所の判決が出てしまった。本来ならば、その前にすべての準備を整えておかなければならなかった筈《はず》だ」

「もちろん」イングラムは些《いささ》か皮肉を込めたソロモンの言葉にも、動じる様子もなく悠然と答える。「今回のケースは今までのものとは違って、余計なステップを踏まなければならなかったものでね。それで時間がかかったのさ」

「どんな？」

「いちいち説明しなきゃ分からないかな。ヤツの身辺調査をするにも、アメリカと日本という二つの国で行わなければならなかったんだぜ。まあ、アメリカでの調査は比較的順調にいったのだが、問題は日本だ。こちらの正体がばれないように日本の探偵事務所を使い、身辺を徹底的に洗わせたはいいが、レポートは当然日本語で上げられてくる。それを信頼できる人間に翻訳させるだけでも、倍以上の手間と時間がかかる」

「それを考慮しても五ヵ月は充分すぎると思うがね」

「日本での調査で思いもかけなかった興味深い結果が出たんだよ。おかげで再びアメリカでの調査をやり直させなければならなくなったのさ」

「ということは、成果があったということかね」

イングラムは、じっとこちらを見詰めたまま、床に置いたブリーフケースを指差した。

「ここに……」

「満足させる自信は」

「見れば分かるさ」

その時、ドアがノックされると、ウエイターが姿を現し、二人の前にシェリーが注がれたグラスを置いた。

「で、その興味深い結果とは？」

再び二人になったところで、ソロモンは訊ねた。

「ヤツがオリエンタル工機を退職し、バークレーに職を得た際に長年連れ添った妻と離婚したことは知っているな」

「ああ、それがどうかしたか」

「離婚なんてものはアメリカでは日常茶飯事に起きている。もちろん日本でもね。だから我々も、当初その点にはさほどの関心は払わなかった。しかし、日本から上がってきたレポートを読むと、どうしても合点がいかない点が浮かび上がってきたのだ」

「ほう」

「疑問点は三つあった。一つは、もし勝訴すればヤツの元には莫大な特許料が転がり込んでくる。普通なら、離婚するにしても訴訟の結果がどう出るか。それを見極めてから行動を起こすものだ。どうせ別れるのなら、少しでも多くの金を分捕ろうと目論《もくろ》むのは何もアメリカに限ったことじゃない。ところが、ヤツの妻ときたらそんなことはどうでもいいとばかりに、慰謝料を要求するどころか、一セントの金ももらうことなく離婚した」

ソロモンは黙ってシェリーを啜《すす》ると、目で先を促した。

「第二は、離婚に当たって、親権を放棄したことだ。一人息子のね。アメリカでも親権をどちらが持つかは、慰謝料と同等に揉《も》めるのが常だ。自ら進んで親権を放棄する。しかも母親がなんて話は、かなり特殊なケースと言っていい」

「なるほど。それで疑問の第三は？」

「ヤツの妻が、別れた後も息子に会うことを頑《かたく》なに拒んでいることだ。こんなおかしな話は聞いたことがない」

「離婚の原因は何だったのだ」

「当然、この離婚には何かある。我々はそう睨《にら》んで日本での調査を行ったのだが、再三調査を行っても納得のいく結果が得られなかった。ヤツがいささか変わっていたことは確かだ。東京大学、それも博士課程まで終えていながら、敢えてオリエンタル工機という中堅企業に就職したばかりでなく、家庭を顧みることもなかった」

「それは知っている。会社の仕事の傍ら、残った時間を費やしてあれだけの発明をなし遂げたんだ。家族を構っている時間なんてありゃしなかっただろうさ」

「そうした日常が離婚という結末に行き着くことは容易に推測できるが、なぜ母親が自分の腹を痛めた、分身とも言える息子まで忌み嫌わなければならなかったのか。何かよほど特別な事情があるに違いない。そう思うのは当然のことだろう」

「それでアメリカで再調査を行ったわけだな」

「ああ。三ヵ月間ヤツの行動を徹底的に監視した」

「で、その離婚の理由を突き止められたのか」

「もちろん」イングラムは頷くと、「それを話す前に一つ訊《き》いておきたいことがある」

グラスに手を伸ばしながら言った。

「何だね」

「キャメロンはヤツをどうするつもりなんだ」

「君たちの調査で、グリーン・シーズが背後にいることが分かった以上、平和的な解決は望むべくもない」

「つまり……」

イングラムの目から一切の表情が消えた。彼が結論を悟っていることは明白だったが、ソロモンは親指を立てた握り拳《こぶし》を喉元《のどもと》に持って行くと、唇を歪め息を吸い、口蓋《こうがい》の粘膜を震わせながら横に引いた。

「なるほど」

イングラムが、静かに頷く。

「ただ、問題はヤツをどういう手法で始末するかとそのタイミングだ。殺すのは簡単だが、それまでにやっておかなければならないことができてしまったからな」

「それは何だ」

「オリエンタル工機を事実上、キャメロンの支配下に置くということだよ」

ソロモンはそれから長い時間をかけて、ジュピターを通じて太陽自動車を、さらにはオリエンタル工機の株を買い占め支配するプランを話して聞かせた。

「なるほど、うまいことを考えたな。日本の最高裁は一審、二審とは違い、ほとんどがこれまでの判決が法に照らし合わせて妥当かどうかを検証する場に過ぎない。改めて双方の言い分を聞きながら再審理を行うということは滅多にないのだが、これほどの案件だ。口頭弁論ぐらいあってもおかしくないし、あるいは差し戻しという可能性もある。その時に被告が亡き者となっていれば勝訴することは間違いない。そして株価が低迷している今のうちにオリエンタル工機の株を買い占め、特許をこちらの意のままにしようというのだな」

「ただオリエンタル工機勝訴の可能性が出てくれば、今後莫大な利益を齎《もたら》す会社を買収しようと、どんな連中が株を買い占めにかからないとも限らん。常日頃から有力な投資先を鵜《う》の目鷹《たか》の目で狙っているファンドが乗り出してきたら、厄介なことになる。手を打つのは早いに越したことはない」

「投資ファンドだけじゃないだろう。ことによるとグリーン・シーズだって、オリエンタル工機の経営権を握ろうと、株を買い占めにかかる可能性だってある。世界的規模で環境保護に余念がない連中の資金は、思いのほか潤沢だ。ましてや、化石燃料に代わるクリーンな内燃機関を世に送り出す会社の経営権を握ると発表しようものなら、それに要する資金を集めるのはいとも容易《たやす》いことだろう。今や、環境問題に関心を持つのは、社会的影響力のある人間にとって、一つのファッションだからね。先頭に立ち、募金活動に立つ映画スターやミュージシャンだって出てくるに違いない」

「だからこそ、ヤツの始末は周到な準備と、厳密なタイムスケジュールの下に行わなければならないのだ。殺害するにしても、乱暴な手段はとれない。誰が考えてもあれは不可抗力だったのだと思うような形で決着をつけなければね」

「その点は大丈夫だ。しかし、本当にあんたたちの思惑通りに、ことが運ぶのかね」

「と、言うと」

「買収がうまくいくかいかないかは俺の仕事とは関係ないが、ジュピター、太陽自動車はともかく、オリエンタル工機がすんなり買収に応じるものかな」

「なぜそう思う？」

「あんたに上げたレポートにも書いたが、オリエンタル工機は確かに太陽自動車の系列下にある。だが、太陽が所有している株式は、オリエンタルの発行済み株式の五％に過ぎない。筆頭株主は、創業者一族で全体の三十五％になる。おそらく、こうした比率になっているのは、太陽にしてみればこれ以上の株式を保有すれば、仮にオリエンタルよりも優れた部品を安価で供給するメーカーが現れた場合、切るに切れない状況に陥ることを恐れてのことだろう。一方のオリエンタルにすれば、上場はしたものの、絶対的支配権は一族が握っておきたい。そうした両者の思惑が一致しているからだ。そんなところに、突然あんたたちが現れ、株を買い占めに出れば必死に抵抗するに決まってる」

「もちろん、それについては考えがある。しかるべき手を事前に打つつもりだ。もちろん、それも君の働き如何《いかん》ということにはなるがね」

イングラムは二度三度と頷くと、足元のブリーフケースを膝に載せた。ロックを外し、カバーを開くと、中から薄いラップトップ・コンピュータを取り出し、テーブルの上に置いた。

「面白いものをお見せしよう。ただ、あんたの趣味に合うかどうかは保証の限りじゃないがね」

マウスパッドの上を彼の手が器用に動き回る。そしてキーを弾くと、意味あり気に歪《いびつ》な笑いを浮かべ、モニターをこちらに向けた。

「こ、これは……」

そこには一枚の写真画像が映し出されていた。想像だにしなかったあまりにも衝撃的なシーンに、ソロモンは思わず言葉を失った。

「もっと見たければ、矢印を押してくれ。ストックは幾らでもある」

イングラムは事も無げに言ったが、正視に耐えないとはこのことだ。ソロモンにはこの一枚で充分だった。

「驚いたな。これが本当にヤツなのか」

ソロモンは汚らわしいとばかりに、パソコンをイングラムの方に押しやった。

「こうした仕事をしていると、人間の本性というやつは外面からはまったく想像もつかない、という現実を目にすることがあるものさ。この写真を見れば、ヤツがなぜ離婚したか。母親が親権を放棄して実の子を抛《ほう》ったか。その理由も想像がつくってもんだろう」

「なるほど君の言う通りだ。まさか、あの男がこんな性癖を持っていたとは……いや驚いたな」ソロモンは、脳裏に焼き付いたイメージを洗い流すかのように、グラスに残ったシェリーを一気に飲み干すと、「しかし、よくこんな写真が撮れたものだな」

気を取り直し、感嘆の声を上げた。

「それが俺たちの仕事だからな。この程度のことなら、それこそ金を握らせれば何とでもなる」

イングラムは事も無げに言う。

「それで、この写真をどう使うつもりだ」

「別に……どうもしやしないよ」

「こんな写真が出回れば、ヤツの権威、名誉を失墜させるには充分だろう。それをむざむざ――」

「始末される男に権威や名誉は関係ないだろ。そうじゃないのかな」イングラムは皮肉の籠《こ》もった笑いを浮かべ、ソロモンの言葉を遮ると、「しかし、これでヤツの殺害方法が決まったことは事実だ。俺の考え通りに事が運べば、ヤツの死は不慮の事故として片づけられる。間違いなくね」

「その言葉を信じていいんだろうな」

「心配するな。俺はこの道のプロだぜ」

「分かった……」

イングラムがこれまで自らの手で人を殺したことがあるのかどうかは分からない。だが、若いにもかかわらず、これまで一度たりともこちらの依頼した仕事に対して失望させるような結果を齎《もたら》したことはなかった。ソロモンは彼の言葉を信じ、

「それで、報酬は」

実行に向けての最終交渉に入った。

「幾ら支払う用意があるんだ」

「五十万ドルでどうだ」

「冗談だろ。ヤツを始末し、事実上水素自動車の出現を封印することができれば、キャメロンはいったい幾らの利益を貪《むさぼ》ることができると思うんだ」

「だったら、はっきりと金額を言ったらどうなんだ。無駄な駆け引きは止めにしようじゃないか」

「二百万ドル……それ以下では話にならない」

イングラムの口調には頑とした響きがあった。固く口を結び、感情の一切を排した底冷えのするような眼差《まなざ》しを容赦なくこちらに向けてくる。

短い沈黙があった。

「いいだろう。二百万出そう」

ソロモンは頷いた。人一人を始末するのに二百万ドルが妥当な値段かどうかは分からない。だが、猿程度の頭しかない男を大統領にしたてあげるのに費やした金を考えれば安いものだ。それに、彼が言う通り、水素自動車の出現をこちらの意のままにできるとなれば、そのメリットは計り知れない。

「OK、話は決まった」

イングラムは電源を切り、ラップトップ・コンピュータを閉じた。

「ただ、これだけは言っておく。この仕事はタイミングが勝負だ。判決が出てからではすべてが台無しになる。失敗は許されない。いいな」

「分かっている。指示があり次第、いつでも計画を実行できるよう準備をしておく」

「朗報を待っているよ」

彼がどんな方法を用いてヤツを殺そうとしているのか、そんなことには一切興味を覚えなかった。求めているのは結果だ。手段などどうでもいい。

ソロモンは席を立つとドアを開け、ボーイに食事の準備を始めるよう促した。

第三章　東京

それから四日後、ソロモンは新宿にある高層ホテルの一室にいた。

飛行機での移動は慣れたものだが、普段は国の内外を問わず、自家用ジェットで移動するのがキャメロンでは当たり前になっている。ファーストクラスを使ったとはいえ、ニューヨークから東京まで十三時間のフライトはさすがに身に応《こた》えた。

長旅の疲れを取るにはシャワーを浴びるに限る。ソロモンは長い時間をかけて汗を流すと、火照《ほて》った体にバスローブを羽織った姿で眼下に広がる夜景を見た。巨大な街だと思った。見渡す限りに広がるビルの群れ。そして銀河を連想させる光の洪水が延々と続いている。世界広しといえども、これほど巨大な都市は東京をおいて他にない。まさに極東の中心と呼ぶに相応《ふさわ》しい光景だった。

暫《しば》しの間、使命を忘れ夜景に目をやっていたソロモンは、窓際を離れ、部屋に設《しつら》えられた冷蔵庫を開け、ペリエを取り出した。よく冷えたミネラルウォーターが体に籠《こ》もった熱を内部から冷ましていく。微細な炭酸の刺激が意識を覚醒《かくせい》させる。

時刻は七時半になろうとしている。三十分後には、この部屋に客を迎える予定になっていた。

部屋はスイートルーム。ソロモンは寝室に取って返すと、床に広げたままのスーツケースの中から、新しい衣類を取り出し、身支度を始めた。糊《のり》の利いたシャツに袖《そで》を通し、ネクタイを締める。最後にジョン・フィリップスのスーツを着終えたところで、姿見で身繕いを確認した。良質の睡眠を取っていないにもかかわらず、シャワーの効力は絶大で、きっちりと分けられた頭髪、髭《ひげ》を剃《そ》り落とした頬のあたりからは、そこに擦り込んだ乳液の匂いが漂ってくるようだった。一分の隙もない己の恰好《かっこう》に満足すると、豪華な応接セットが置かれたリビングに戻った。

そのタイミングを見計らったかのように、密《ひそ》やかにベルが鳴った。

「ルーム・サービス」

ドアの向こうから男の声が聞こえる。ロックを外すと、制服に身を包んだボーイがワゴンを押しながら、部屋の中に入ってきた。銀のワインクーラーの中には、半ばまで氷に埋もれたドンペリニオンのロゼが入れられており、磨き抜かれたシャンペングラスが二個載せられている。

「ありがとう。あとは私がやる」

ソロモンは無意識のうちにポケットに手を入れた。札の感触が指先に触れる間もなく、

「チップを頂くことは禁じられておりますので……」

ボーイは慇懃《いんぎん》な口調で言い、一礼をすると部屋を出て行く。

これで後は、客が来るのを待つだけだ。ソロモンは改めてソファに腰を下ろした。

七時五分。再びベルが鳴った。スーツの上着のボタンを留めながら席を立ったソロモンは、ドアを開けた。自分より頭一つ低い、中年の男が金縁眼鏡の奥から些《いささ》か緊張した眼差《まなざ》しを向けながら、

「ミスター・ソロモン？」

低い声で訊《たず》ねてくる。

「イエス」

「山藤《やまふじ》です」

「お待ちしていましたよ。ミスター・ヤマフジ。お会いできて光栄です」

ソロモンが差し出した手を、山藤は無言のまま握り返してきた。柔らかな手の感触は、彼がこれまでの人生において何の苦労もしてこなかったことの証だ。世界の石油市場を牛耳るキャメロンには、東部の名門大学出身者が掃いて捨てるほどいる。彼らの多くは中学からプレップスクールという、私立の全寮制の学校に入れられ、祖父、父親が出た名門大学に進み、何の疑問も持たずに予《あらかじ》め敷かれたレールの上を歩んできた連中だ。そうした人間は、銀のスプーンを銜《くわ》えて生まれてきたかのように、身から滲《にじ》み出る育ちの良さのオーラを放っている。しかし、それは荒野に咲く野生の花が放つ逞《たくま》しさとは対極にあるもので、温室育ちの花がちょっとした環境の変化で枯れ萎《しお》れてしまうようにはかないものである。山藤は間違いなく後者に属する人間だとソロモンは思った。

「さあ、どうぞ……」

促されるままに、山藤が中に入る。

「お掛け下さい」

所在なげに佇《たたず》んでいる山藤に向かって、ソロモンは努めて明るい声で椅子を勧める。彼が腰を下ろしたところで、

「シャンペンは？」

と訊《たず》ねた。

「いや、結構……」山藤は警戒の色を露《あら》わに、申し出を拒絶すると、「用件を聞かせていただきたい。あなたからのメールでは、何か我が社の将来にかかわる大事な話があるということでしたが、いったい何事ですか」

流暢《りゅうちょう》な英語で問い返してきた。

山藤はオリエンタル工機の社長をしている。イングラムのレポートから、彼がウオートン・ビジネススクールに留学した経験を持ち、MBAを修得していることは知っていた。当然英語に堪能《たんのう》であることは推測がついたが、いかにメールとはいえ、文面が事前に秘書の目に触れないとも限らない。彼に送付したメールの内容は、きわめて曖昧《あいまい》なものにならざるを得ず、彼が警戒を露わにするのも無理からぬことではあった。にもかかわらず、こうして山藤がこの場に出向いてきたのは、キャメロンという世界屈指のオイルメジャーの威光があったからに他ならない。

「こんなコンタクトの取り方をした無礼をお許し下さい。しかし、これからお話しすることは、絶対に他人に知られてはならないことなのです」

「オイルメジャーが私どものような自動車部品メーカーにどんな話があるというのです」

「例の特許訴訟のことですよ」

ソロモンはソファに腰を下ろしながら直截《ちょくせつ》に切り出した。

「あの訴訟にあなた方がどうして興味を持つのです」

「当然でしょう。あの技術は水素自動車の実用化を一気に推し進めるものだ。現行の自動車の燃料であるガソリンが水素に取って代わられれば、我々オイル産業にとっては死活問題そのものですからね」

「なるほど、そういうことですか」

山藤はようやく合点がいったという体《てい》で頷《うなず》いた。

「ミスター・ヤマフジ。ずばりお訊《き》きします。あなた方は今回の判決を不服として最高裁に上告された。その結果について、勝算はおありですか」

「何とも言えませんな。正直言って状況はきわめて微妙だとだけ申し上げておきましょう」

「実は、勝ち目はほとんどない。そう考えているのではありませんか」

「そんなことはない」

「そうでしょうか。第一審に続き、第二審も上原教授の主張を全面的に支持する判決を下した。日本の裁判システムでは、最高裁はあくまでも一審、二審の判決を法的見地から妥当なものであるかないかを検証する場でしかない。よほどのことがない限り、口頭弁論も行われない。紙切れ一枚の判決文を送り付けてきてそれで終わるケースだって少なくないと聞きますが」

山藤が押し黙った。固く結んだ口元から、彼の内心に渦巻く鬱積《うっせき》した思いが伝わってくる。

「もし、最高裁が二審の判決を支持すれば、あの特許は上原教授個人のものとなることが確定する。そんなことになれば、あなた方は莫大《ばくだい》な利益を手にする技術を逃してしまう。そして上原教授は、あの特許を世界中の自動車部品メーカーに供与する。ただ一社、オリエンタル工機を除いてね」

はっとしたように、山藤の視線がソロモンに向けられた。

「まさかそんなことはないと考えているなら、それはあまりにも楽観的な見通しというものですよ。だってそうでしょう。今回の訴訟が始まる前、上原教授はあなた方に、あの技術を使った部品を販売することから上がる収益の五%を支払えば、製造を許可すると言った。しかし、あなた方はそれを拒絶し、特許は百パーセント自分たちに帰属すると主張し、法廷闘争に踏みきった。言わば彼にとってオリエンタル工機は敵以外の何者でもないわけですからね」

「その公算は極めて高いでしょうね……」

「そんなことになれば、自動車産業が一斉に水素自動車製造に向けて走り出す中、あなた方は従来の製品を作り続けなければならなくなる。そんな会社に、どこの自動車会社が目を向けると思いますか」

山藤はじっとテーブルの一点を見詰めたまま、体を硬くしている。膝《ひざ》の上に置いた拳《こぶし》が微《かす》かに震えているのが分かった。

長い沈黙があった。やがて、山藤は血走った目を向けると、

「いまさら悔いても遅いが、我々が最初にあいつの申し出を呑《の》んでいれば、こんなことにならなかったのだ。しかし、あいつの主張を認めてしまえば、研究者はそれこそ一攫千金《いっかくせんきん》を狙って好き勝手な研究を始めるだろう。それでは企業組織は成り立たなくなる。それに、あの特許は上原のペットビジネスだったとはいえ、我々の研究所から生まれたものだ。あいつの主張を認めるわけにはいかないじゃないか」

それまで鬱積していた思いのすべてをぶちまけるように、一気にまくしたてた。

「やはり、あなたは、この裁判に勝ち目はない。そう踏んでいるんじゃないですか」

山藤の視線が力なく落ちた。

「最高裁に上告したのは、面子《メンツ》の問題だったというわけですな」

答えは返って来ない。

ソロモンはわざと大きな溜め息を漏らすと、

「それでは困るのです。あなた方に何としてでも勝って貰《もら》わないことにはね」

冷静な声で言った。

「しかし、すでに訴訟は最高裁に移っている。これから打つ手があるとすれば、和解に持ち込むことぐらいしか考えつかない。しかし、上原は我々からの接触を一審判決が出た直後から頑《かたく》なに拒み続けている」

「まだ打つ手は残されていますよ」

ソロモンは静かに告げた。

「まだ手があるですって？　どんな」

俄《にわか》には信じがたいといった口調で山藤は訊ねてきたが、その口調にはすがるような響きがあることをソロモンは見逃さなかった。

「それをお話しする前に、一つ聞いて欲しいことがある」

山藤が喉仏《のどぼとけ》を上下させながら頷く。

「これから一ヵ月の間に、オリエンタル工機の株価は大きく動きます」

「どういうことです」

「我々がアメリカのファンドを使って、オリエンタル工機の株を買いまくるからです」

「何ですって？」

「目標は発行済み株式の三十％……」

「ちょっと待ってくれ。それほどの株式を押さえられれば、筆頭株主である我々一族とほぼ同じ比率の株を保有することになる。そんなことをやってどうするつもりだ。まさか役員を送り込み、我が社の経営に関与しようと言うんじゃないだろうな」

「そんなつもりはありませんよ」

「じゃあ、何が目的だ」

「これは保険なんです」

「保険？」

「はっきり言いましょう。我々はすでにこの訴訟であなた方が勝訴する手段を考えている。しかし、問題はその後だ。特許がオリエンタル工機のものになるのは一向に構わない。しかし、それを世界中の自動車会社、あるいは部品供給メーカーに公開されたのでは困るのです」

「それじゃ何か、あの特許を我が社が手にしても、固く封印してしまおうと言うのか」

「そうではありません」ソロモンは山藤の言葉を即座に否定した。「我が社は、ジュピターの株を五％ほど所有している。たった五％と言わんで下さいよ。業績不振に喘《あえ》いでいるとは言っても、あの会社はアメリカ有数の自動車会社です。当然発行済み株式数も桁《けた》違いに多い。我々は紛れもない大株主だ。そしてジュピターは、あなた方が系列下に入っているる太陽自動車の経営権を事実上握っている。我々としては、オリエンタル工機が特許を手にしたら、独占的に太陽、ジュピターの二社に限ってその使用を許可すると確約して欲しいのです」

「どういうことだ。あなたはさっき、水素自動車の出現はオイルメジャーにとって死活問題だと言った。となれば、何が何でも水素自動車の出現を阻止しなければ意味がないだろう」

「時代の流れは止められないものですよ。どんな産業にでも、終わりの時がやってきます。それが世の習いというものだ。我々もそれを否定はしません。ただ、急激な衰退は困る。緩やかな死。それを我々は願っているのです」

ソロモンは嘘を言った。本当の目論見《もくろみ》を話せば、山藤が即座にこの申し出を断ることは目に見えているからだ。

「水素自動車の生産をジュピター、太陽の二社が始めることが明らかになれば、株価は暴騰する。業績も上向くでしょう。当然、大株主である我が社への配当も増加する。もちろん、特許をものにしたオリエンタル工機の株価は、それが明らかになったところで値を上げ続けていく。その頃合いを見計らって、ファンドは徐々に株を放出し売り抜ける……」

「しかし、特許の使用の許諾を得られなかった他自動車会社が、それを機にうちの株を買い占めにかかることだってあるんじゃないか」

「彼らの株の放出のタイミングは事前に我が社に知らされ、我々が買い取ることになっています。もちろん、そのすべてをキャメロン一社で引き受けるつもりはありません。精々一％程度に抑える。残りは他のオイルメジャーが関連会社を総動員して同比率で持つ。それなら大量株式保有者として、報告の義務もない。つまり、オリエンタル工機は今まで通り、あなたの会社でいられ、それと同時に、莫大な利益を上げられもするというわけです」

「あなたが言うことは理解できないではないが、太陽とジュピターだけでは、マーケットに及ぼす影響などたかが知れている。水素自動車が普及するためにはインフラの整備が必要不可欠だ。すべてとは言わないが、少なくとも過半数の自動車会社が、水素自動車を市場にリリースしないことには……」

「えっ」

「上原教授の背後にどんな組織がいるか、知っていますか」

「どうやらご存じないらしい」ソロモンは一呼吸置くと、「グリーン・シーズ。あの環境団体のね。彼らが莫大な訴訟費用を負担しているんですよ。だからこれまで、オリエンタル工機を向こうにまわして、延々と法廷闘争を繰り広げることができたんです」

「そんなやつらがいたのか」

「彼らは水素自動車普及に向けて、大きな運動を起こすでしょう。連中の力は、あなたの想像を超えるものがある。政治家を動かしもすれば、時のオピニオンリーダーを前面に立てて世論を操ることだって簡単にやってのけますからね」

「しかし、それはそれで厄介なことにはならないかね」

「何がです」

「確かにあなたの目論見通りにことが運べば、水素自動車市場をジュピター、太陽が独占することができるだろう。ですがね、グリーン・シーズは、普及を加速的に推し進めるためには特許が広く公開されなければならないと主張し出すに決まってる。二酸化炭素の削減を劇的に解決する技術が、せっかく確立されたのに、二社いずれかの車を買わなければならない。彼らにとって、そうした状況は企業のエゴと映ることだろうし、そうなれば今度はウチをターゲットとして、猛烈な運動を起こす可能性だって考えられる」

「特許の寡占など、ビジネスの世界では当たり前に行われていることですよ。道義的な問題とビジネスは別物だ。法に触れない限りはね」

山藤の言うことはもっともである。水素自動車がリリースされたはいいが、二社に寡占されたのでは、山と出された美味《おい》しい料理を前にして、その中の二つ、それもいちばん安いものしか食えないと言われたようなものだ。そして不満を覚えるのは、グリーン・シーズだけではない。一般の消費者だって、オリエンタル工機へ非難の矛先を向けてくるに決まっている。

「それだけじゃない。さっきも言ったが、水素自動車が普及するためには、大規模なインフラの整備が不可欠だ。なるほどグリーン・シーズが動き出せば、国策としてインフラ整備を行う動きも出てくるかもしれない。だがね、それも投下した資金を補って余りある効果が望めればこそのことだ。たった二社が製造する車のために、多額の資金を投下するなんてことはあり得ない」

この見解に対しても異論を差し挟む余地がないことは明白だった。いや、それこそがソロモンの狙いとするところでもある。緩やかな死を迎えるのは、オイルメジャーであってはならない。水素自動車という新しい内燃機関だ。だからこそ特許を何がなんでもオリエンタル工機のものとし、彼らをキャメロンの支配下に置き、事実上封印してしまわなければならないのだ。

「革新的な技術が出現する際には、決まって問題になることですよ、ミスター・ヤマフジ」ソロモンは自分の目論見などおくびにも出さず言った。「これは卵が先か、鶏が先かの問題なんです。考えてもみて下さい。テレビジョンが発明された時だって同じことが言われましたよ。器を作ったはいいが、肝心の放送局がないのでは話にならない。放送局を作るのには莫大な投資が必要だ。しかもテレビは高額で普及は覚束《おぼつか》ないとね。それが今ではどうです。世界のどこへ行っても、テレビがない国なんてありゃしない。そんな例は他にも数えきれないほどある。卑近なところでは携帯電話だってそうだ。最初はごく限られたエリアでしか使えなかったものが、今では世界のどこにいても、同じ端末が使えるまでになった。自動車産業だってそうでしょう。自動車が世の中に登場した当初から、ガソリンスタンド網が整備されていたわけじゃない。いずれのケースにおいても、共通しているのはただ一つ。革新的技術の出現は、まず最初に現物ありき。そして限られたエリアでも使える環境がある。利便性が認知されれば、後は黙っていても市場は形成されていくものですよ」

「卵が先か、鶏が先か……言われてみればその通りだ」

山藤が納得した様子を見せたところで、ソロモンは止《とど》めの言葉を吐いた。

「もっとも、そうした心配はあなた方がこの裁判に勝つことが前提になる。最初に言ったように、敗訴すれば特許は上原教授が支配することになり、彼の背後にグリーン・シーズがいることを考えれば、技術は極めて安い値段、あるいは無料で自動車産業、部品供給メーカーに供与することになるかもしれない。その場合も、唯一つ、あなた方の会社を除いてね」

山藤の顔色が変わった。彼の顔から血の気が引き、見る見るうちに蒼白《そうはく》になる。

「そんな……」

「となれば、当然ジュピターも太陽も、あの部品の調達は他社からせざるを得なくなる。それを受注した会社は、ここぞとばかりにオリエンタル工機が二社に供給している他の一般部品も奪い取ろうと攻勢をかける。ビジネスマンのあなたなら、この読みが外れてはいないことが分かるでしょう」

「そんなことになれば……我が社は終わりだ」

山藤が呻《うめ》くように重苦しい言葉を吐いた。

「だからこそ、あなた方はこの訴訟に勝たなければならないんですよ」

「そんな方法があるのか」

「ある」ソロモンは獲物が網に掛かった感触を確かに感じながら断言した。「ただし、我々が先に提示した条件を呑めばの話だがね」

ソロモンの口調が変わった。

「あなた方、オイルメジャーが、最終的に我が社の三十％に相当する株式を保有するということだな」

「そうだ。あなたは何のアクションも起こす必要はない。ただ株価が上昇するのを黙認していればいい。それだけのことだ」

「本当にそれだけでいいのか。特許は我が社のものになるのか」

「約束する」

「しかし、どうやって……。勝敗の成り行きは、すでに最高裁判所という誰も手出しができない聖域に入っているんだ。賄賂《わいろ》が横行する発展途上国ならともかく、日本ではいかなる手段を用いようとも、判決を意のままにすることなど不可能だ」

「ミスター・ヤマフジ。ここから先のプランを聞いたら、我々の申し出を拒絶することはできなくなるが、答えはイエスなのだろうね」

山藤の瞳《ひとみ》が左右に激しく動く。快適な温度に保たれた室内にいるというのに、額に汗が滲み出てくる。長い沈黙があった。ソロモンは一言も発することなく返答を待った。獲物は既に逃げ場のない網の中にいる。彼が「ノー」の言葉を吐くことなど考えられない。

「分かった、あなた方を信じよう」

「信じるとは言わずに、イエスと言って欲しいね」

「……イエス……」

山藤は重圧から解放されたかのように、肩で軽い息をしながら言った。

「これで、我々とあなたは一蓮托生《いちれんたくしょう》、同じ船に乗り合わせた仲間となったわけだ」ソロモンは、傍らに置かれたトレイに手を伸ばすと、二つのグラスをテーブルの上に置き、シャンペンを抜いた。「まずは祝杯をあげようじゃないか」

薔薇《ばら》色の液体がグラスを満たしていく。盛り上がった泡が収まったところで、ソロモンはグラスを掲げ、目の高さに翳《かざ》して、

「オリエンタル工機に、我々オイルメジャーに……」

中の液体を喉に送り込む。

それに倣って、形ばかりといった体でシャンペンに口をつけた山藤が身を乗り出すと、

「で、その方法というやつを聞かせてもらおうか」

一転して落ち着き払った声で訊ねてきた。

「簡単な話さ。ウエハラの口を塞《ふさ》いでしまえばいいのだ」

山藤は呆《ほう》けたように口を半開きにすると、恐怖の色を露わに顔面を蒼白にした。

「そ、そんなことが可能なのか」

「我々に不可能という言葉は存在しない。それにアメリカでは何が起きても不思議はない。あの国で生活している限り、アクシデントは付き物だからね」

「しかし、彼がいなくなったとしても、裁判が続行されることに変わりはない。無意味だ」

「普通に考えればその通りだろう。しかしね、ミスター・ヤマフジ。これは賭《か》けなんだ。

日本の最高裁が改めて原告、被告を呼び出し、双方の言い分を聞いたりすることが滅多にないことは知っている。でもね、この裁判は今後の特許訴訟の判例となる重要な意味合いを持つものだ。あらゆる分野において、技術は今までにない速度で進歩し続けている。研究者の置かれている環境も複雑に変化している。そんな時代に裁判所だって、今後の判例基準となる判決などできることなら下したくはないと思っているに違いない。できることなら和解をして欲しいとさえ願っているだろうさ。それが叶《かな》わぬならば、改めて双方の言い分を聞く。あるいは高裁に差し戻し再審理を行う。最高裁がそうした判決を下す公算は極めて高いと我々は考えている。その時、ウエハラがこの世にいないとなれば、まさに死人に口なし。すべての問題は解決するというわけさ」

恐怖に戦慄《おのの》く山藤の姿を楽しむように、今や実行に向けてカウントダウンが始まった計画を話して聞かせた。

第四章　サンフランシスコ

遠くで電話が鳴る音で目が覚めた。

哲治は、闇の中で反射的に腕を伸ばし、ベッドサイドの読書灯をつけた。光の輪の中に浮かび上がった目覚まし時計を見ると、時刻は午前四時を回ったばかりだった。

常識では考えられない時間の電話は、不吉な予感を覚えさせる。ましてや一定の間隔で鳴り続けるベルはリビングに置かれた固定電話のものだ。もしも、火急の用事があって連絡をつけようとするなら、携帯電話が常識だ。それを利用しないというところを見ると、少なくとも相手は日頃自分たちと関わりのない人間ということだ。

訝《いぶか》しげな気持ちを抱きながらベッドから抜け出ると、哲治は受話器を取った。

「ハロー……」

寝床についたのが午前一時だったことは覚えている。あれからわずか三時間しか経っていない。最も眠りが深い時に叩《たた》き起こされたせいで、意識が完全に覚醒《かくせい》していない頭に初めて耳にする男の声が聞こえてきた。

「ミスター・ウエハラのお宅ですか」

「ええ。そうですが、あなたは？」

「サンフランシスコ市警殺人課警部のチャールズ・スタントンと言います」

受話器の向こうから、事務的な口調で男は名乗った。

「殺人課？　いったいこんな時間に何事です」

「ミスター・ヒロヤス・ウエハラはご在宅ですか」

スタントンはこちらの問い掛けを無視し、一方的に訊《たず》ねてきた。

「父なら一昨日から、こちらには帰宅しておりません」

「一昨日から？」

「ええ、別に珍しいことではありませんよ。父はバークレーで教鞭《きょうべん》を執っていて、研究に没頭すると何日も研究室に泊まり込むことがあるんです。それが何か」

「実は一時間ほど前に、チャイナ・ビーチ近くの海岸で男性の他殺死体が見つかったのです。現在検死解剖が行われていて、死因は特定できていませんが、所持品の中からドライバーズ・ライセンスが見つかりましてね。そこに記載されていた名前がヒロヤス・ウエハラ――」

「何ですって、それじゃ父が」

受話器を握り締めた手に力が入った。意識が瞬時にして覚醒する。背筋に冷たいものが走り、全身の筋肉が凍りついた。

「失礼ですが、あなたは？」

スタントンが再び哲治の問い掛けを無視して訊ねてきた。

「息子です」

「お母様はご在宅ですか」

「母はいません。五年前に離婚して日本にいます。ここでは僕との二人暮らしです」

「そうですか……」スタントンは一瞬、受話器の向こうで押し黙り、何事かを思案しているようだったが、「今の時点ではまだ断定はできませんが、発見された死体は上原氏である可能性がきわめて高いと思われます。ドライバーズ・ライセンスの写真と、死体の顔が酷似しているもので」

「まさか……そんな……何かの間違いでしょう。だって、父はダウンタウンに出掛けることなどめったにないんですよ。外出と言えば、自宅のあるここエルセリートと、バークレーの間を往復するのが精々なんです」

その言葉に嘘はない。

アメリカにやって来て以来、父は日本にいた頃にも増して家に帰らないことが多くなっていた。

快適な環境、豊富な資金と充実した施設、そして優秀な頭脳が集まるバークレーは、父の研究者としての本能に火を付けたようだった。もちろん、たまにダウンタウンに出掛けることはあったが、それは父の好物の中華料理をチャイナタウンで満喫する時くらいのものだ。それだって二ヵ月に一度、いや三ヵ月に一度あるかないかといった程度に過ぎない。

しかしスタントンは「そうですか」と、一応同意の言葉を漏らしたものの、発見された死体は父のものだと言わんばかりに話を進める。

「状況からすると、殺害は発見されたチャイナ・ビーチではなく、どこか別の場所で行われた可能性が高いと思われます。いずれ分かることですから、最初に申し上げておきますが、遺体は全裸の状況で発見され、着衣も周囲には見当たりませんでした。おそらく遺体投棄場所はチャイナ・ビーチではなく、別の場所でしょう。湾の潮の流れからして、もっと外洋近く。おそらくシール・ロックス辺りかと考えられます」

彼の推察は外れていないであろうことは容易に推測がついた。チャイナ・ビーチはサンフランシスコの中にあっても、屈指の高級住宅地だ。サンフランシスコ湾が太平洋に繋《つな》がる絶壁の上にあるせいで、海岸に降りるには急峻《きゅうしゅん》な階段を下りなければならない。死体をビーチに運ぶだけでも大変な重労働である上に、何よりも人目につきやすい。その点、外洋に面したシール・ロックスは死体を投げ捨てるには絶好のポイントだ。日中から夕刻にかけては、太平洋に沈む夕日、それに港に出入りする船を間近に見られるので観光客はひきもきらないが、夜になればあそこを訪れる物好きなどいやしない。松の林に囲まれた駐車場に灯《あかり》はなく、夜の闇に閉ざされてしまう。おまけに崖《がけ》の下には、一八〇〇年代後半から一九〇〇年代の中期にかけて、サンフランシスコ市民が水遊びを楽しむために建てられた巨大な屋内プールの跡地があり、人目につかずに海岸へ降りることも可能だからだ。

「しかし、警部はいま遺体は全裸で発見されたと言いましたよね。そんな状態で発見されたのに、ドライバーズ・ライセンスを所持していたとはどういうことなんです」

「体内から発見されたのです」

「体内？」

「これ以上は、身元が特定されなければ申し上げることはできません」スタントンの口調には、明確な拒絶の意思が表れていた。「申し訳ありませんが、すぐこちらに来て遺体が上原氏本人であるかどうか、確認をしていただきたいのです。詳しい状況は被害者が上原氏と確認された時点でお話しします」

ことは実の父親の安否に関わることである。拒絶する理由などあるわけがない。

哲治はそれに同意すると、電話を切り身支度を始めた。その途中でふと思いつき、父の携帯電話にアクセスを試みた。しかし、すぐにメッセージボックスに伝言を残せという女性の声が空《むな》しく聞こえてくるだけだった。

不安はおぞましい予感、そして恐怖へと変わっていく。

父さんが殺された？　まさかそんなことが……。

フリーズしたコンピュータのように、すべての思考がその一点に集約され、他のことが考えられなくなる。何を身に着け、何を所持したのかさえ定かではなかった。部屋の中に脱ぎ捨ててあった衣服を着、机の上に置かれた現金をポケットにねじ込むと、哲治はガレージに向かった。

日頃からガソリン自動車を嫌悪する父は車を所有してはいなかった。ガレージの中には、哲治が愛用するマウンテンバイクがぽつりと置かれていた。

哲治はそれに跨《また》がると、エルセリートの小高い丘を、ともすると空回りしそうになるほどの勢いでペダルを漕《こ》ぎ全力で駆け下りた。闇の彼方《かなた》には、サンフランシスコの夜景が光の集合体となって輝いている。

『生活を考えればもっといい物件は他にもあったさ。だけど俺はこの場所が気に入ったんだ。この景色を買ったんだ』

父が言った言葉が脳裏に浮かんだ。

愛して止まなかったこの風景を、父さんはもう見ることができないのだろうか。いやそんな馬鹿なことがあってなるものか。これは何かの間違いだ。父さんは死んだりなんかしちゃいない。

父さん……。父さん……。

父の無事を願う言葉を唱えるたびに、涙が溢《あふ》れてくる。視界がぼやけ、ベイエリアの夜景が滲《にじ》み、朧《おぼろ》な光の集合体と化していく。

涙を何度拭《ぬぐ》ったか分からない。やがて目の前にバートの駅が見え始める。改札口にマウンテンバイクを放り出した哲治は、人気のないホームに続く階段を全力で駆け上がった。

＊

ダウンタウンの中心地、パウエルでバートを降りた哲治は、空が白み始めたばかりでまだ人通りの少ない地上に出るとタクシーを拾い警察署に向かった。大理石を模したつもりなのか、アイボリー色のコンクリートでできた堅牢《けんろう》な造りのビルも、この時間では煌々《こうこう》と灯《とも》る明かりの方が目立つ。

ロビーにいた警官に来意を告げると、すぐに三階に行くように命じられた。

エレベーターのドアが開くと、先ほどの警官から連絡がいっていたのだろう、そこに一人の男が待ちかまえていた。

「ミスター・ウエハラ？」

「ええ」

「チャールズ・スタントンです」

殺人課の警部と聞いて、筋骨隆々とした厳《いか》つい男を想像していたが、歳の頃は四十といったところか。髪はブロンド。華奢《きゃしゃ》な体をブルーのオックスフォード地のシャツに包み、カーキ色のチノーズのパンツを穿《は》いたスタントンは、この街のどこにでもいる普通の男といった感じだった。ただ一つ違うものがあるとすれば、腰のホルダーにコルト・ガバメントをぶら下げていることだけだ。

「こんな時間に悪かったね。こちらへ……詳しいことは部屋で話そう」

スタントンは静かな口調で言うと、先に立って人気のない廊下を歩き始め、やがて安物の合板でできたドアを引き開ける。どうやらそこは殺人課のオフィスであるらしく、低いパーティションに仕切られた執務机が並び、入り口からは部屋の全容が見えないようになっていた。

彼は中には進まず、入ってすぐの所にある部屋に入った。日本流に言うなら十畳ほどの広さはあるだろう。窓一つなく、白く塗られた壁面に残る継ぎ目の様子から、コンクリートのブロックを積み上げただけということがはっきりと分かる粗末な造りになっていた。中央には大きなテーブルが置かれ、それをコの字型に取り巻くように堅牢な椅子が隙間なく並べられている。天井に埋め込まれた蛍光灯の光が寒々しい。

「トッド、ミスター・ウエハラが到着したぞ」

椅子に座っていた男が立ち上がった。スタントンよりも歳は若そうだったが、刑事らしさということではこちらの方が日頃抱いているイメージにずっと近い。強《こわ》ばった黒い頭髪は今寝床を飛びだしてきたと言わんばかりにぼさぼさのままで、見るからに安物の白いシャツは糊《のり》も利いていなければプレスした形跡すらない。縒《よ》れたグレーのスラックスからは汗の臭いが漂ってきそうだった。何よりも、印象的なのは半袖《はんそで》シャツから剝《む》き出しになった黒い毛で覆われた腕と、フットボールのラインマンのような巨体である。凶悪な殺人犯も、この男の手にかかれば一瞬のうちに組み敷かれてしまうに違いない。そんな威圧感を漂わせていた。

「ミスター・ウエハラ。こちらは警部補のトッド・ワーナー」

相棒といったところか。スタントンの紹介にワーナーが無言のまま目で挨拶《あいさつ》を送ってき

たところで、

「初めまして、テツジ・ウエハラです。テツと呼んで下さい」

哲治は答えた。

「ＯＫ、テツ。そこに掛けたまえ」

背後からスタントンに促されるまま、哲治は奥の椅子に腰を下ろした。コの字型に並べられた椅子を中腰の姿勢で回り込む間に足元を見ると、不細工なまでに堅牢な造りの椅子の脚が、隣の椅子と手錠の代わりに用いられる樹脂のバンドで結ばれているのが分かった。

「気にしないでくれ。ここは普段容疑者の取り調べに使う部屋なんだが、馬鹿げたことに警察に連行されてもなお、中には思わぬ行動に出るヤツもいるものでね。付け加えれば、この部屋に通したからといって、君を容疑者として扱っているわけじゃない。その点は安心してくれ。ただ殺人課は仕事柄応接室なんて代物は持ち合わせちゃいないだけなんだ」

怪訝《けげん》に思ったのが顔に出てしまったのか、スタントンは弁解がましく言った。

「いいんです。それより、チャイナ・ビーチで発見された死体というのは本当に父なのですか」

気にかかるのは父の安否である。哲治は切り出した。

スタントンがワーナーに目配せを送ると、テーブルの上にプラスチックバッグが差し出された。

見ると、中には薄汚れたドライバーズ・ライセンスが入れられている。

目を凝らすまでもなく、そこに貼られた写真は紛れもなく父のものである。その傍らには、HIROYASU・UEHARAの名前がプリントされている。

「これは君のお父さんのものであることに間違いないね」

「……ええ……」

哲治はライセンスを凝視しながら、かろうじて言葉を返す。

「こんなものを見せるのは実に忍びないのだが……」スタントンは歯切れの悪い口調で言うと、「この人物はお父さんに間違いないかね」

数枚の写真をテーブルの上に置いた。

それを取り上げようとした手が震えた。写真に何が写っているかは聞くまでもない。父の死に顔だ。これを見たら、父の死は現実となる。その恐怖がひしひしと込み上げてくると、確認しなければならないという意思に反して、手が動かなくなった。

二人は一言も発せず、哲治が意を決する瞬間を待っている。

短い時が流れ、哲治は差し出された写真をようやく手に取ると、最初の一枚を見た。闇の中で浴びせられた一瞬のストロボの閃光《せんこう》を反射して、白く浮かび上がった顔があった。それは顔の正面から撮られたもので、一目で父だということが分かる代物だった。短く刈られた頭髪は、海水で濡《ぬ》れそぼち、頭にべたりと張り付いている。かっと見開いた目には、何かで突かれたような損傷があり、瞳《ひとみ》と白目の部分の境界が曖昧《あいまい》になっていた。大きく開いた口元から頬にかけて、微細な砂がこびりついている。

信じたくはなかった。今ここで父だと言ってしまえば、肉親の死を認めてしまうことになる。他人の空似ということだってあるかもしれない。そう思い立った哲治は、写真の中の顔に、父との相違点を見いだそうとした。

そうだ。黒子《ほくろ》だ。父の左の揉《も》み上げの付け根には、小さな黒子があったはずだ。

正面から撮られた写真では、こびりついた砂に加え、撮影角度からも確認するのは困難だった。

間違いであって欲しい。

空しい願いとは知りつつも二枚目の写真を見る。まるで哲治の願いを見透かしたかのように、横顔、それも左側から撮られた写真が目に飛び込んできた。揉み上げの付け根を注視するまでもなく、そこには明らかに砂粒とは違う黒い点がある。

黒子だ……。間違いない……。

手から写真がこぼれ落ちた。次の瞬間、哲治は頭を抱えて机の上につっぷした。体が震えた。一瞬にして今まで抱いてきた微《かす》かな希望が微塵《みじん》に打ち砕かれ、全身に満ちていた緊張の糸が切れた。腹の底から、かつて感じたこともない感情の塊が込み上げ、叫び声を上げていた。涙がとめどもなく流れ出してくる。

どれくらいそうしていたのだろう。短い時間だったのか、あるいは長いことそうしていたのかは分からない。

「テツ……お父さんに間違いないいんだね」

スタントンの言葉で我に返った。

哲治は、体を震わせながら身を起こすと、涙を拭《ぬぐ》いながら一度深く頷《うなず》いた。

「確かかね」

「父です。それにこの左の揉み上げの付け根にある黒子。間違いなく父です……」

「残念だよ……」

スタントンが深い溜め息を漏らしながら重々しい口調で言った。

「死因は何なのです」

長寿を全うしたのならともかく、こんな形での死を俄に受け入れろと言う方が無理というものだ。今でも父の死が現実だと思いたくはなかったが、どういう形で命を奪われたのか、愛する者を失った人間ならばそれを知りたいと思うのは当然のことだろう。

しかし、二人は困惑の表情を露《あら》わにすると、視線を落としたまま急に押し黙ってしまった。

「銃殺？　絞殺？　でも確か、このライセンスは父の体内から発見されたとおっしゃいましたよね。すると刺殺？」

そう、確かにスタントンは電話で父の『体内からドライバーズ・ライセンスが発見された』と言った。もしや父の体は切り裂かれ、そこにライセンスが埋め込まれていたのではないだろうか。充分に考えられることだ。この国には様々な人間がいる。人を殺すことに快楽を覚える人間が起こした殺人事件は他国の比ではない。中には殺した人間の遺体を加工し、コレクションとして保管していた異常者だっている。二人が父の死因を話すのに躊《ちゅう》躇《ちょ》しているのは、きっと口にするのもおぞましい殺され方をしたからでは……。

二人の沈黙は、凄惨《せいさん》な死に様への想像を掻《か》き立てる。

「いいだろう。いずれ分かってしまうことだ……」スタントンがようやく口を開いた。

「ただ、死因を聞けば酷《ひど》いショックを受けることになると思うが、落ち着いて聞いてくれ」

やはり相当な理由がありそうだった。

哲治は、黙って頷いた。

「実は、このドライバーズ・ライセンスは、被害者、君のお父さんの肛門に差し込まれていたものなんだ」

「肛門？」

「君がここに来る間に、オフィシャルなものではないが検死局から解剖所見が上がって来ていてね。それによると、直接の死因は溺死《できし》だが、それ以前に肛門から直腸を何かによって貫かれた形跡があるとされている。それも尋常じゃない大きさのものでね。おそらく上原氏は、海に投棄されるまで、大変な苦しみを強いられたに違いない。死亡推定時刻は、午前零時。体内に残った血液や胃や腸の内容物、それに生体反応からして少なくともその前二時間は生きていたと推定される」

ワーナーが解剖所見書らしき書類を見ながら言った。

「なぜそんな酷い殺され方を……」

「君はお父さんが特別な嗜好《しこう》を持っていたことを知っていたかね」

スタントンが探るような目を向けながら訊ねてきた。

「特別な嗜好？」

「つまり……その……ゲイだ」

「ゲイ？」

思いもかけなかった言葉に、哲治は問い返した。

「どうも、上原氏にはそういう嗜好があったようなのだ」

「馬鹿な！　そんなことは絶対にありえない！」

「しかしね、解剖所見によると、上原氏の肛門には今回加えられた暴行以前に明らかに肛門が拡張された、つまり切り裂かれた部分がそのままの形で治癒《ちゆ》していた形跡も見られるとあるんだよ。それだけじゃない。全身写真を見れば分かるが、この胸部に一列に並んだ痣《あざ》。こいつはクリップで皮膚を挟んだ痕《あと》だ」

「クリップ？　それがどうしてゲイと繋《つな》がるんです」

「プレイの最中に皮膚を幾つものクリップで挟む……。多くの場合、こうしたプレイを行う者は、手足をバンドで何かに固定する。まあX字型の磔《はりつけ》になると考えればいい。そして鞭《むち》で体を撫《な》で回し、あるいは緩急をつけて叩《たた》く。つまり自由の利かない状態で、痛みの中から込み上げてくる快感を楽しむというわけだ。そして最後は器具、あるいはフィストを使っての肛門プレイだ」

「追い打ちをかけるようで気が進まんが……」ワーナーが口を挟んだ。「陰嚢《いんのう》の裏、それにペニスの付け根についた傷もその事実を裏付けている。これもまたゲイのプレイの定番でね。連中はその部分に金属の輪を嵌《は》めるんだよ。勃起《ぼっき》すると陰嚢とペニスが同時に締め上げられ射精が遅れ快感が持続する……。上原氏の遺体にも、それと思われる痕跡《こんせき》があった。少なくとも、状況証拠のすべてが、上原氏がゲイであったということを示している……」

「考えられない……」

いや、考えたくもなかった。あの父がそんな嗜好を持っていたなんてことは、とても受け入れることなどできない。

「胸のクリップの痕、手首やペニス、陰嚢についた痕跡。そんなものは父を殺そうとした誰かが殺害前に意図的につけた。そうしたことだって考えられるじゃないですか」

「テツ……。君の気持ちは分かる。なるほどそれらの痕跡だけなら、殺害に及んだ者が意図的につけ、上原氏をゲイに仕立て上げようとしたという推測は成り立つかもしれない。でもね、肛門の傷跡だけは説明がつかないよ……。残念だがね……」

スタントンは頭を左右に振りながら苦しげな言葉を吐いた。

「それじゃ、あなた方は父の死はゲイのプレイ中の事故だったと言いたいのですか」

「可能性の一つとしては否定できないと思う。しかし、たとえそうだったとしても、上原氏が生きながらにして、海に投棄されたことは事実だ。これが殺人事件であることは疑いの余地がない。捜査に全力を尽くすことは約束する。それに、この事件には、我々としてもいくつか腑《ふ》に落ちない点があるしね」

「例えば？」

「仮にプレイ中の事故であったにしてもだ。なぜ上原氏を生きたまま海に投棄し、しかも肛門にドライバーズ・ライセンスを差し込むなんてことをしたのかということだ」スタントンの目に刑事らしい鋭い光が宿った。「君も知っていると思うが、この街はゲイの聖地だ。こうしたプレイをビジネスとして提供する店は幾らでもある。もちろんプライベートで楽しむステディなカップルも星の数ほどいる。おそらく、上原氏を海に投棄したのは前者の連中だろう。特定の相手なら、事故が起きた時点で直ちに病院に担ぎ込むに決まってる。かれらのパートナー意識はまさに夫婦のそれと変わらないからね。だが前者の場合だとしてもだ、面倒を恐れ海に投棄したという推測は成り立つが、分からんのは、仮に犯人がそれを狙ったとしたら、なぜ身元がバレるライセンスを残したのかということだ。これじゃまるで、発見されることを予《あらかじ》め見越しているようなものじゃないか。いや見せしめにも等しい行為とも言える」

「テッ。お父さんは誰かに恨みを買う、あるいは、何かのトラブルに巻き込まれているようなことはなかったか」

ワーナーがスタントンに続いて訊《たず》ねてきた。

トラブルと訊《き》かれれば思いが行き着く先は一つしかない。

「実は、父は水素自動車の実用化のキーとなる特許について、かつて在籍していた会社と係争中なのです」

哲治は即座に答えを返した。

「何だって！」スタントンの目の色が変わった。「その話なら新聞で読んだ記憶がある。確かバークレーの教授が特許の所有権を巡って会社と争い、勝訴したとね」

「それが父です。しかしまだ裁判は終わってはいません。第一審に続いて、第二審でも父が全面的に勝訴した、というのが正確なところです。会社は最高裁に上告していますから。その判決が出るまでは勝ったとは言えませんからね。しかし、この特許が父のものだと認定されれば、莫大《ばくだい》な特許使用料が転がり込んでくることになるのは事実です」

「それで、かつて在籍していた会社というのは？」

ワーナーがたたみかけるように訊ねてきた。

「オリエンタル工機……」

「オリエンタル工機？　聞いたことがない会社だな」

「日本の自動車部品メーカーです」

「日本？」

ワーナーは微妙な顔つきをしながら、たちまち興味を失ったようだったが、

「それで裁判の行方については、上原教授がどう考えていたのかな。勝てると踏んでいたのか。それとも……」

スタントンはまったく逆の反応を示し、素早くペンを動かしメモを書き取ると身を乗り出した。

「日本の裁判は三審制を採っています。しかもアメリカと違って陪審員制度はありません。判決はあくまでも、原告、被告双方の言い分を聞いた裁判官が下します。僕はそれ以上に詳しいことは分かりませんが、父の言によれば一審、二審で下された判決が最高裁で覆ることはまずないと——」

「確信していた?」

「と思います」

スタントンはペンを止め、今度はノートをとんとんと突きながら、何事かを考えているようだったが、

「私は日本の裁判システムについては、まったく知識がないのだが、被告となった上原教授が死亡したとなると、この裁判の行方はどうなるのかな」

「父からの聞きかじりですが、日本の最高裁では一審、二審と違って、原告、被告双方の弁論が行われることはきわめて稀《まれ》だといいます。つまり、最高裁はあくまでも、それ以前に下された判決が法的見地、及び過去の判例に照らし合わせて妥当なものかどうかを判定する場でしかないとね」

「となると、最高裁が一審、二審の判決を支持すれば、特許の権利者は君ということになるのかな」

「もし、父の目論見《もくろみ》通りにこれから先の裁判が運べばね」

「あてが外れる可能性もあると？」

「少なくとも僕はそう考えています」哲治はそこで一呼吸置くと、「日本はアメリカと違います。特許の所有権を巡って研究者と会社が争った例はさほど多くはありません。しかもこれまで起こされた特許を巡る訴訟は、いずれも和解という形で決着を見ている。最高裁までもつれ込んだのは、今回が初めてのケースなんです」

冷静に言った。

「となると、最高裁で再び弁論が繰り広げられる可能性もあるということかね」

「充分に考えられると思っています」

「しかし、被告となった上原教授はもはやいない。となると、公判を維持していくためには君が出廷して、主張が妥当なものであることを訴えなければならないことも今後の展開次第ではありうるわけだ」

「僕はこの発明がどういう経緯で行われたものなのかなんてことは一切知りません。ましてや技術的な話を持ち出されたらとても反論なんてできやしません。たとえ今までの審理の過程で、事実関係が検証されているにしても、再度尋問が行われれば当事者でなければ知りえないことも多々出てくるでしょうからね」

「そうなれば逆転敗訴という可能性も出てくるわけだ」

「問題はそれ以前にもありますよ」

「それは何かね」

「お金です。これから先の訴訟費用です。アメリカと同じように、日本でも弁護士にかかる費用はべらぼうに高い。正直言って、今までどうやって弁護士費用を父が捻出《ねんしゅつ》してきたのかはまったくの謎なんです。確かに父は、会社を辞めるに当たって退職金を貰《もら》いもしたし、バークレーから給与も貰っている。だけど、それだけでは足りないことくらい僕にだって容易に推測がつく」

「訴訟に勝てば大金が転がりこんでくるんだろう」

「勝てばね。裁判を継続しようとすれば、権利継承者は僕です。争いを続けるには更なる資金が要り、しかも僕にはこの特許技術に関する知識もなければ開発の経緯だって知らない。もし、最高裁が口頭弁論を行うと言ってくれれば、話せることなんて何もない。分が悪い戦いを強いられるのは目に見えてます。そんなギャンブルを冒す気にはなれませんよ」

「いやにあっさりと引き下がるんだな」スタントンの言葉には、明らかに皮肉が込められていた。「この特許が上原教授のものと認定されれば、いったいどれだけの金が懐に入ることになっていたんだ」

「父の試算では、タンクが量産されれば、販売価格は五百ドル。純益が二十%。特許使用料はその五%。つまり五ドル。仮に世界で生産される自動車の十%が水素に変わったとして三千万ドル……」

「信じられんね。それだけの遺産を手にできるかもしれないというのに、よくも君は平然としていられるもんだな」

「平気なわけがないでしょう」哲治の声に力が籠《こ》もった。「今までは考えないようにしていただけです。法の上では特許の権利は遺族が引き継ぐことができるのは事実です。だけど、それはもっとずっと先のことだと思っていましたから。確かに何もしなくとも、それだけの金が転がり込んでくれば、人生は思うがままだ。それに魅力を感じない人間なんているもんですか。だけど、父が亡くなった今、僕にはそれを勝ち取るだけの力もなければ、金もない。悔しいけれど、それが現実なんです」

今まで密《ひそ》かに抱いてきた気持ちを初めて言葉にした瞬間、感情が一気に弾《はじ》けた。誰が父を殺したのかは分からないが、その人間は唯一の肉親を奪っただけではなく、莫大な富を得るチャンスをも葬り去ったのだ。悲しみと欲。相反する二つの感情が胸中で渦を巻き、噛《か》みしめた奥歯がぎりぎりと音を立てた。

その時、ドアが密やかにノックされると、一人の男が姿を現した。

「チーフ。検死局から連絡がありました。遺体の準備が整ったそうです。いつでもどうぞと……」

スタントンが、ありがとう、と言いながら哲治に視線を向けた。

「気が進まんだろうが、これから遺体を見てもらわなければならない。最終的な身元確認のためにね」

瞬間、ついさっき写真で見た父の死に顔が脳裏に浮かんだ。死体が父であることに間違いはないと言ったものの、心のどこかで間違いであって欲しい。いや、やはりこれは間違いであるに違いない。そうした願いを抱き続けていた。だが、ここで遺体と対面したら、父の死を今度こそ現実のものとして受け入れなければならない。

しかし、遺体の最終確認を行える者は自分をおいて他にはいない。

哲治は覚悟を決めると、こくりと頷き立ち上がった。

＊

検死局に着いたのは、それから十五分後のことだった。

薄暗い照明が灯るリノリウムの廊下を歩き、地下へ続く階段を下りた。そこに鉄の扉があった。スタントンが一瞬、覚悟の度合いを確かめるかのようにこちらを見た。

哲治はきっと彼の顔を見詰め、頷いた。扉が開くと、部屋の中央に置かれた寝台に、白い布で覆われた人型の膨らみがある。傍らには解剖に当たった検死官だろうか、二人の男が立っている。

「テツ……。確認を……」

スタントンが布を捲《めく》った。蛍光灯の光の中に、皮膚が黄色に変色した男の顔が露わになった。父であることは一目で分かった。写真では魚に突かれたと思《おぼ》しき傷跡が残っていた目は目蓋《まぶた》が閉じられていたが、半開きになった口が最後の喘《あえ》ぎの瞬間を留めている。かさかさに乾き、ささくれ立った唇が無残だった。

「間違いないかね」

「間違いありません……父です……」

「OK……辛《つら》い思いをさせた……」

スタントンは手にしていた布を引き上げようとした。

「待って下さい」無意識のうちに、哲治は言った。「全身を見たいのです」

「テツ……。お父さんは検死解剖に付されたんだ。体は包帯で覆われ――」

「見たいんです。父の全身を」

「包帯を外せという意味か」

哲治は頷いた。

父の死はもはや揺るぎない事実となった。もちろん、包帯を外せば、そこには写真に写っていたような痕跡があるだろう。しかし、それを見るまでは父がゲイだったことは信じられるものではない。

「どうして？」ワーナーが顔色を変えて訊ねてきた。「この遺体がお父さんだったという確認が済めば充分だろう。肉親を失った君にこんなことを言うのは酷だが、解剖された遺体というのは無残なものだ。まあ、決して穏やかとは言えないが、まだ君のお父さんの死に顔は殺人死体としてはマシな部類だ。これを最期の姿として脳裏に刻み、終わりにした方が――」

「納得がいかないのか」こちらの心中を察したかのようにスタントンがワーナーを遮って言った。「君はお父さんが本当にゲイだったのか、それが今でも信じられずにいるんだね」

哲治は無言のまま彼の方を見た。それが答えだった。

「しかし、それは検死の結果からも明らかだ。胸に残った瘢痕《はんこん》はともかく、肛門には恒常的に異物を差し込まれた形跡があると検案書にも記載されている。そうですね、博士」

ワーナーは傍らにいる、二人の男のうちの一人を見ながら言った。

「残念だがその通りだ……。ここにはサンフランシスコで起きた殺人死体、変死体のすべてが運び込まれてくる。私たちは、それらの死因を特定すべく、あるいは犯人を特定できるような手がかりを探そうと遺体にメスを入れ、体を内外からくまなく観察するこの道のプロだ。結果に間違いはないよ」

博士と呼ばれた初老の男が、縁無し眼鏡の下から真摯《しんし》な眼差《まなざ》しを向けながら、静かな声でワーナーの言葉を引き継いだ。

「見たいんです……どうしても……」

哲治の意思が揺るがないと悟ったのか、スタントンは深い溜め息を漏らすと、

「お手数ですが……」

博士を促した。

「仕方がないね。マイク……」

肩を竦《すく》めながら助手と思しき男に命じた。

真っ白な包帯が助手の手によって解かれていく。徐々に父の体が露わになっていく。

「さあ、どうぞ……」

助手が体の位置をずらした。蛍光灯の光の中に、一糸纏《まと》わぬ父の体が露わになった。最初に目に入ったのは、左右の鎖骨から肋骨《ろっこつ》上部に向けて切り裂かれた切開痕である。それは二つの傷が合わさったところで垂直に下腹部へと伸び、ちょうどY字を描くような形になっていた。凧糸《たこいと》のような太い糸で縫合された切開部分は固く閉じられていたが、間隔は一定しているものの、お世辞にも丁重とはいえず、巨大な百足《むかで》がへばりついているような奇妙な立体感をもって哲治の目に映った。皮膚はまるで黄色いパラフィンで覆われたように張りがない。目を凝らすまでもなく、不自然に皺《しわ》の寄った胸部、それに腹部に写真で見たのとまったく同じ、何かで挟まれたような黒ずんだ痣が一列に並んでいる。

「これが、クリップで挟まれた痕ですか」

哲治はその部分に目をやったまま訊ねた。

「そうだ。胸部に十二。腹部には十五の痕跡がある。一つ一つの痣のサイズも同じだ」

博士が事務的な口調で告げた。

目を下腹部に転じると、陰毛に隠れたペニスの付け根に何かですりむいたような痕がある。哲治の目の動きを見ていたのか、

「ペニスの付け根にあるのは、陰嚢の後部からペニスをリングで締めつけた痕だ。ゲイの連中は様々なプレイを行うが、これは痛みを快感と捉《とら》える部類の人間たちが好んでするプ

レイの一つでね。さらにそれを裏付けるのが肛門の状態だ」

博士は、死後硬直で固くなった脚に手を掛けようとした。

「もう充分です……」

不思議なことに涙は出なかった。いやそれどころか、哲治は父の死に様を見て、自分の心が急速に冷えていくのを感じていた。これまでの父の行動のすべてに納得がいったからだ。日頃、家に帰らないのはバークレーの研究室に籠もっていたものとばかり思っていたが、それは勝手に自分がそう思い込んでいたに過ぎない。父は、その間にダウンタウンに出掛け、想像するだにおぞましいプレイを、しかも同性と行っていたのだ。なるほど、そうして考えてみれば、オリエンタル工機を追われ、バークレーに招聘《しょうへい》されたのは、父にとって渡りに船どころか、自分の嗜好を人目を憚《はばか》らず堪能《たんのう》できる絶好の申し出だったに違いない。なにしろ、サンフランシスコは世界に名だたるゲイの聖地だ。未《いま》だ足を踏み入れたことはないが、街を一望できるツインピークスの麓《ふもと》に広がるカストロ地区は、全米、いや全世界からゲイ、そしてレズが集まり一大コミュニティを形成している。街の中央には星条旗に代わって虹色に染め上げられた巨大な旗がはためき、ストリートもまた同様の旗で覆い尽くされている。

それと同時に、なぜ両親が離婚するに当たって、母が親権を放棄し、たった一人の子である自分を捨てたのか。あれ以来、一度たりとも会おうとしないどころか、連絡を取ることすらも頑《かたく》なに拒んできたのか。その理由が初めて分かったような気がした。

そう、母は知ったのだ。父がゲイであることを。そして父の血が流れているこの自分の存在すらも許せなかったのだ。

何てざまだ！

それを思うと、哲治は父に対する猛烈な嫌悪を覚えた。己の歪《ゆが》んだ性的嗜好を叶《かな》えるのと引き換えに、研究者としてのプライドと信念が水の泡と帰しただけでなく、たった一人の子供から母親さえも奪い去った。こいつは一度だって、我が子のことを考えたことがあったのだろうか。こんな酷い親がどこにいる。いったい、こんな状態で放り出された自分は、これからどうやって生きていけばいいというのだ。

そうした感情が顔に出たのだろうか、助手が再び包帯を巻き直すのを見ながら博士が言った。

「すでに、解剖所見についてはスタントン警部から説明があったと思うが、お父さんの死因は水死だ。肺から大量の海水が検出されたからね。それ以前に、肛門から巨大な何かを挿入され、直腸が突き破られていた。おそらく酷い苦しみを味わったことだと思うよ」

「テツ……」スタントンが肩に手を乗せてくる。「君はお父さんがゲイであったことを知らなかった。たぶん大きなショックを受けているだろう。でもね、この世の中には様々な嗜好を持った人間がいる。同性を愛せても、異性は愛せない。そうした人間がいることは事実なんだよ」

「そんなの、ただの変態だ」

哲治は一言の下に吐き捨てた。

「変態？ なるほど、ゲイやレズをそうした言葉で片づけてしまうのは簡単だろう。しかしね、テツ。性的嗜好というものには、同意の下に行われる限りにおいて変態と呼ぶ行為は存在しないと私は思う。もちろん幼児性愛とか、近親相姦《そうかん》といったものは別だがね。それに、君は誰に生を受けこの世に生まれてきたのか、それを考えてみることだ。確かにお父さんはゲイだった。これは事実だ。でも、君という子供をこの世に残した。それは少なくとも上原教授が、たとえ一時期であったとしても、自分の性的嗜好を堪《こら》え、家庭を築き、当たり前の生活を送ろうとした努力の証じゃないか。少なくとも君は、そのことに関して感謝しなければならないよ」

スタントンの言わんとしていることは、頭では理解できても一度芽生えた嫌悪感はそう簡単には拭い去ることができない。

哲治は処置が進む父を無言のままじっと見詰めた。

「お父さんは精神的にも、肉体的にも充分に苦しんだんだ。許してやれ。死者に鞭打《むち》つことは誰にもできない。そして憎しみは何も生まない。ただ自分を苦しめるだけだ。君には未来がある。前を見据えてこれからの人生を歩むんだ」

許せるものか……。こんな男を親に持った子供の気持ちが誰に理解できるものか……。

哲治は、呪いの言葉を胸中で繰り返した。助手の男が包帯を巻き終えると体を離した。再び父の顔が蛍光灯の光の中に浮かび上がった。

最期の喘ぎの名残を留める半開きになった口を見た瞬間、不意に哲治の胸中に今までとは違った感情が渦を巻いた。それが何を意味するものかは分からない。しかし、不意に目頭に熱いものが込み上げてきたかと思うと、涙が頰を伝ってこぼれ落ちて行くのが分かった。

肩が震えた。嗚咽《おえつ》が漏れた。

哲治は初めて父を哀れだと思った。やり場のない怒りが、交錯する感情の中から、急速に頭を擡《もた》げてくる。それは父に対するものばかりではなく、どういう経緯にせよ、こんな酷いやりかたで父の命を奪った人間に対するものでもあった。

「父さん！」

気が付いた時、哲治は父の亡骸《なきがら》にすがりついていた。冷たく、弾力が失われた肉の感触が頰から伝わってくる。

「犯人は絶対に俺たちが挙げてみせる。だからテツ、お父さんを許してやれ。彼には何の罪もないんだ」

スタントンは、優しく言うと哲治の肩に乗せた手に力を込めてきた。

＊

「どう思います」

検死局に哲治を残して署に向かう車中で、ハンドルを握るワーナーが訊ねてきた。

「この事件の背後には何か大きなものがあるような気がする」

スタントンは言った。

「事故ではないと」

「ああ……。ゲイのプレイ中にあの手の事故が無いわけではないが、もし上原教授のプレイの相手が面倒を恐れたというのであれば、わざわざ身元が分かるような細工を施したりはしないだろう。こいつはある種の警告だな」

「警告？」

「そう、おそらくこれは上原教授が抱えていた訴訟と関係がある。俺はそう睨《にら》んでいる」

「しかし、訴訟の相手は日本にいるんですよ。仮にこの事件の背後に彼らがいたとしても、こんな荒っぽい手段に打って出たりするものでしょうか。一つ間違えれば、特許を自分たちのものにするどころか、それこそ会社が吹き飛んでしまう。リスクが大き過ぎやしませんか」

「確かに、君の言うことは分からんでもない。テツの話によれば、上原教授が要求したのは純益の五%。そのまま条件を呑《の》んだとしても、残りはまるまるオリエンタル工機のものになる。ざっと計算しても、四億七千五百万ドルからの金を手にすることができるわけだ。それを考えればこれだけのリスクを冒す必要はないとは思えるが……」

「私は、やはり事故の可能性が高いと思いますがね」

ワーナーは、簡単に言い放った。

「どうしてそう思う。あれほど猟奇的な殺され方をしているってのに？」

「ゲイの連中の思考回路は我々が考えるより、時には複雑、時には拍子抜けするほど単純ですからね。つまりこうです。ハードなプレイを要求され、それに応《こた》える最中に事故が起きた。病院に運び込めば、命は助かったかもしれないが面倒は避けられない。特に特殊なサービスを提供する店ならば、商売はたちまち行き詰まる。それどころかへたをすれば訴えられ、莫大な慰謝料を要求されかねない」

「ならばいっそのこと始末した方がいいと？」

「しかし、彼らは世の中からとかく偏見の目で見られるが故に仲間意識は強い。せめて死体が発見された時には、すみやかに身元が判明するようにと――」

「ドライバーズ・ライセンスを肛門に差し込んだ？」

「ええ」

「ならば、死体を海に投棄したのは？　家族の下にすみやかに身柄が届くようにというならば、何も海に流さなくてもいいじゃないか。街を少し離れれば、投棄する場所なんていくらでもある」

「確実に止《とど》めを刺すためですよ」

スタントンは腕組みをして考えた。

ワーナーの推測はありうることかもしれない。しかし、どうしても上原教授が多大な報酬を伴う訴訟を抱え、しかも勝利の確定まであと一歩のところまできていた、という事実が引っ掛かる。

「君の推測は正しいかもしれないな」スタントンは同意の言葉を吐きながらも、「しかし、そうだとしても生きて海に投棄された。その一点を取ってみても、これは立派な殺人事件だ。まずはカストロを洗おう。上原教授に与えたようなプレイを行うクラブを虱潰《しらみつぶ》しに当たるんだ」

「分かりました」ワーナーは頷くと、「しかし、厄介な捜査になりそうですね。あの世界は特殊です。プレイだって、密室の中で行われたに決まってる。店を特定することすらできるかどうか……」

「手がかりはどこかに残されているはずだ。必ずね」

確信を持った声で応えながら、人々が行き交う街に目をやった。

第五章　フォルサム・ストリート

葬儀場の一室で、上原哲治は父の遺体が納められた棺《ひつぎ》の脇に佇《たたず》み、次々と現れる弔問客に頭を下げた。マホガニーで作られた棺の蓋《ふた》の上半分は開け放たれたままで、入念に死に化粧を施され、愛用していたスーツを着せられた父の姿は、見事に生前の面影を取り戻していた。生前、父が眠りについた顔は見たこともなかったが、おそらくはいま目にしている姿とそう変わりはなかったのではないか。そう思わせるほど、拷問《ごうもん》に等しい行為を受け、もがき苦しんだ末に命を絶ったことを窺《うかが》わせる痕跡《こんせき》はどこにもない。むしろようやくすべてから解放されたという安堵《あんど》の表情を浮かべているようにすら思えてくる。

弔問客は父の遺体を見ると、一様にその前で祈りを捧《ささ》げ、死を悼む言葉を投げ掛けてきた。しかし、それはいずれもありきたりな言葉の連続で、中には戸惑いの表情すら浮かべる者もいた。

それも無理のないことだと哲治は思った。父の死因が病死、事故死、あるいは殺人にしても、物盗《ものと》りか何かという状況下で起きたものなら、慰めようもあるだろう。しかし、ゲイという特殊な趣味を持ち、そのプレイの果てに命を奪われたとなれば、何と声をかけていいのか戸惑って当然というものだ。それが証拠に、弔問客の中には日頃職場を同じくしてきたバークレーの教授もいたが、涙を流すどころか、どこか居心地が悪そうですらある。そんな中で哲治のみならず弔問客の目を引いたのが、マーク・パターソンの取り乱しようだった。彼は葬儀場に姿を現すや否や、哲治の体をきつく抱きしめ号泣《ごうきゅう》した。そして棺の前で跪《ひざまず》くと、祈りを捧げる前に父の顔を撫《な》で回し、接吻《せっぷん》をするのではないかと思ったほどに顔を近づけ、何度も名を呼んだ。

確かにマークは、学部生でありながら父の助手として仕えてきた身で、実の息子である自分よりも、遥《はる》かに長い時間を共有してきた間柄ではあるが、それを考えても彼の反応はいささか異様なものに哲治には思えた。

葬儀には身内の誰一人として参列する者はいなかった。母には実家を通じて父の死を知らせたが、電話に出た祖母が「伝えておく」と素っ気ない返事をしただけで、当人からは今日に至るまで何の連絡もない。父方の祖父は、さすがに一人息子を失ったとあって、嘆き落胆し、すぐにでも渡米したいという意思を示したものの、死因を聞くと態度を豹変《ひょうへん》させ、葬儀は改めてこちらで行うと言い出す始末だった。それも、遺体を荼毘《だび》に付した後、納骨の儀だけを身内で済ませるという。祖父がそうした気持ちを抱くのも、無理からぬことではあった。莫大《ばくだい》な特許料が絡む訴訟の行方は、これまでにもマスコミを通じて幾度となく報じられてきた。父の死は日本の新聞にも取り上げられたが、殺害されたというだけで死に至る状況までは報じられていない。しかし問題は週刊誌やスポーツ新聞の類《たぐい》で、彼らが死の真相を知れば、これほど美味《おい》しいネタを放っておくはずがない。大きなスキャンダルとして紙面を賑《にぎ》わすことは間違いなく、祖父をしてただ一人の息子を失った悲しみよりも、真実が知られることを恐れたのに違いなかった。

何しろ父の実家は栃木の酷《ひど》い田舎にある過疎の村である。住民のすべてが顔見知りといってもいい。かつては地元の製材所に勤めていた祖父も今はわずかばかりの田畑を耕し、細々と生計を立てている。そんな環境の中で、息子が男色の嗜好《しこう》を持ち、その行為の果てに命を落としたことが知れれば、周囲の人々がどんな反応を示すかは考えるまでもない。

加えて、父は大学に入った後は、一度たりとも帰省したことはなく、親と会ったのは母との結婚式の時が最後である。哲治にしても、祖父母の家を訪ねたのは、確か小学校に上がった頃に母に連れられて一度あるだけだ。

そう、父は母を捨てたばかりでなく、親をも捨てたのだ。

祖父母の本音は、そんな生き様をした上に、人には言えないような死を迎えた父を、たとえ息子とはいえ、墓に入れるのは御免被りたいというところだろうが、それを許しただけでも良しとすべきかもしれない。

葬儀は粛々と進んだ。神父が祈りの言葉を捧げ終えると、参列者が棺の中に花を入れ、最後の別れをした。やがて葬儀屋が棺を部屋から運び出し、長い通路を通り葬儀場の奥にある窯《かま》の前に置く。火葬が法律で定められている日本とは違い、アメリカでは未《いま》だに土葬の方が遥かに多いが、最近では散骨を望む死者も多いせいで、粗末ながらも設備はある。

窯の戸が引き開けられると、哲治はそこで最後の別れをした。参列者のほとんどは待合室で控えていたが、マークと白田秀彰が立ち会った。

棺が閉じられた。窯の戸が重い音を立てて閉まる。

「火はご自分でお入れになりますか？　それともこちらで……？」

葬儀屋の男が一切の感情を排した目を向ける。

哲治は頷《うなず》いた。父親らしいことは何一つとしてしてもらったことはないが、だからこそ決別するためには自らスイッチを入れなければならないと思った。それでも、人を焼くという行為に躊躇《ちゅうちょ》する気持ちがなかったと言えば嘘になる。突きだした右手の指先が微《かす》かに震えた。その様子を見ている二人に気づかれまいと、哲治は意を決してボタンを押した。

ボイラーが音を立て始め、窯の中に火が入るのが分かった。葬儀屋の男が、無言のまま一度頷き、三人を外へと誘う。

哲治は待合室には戻らず、そのまま傍らにあるドアから外に出た。見上げると空に延びた煙突から白い煙が立ち上っている。背後からマークの啜《すす》り泣きが聞こえる。それに交じって、

「テツ。これからどうする」

白田が低い声で訊《たず》ねてきた。

「分からない……」

哲治は空を見上げながら言った。

その言葉に嘘はない。正直なところ、これから何をやればいいのか、皆目見当がつかなかった。父は幾らの蓄財を残したのか。家のローンは。訴訟の費用は。自らの手で解明し、処理しなければならないことは山ほどあった。それもまったくの手探りの状態でだ。ただ一つはっきりしていることは、日本で係争中の裁判に関しては、もはや父に代わって遂行していく能力が自分にはないということだけだった。

「テッ！　悔しくないのかよ！　実の父親が殺されたってのに、仇を討ちたいとは思わないのかよ！」

語気の鋭さに思わず目を向けると、涙で顔をぐしゃぐしゃにしたマークがいた。

「そりゃ悔しいさ。だけど、今の僕に何ができる。拷問に等しい行為をされた場所だって分かっちゃいないどころか、犯人に繋《つな》がる情報すら何一つ摑《つか》んじゃいないんだ」

「それじゃ何か、このまま教授の遺骨を持って日本に帰るのかよ」

「君は僕に何をしろって言うんだ。警察に代わって犯人探しに精を出せとでも言うのか」

「警察に頼っていてこの事件が解決するもんか」

「探偵でも雇えというのかい？　もしそうだと考えているんなら馬鹿げている。第一そんな連中を雇う金がどこにあると思ってるんだ。父親が残した金が幾らあるのかすら分かっちゃいないんだ。それどころか、借金をしている可能性だってあるんだぜ」

マークの剣幕に哲治の語気も荒くなる。

「そんなことを言ってるんじゃない」マークはそれにも怯《ひる》まず続けた。「この事件はきわめて特殊な状況の下で起きた。つまりゲイ社会の中でね。彼らの世界にノーマルな人間が入っていっても、犯人を突き止めるために有益な情報なんてそうは簡単に得られるわけがない」

「じゃあ、君は犯人を特定するための、有効な手段について何か案があるってのかい?」

マークが一瞬口を噤《つぐ》んだ。

「どうして君はそんなにむきになる。葬儀の時から思っていたんだが、少し変だぞ。確かに父さんは君のことを買っていた。学部生である君を助手同然に使っていたし、君がそれを誇りに思っていたことは分かっている。それにしても、君の嘆き悲しみようは尋常じゃない。その上今度は犯人探しをしろだと」

マークは気を削《そ》がれたように肩を落とした。そして視線を下げ、目をしばたたかせながら、

「フォルサム・ストリート……」

ぽつりと言った。

「フォルサム・ストリート?」哲治は聞き返した。「フォルサム・ストリートがどうしたんだ」

「教授が暴行を受けたのはあの場所に違いない……」

「なぜ、そんなことが言える」

再びマークが沈黙する。

「君、何か知っているのか。そうなんだな。答えろよ」

マークは重い溜め息を漏らすと、

「それは教授がいつも週末をどこで過ごしていたか知っているからだよ」

上目遣いに哲治を見た。

「どうして君が？」

マークは歯を食い縛り、何事か言いあぐんでいるように見えたが、やがて決然と哲治を見ると、

「僕もゲイだからだ……そしてフォルサム・ストリートの店を紹介したのは誰でもない。この僕だ」

血を吐くような切ない声で言った。

「何だって！」

唖然《あぜん》としたのは哲治ばかりではない、白田も同じだ。想像だにしない告白を聞いて二人は思わず顔を見合わせた。

「まさか……君と父さんは……」

「いやそれはない。誓って」マークはきっぱりと否定すると続けた。「僕らの世界は複雑でね。責められるのが好きな人間もいれば、逆の立場を好む人間もいる。もちろんその双方を行う人間もね。君たちには分からないだろうが、同じ嗜好を持つ人間、つまりゲイであるかそうじゃないかは一目見ればピンとくるものなんだ。だから僕も、教授も最初に会

った時から、お互いの嗜好をすぐに見抜いた。それも責められるのを好むタイプだということをね」

どうやらその言葉に嘘はないらしい。マークがゲイだったとは想像もしていなかったことで、ショックを受けたが、少なくとも父とは関係がなかったという安堵の気持ちの方が優っていた。もしも、彼が父とそういう関係にあったということを告げられていたら、この場でぶちのめしていたに違いない。

「で、君は父さんにどういう店を紹介したんだ」

「金でプレイを請け負う店だ」

「どんなプレイを?」

「君は教授の遺体を見たよね」

「ああ」

「教授の体には、胸、それから腹にクリップで挟まれたような痕《あと》があっただろ」

マークには遺体に残ったプレイの痕跡については何も話してはいない。つまり当事者しか知りえぬ事実というわけだ。哲治は頷きながら先を促した。

「それから、ペニスの根本から陰嚢《いんのう》の裏にかけて、何かで締めつけたような痕も」

「そうだ……どうしてそれを?」

「教授は痛みに快感を覚えるタイプでね。ペニスを締めつけるのは、鬱血《うっけつ》させて勃起《ぼっき》した状態を持続させるため。そして最後はこれだ。何もかもお約束ってわけだ」

マークは拳《こぶし》を作りぐいとそれを上に向かって突き上げた。

「店の名前は？」

「モビー・ディック」

「君もそこに出入りしていたのか」

「いや、僕が行くのは別の店だ。さすがに同じ場所でプレイするのは気が引けたものでね」

「それ以外の店を紹介したことは？」

マークはゆっくりと頭を左右に振った。

「僕たちの世界はノーマルな人間には理解できない部分が多々ある。金で買ったとはいえ、いったん気に入ったパートナーはそう換えたりはしない。それにプレイは体の自由を奪われた形で行われるんだ。お互いの間に信頼感がないと、安心して楽しめやしないからね」

「それじゃ、父さんの相手に心当たりはあるんだね」

「あの店はループ・ラッセルという男が個人でやっているところでね。相手は彼以外に考えられない」

「じゃあ、父さんを殺《や》ったのはその男か」

「それは分からない」マークの口調が俄《にわか》に慎重なものに変わった。「この世界ではいろいろな事故が起きる。中には窒息プレイを望む者や、教授よりももっとハードな行為を要求する者もいるからね。だけど、仮に事故が起きたとしても、相手をそのまま放置することなどありえない。ましてや生きたまま海に投棄するなんてことはね。見ず知らずの間柄とはいっても、それだけ僕らの絆《きずな》は深いんだ。社会からとかく好奇の目、いや時には嫌悪の目さえ向けられることもあるだけにね」

「父さんは直腸を突き破られた上で海に投棄され、肛門にはドライバーズ・ライセンスが差し込まれていたんだぜ」

「ありえない……。ゲイはそんな酷いことはしないよ」マークは真剣な眼差《まなざ》しを向けると、「僕は今のテツの話を聞いて確信したよ。こいつは事故じゃない。最初から教授を殺すことを目的としていたとね」

きっぱりと断言した。

ゲイの世界がどういう人間関係で成り立っているのかは分からない。いや、そんなことは知りたくもない。しかし、少なくとも今のマークの証言で、犯行現場となった場所、そして事件の背景を知っているかもしれない人間を絞り込めたことは確かなような気がした。

「しかし、父さんの体に残された痕跡からすれば、あの夜もモビー・ディックに行って、ラッセルとプレイを行った。それは確かじゃないのかな」

「それは間違いないだろうね」

「それじゃこのことを警察に話せば……」

「警察に？　無駄だろうね」哲治の言葉を遮ってマークが再び頭を振った。「ループが教授の殺害に関与した。おそらくその推測は外れてはいないと思う。でもゲイの性格を考えれば、そのきっかけを作ったのが彼だとしても止《とど》めを刺した人間は他にいると僕は思う。つまりこれは周到に準備された殺人だ。教授を亡き者としたい誰かのね。当然、物証に繋がるものなんて残されちゃいないさ。おそらく、教授があの夜モビー・ディックに現れたことだってラッセルが否定しちまえばそれで終わりだ」

「それじゃどうすればいいいんだ。このまま黙って警察の捜査の進展を見守れっていうのかい」

「そうは言っていないさ」マークは鋭い光を瞳《ひとみ》に宿すと、「何があったのか。その真実を知るためには、尋常な方法じゃ駄目だ。僕に考えがある」

声を押し殺し、決意を籠《こ》めた口調で言った。

＊

父の遺骨は小さな骨壺《こつつぼ》に納められ、エルセリートの自宅の暖炉の上に置かれた。日が暮れかかったリビングの窓からは、黄金色に輝くサンフランシスコ湾が見える。いつもと変わらぬ夕暮れ。違うものがあるとすれば、二度と生きた父の声を聞けないこと、そしてこれから先は一人で人生を歩んでいかねばならないということだけだ。

「テツ……。そろそろ時間だ」

背後からマークの声が聞こえた。

リビングのソファに座った白田、そしてマークがこちらを見ている。

「僕はいいが……ヒデ、君も一緒に行くのか」

哲治は白田に向かって訊ねた。

火葬が終わるまでの間、マークはラッセルの口を割らせる方法を話して聞かせた。それは犯罪行為以外の何ものでもなく、躊躇する気持ちがなかったと言えば嘘になる。しかし、父の死の背景に何があるのか。誰がどんな目的で父を殺したのか、いかに日頃親子としての関係が希薄だったとはいえ、真実を知りたいという気持ちは抑えきれなかった。だが、マークはともかく、白田を犯罪行為に巻き込むのはさすがに気が引ける。

「俺は君たちの計画を聞いちゃったんだぜ。俺は止めやしない。それだけでも立派な共犯者だろ。それとも、今ここから警察に電話しろと？」

白田は携帯電話を取り出すと、顔の前に翳《かざ》した。

「いいのか、本当に」

白田は携帯電話を上着のポケットにしまった。それが答えだった。

「ＯＫ。決まりだ」

マークはソファに身を預け脚を高く組むと携帯電話のボタンを押し始める。

「ハァイ、ループ。僕はアンディ。ウエインから君の評判を聞いてね……」

まるで女性の耳元で甘言を囁《ささや》くようなものにマークの口調が変化する。

「今夜は空きがあるかい……」

その薄気味悪さに、思わず哲治は白田と目を合わせたが、彼はそんな二人の様子に構うことなく話を続ける。

「八時なら空いている？　いいね。じゃあそれで頼む……どっちを選ぶって？　責める方だ……料金が高くなる？　構わない。幾らだ……OK三百ドルだな。了解した。それじゃ八時に……」

マークは回線を切り、携帯電話を翳すと、

「これで予約は取れた。八時から二時間はモビー・ディックの中にいるのは、僕とあいつだけだ」

不敵な笑みを宿した。

「二時間でそいつに口を割らせることができるのか」

「充分だよ。おそらく一時間とかからないさ」

「なぜ？　どうしてそんなことが言える」

「それは実際に僕が彼にどんなプレイを仕掛けるか、見てのお楽しみだ」

マークはおもむろに立ち上がると、腕時計を見た。

「もう六時半だ。急ごう。ぐずぐずしていると時間に間に合わなくなる」

その言葉を合図に、哲治は二人と共に外に出た。いつもはマウンテンバイクを使って下る坂道を急ぎ足で駅に向かった。切符を買いホームに上がる。程なくしてバートがやってきた。

ウィークデイの夕方。サンフランシスコのダウンタウンに向かう車内にさほど乗客の姿はない。トンネルを抜け、オークランドのコンテナヤードの傍らを通り過ぎると、バートは再び地下を走り始める。誰も何も言わなかった。果たしてマークがどんな手を使って、ループの口を割らせるのか。彼は、その時がきたら携帯に電話を入れるから、外で待機しろと言っただけだった。しかも、哲治と白田の正体は決してバレることはないとまで断言した。もちろん、その言葉を信じてはいたが、それがどういう状況でなら可能なのか、さっぱり見当がつかない。

バートは三十分ほどで、パウエルの駅についた。階段を上がると、ケーブルカーの折り返し地点になっている広場は、観光客でごった返していた。人込みを縫うようにしてマーケット・ストリートを横切り、路面電車に乗った。菫色《すみれいろ》になった空の先に、ツインピークスの丘の頂上に立つ、二つのタワーが黒いシルエットとなって浮かび上がっている。それが徐々に近づき、フロントガラスの視界から完全に姿を消したところで、三人は電車を降りた。ストリートに虹色の旗が整然と並ぶ街。銀色の鋲《びょう》を打った革のジャンパーとパンツ。そして警察官の帽子を被《かぶ》ったゲイの姿。妙にこざっぱりした男。手を繋いで歩く女性の姿が目に付く。そう、ここここそが同性愛者の解放区、カストロだった。マークはフォルサム・ストリートに向かって先頭に立って歩いて行く。

その時、向こうから歩道を歩いてきた男が、すれ違いざまに前を行く大柄の女性の顔に、いきなり渾身《こんしん》の力を込めたパンチを見舞った。彼女の頭部が激しく揺れ、ブロンドの頭髪が吹き飛び、短く刈り込んだ頭部が露《あら》わになる。

「WHY……」

殴打された顎《あご》を両手で抑えた口元から鮮血が滴り落ち、路面にこぼれ落ちた。何事もなかったかのように歩調一つ変えることなく過ぎ去って行く男の姿を目で追う恨めしそうな顔を見て、哲治はその場で凍りついた。女性だとばかり思っていたのは、女装をした男だったからだ。

マークが立ち去ろうとする男の腕をすれ違いざまにむんずと摑んだ。

「彼、私をぶったわ。酷い……」

女装した男が野太い声で訴える。

「お前、何で彼女を殴ったんだよ！」

激しく詰め寄るマーク。しかし男は荒々しい仕草でマークの手を振り払うと、

「オカマ野郎なんか、この世からいなくなりゃいいんだ！」

吐き捨てるように言い、殺意さえ感じさせる激しい一瞥《いちべつ》を投げ掛け、地面に唾《つば》を吐いた。

「ああ、彼女は確かにオカマさ。だけど誰にも迷惑かけたわけじゃないだろ」

「てめえもあいつの同類かよ」

場は一触即発、緊張の度合いを増したが、

「殴るなら殴れよ。オカマやゲイがいつも黙ってやられているとは限らないぜ。嘘だと思うなら、ここで叫んでみようか。お前が忌み嫌うオカマやゲイがわんさか寄ってきて、た

っぷり可愛がってくれるだろうさ」

一瞬、男の目が動揺の色を浮かべ微かに左右に動く。

「謝れよ……彼女に謝れ！」

マークが激しく詰め寄る。だが、男は憎しみに溢《あふ》れた目でマークを睨《にら》むと、

「ファック・ユー！」

罵《のの》りの言葉を吐き、平然としてその場を立ち去って行く。

「何てやつだ……」

マークは溜め息をつきながら、口から血を滴らせる男にハンカチを差し出し、優しい口調で言う。

「災難だったな……」

「ありがとう……」

いいんだとばかりに、マークは彼の肩を叩《たた》き、歩き始める。

「マーク。何だ今の。カストロはゲイの街だろ。彼らの解放区じゃないのかよ」

白田が納得がいかないとばかりに問い掛ける。

「住人のすべてがそうだというわけじゃないよ。先住民がいるからね。こうしたことはままあることなのさ」

「いいのか、彼女……いや彼を放っておいても」

哲治は、歩を進めながら訊ねた。

「普段なら放っておかないところだが、僕たちにはやらなきゃならないことがある。その前に騒ぎに巻き込まれるのは御免だ」

後味の悪さを嚙《か》みしめながら三人は無言のまま歩調を速めた。

「マーク。あんなものを誰が何の目的で使うんだ」

沈黙を破ったのは白田だった。彼の視線を追うと、傍らの薬局のショーウィンドウに使い捨ての手術用のグラブが飾られている。

当然の疑問というものだ。どこの世界に薬局のショーウィンドウにそんなものを飾っておく街があるだろう。

「フィストセックスに使うんだよ」

「ゲッ……」

事も無げに言うマークに、白田が顔を顰《しか》め言葉を失う。

「そんなことで驚いていたんじゃ、身がもたねえぞ。あれを見ろよ」

彼が顎で指す方には一台のバスが停まっており、その前に置かれた小机の上に箱が置かれている。

「な、何だよ。あれ……」

白田が恐る恐る訊ねる。

「コンドームを無料で配っているのさ。エイズ防止のためにね」

見ると、男同士のカップルがそこを通り過ぎざまに中に入れられていたコンドームを鷲《わし》摑《づか》みにしていく。

聞きしに優るとはこのことだ。普通の社会では、異常、あるいは変態といわれる行為がこの街ではむしろ正常なことなのだ。もちろん、哲治にその気はないが、研究に没頭していたせいで家を空けていたとばかり思っていた父が、実はこの街に出入りしていた。しかもその血が自分の体の中に流れている。それを思うと、哲治は感情とは別に生理的嫌悪を覚えずにはいられなかった。

フォルサム・ストリートが近づくにつれて、周囲から急に人通りが少なくなる。

「マーク。こんなところにそのモビー・ディックがあるのかよ」

白田が再び訊ねた。

「もともと、この辺りは倉庫街だったんだが、ITバブルの頃にはベンチャーのやつらがこぞってここを拠点にしていたのさ。だけど、バブルが弾《はじ》けちまった後は、空き家だらけになってね。そこに目をつけたのが、ゲイやレズを相手にする秘密クラブや、モビー・ディックのようなプレイルームやクラブだったというわけさ」

「そんなものどこにあるんだよ」

白田が言うまでもなく、それらしきものは見当たらない。闇の中にひっそりと佇む倉庫街が並んでいるだけだ。

「看板なんか出さなくとも、知ってる連中が集まるんだよ」マークは面倒臭そうに言うと、足を止めた。「ＯＫ。あそこがモビー・ディックだ」

大袈裟《おおげさ》な仕草で闇の中に静まり返る一角を指差した。目を凝らすと、古ぼけた倉庫の片隅に地下に続く階段がある。

「ちょうどいい時間だ」マークは腕時計に目をやり、「これから僕は店に入る。準備が整ったら、電話をする。それが合図だ。急がず、慌てず、落ち着いて入って来い。何の心配もない。いいな」

打ち合わせていた手順について改めて念を押した。

「どれくらいの時間がかかる」

土地勘のない場所に二人で取り残されるのが不安なのか、白田が訊ねた。

「そうだな。もうやつの準備はできているだろうから、十分もあれば充分だろう」

「分かった」

「じゃあ、中で……」

マークはそう言い残すと、踵《きびす》を返して暗い階段へと消えて行く。

その後ろ姿に父の姿が重なった。父のことは恨んでもいいはずだと思った。己の嗜好に溺《おぼ》れ、無様な死を遂げた。その事実はいずれ誰しもが知るところとなるだろう。父は母を去らせただけでなく、自分にゲイの息子という拭《ぬぐ》い去れないレッテルを貼り付けたのだ。

つい今しがたオカマが男に殴りつけられた光景が脳裏に浮かんだ。

この国においても、ゲイやレズが市民権を獲得したとは言い難いが、日本に比べれば遥かに社会は彼らに対して寛容である。それでもあのようなことが日常茶飯事に起きる。さすがに日本では暴力的な手段に打って出る人間は少ないだろうが、偏見という意味では遥かに根強いものがある。一人になったいま、この先の人生をこのままアメリカで過ごすのか、あるいは日本に戻るのか、それはまだ決めてはいない。しかし、どちらにしても大きなハンディキャップを負って生きて行かなければならないことは容易に想像がつく。

しかし、このうらぶれた一角に、抑えきれない己の嗜好を満たすために、人目を忍んで出入りしていた父の姿を思うと、何とも哀れに思えてくる。同時に何ゆえにあれほど酷《むご》い死に方をしたのか。真実を知りたいという気持ちがふつふつと込み上げてくるのを哲治は感じた。

白田はさすがに緊張しているのか、一言も発しなかった。静かな時が流れ、やがて手にしていた携帯電話が震えた。即座にそれを耳に押し当てる。

「準備はできた。予定通りだ。ドアの鍵《かぎ》は開けてある。入って来い」

マークは一方的にそれだけ言うと、回線を切った。

「ヒデ、入るぞ」

闇の中で白田が頷く。彼の喉仏《のどぼとけ》が一度大きく上下する。

暗い階段を下りると、頑丈な鉄の扉があった。店の名前はどこにもない。まさにゲイの秘密クラブというに相応《ふさわ》しい妖気にも似た怪しい臭いが漂ってくる。重い扉を開くと、暖色灯の光が目を射った。行為への興奮を高めるためだろうか、壁面は赤一色に塗られ、床もまた同じ色で統一されている。

行く手の左側には、受付らしき小さな窓口がある。中を見ようとしたその時、カーテンで仕切られた奥から男のくぐもった呻《うめ》き声が聞こえてきた。

「こっちだ」

マークの声が聞こえる。

哲治は先に立ってカーテンを引き開けた。目に飛び込んできた光景を見て、思わず息を呑《の》んだ。かつて倉庫に使われていたとはいえ、地下室の天井は思ったほど高くはなく普通の家よりもわずかに高いだけだ。しかし、部屋の中央にはX字型の磔台《はりつけだい》が置かれており、そこに全裸になった男が両手首と足首をチェーンのついた革バンドに繋がれ完全に自由を奪われていた。それだけでも衝撃的な光景だったが、驚いたのは男の顔に被せられた革のマスク、それに勃起したペニスから陰嚢にかけて嵌《は》められた金属の輪だ。マスクは穴一つなく、完全な袋状になっており、呼吸をするのすらかなり苦労するであろうことは容易に推測がついた。男の呻き声がくぐもって聞こえたのはこのせいだ。

次に目を引いたのは、磔台の傍らに置かれた『器具』だ。数十本に及ぶクリップ、先が刷毛《はけ》のようになった革製の鞭《むち》。そして人間のペニスを模した張形。それもほぼ普通の人間のサイズから始まって、最大の物は大人の腕の太さと長さがある。これが人間の体内に入るのか、そんなことに快感を覚える人間が本当にいるのかと思うと、驚愕《きょうがく》を通り越して、ただ呆気《あっけ》にとられるとしか言い様がない。

「じゃあ、始めようか」

マークの声で我に返った。彼は鞭を手にすると、男の正面に立った。そしてこちらを振り向くと、

「言い忘れたが、二人とも名前を言うんじゃないぞ。これからは、そうだな、お前たちはビルとジョンだ」

哲治、白田の顔を順に見ながら言った。

「さて、ループ。最初に君に幾つかの質問をする。答えがイエスなら頭を縦に振る。ノーなら横に振る。いいな」

ループはそんな言葉は聞こえないとばかりに激しくもがく。そのたびに両手両足を磔台に固定している鎖が擦れて鈍い金属音がした。

「ループ。分かったのか？　イエスかノーか、どっちなんだ」

マークは手にしていた鞭を頭上高く翳すと渾身の力を込めて、ループの胸目がけて振り下ろした。肉と革がぶつかり合う湿った音が部屋の中に響いた。くぐもった悲鳴が上がる。皮膚が裂け、血がうっすらと滲《にじ》みだしてきたかと思うと、乳首から鮮血が噴きだし腹に向かって赤い筋となって流れ出す。哲治の足元に何かが転がる気配がした。見ると、小さな金属の輪が落ちていた。気がつかなかったが、どうやらループは乳首にピアスをしていたらしく、それが今の一撃で吹き飛んだらしい。

白田が、顔面を蒼白《そうはく》にし、すっかり狼狽《うろた》えた様子で哲治を見る。

「イエス・オア・ノー？」

再び鞭が唸《うな》りを上げてループの腹を打つ。

苦悶に身を捩《よ》じるループ。しかし、彼は頑として答えを返しては来ない。

舌打ちが聞こえた。マークだ。彼は肩を竦《すく》め、

「この方法じゃ駄目みたいだな」

忌々《いまいま》しげに言う。

「どうして？……」

白田があからさまに顔を顰《しか》めながら訊ねた。

「こいつにとって痛みは快感なんだよ。視覚、聴覚を完全に奪われ、窒息寸前の呼吸の中で加えられる鞭の味はこの上ないご馳走《ちそう》なのさ。それが証拠に見ろよ、やつのペニスを」

そう言われれば、先ほどよりもわずかだが勃起の角度が高くなっているようにも思える。

「じゃあ、こんなことをしても意味がないだろ」

「その通りだ」

マークは白田の言葉に頷くと、プレイルームを出、先ほど哲治が覗《のぞ》きかけた部屋に入ると、ラジオペンチと針金を手に戻って来た。

「何をする気だ」

白田が恐怖で声を引きつらせながら問い掛ける。

「見てれば分かるさ」

マークはループの股間《こかん》に跪《ひざまず》くと、針金をペニスの根本から陰嚢の裏にかけて、二回りほ

ど巻き付けた。そしてラジオペンチでそれを摘《つま》み上げたかと思うと、ぎりぎりと締めつけ始めた。

さすがにループの口から、明らかに今までとは違った悲鳴が漏れた。

「ループ。これが何を意味するか分かるか？」

彼はそれでももがくだけで、頭を左右にも縦にも振らない。

「宦官《かんがん》って知ってるか？　知らないなら教えてやろう。昔中国の宮廷に仕える男はな、みんな金玉を落とされたんだ。どうやってだと思う？　今お前がされているように、金玉をこうして根本から縛り上げ、腐って落ちるのを待つんだ」

ループの動きが止まった。マークの口調に凄《すご》みが増す。

「何も落ちるまで待つ必要はないさ。そうさな、三時間もこの状態を続ければ、血液が回らなくなったお前の金玉は壊死《えし》しちまうだろう。そうなりゃ、病院に運び込まれたところで結果は同じだ。お前は現役引退。こうしたプレイを二度と味わうことができなくなるってわけだ。それでもいいのか」

ループは初めて頭を左右に激しく振った。

「OK。ようやく話が通じたようだ」マークは満足した様子でニヤリと笑うと、「じゃあ、最初の質問だ。今日、この後の客は？」

ループの首が縦に動いた。

「十時？」

ノー――。

「十一時?」

イエス――。

「三時間弱の時間があるわけだ。それから、今お前の部屋に行って気がついたんだが、中にあるビデオが回っていたぞ。お前、客とのプレイを録画しているのか」

ループの頭が縦に動いた。

「いつも? それとも特定の場合か。いつもなら頭を縦に振る、特定の場合なら横に……

……」

ループは頭を横に振る。

「ビル。手間が省けた。これからこいつがゲロすることはすべて記録に残る。ビデオをいただきゃ、動かぬ証拠を手に入れたも同じことだ」

哲治が頷くと、マークはさらに質問を続けた。

「ところで、お前、ミスター・ウエハラを知っているな」

答えはイエスだった。

「最後にミスター・ウエハラがここにやって来たのは先週末、そうだな」

イエス――。

「その時、相手をしたのはお前か」

イエス――。

「肛門に張形をぶち込んだのはお前か」

ループは一瞬答えに躊躇したが、マークが針金をペンチで一度ひねり上げると頭を縦に振った。

「さて、じゃあその動機だが、ここから先はお前の口から直接聞いた方が話が早い」

マークは言うが早いか、ポケットからナイフを取り出すと、革の覆面の口元を切り裂いた。

ぷうっという息が漏れ、

「この針金を外してくれ！　じゃないと俺の金玉が腐っちまう」

ループは絶叫した。

「そうはいかないんだなあ。お前が素直に俺の質問に答えれば、時間もそうはかからない。大事なものも助かるさ」

「話す。何でも話すよ」

「あれは事故か。それとも故意、つまり殺すことを目的としたのか」

「事故だ……。ウエハラはいつも決まって最後にアナルプレイをご所望だったからな。それで……」

哲治は思わず耳を塞《ふさ》ぎたくなった。父の痴態を行為の相手から聞かされる。これほど惨めなことはない。しかし、ループの言葉を皆まで聞かないうちに、マークの手が動き、再び針金を締めつけた。

絶叫が上がった。見ると針金はペニスの根本に食い込み、その部分からは血が滲み出している。まるで竿先《さおさき》に取り付けられた提灯《ちょうちん》のような形になったペニスと陰嚢は紫色に変色し始めている。

「嘘を言うな。ベテランのお前がそんなヘタを打つもんか。仮に事故だとしても、お前一人でどうやって彼の体を海まで運べるってんだ。誰かの助けなしに、できるわけないだろ」

冷酷なマークの声。ループの体には脂汗が滲み出している。

「分かった……言うよ……」天を仰ぎながら絶え絶えの口調でループは言った。「頼まれたんだ。ウエハラを痛めつけろとな。プレイの最中の事故に見せかけろと……」

「誰に？」

「分からない……。これは本当のことだ……」

どうやらその言葉に嘘はなさそうだった。

「いつ？　どんな状況で」

「最初にやつらがやって来たのは、四ヵ月ほど前……。写真を手にこの男がここに出入りしているかと訊《き》いてきた……」

「客の秘密は守るのが、この世界の掟《おきて》だろ」

「当然、俺は否定したさ……。知らないとね……。しかしやつらはウエハラがここに入る瞬間の写真を手にしていた……」

「すると何か。そいつらはミスター・ウエハラの行動を監視していたってわけか」

「おそらく……。とにかく、決定的な写真を見せられれば否定はできない……」

「それで、そいつらは何を要求した？」

「プレイ中の写真だ……」

「お前はそれを提供した。そうだな」

「ああ……」

「それで？　まだ先があるんだろ」

「俺は写真を提供したことですべては終わったと思った……。しかし連中はまた現れた……。ひと月前にね……」

「同じ人間か？」

「ああ……男が二人……」

「何者だ、そいつら」

「分からない……。しかし二度目に来た時にヤツらは命じたんだ。ウエハラにプレイ以上のダメージを与えろと……」

「お前、それを幾らで引き受けた」

「写真を渡す時に、一万ドル……。ダメージを与えた時に、五万ドル……」

マークの顔がみる間に赤みを増す。それが怒りの感情の表れであることに疑いの余地はない。おそらく彼の表情の変化を目の当たりにしていたら、ループは次からの答えを躊躇したに違いない。しかし、視界を奪われていたのではそれを分かろうはずもない。

「それで、お前はその時の光景もビデオに収めていたんだな」

「ああ……。二人の男が二度目に現れた時のことはね……。しかしウエハラとの行為は録画していない……。厄介事の証拠を残すのは御免だからな……」ループはそこまで言うと、

「頼む、知ってることはこれですべてだ。針金を外してくれ……」

口を歪《ゆが》め、激しく喘《あえ》ぎながら懇願した。

「そのビデオはどこにある」

マークはそれを無視し、さらに質問を続ける。

「部屋にある。机の右の引き出しの一番上だ」

「ビル！　ジョン！」マークが叫んだ。「確認してくれ！」

哲治は白田を伴ってプレイルームを出ると、すぐ傍にある部屋に入った。モニターが置かれた小さな机が一つ、その正面にはビデオがびっしりと積み上げられた棚が吊《つ》り下げられている。床にはゲイの専門誌が所狭しと積み上げられ、わずかなスペースが空いているだけだ。

机の引き出しを開けると、ループが言ったように、一巻のビデオテープが無造作に入れられていた。

「あった！」

「内容を確認しよう」

白田がテープを哲治の手から引っ摑み、録画中のデッキを止め差し替える。再生ボタンが押されるとモニターにX字型の磔台を前にして座るダークスーツにネクタイを締めた二人の中年男の姿が浮かび上がった。どこといって特徴のない白人の男たちだ。もちろんいずれの顔にも見覚えはない。やがて、ループが姿を現す。彼は胸をはだけた黒のレザーの上着にパンツといったいでたちで、二人の男と一緒に見ると酷《ひど》い違和感を覚えさせた。画像はきわめて鮮明で、音声もクリアに記録されている。

『今度は何の用件だ』

『その前に、前回の報酬だ』

二人の男のうちの一人が、ぶ厚く膨らんだ封筒を手渡した。ループはおもむろに手を入れると中身をわずかに摑みだし、満足した表情で男たちを見た。札束だった。

『一万ドルある。数えるかね』

『いや、その必要はないだろう。あんたたちを信じるよ。それで……』

『ウエハラを痛めつけて欲しい』

『痛めつける』ループが笑った。『痛めつけられるのはヤツの趣味だぜ』

哲治は食い入るようにモニターを見つめた。

間違いない。この男たちが父を殺したのだ。

確信とともに、抑えきれない怒りが込み上げてきた。もはや父がゲイだったかどうか、そんなことはどうでもよかった。誰かが明確な意図を以《もっ》て父を殺した。そこにどんな理由があろうと、絶対に許しはしない。哲治は胸中に明確な殺意が芽生えてくるのを感じた。

「もういいだろう。テープを見るのは、後にしよう」

白田が停止ボタンを押すと、カセットを取り出す。そして、いままで録画されていたもう一つのカセットを手にすると、急いでプレイルームへと取って返した。

「あったぜ。こいつの言った通りだ」

白田が、獲物を捕った猟師が戦果を誇るようにカセットを翳す。

マークは、こちらに背を向け、磔台の傍らに置かれた器具に向かって何事か作業をしていた。にちゃにちゃと粘りを帯びた音が聞こえる。

「録画中だったカセットは？」

「もちろんここに……」

「ＯＫ。それじゃもうこいつは用済みだな」

不気味なほどに静かな声で言うと、こちらに向き直った。

その手にある物を見て、哲治は息を呑んだ。彼は大人の腕ほどもあるペニスを模した最も巨大な張形を手にしていた。彼が何をしようとしているかは一目瞭然《りょうぜん》だった。ループがどれほどの行為に耐えられるのかは分からない。しかし、常識で考えればあんな巨大な代物を体内にぶち込まれれば、彼が父と同じ程度の傷を負うのは想像に難くない。

しかし、マークに少しも怯《ひる》む様子はない。口元に人差し指を当て、「黙れ」というサインを送ってきたかと思うと、ゆっくりと自由を奪われたループの背後に回った。

「ループ……。お前はここに来る客の痴態をビデオに撮って、そいつをどうしてたんだ」

革のマスクで覆われたループの耳元で囁くマーク。

「こいつも商売の一つだ……、つまり、ネットで……」

「売り捌《さば》いていたってわけか」

ループはがくがくと首を縦に振った。

「要するに、お前は客の秘密を売っていたわけだ」

「もう二度としねえ……約束する……テープはすべて処分する……」

「他に、ミスター・ウエハラが映っているテープはあるのか」

「それはない……」

「本当か」

「この期に及んで嘘は言わねえよ……ウエハラが映っているビデオなんて——」

「お前、一つ大事なことを忘れているよ」

「な、何をだ」

「ウエハラの前にミスターを付けることをな！」

鋭いマークの一喝が飛んだ。同時に彼は背後からループの頭を渾身の力を込めて押し下げたかと思うと、巨大な張形を前かがみになったせいで露わになった彼の肛門に突き刺した。絶叫が上がった。ループは激しく身をよじらせ、もがき苦しむ。それでも、マークはその手を休めようとはしない。一体彼のどこにこんな残忍な感情が宿っていたのかと思うほど、マークは淡々と作業を進める。

あまりに凄惨《せいさん》な光景に、哲治は思わず目を背けそうになったが、それよりも早くマークはおもむろに足を上げると、

「二度と仲間を売るようなまねをするんじゃねえ！」

張形を体の奥深くまで蹴《け》り込んだ。

ループは瞬間口を大きく開け、声にならない絶叫を漏らしたが、すぐにがっくりと頭を落とし、鎖にぶら下がってぴくりとも動かなくなった。

「……殺《や》っちまったのかい……」

訊ねる白田の声は裏返っている。

「死にはしねえよ。もっとも、直腸は大きなダメージを受けたには違いないがね」

「大丈夫かよ」

「なあに、あと二時間もすれば次の客が来る。そいつが救急車を呼んでくれるだろうさ」

「でも、それじゃ、これがお前の仕業だってことが分かっちまう」

「大丈夫、心配するな。こいつが客とのプレイを密《ひそ》かにビデオに撮っていたことが知れれば、ただじゃ済まねえ。この世界には、俺よりも怖い連中がごまんといるからな。それに仮に警察沙汰《ざた》になったところで、俺たちのことを話せば、当然、教授を意図的に痛めつけたことを話さなければならなくなる。そんなことはこいつだって百も承知だ。それこそプレイ中の事故と言い繕うに決まってるさ」

マークは、鼻を鳴らして言い放つと、

「もうこいつには用はない。行こうぜ」

先に立って部屋を出て行こうとする。

「待てよ、マーク。あいつの、あれ……どうするつもりだ」

白田が、ループの下腹部に視線をやりながら訊いた。

「運が良ければ助かる。駄目なら商売替えだな」

もはやそんなことには興味がないとばかりに、マークはだらしなく鎖にぶら下がったループには一瞥《いちべつ》もくれず、カーテンの向こうに姿を消した。

第六章　グリーン・シーズ

ループから手に入れたビデオ、そして彼の自白から、殺害は明確な意図の下、計画的に行われたことは明らかである。問題は誰が、何の目的で父を殺害したのかということだ。

父が置かれてきた状況から単純に推測すれば、原因はやはり抱えていた特許にまつわる訴訟と考えるのが妥当なところだろう。フォルサム・ストリートを後にし、エルセリートに帰る道すがら、三人はそれぞれの推測を口にしたが、やはり父が殺害された要因は、それ以外に考えられないということで意見は一致した。特に、マークは確信を持って、「ウエハラ教授を殺した背後には、間違いなくオリエンタル工機がいる」と言いきり、強硬に主張して譲らなかった。

確かに、今の時点で父がいなくなれば、いちばん得をするのは、訴訟の原告となったオリエンタル工機であることは間違いない。訴訟はすでに最高裁に持ち込まれており、一審、二審の判決を覆す方法はただ一つ。被告となった父を、最後の判決が下りる前に抹殺する以外にないからだ。

しかし、それでも哲治はマークの意見に、素直に同調することはできなかった。なぜなら、たとえ父を殺したとしても、訴訟が最高裁に持ち込まれた以上、当事者に出廷が求められる例は極めて稀《まれ》で、特段のことがなければ、このまま最終判決を待つしかないという状況にあるからだ。もちろん、だからと言って口頭弁論が開かれないという可能性がまったくないということではない。判決が社会に及ぼす影響の大きさによっては、裁判所も慎重を期し、改めて法廷で双方の言い分を聴くこともあると聞く。そうなれば、技術的知識もなければ、争いが法廷に持ち込まれるまでの詳細な経緯を知らない哲治には抵抗する術《すべ》がない。結果、判決は逆転敗訴となることも考えられないではないが、オリエンタル工機がそんな小さな可能性に賭《か》けて、人を殺害するなどということが果たしてありえるのだろうか。いかに莫大《ばくだい》な収益に繋《つな》がる特許が絡んでいるとはいえ、こんな荒業に打って出ることは、日本人の気質から考えると、まずありえないことのように思える。それには白田も同じ見解を示し、マークの推測を即座に否定した。

誰が何の目的で父を殺したのか。背後で糸を引いたのは誰か。

手にしたビデオを警察に提出すれば、事件は解明へ向けて大きな進展を見せることになるのだろうが、入手した経緯が経緯である。いかにループが殺害に手を貸した一人だとはいえ、あそこまで彼を痛めつけた以上、ビデオを警察に提出すれば、今度はこちらが法の裁きを受けなければならない立場に陥ってしまう。かといって、自分たち三人で、ビデオに映った二人の男の正体を突き止め、事件の背後関係を解明するだけの力などありはしない。

途方に暮れるというのはこのことだった。

次に取る手段を見いだせないまま、バートがエルセリートの駅に着くと、哲治はバークレーへと向かう二人と別れ、一人家路についた。長い坂道を上り、家に帰り着いた時には、時刻は午前一時になろうとしていた。暗闇の中でポケットからキーを取り出し、玄関のドアを開けた。明かりをつけリビングに入ると、電話にメッセージが残されていることを告げるランプが点滅していた。

誰だろう……。もし、自分に用のある人間ならば、固定電話ではなく、携帯電話に掛けてくるはずだろうに。

怪訝《けげん》な気持ちを抱きつつ、再生ボタンを押した。途端に落ち着いた男の声が聞こえてきた。

『私は環境保護団体グリーン・シーズのサンフランシスコ支部長を務めているマービン・ダーハムといいます。ウエハラ教授の訃報《ふほう》に接し、ご遺族の方々には心から弔意を表します。教授が亡くなってから、まだ日が浅いというのに、こんなことを切り出すのは本意ではありませんが、特許訴訟の今後について早急にお話ししたいことがあります。このメッセージをお聴きになったら、折り返しお電話を頂きたいと思います。何時でも構いません。私の携帯電話に至急ご連絡を……。番号は――』

ダーハムと名乗った男は、番号を告げると電話を切った。

もちろんグリーン・シーズの名前は哲治も知っている。目的達成のためならば、地の果てまでも押しかけ、体を張ることも厭《いと》わない勇猛果敢な連中が顔を揃えている世界有数の環境保護団体だ。もっともグリーン・シーズに関する知識というのはその程度のもので、彼らの組織にも主張にも些《いささ》かの関心も持ったことはなかった。

おそらく、それは父も同じであったに違いない。何しろ日頃から父が口にする話題はもっぱら、自分の研究ばかりで、たまさか家で会話をすることがあっても、環境問題などという小難しい話をした記憶はとんとない。それが、このダーハムは、特許訴訟の行方について早急に話したいことがあるという。これはいったいどういうことなのだろう。父はゲイであったことを隠し通していたように、自分の知らないさらなる秘密を抱えていたのだろうか。

秘密――。その言葉が引き鉄《がね》になって、哲治はこれから先、自らの手で解明し、やらなければならない仕事が山ほど残されていることに気がついた。この家にしてもそうだ。日本を捨ててアメリカにやってきた父がこの家をどうやって手に入れたのか。ローンを組んだのか、キャッシュで支払ったのか、それすらも分からない。生命保険。訴訟費用。銀行預金の有無……。家庭内のこと一つ取っても、何一つとして現状を把握していないのだ。もちろん、父が明確な意図を以《もっ》て、そうしたことを息子に隠してきたのでないことは分かっている。一般的に考えても、家計の詳細を子供に話して聞かせる親などいやしない。もっとも、父の死因が殺人などではなく、余命を宣告されるような病、たとえば癌に罹《かか》ったとでもいうなら話は違っただろう。限られた命のあるうちに、身辺を整理し、生命の灯火《ともしび》が潰《つい》えた後、やらなければならないことを書類にして残すくらいのことはしていたに違いない。今回の場合は突然の死が、その準備を許さなかっただけなのだ。それが分かってい

ても、こうして実際に予想だにしなかった存在からコンタクトを受けると、哲治は肉親を送るという行為には、いかに煩雑な後始末が付き纏《まと》うかということを改めて思い知り、憂鬱《ゆう うつ》な気持ちになった。

しかし、問題は一つ一つ解決していかなければならないのが残された者の義務である。哲治は、受話器を取り上げると発信ボタンを押した。電話に番号表示機能があるお陰で、自動的に回線が繋がった。呼び出し音が聞こえた。

「ハロー……」

ダーハムの声であることはすぐに分かったが、どうやら彼はすでに眠りについていたらしく、少し呂律《ろれつ》が回らない口調と共に、息を長く吐く音が聞こえてきた。

「ウエハラです……」

「ミスター・ウエハラ？　突然の電話で失礼した。どうしても、早急に君にコンタクトを取る必要があったものでね」

「こんな時間に申し訳ありません……。外出していて今帰ってきたばかりだったもので」

「いいんだ。何時でも構わないと言ったのは私の方だ。申し遅れたが、私はマービン・ダーハム。グリーン・シーズの――」

「メッセージは聞きましたよ。ミスター・ダーハム」哲治は彼の言葉を途中で遮ると、

「私はテッジ・ウエハラ。亡くなった父の長男です」

「君のことは教授から聞いているよ」

「ところで、訴訟の今後について早急に話したいことがあるって言ってましたけど、どういうことです？　父からはその件について、何一つ詳しいことを聞かされていないもので、僕には何のことかさっぱり見当がつかないんですが」

「だろうね。おそらく亡くなったお父さんと我々との繋がりも聞かされてはいないんだろう？」

「ええ、その通りです」

「順を追って話そう。少し長くなるとは思うが、時間は大丈夫かな」

「夜更かしなら慣れていますよ。それにどれだけ長電話になろうと、他に誰もいませんから」

「ウエハラ教授のことは残念だった……。まさかこんなことになるとは……」

「いいんです。それより、なぜ訴訟の行方にあなた方が関心を持つのか、その理由を聞かせて下さい」

悔やみの言葉は聞き飽きている。哲治は先を促した。

「順を追って話そう」ダーハムは前置きをすると、すでに完全に意識が覚醒《かくせい》したと見えて、はっきりとした口調で話し始めた。「我々が教授と最初にコンタクトを取ったのは、今から五年前。ちょうど、オリエンタル工機との間で水素自動車のタンクに関する特許訴訟が公になった直後のことだった」

「どうして環境団体のあなた方が、父の発明に関してそれほどの関心を持つんです？」

「理由は単純にして明快なものさ。いいかね、この地球はいま温暖化の危機に瀕《ひん》している。その最大の要因は化石燃料の消費による二酸化炭素だ。この世に存在する多くの内燃機関が、日々莫大な量の化石燃料を消費し、二酸化炭素を排出している。中でも最大の問題は自動車だ。正直なところ、いったい世界でどれだけの自動車が走っているものか、正確なデータはない。しかし、年間六千万台もの自動車が生産され続け、そのほとんどがガソリンを燃料としている。ここまではいいね」

「ええ」

「君のお父さんの発明を用い、水素自動車が実用化されれば、状況は一変する。水素は燃焼すると酸素と結びつき、水になるまったくクリーンなエネルギーだ。もちろん、全世界で使われている自動車のすべてがある日、突然水素自動車に取って代わられるということはないだろう。しかし、環境問題、特に化石燃料に対する人々の関心は日を追うごとに高まっている。年を追うごとに顕著になる異常気象。石油生産国の政情に変化があれば、ガソリンの値段は跳ね上がり人々の懐を直撃する。おそらく、水素自動車が市場に導入されれば、人々は新車を購入する際、こぞって新しい内燃機関を持った自動車を購入しようとするだろう」

「でもミスター・ダーハム」

「マービンでいいよ」

「じゃあ、マービン。あなたはそう言いますが、水素自動車が実用化されるまでには、乗り越えなければならない高いハードルがありますよ。インフラ整備という大変な難問がね」

「もちろん、それは分かっている。だがねミスター・ウエハラ」

「テツでいいです」

「OK、テツ。確かにインフラの整備は高いハードルには思えるだろう。でもね、よくよく考えてみたまえ。世界の先進国と言われる国で、石油を自国で賄っている国がどれだけあるかな。オイルメジャーのデータによればだ、現在判明している世界の原油埋蔵量シェアは一兆一千八百八十六億バレル。そのうちアラブ五ヵ国のシェアは実に六十%を占める。しかし、水素自動車が実用化されれば状況は一変する。なにしろ、水素は海水からでも作ることができるんだからね。自国で必要な自動車燃料はすべて賄えるようになる。これは、先進国諸国にとって、極めて魅力的なことだよ。そして、その効果は二酸化炭素の排出を削減するだけに留まらない。インフラの整備には、水素を製造するプラントの建設、燃料供給ステーションの整備といった形で、内需に繋がり経済を活性化させる。何よりも、石油の利権を巡って、中東諸国に影響力を及ぼそうと、紛争の火種を撒《ま》き散らす連中の目論《もくろ》見《み》を無意味なものとするだろう。つまり、世界に平和を齎《もたら》す福音となる可能性も秘めているんだ」

ダーハムは熱の籠《こ》もった口調で一気にまくし立てた。

「なるほど、おっしゃることは分かります。でも、どうしてあなた方は父とコンタクトを取る必要があったんです？　あなたが言うことが正しければ、特許がどちらの手に渡ろうと、水素自動車が市場に導入されるのは、時間の問題というものじゃありませんか」

「我々が最初に教授と会ったのは、争いの焦点となった特許が、果たして本当に水素自動車の量産を可能ならしめるものかどうか、それを検証するのが目的だった。だが、そこで我々が予想だにしなかった事実を打ち明けられた」

「と言うと？」

「オリエンタル工機は太陽自動車の系列下にある。しかも役員こそ派遣されていないものの、発行済み株式の五％以上を太陽自動車に握られている事実上の子会社だ。もし、特許がオリエンタル工機のものとされれば、彼らはその使用を太陽自動車に独占的に許してしまうかも知れないとね。もし、そんなことになれば、これは事実上特許を封印されてしまうのと同義語だ。なぜなら太陽自動車は日本の数ある自動車メーカーの中でも、最もシェアの低いメーカーだ。彼らに特許を独占されたのでは、水素自動車の普及は覚束《おぼつか》なくなってしまう。君のお父さんは、それを懸念したのだよ。この特許は太陽自動車だけに専有されるべきものではなく、どの自動車メーカーにも同じ条件で使用を認めるべきだと言ってね」

「父は、本当にそんなことを言ったんですか？　そんな話は初めて聞いた」

「嘘じゃない。だからこそ、我々はウエハラ教授を支援することにしたんだ。教授は訴訟を受けて立ったものの、あの頃大きな問題に直面していた。訴訟にまつわる費用だ。いかに弱小とはいえ、太陽自動車とオリエンタル工機という企業を相手に、訴訟に勝利するためには、彼らが雇う弁護団に優る陣容を整えなければならない。しかし、こう言っちゃ失礼だが、一介の研究者に過ぎない教授にそんな金は逆立ちしたって用意することはできない」

「それじゃ、弁護団の費用は、あなた方が？」

「そうだ。でなければ五年間にも亘《わた》る訴訟を、どうして教授一人の力で乗り越えられるものか。我々は、信じたんだよ。教授が言った、この特許が自分のものと認定された暁には、世界中のどの自動車メーカーにも同じ条件で使用することを認める、という言葉をね」

ダーハムは言った。

哲治の目が自然にサイドボードの上に置かれた父の遺影に向いた。正直なところ、それまで、父がかつて在籍していた会社と訴訟で争っていたのは、研究者としてのプライドを賭けた戦いだとばかり思っていた。それに加えて、金に対する執着があったことも否定しない。

実際、折に触れ父はこう言ったものである。

もし、これだけの発明を人類の未来のために無償で提供すると言えば、世界中の人間が賞賛の言葉を贈って止まないだろう。だが、それはあまりにも人間というものを善意に解釈し過ぎている考えだ。なぜなら賛辞、あるいは感謝の言葉など、いくらでも口で言い繕うことができるからだ。真に感謝しているというならば、優れた能力を発揮した者が、それに相応《ふさわ》しい代償を得たとしても、非難の言葉など出てこようはずはない。人は時に金を口にする者をあからさまに軽蔑《けいべつ》してみせる。しかし、それが、その人間の労働への正当な対価である限り、誰にも非難できるものではない。もし、それを非難、あるいは軽蔑する人間がいるとすれば、それは己に能力がないことを認めた証拠か、あるいは大きなチャンスを射止めた者に対する嫉《ねた》みというものだと——。

だが、そればかりではなかったのだ。自らの手で発明した技術が、一つの企業に独占され、人類が遠からず直面するであろう危機から救われる手だてが封印される。その行為が許せなかったのだ。ゲイという特殊な嗜好《しこう》を持っていた父ではあったが、少なくとも人間としての尊厳は失ってはいなかった。その事実が哲治には嬉《うれ》しかった。

「我々が支援したのは、訴訟費用だけではない」ダーハムは、さらに続けた。「今君が住んでいる家にしてもそうだ。その家を買うに当たって、ローンの保証人になったのは誰でもない、我々グリーン・シーズだったんだよ。月々の支払いには事欠かないだけの収入があるとは言っても、この国に身寄りのない教授が保証人を見つけるのは簡単なことではなかったからね」

「それじゃ、父がいなくなってしまった以上、この家は明け渡さなければならないのですか？」

「それほど、我々の組織は金に困っちゃいないよ。だが、教授が死亡した今となっては、権利を引き継ぐ者は君ということになる。もし、君がそのまま家を使い続けたいというのであれば、教授が約束したように、勝訴した暁には特許をどこの自動車会社にも同じ条件で公開すること。それから、もう一つ、教授は特許使用料から上がる利益の十%を我々に寄付することを約束してくれた。それを履行してくれることを君が承諾してくれるのなら、我々はローンを肩代わりする準備がある」

ありがたい申し出だった。異国の地で、これから先一人で生きて行かなければならなくなった身にとって、住む場所が確保できただけでも、内心に覚えていたプレッシャーが大分和らぐ。哲治は即座にダーハムの申し出を受け入れた。

「ところで、テツ。一つ訊《き》きたいことがある」

ダーハムの声のトーンが変わり、言葉の陰に緊張感を漂わせながら言った。

「何でしょう」

「他でもない、お父さんが殺された件だ。その後警察からは何か言ってきたか」

「いいえ、何も……それが何か？」

その言葉に嘘はなかった。身元確認の際に警察で事情聴取をされて以来、警察からは何の音沙汰《おとさた》もない。もちろん、捜査に全力を尽くしてはいるのだろうが、少なくとも彼らより自分たちのほうが父を痛めつけ、実行犯に父を売り渡したループの存在に早く行き着いたことは確かである。そこから考えても、警察の捜査が難航しているのは明らかだった。

「実は、今回の殺人事件は、偶発的なものではないと我々は睨《にら》んでいる。つまり、教授を殺害した連中は、最初から明確な目的を持って教授の命を奪った。いや始末したと言ってもいいだろう」

「その連中の狙いは、特許にあると言いたいのでしょう」

「そう思って十中八九間違いないだろうね」

「まさか、オリエンタル工機が背後で糸を引いたと言うつもりじゃないでしょうね」

「教授が置かれていた状況を考えれば、真っ先に浮かぶのは彼らであることは事実だが、その可能性は低いだろうね」

「なぜ、そう思うんです」

バートの中で交わしたマークと白田との会話を思い出しながら、哲治は訊《たず》ねた。

「理由は二つある。第一に、訴訟はもはや最高裁へと場を移している。知っているかどうかは分からないが、日本の最高裁は一審二審の判決をあくまでも法的見地から検証する場だ。陳述が行われることもめったにない。ここに至って教授を始末しても、権利は相続者たる君に受け継がれるだけで、状況がオリエンタル工機に有利に展開するわけじゃない。もちろん陳述が行われるとなれば、当事者である教授が死亡したいま、状況はきわめて不利になるが、そんな小さな可能性に賭けて、これほど大きなリスクを彼らが冒すとは思えない」

「理由の第二は？」

「教授を殺したりすれば、誰もが真っ先にオリエンタル工機に嫌疑をかけるのは目に見えている。それを承知で、殺しに走るような馬鹿なまねなどするものか」

「じゃあ、誰が父を殺したと」

ダーハムの推測は充分に納得がいくものだった。確かに、父を今の時点で殺しても、オリエンタル工機には何一つとしてメリットといえるものはない。父を殺したいと思うほど憎んでいることは想像はつくが、事が公になった時のことを考えれば、あまりにもリスクが大きすぎる。

だとすれば、いったい誰が、何の目的で父を殺したのか。ループの許にやってきたあの二人の男は何者だったのか。謎は深まるばかりだった。

「それが分かればとっくの昔に事件は解決しているさ」ダーハムは深い溜め息を漏らしながら言い、「しかし、教授を殺した連中の目的は、特許にある。どう考えても、それ以外に理由は見当たらない。せめて何か一つでもいい。殺害犯に繋がる情報でもあったら、我々の持つネットワークをフルに使って真相解明に向けてのアクションを起こすことができるんだが……」

心底、悔しそうな口調で言い、口を噤《つぐ》んだ。

「一つでも手がかりがあればって、グリーン・シーズはそれほど大きな調査能力を持っているんですか」

「我々の情報収集能力、調査能力は、世間一般で考えられているよりもずっと強大なものがあるんだよ。世界中に支部があるだけでなく、あらゆる企業の中に我々の協力者がいるからね。もちろんそうした人間たちは、グリーン・シーズのメンバーであることを決して公にはしない。つまりスリーパーとして普段はじっと息を潜めているのさ。そうでなければ、無秩序な開発計画や環境破壊に繋がるビジネスを未然に防ぐこともできなければ、金のために不正行為を働く企業を糾弾することだってできやしないだろ」

その言葉を聞いて、哲治はループの部屋から持ち出したビデオの存在をダーハムに告げてみたい衝動に駆られた。テープの中には、あの日、父を痛めつけろとループに依頼した二人の男の姿が映っている。もしも、あの映像をダーハムが見たら、グリーン・シーズが彼の言うような調査能力を持っているとしたら、父を殺害した人間の正体を摑《つか》むことができるかもしれない。そう考えたからだ。

しかし、ビデオの存在を告げれば、当然ダーハムはそれをどういう経緯で手に入れたのかを訊ねてくるに違いない。もちろんグリーン・シーズが行ってきた運動のすべてが合法的なものばかりでないことは知っている。実際、過激な行為に打って出た揚げ句、当局の手によって逮捕され法の下で裁かれたメンバーも少なくない。だが、いかに口を割らせるためだったとはいえ、あの凄惨《せいさん》極まりない行為をダーハムが肯定するとは思えなかった。

哲治は迷った。このまま、このテープを自分たちが所持していたのでは、父を殺した犯人の正体を突き止めることはおろか、背後関係を解明することも不可能だ。かと言って、事件の警察にテープを提出すれば、今度はこちらが罪に問われることにもなりかねない。事件の全容を解明するためには、やはりこのテープをダーハムに一度見せる以外に方法は残されていないのではあるまいか。

哲治は瞬時にして脳裏に一つのストーリーを思い描くと、

「マービン。実は、さっき家に帰ってきたら、ポストの中にビデオテープが入っていてね」

慎重に切り出した。

「テープ？　どんな」

「二人の男が、父を痛めつけて欲しいと依頼している現場が映っているんだ。本物かどうかは分からないけれど――」

「そのテープはいま君の手元にあるのか」

皆まで言い終わらないうちに、ダーハムは興奮を露《あら》わに声を上げる。

「ここに……」

「テッ。是非そのテープを見せてくれ。これからすぐそちらに行くから」

「構わないけれど、もう一時半だよ」

「この時間なら、エルセリートまで三十分で行ける。いいね」

断る暇などなかった。ダーハムはそう言い放つと、次の瞬間には回線を切っていた。

＊

それから三十分後、まるで時間を計ったかのようにインターフォンが鳴った。玄関のドアを開けると、車寄せに停まったハイブリッドカーを背にして立つダーハムの姿があった。身なりを繕う時間もなかったのだろう。頭髪は寝乱れたままで、背の高い体にピンクのポロシャツとジーンズだけを纏った姿だった。歳の頃は三十代の後半といったところか。澄んだ大きな瞳《ひとみ》が印象的な男だった。

「深夜にすまない。でも、そんな大変なビデオがあると聞いたら、いてもたってもいられなくなってね」

「いいんです。どうぞこちらへ……」

哲治は先に立ってダーハムをリビングへと誘った。

「で、そのビデオというやつは？」

初対面だというのに、ダーハムは挨拶《あいさつ》も忘れ早々に切り出してきた。

「もうデッキにセットしてありますよ」

「見てもいいかな」

「そのために来たんでしょ」

哲治は、テーブルの上に置いたリモコンを手に取ると、再生ボタンを押した。

ダーハムはソファに腰を下ろし、食い入るように画面に映し出される三人の男たちの姿を見詰めた。録画時間は二十五分ほどの長さがあったが、再生が終了するまで彼は一言も発しなかった。

　静かな空間に流れる陰謀の場面が終了したところで、ダーハムは深い溜め息を漏らすと、じっとテーブルの一点を見詰め、何事かを考えていたようだったが、やがて哲治を見ると静かに口を開いた。

「これがポストに入っていたんだね」

「ええ……。今日家に帰って来た時に、初めて気がついたんです」

「しかし、大変な物を手に入れたものだな。まさに教授が殺されたのは事故でも何でもない。明らかに明確な意図の下に殺された、いや、謀殺されたということを証明する動かぬ証拠そのものだ」

「分からないのは、誰が、何の意図を持って、こんなテープを置いていったのかということです」

　しらじらしい思いを抱きつつ、哲治は言った。

「警告かもしれないね」

　ダーハムがぽつりと漏らした。

「警告？」

「そうだ。教授なき後、君には特許の権利を相続する権利がある。電話でも言ったが、日本では一審、二審で支持された判決が最高裁で覆った例はあまりない。今回の上告も、よほどのことがない限り教授の主張が認められる公算が大きいと見ていいだろう。となればだ、教授を始末した意味がなくなってしまうことになる」

「つまり、僕に訴訟を放棄させるのが狙いだと？」

「おそらくね。そして、もし、従わない場合は――」

「父と同じ運命を辿《たど》ると」

ダーハムはいったんは頷いたものの、

「ただ、このビデオには腑《ふ》に落ちない点がある」

一転して小首を傾げた。

「どんなところがです」

「警告するにしてもだ。謀議の様子を、しかも依頼主である二人の男、それから実際に教授を痛めつけた男の姿が映ったテープを君に届けたんだろう。奇妙だと思わないか。たとえ君を脅すにしてもだよ、なぜ顔を晒《さら》し自らの正体に繋がる手がかりを残すようなまねをしたんだろう。普通に考えれば、画像や音声になにかしらの手を加えるのが当たり前ってもんじゃないのかな」

言われてみれば確かにその通りだった。

どうしてそんな単純なことに気がつかなかったのか。

哲治は己の迂闊《うかつ》な行為をいまさらながらに後悔した。ループに拷問を加え、口を割らせただけでなく、犯人の手がかりとなるビデオテープを入手したまではよかったが、それから先どうやって彼の許を訪れた二人を捜し出したらいいのかとなると、完全な手詰まり状態に陥ったことは事実である。そこに、ダーハムから電話があり、グリーン・シーズには世界中に張り巡らした独自の調査能力があると聞かされた。しかも、父を五年もの長きに亘って支援し続けてきた上に、双方の利害は一致する間柄にもある。彼らにこのビデオを見せれば、もしかすると警察に頼るより早く、父を殺した人間たちの正体を摑めるかもしれない。そんな読みがあったのだったが、ビデオを見せたことが疑念を覚えさせるとは考えてもいなかった。

哲治は、予期しなかった展開に内心おおいに慌てたが、かと言って事の真実を話すわけにもいかない。

「それじゃ、このテープは偽物なのかな」

ダーハムの顔色を窺《うかが》いながら、哲治は、巧妙に自分がテープの入手に関与していることに疑いの念を持たれない方向へと話を振った。

「いや、偽物とは言えないとは思う」

ダーハムは、リモコンを手にするとテープを巻き戻しにかかった。

「どうして、そう言える?」

「偽物にしては手が込み過ぎているからだよ。我々の組織は、運動の目的の性質上、日頃から様々な形での脅迫や脅しに遭っている。何しろ世界に名を馳《は》せる大企業や、時として国家そのものを相手に戦っているんだからね。本気で我々の組織を壊滅させたいと願っている連中は、世の中にごまんといる。だがね、脅しをかけてくる連中の手法には一つのパターンがある。匿名の電話、あるいは手紙といったようにね。もちろん中には具体的な組織の名前を語る者もいるが、実際に調べてみると百%の確率でそんな組織など存在しないものさ。確かに、教授が抱えていた訴訟の行方については、世界的な関心事ではある。なにしろ、特許が教授のものだと認められれば、莫大な使用料が発生するからね。そしてその当事者たる教授がいなくなれば、何一つ汗を流さなかった君が、息子であるというだけで権利を引き継ぐことになるわけだ。それに嫉みや嫉妬《しっと》を覚える人間がいないわけではないだろう。しかし、それにしても、嫌がらせをするつもりなら、手紙の一本、あるいは電話の一つで済むだけの話じゃないか。何もこんなテープを、しかも顔まで晒したものを届ける必要などどこにもない」

「じゃあ、このテープは本物と考えていいのかな。だとしたら、届けてきた人間の意図はどこにあるのかな。やはり脅しかな」

「可能性としては否定できないが……。はっきりそうだとは言えないな。何しろこんな奇妙なケースにぶち当たるのは私も初めてのことだからね」

唸《うな》りを上げてテープを巻き戻していたデッキの音が止んだ。ダーハムがすかさず再生ボタンを押すと、画面に再び三人の男たちの謀議の様子が映し出された。

「マービン、一つ訊きたいんだけど、仮にこの三人が父さんの殺害に関与していたとしてだよ、命を奪わなければならない理由はどこにあるのかな。水素自動車は、いま人類が抱えているエネルギー問題や、環境問題を一気に解決するものなんだろ。賞賛を以て迎えられこそすれ、恨みを買う謂《い》われなどどこを見たってありゃしないじゃないか」

「冗談じゃない。水素自動車が、実用化されれば——」

突然、ダーハムは身を乗り出すと、画面を食い入るように見詰めた。慌ただしく手が動き、ポーズボタンが押された。

「実用化されれば何なのさ。ねえ、マービン……」

「シッ……黙って!」

ダーハムは大きな目を細めながら、画面の一点に視線を集中させているようだった。短い沈黙があった。やがてダーハムが、興奮した口調で口を開いた。

「こいつの吸っている煙草、見たことのない代物だな」

「煙草?」

哲治は、反射的にダーハムの視線を追った。静止した画面に映る、スーツを着た二人の男のうちの一人が、上着のポケットから煙草のパッケージを取り出したところでテープが止まっていた。アイボリー色の平べったいボックス型のパッケージ。哲治は煙草を吸わないが、確かにあまり見かけないものだった。

ダーハムは、無言のまま再び再生ボタンを押した。

パッケージを手にした男は、中から一本の煙草を取り出し、口に銜《くわ》えた。形状は普通の煙草だが、吸い口から先端まで、深い焦げ茶色で統一されている。

「シガリロ？　そうだ、こいつはシガリロだな。それにこの男のアクセントには南部訛《なま》りがある」

そう言われて、スピーカーから流れてくる音声に耳を澄ますと、明らかに普段耳にしているのとは違う独特の訛りがある。

「おや？……」

またダーハムの手が動き、画面が停止する。

「こいつ、酷く特徴的な指輪をしているな。この右手の薬指に嵌《は》めた指輪だ」

そう言われてみれば、確かに男のその部分には、金色に光る指輪がある。それもただの指輪ではない。上部が盾のように平べったく、何かのデザインが施されているらしい。

「何かの紋章かな。とにかく、普通に売られているものじゃない。意味を持ったもののように思える」

ダーハムがぽつりと漏らした。

画面に映った姿から察すると、男の歳は三十代半ばといったところだろう。年代に関係なく、指輪をしている男は珍しくないが、女性とは違い男が嵌める指輪となれば、結婚リングか、そうでなければカレッジリングという程度のことしか哲治には思いつかない。

「カレッジリングじゃないの」

「いや、違うな。カレッジリングなら、普通中央に石がはめ込まれているもんだが、こいつにはそれがない」

「じゃあ、何なのさ」

「分からない……。こいつは検証してみるだけの価値はあるな。シガリロ、南部訛り、そして特徴的なリング――。テッ、このテープ、二、三日借りてもいいかな」

「どうするつもりなの」

一瞬、ダーハムが、このテープを警察に持ち込むつもりなのではないかと、哲治は思った。そんなことになれば、捜査の進展には一役買うことになるだろうが、入手の経緯がばれてしまわないとも限らない。

「我々の手で分析してみたいんだ」

「警察へは持ち込まないの」

「警察？」ダーハムは鼻を鳴らした。「確かに我々は善良な市民だ。捜査に協力するのは、市民の義務でもある。だがね、その警察が必ずしも善良な市民の側に立つとは限らない。特に今回のようなケースではね」

「どういうこと」

「君は、環境保護運動が間違っていると思うかね」

「基本的には、正しいことだと思うよ。環境を破壊するような行為は、一つ一つを取ってみれば、些細《ささい》なことかもしれないけれど、それが何千何万と積み重なれば、深刻な状況を生むことに繋がるものだからね」

「その通りだ。人間というのは実に愚かなものでね。この世の中の多くの人々は、自分が生活を営んでいるきわめて小さなエリアのことしか考えていない。環境破壊というものは、全世界的規模で、かつ、長期的な視点に立って考えなければならない問題だ。事実、人類が化石燃料を使い始めてからわずか百年の間で、それまで何億年という時間をかけて消費した全エネルギーに相当するだけの量を使い果たしている。これがどれだけ深刻な事態を生もうとしているか。迫り来る危機を訴えても、多くの人々は耳を貸さないばかりか、権力を行使してでも我々の行動を押さえ込みにかかる。その先頭に立っているのは誰でもない。時の権力者たちであり、彼らに連なる組織だからな」

「じゃあ、テープを分析して、仮にこの男の正体が分かったところで、どうすることもできないじゃないか」

「そうじゃない。この男の正体を掴み、背後関係を解明した時点ですべての調査結果を公表する。それが私の考えだ」

「何で、そんな面倒な手順を踏まなきゃならないんだ」

「君はさっき、水素自動車が市場に導入されれば、いま人類が抱えているエネルギー問題や、環境問題を一気に解決する。賞賛を以て迎えられこそすれ、恨みを買う謂われなどどこを見たってありゃしない、と言ったね」

「ええ」

「ところが現実はそれほど単純なものではないんだよ」

「どういうこと？ 詳しく話してくれないと分からないよ」

「水素自動車が実用化されると困る人間がいるんだよ。たとえば、産油国、オイルメジャーなんていうのはその典型だな。水素自動車が普及すれば、現在人類が抱えている最大の環境問題の一つである二酸化炭素の排出問題は、かなりの部分において解決される見通しが立つ。しかし、それは同時に石油との決別を意味する」

「でも、そうなったらそうなったで、産油国はともかく、オイルメジャーにとっては、新しいビジネスに乗り出すチャンスでもあるんじゃないのかい。第一、石油だって無尽蔵にあるわけじゃない。せいぜいもったところであと数十年ってところなんだろ」

「君は何も分かっちゃいないんだな」ダーハムは呆《あき》れた口調で言うと続けた。「石油が数十年で枯渇する。これはもう何十年も昔から言われていたことだ。実際七〇年代初めにはローマクラブはあと三十年で石油は地球上から姿を消す。そういうレポートを出していたくらいだからね。しかし、現実は違った。油田は次々に発見され、今では可採埋蔵量は四十九年、そしてこの年数は今後も伸びて行くというのが定説だ。学者によっては、永遠に枯渇することなどありえないのではないかという説を唱える者もいる。おまけに、最近では土中に含まれる石油、つまりサンドオイルから高品質の石油をろ過する技術が確立されつつあってね。このサンドオイルの資源と、在来型石油を合算すると、いま分かっているだけでも、六十年以上は充分にもつと言われているんだ。つまり、水素自動車なんて代物が出てくれれば、石油資源の寿命が延びても、国、あるいは企業の存続が危なくなっちまうってわけさ」

「でもさ、産油国はともかく、石油を輸入に依存している非産油国は別だろ」

「オイル産業と政権はきわめて緊密な関係にある。オイルメジャーは毎年多額の金を時の政権に様々な形で注ぎこんでいるからね。政治には金が必要だ。それが水さえあれば、無尽蔵にエネルギーが作り出せるなんて環境になったら、最大級の資金パイプが絶たれちまうだろ。まさに政治家にとっても死活問題そのものだよ。それだけじゃない、特にアメリカにとっては水素自動車の出現は、この国のもう一つの巨大産業を廃業に追い込む可能性だってあるんだ」

「それはどんな産業を指して言ってるんだい」

「軍需産業だよ」

ダーハムは、吐き捨てるように言った。

「何で？　水素自動車が出てきたところで、燃料が変わるだけのことじゃないか」

「そうじゃない。いいかテツ。物事を点で考えてはいけない。もっと俯瞰《ふかん》的に見ることを忘れないことだ。もし、アメリカが、いや世界中の国々が車の燃料をガソリンから水素に乗り換えたら石油産出国はどうなる」

「そりゃ、国家の収益は格段に落ちる」

「世界の石油産出国はどこに集中している」

「中東。アラブ五ヵ国だけでも、石油埋蔵量シェアの六十％を占めている。さっきそう教えてくれたよね」

「アラブは世界の火薬庫だ。あの地域で紛争が絶えない理由は幾つもの要因が複雑に絡みあっているが、その要因の一つは、オイルを確保するために先進諸国、特にアメリカが積極的に関与しているところにもある。この場合の関与というのは、外交政策的なものばかりでなく、事あらば軍事的介入も辞さないということも意味する。さしたる根拠もないまま、イラクに進攻し、あの国を混乱の極みに陥れたのがいい例だ。紛争に介入するのは、アメリカの軍需産業に多大な利益を齎《もたら》す。もし、あの国々からオイルを輸入する必要がなくなれば、どこの国がオイル以外に目ぼしい資源を持たない、それこそ国土のほとんどが砂漠で覆われているような国に興味を示す？　誰も見向きもしないよ。内紛が起きたところで、勝手にやってろってなもんだ。つまりだ、アメリカの軍需産業、そして軍という雇用を確保する機関、さらには政治家たちが充分な資金を得る金蔓《かねづる》を維持するためには、あの地域に平和が訪れることがあってはならないのだ」

ダーハムは、今までとは打って変わって自らが発する言葉に興奮した面持ちで断言した。

「それじゃ、父さんを殺した人間たちの背後には、石油産出国やオイル産業だけじゃなく、軍需産業、あるいは政府という可能性もあると」

「可能性を挙げれば切りがないよ」ダーハムは、悲しげな眼差《まなざ》しを浮かべ、やりきれないとばかりに頭を左右に振った。「だから、テープを手に入れたからといって、簡単に警察の力になんか頼るわけにはいかないんだよ。この事実を公にするのは、教授を殺した背後に誰がいたのか。それを完全に解明してからだ。へたにこのテープを警察に持ち込んだりすれば、もし、この事件の背後に大きな力を持つ組織が関与していた場合、まず確実に闇に葬り去られる。あるいは、真実とはまったく異なる結論をでっち上げてこないとも限らない」

ダーハムは、そこで哲治の手に自分の手を重ねると、力を込めて握り、

「テツ。我々の組織を信じてくれ。我々が本気になれば、この男たちが何者か、背後にどんな連中がいるのか、真実を白日の下に晒すことは不可能なことじゃない。我々は、この事件をこのまま終わらせはしない。きっとすべてを解明してみせるから」

と断言した。

もちろん、哲治に異存があるはずはない。あれほど惨めな死に方をしなければならなかった父のことを考えると、真実を白日の下に晒し、しかるべき罰を与えてやらなければ気が済むものではない。

「マービン……。僕はあなたの言葉を信じるよ。何年かかろうとも、父さんの仇は討ちたいと思っている。もし、あなた方が、真相を解明してくれると言うのなら、僕にできることなら何でもする」

哲治はそう言うと、ダーハムに微笑んで見せた。

「ありがとう。必ず期待に応《こた》える答えを持ってくる」

ダーハムは、再び力を込めて哲治の手を握り締めると、立ち上がりデッキの中からテー

プを取り出した。

＊

マービン・ダーハムの行動は素早かった。哲治と会った翌日には、サンフランシスコ支部のオフィスに籠もり、テープの分析を始めた。

上原教授にダメージを与えることを依頼した男の正体に繋がるヒントは三つあると思われた。南部訛り、酷く特徴のあるシガリロのパッケージ、そして指輪だ。しかし、この国に南部訛りの言葉を話す人間はごまんといるし、一口に南部と言ってもエリアは広い。となれば男の身元を特定するためには、残りの二つに絞り込んで調査を行うのが最も効率的だ。

ダーハムは画像加工ソフトを駆使してテープのノイズを排除し、できうる限りシガリロのパッケージと指輪の部分を拡大してみたのだが、映像は固定されたカメラによって撮影されていたせいで、パッケージの文字を読み取ることもできなければ、指輪にしても、やはり表面に何かの紋章らしきものが刻まれていることがかろうじて分かるだけで、細部の様子までは鮮明にできなかった。プリントアウトした画像を見せても、果たしてサンフランシスコ支部にいる面々もまったく心当たりがないと首を左右に振るばかりである。

しかし、グリーン・シーズの組織網は全世界を網羅している。フルタイムで働いている人間だけでも三千人。ボランティア、あるいは活動に対する賛同者を含めれば数十万という数になる。その中にはこの不鮮明極まりない画像を見ただけでも、男の身元の特定に繋がる有力な情報を齎してくれる人間がいるかもしれない。
そう思い立ったダーハムは、パソコンを操作するとメールを打ち始めた。宛先はとりあえず、全米の支部長宛。重要度の欄には最高レベルのマークを付け、注意を促した。

緊急情報提供の依頼

我々がかねて支援してきたウエハラ・カリフォルニア大学バークレー校教授が殺害されたことは、すでに承知のことと思います。サンフランシスコ支部は、教授殺害に深く関係していると思われる男の画像を入手しました。男には南部訛りがあり、シガリロを吸い、右手の薬指には特徴的な指輪をしています。男の顔、それからシガリロのパッケージ、指輪を拡大した画像は添付ファイルの中にあります。特に後者二つの物については、男の特定に繋がるきわめて有力な手がかりになると思われます。各支部で早急に調査の手配をお願いします。
サンフランシスコ支部長、マービン・ダーハム。

上原教授が殺害されたことは、グリーン・シーズの中でも大きな話題となっている。どうやってこの画像を手に入れたのか、興味を覚える人間もいるだろうが、真実を話すことは生前家族にさえ話さないできた教授の秘密を暴露することになる。状況の説明は必要最低限に留め、三枚の画像を送付すると、ダーハムは席を立った。部屋を出るとすぐのところにいる秘書のマーガレットが作業の間に溜まっていた書類の束を手渡そうとしてきたが、ダーハムはそれを手で制し、隣にある副支部長のポーラ・カリーの部屋のドアをノックした。

「どうぞ」

歯切れのいいハスキーな声が聞こえてくる。

ドアを開けると、赤茶色の長い髪を後ろに束ねたカリーが、赤いフレームの眼鏡の奥から緑灰色の瞳を向けてきた。唇に薄いルージュを塗っただけの、化粧気のない姿はいつものことだ。机の上には、近所のデリカテッセンからテイクアウトしたサラダとマフィンが載せられている。ふと窓際に置かれた時計に目をやると、いつの間にか時刻は正午を三十分ばかり過ぎていた。

今朝オフィスにやって来たのが午前七時。それから自分の部屋で画像処理に夢中になっているうちに、半日が過ぎてしまったことにダーハムは初めて気がつき、急に酷い空腹感を覚えた。何しろ朝食にはデカフェとスコーンを一つ腹に入れただけだ。オーガニック野菜をたっぷり使ったオムレツでも口にしたいところだが、調査の進捗《しんちょく》状況は彼女の耳に入れておかなければならない。

「冴《さ》えない顔してるわね。その様子じゃ重要な資料を手に入れたまでは良かったけれど、進展は何もないようね」

カリーは、サラダを頬張りながら言う。

「警察やFBIなら膨大なデータや資料を持っているんだろうが、それにしたってこの男に前歴があればの話だ。写真一枚で、この国のどこにいるとも分からない人間を捜し出すのは連中にしたって簡単な話じゃないさ。それができるくらいなら、指名手配された犯罪者なんてたちどころに捕まえちまってる」

「それで、マービンとしてはどんな手を打つつもり。まさか、いまの段階で警察に情報を提供するわけじゃないんでしょ」

彼女の口の中でトッピングされたクルトンが軽やかな音を立てる。

「日頃から僕たちと警察の間の関係は決して良好とは言えない。むしろこちらは彼らにマークされている存在だ。不用意にテープを渡せば無視される可能性もある。少なくとも人物を特定し、背後関係の解明が済むまでは調査をこちらで進めるべきだと思うね」

「言わんとしていることは分かるけど、見込みはあるの」

「手がかりがないわけじゃない。望みはあるさ」

「手がかりって、あの画像のこと？」

「そうだ。僕にはあのシガリロのパッケージと指輪がどうしても気になってしょうがないんだ。それで、あの二つの画像に加えて、男の顔を全国の支部長宛にメールで送ってみたよ。ウチの支部じゃ誰も見たことがないって言ってたけど、中には心当たりのある人間が出てこないとも限らないからね」

ダーハムは、胃が締めつけられるような空腹感を覚えながら言葉を返す。

「正直言って、指輪については手がかりとなるかどうかは疑問だけど、確かにシガリロの方は、脈がないとは言えないわね。大きな街に行けば、自社ブランドのシガリロを売っている店も多いって聞いたことがあるわ」

「へえ、煙草を吸わないくせに妙に詳しいんだな」

カリフォルニアで煙草を吸う人間は、もはや麻薬常習者として扱われる域に達しているのは紛れもない事実である。ましてや環境保護団体に身を置く者が、喫煙することは絶対にありえない。空腹感に襲われている自分を前に、黙々とサラダを口に運ぶカリーを目の当たりにしていると、思わず皮肉めいた言葉が口を突いて出た。

「煙草廃止運動をしている友人から聞いたことがあるだけよ」カリーはダーハムを見ながらクリームチーズとブルーベリージャムをたっぷりとつけたマフィンを一口齧《かじ》り、それを咀嚼《そしやく》しながら、「それよりマービン、昨日の夕方、本部の財務部門のヨガ・チャンドラーから電話があったんだけど」

口元を紙ナプキンで拭《ぬぐ》うとおもむろに切り出した。

「ヨガから？　何て」

「訴訟の行方についてよ。何しろ、あの発明の当事者であるウエハラ教授が殺されちゃったんですもの。今までに彼を援助してきた金額は莫大な額になっている。彼の家だって百五十万ドルもする物件だったでしょ。そのローンの保証人になっているのは私たちですからね。それに、訴訟費用だってある。勝てばいいけど、もし負けるようなことがあれば、弁護士費用の回収が覚束なくなるだけじゃなく、判決次第では相手の費用だって持たなければならなくなる可能性もあるっていうじゃない。グリーン・シーズの資金が潤沢だとはいっても、さすがにミリオン単位の損失は財務担当としては容認できるものじゃない。彼が心配に思う気持ちは分からないではないわ」

「彼はまだそんなことを言っているのかい」

ダーハムは思わず溜め息を漏らしながら言った。

環境保護団体に所属する人間たちは日頃の活動において目的とするところは完全に一致するが、それぞれに与えられた職責を全うする責任を負わされているという点では、組織である以上普通の企業と同じだ。たとえば広報活動を担う人間たちの間ではその手法や効果を巡って、侃々諤々《かんかんがくがく》の議論が戦わされることは日常茶飯事だし、財務担当者にしたところで、資金が有効かつ合理的な形で使用されているかどうか常に目を配っている。

「彼が職務に忠実であろうとする気持ちは分かるが、事この件について、今の段階で云々《うんぬん》するのはあまりにも考え方が官僚的過ぎると思うね。だってそうだろ。特許がウエハラ教授のものだと認められれば、毎年莫大な寄付が我々の手元に入ってくるだけじゃなく、二酸化炭素の排出問題を解決する目処《めど》が立つんだぜ」

「確かに教授は私たちの支援と引き換えに、特許使用料から上がる利益の十%を私たちに支払ってくれる約束をした。だけど、それについては正式な誓約書を交わしちゃいないっていうじゃない。口約束に過ぎないわけよね。仮にこのまま特許が教授のものだと認められても、権利の継承者がそれを否定しないっていう保証はどこにある」

「家を購入する際に我々がローンの保証人になった時点で、借用書は取ってあるよ。それに昨日彼の子供と会って、事の経緯を話して寄付の件についても納得してもらった。それで充分だろ。第一、これだけ重要な案件に金を使わず、どこで使うってんだ」

「お金がかかる案件が山積みなのよ。たとえば、日本……」

「日本?」

「そう。日本が調査捕鯨の枠を拡大しようとしているのは知っているわよね」

「ああ」

「捕鯨廃止を担当している部門からは、監視船の増強を要求されているの。それも二隻もね。それだけじゃない、海底油田の開発、森林保護、有害物質の不法投棄、海賊漁業……予算の増強を要求している部門は挙げれば切りがないわ」

「何事にもプライオリティってものがあるじゃないか」

「誰もが自分のところが、一番優先順位が高いと思っているわ。そうじゃなければ高いモチベーションを保って運動に精力を傾けることなんてできるわけがないじゃない」

「そりゃそうには違いないけどさ……で、ヨガは何を心配してるんだい」

「最高裁が口頭弁論を求めてきやしないか、どうもそれを心配しているみたいなの。もし、そんなことになってよ、教授亡きいま、これ幸いと相手が新たな証拠を捏造《ねつぞう》したとしたらどうなると思う。確かに、教授の特許は子供に継承されることは事実だけど、そのためには相手が持ち出してきた証拠に反論できるだけのものを揃えなければならない。だけど、経緯を知る人間はもうこの世にはいない。そうなれば状況は極めてこちらに不利になることは目に見えている……」

「まあ、口頭弁論が開かれることはないとは思うが……。でも、もし開かれたらどうするってんだ」

「状況によっては、手を引かざるを得ないかも知れない。そう言うの」

「何だって！　そんなことをすれば、我々が期待していた寄付も入らなければ、水素自動車の普及にも甚大な影響が及ぶことにもなりかねないんだぜ」

「でもね、これはヨガだけの意見じゃないみたいなの。執行部も同じような見解を示しているって彼は言うのよ」

「見解ってどんな？」

「寄付が入らないのは痛いが、特許がオリエンタル工機のものだと認められても、あの技術が封印されるわけじゃない。水素自動車の普及に影響が及ぶとは思えないとね」

「違う。それは絶対に違うね」ダーハムは首を何度も左右に振った。「執行部に提出したレポートにも書いたが、オリエンタル工機は太陽自動車の系列下にあるんだ。特許が連中のものと認められれば、技術を太陽自動車が独占する可能性だってある。それじゃインフラを整備しようにも、誰もが二の足を踏むに決まっているだろ。そんなことになれば喜ぶのが誰かは目に見えてるじゃないか」

「私は理解しているけど、はっきり言って教授が死んでしまってからは、少し風向きが変わってきたことは確か。だからマービン。事態はもはや時間との戦いよ。組織の内部にそうした風が吹き始めた以上、早いうちに教授を殺した相手の素性と背後関係を摑《つか》まなければね」

その時だった。ドアがノックされると、マーガレットが顔を覗かせ、

「マービン。電話が入っているわよ。ニューヨークのマッケンナから。急ぎですって」

もちろん、その名前は知っている。トーマス・マッケンナ。グリーン・シーズのニューヨーク支部長をしている男だ。

マービンは立ち上がると、小走りで部屋に戻り受話器を取った。

「マービン・ダーハム!」

「ハァイ、マービン。久しぶりだね」

「挨拶は抜きだ。用件は何だ」

彼が電話を掛けてくることはめったにない。おそらく先ほど送ったメールの件に違いない。かすかな期待がマービンの胸中に込み上げてくる。

「先ほど貰《もら》ったメールの件だ」

果たしてマッケンナは言う。

「何か分かったのか」

「あのシガリロだがね。おそらくナット・シャーマンのものじゃないかな」

「ナット・シャーマン？」

「ニューヨークの五番街にあるシガーの専門店だ。パッケージの色、大きさ、形状からいってまず間違いないと思うよ」

「確かか」

心臓の鼓動が速くなるのを感じながら、ダーハムは訊ねた。

「うちの親父が愛用してたんで見覚えがある。お陰で、親父は一昨年舌癌にかかって死んじまった。憎んでも憎みきれない代物さ。できることなら訴えてやろうと思ったほどだったからね。念のため、いま実物を買いにやらせている」

「OKトム。すまんが、現物が手に入り次第、そいつをこちらに送ってくれるか」

「お安い御用だ。いまこちらは午後四時だ。今日のフェデックスにはまだ間に合う。明日にはそちらに着くはずだ」

「ありがとう。恩にきるよ」

電話を切ったダーハムは椅子に腰を下ろすと、両の手を握り締め腕を高く翳《かざ》し、喝采《かっさい》の言葉を上げた。

「イエス！」

アメリカには煙草専門店が多数あるが、プライベートブランドのシガリロを販売しているところは限られている。もし、テープに映っていた男が吸っていたシガリロがナット・シャーマンのもので、それを愛用しているのだとしたら、やつの住んでいる地域はニューヨークと限定される。もちろん、だからといって男の正体を突き止めるのは容易なことではないが、大きな前進であることは間違いない。

瞬く間に気分が高揚してくる。先ほどまで覚えていた空腹感はどこかに吹き飛んでしまっていた。

ダーハムは部屋を出ると、マーガレットの席のすぐ傍にあるコーヒーサーバーから、デカフェをマグに注いだ。香《かぐわ》しい匂いが鼻腔《びこう》を擽《くすぐ》る。熱い液体を啜《すす》ると気分が落ち着き、それと同時に一つの疑問が脳裏に浮かんだ。

喫煙者が犯罪者のごとく扱われるのは、カリフォルニアに限ったことではない。今や全米どこに行っても状況は同じだ。ニューヨークだって、バーでさえも禁煙。屋外か自宅以外では煙草の類《たぐい》を口にすることはできない。そんな状況下において、プライベートのシガリロを生産したりしてビジネスが成り立つものだろうか。

部屋に取って返したダーハムは、パソコンに向かい検索エンジンに『ナット・シャーマン』の文字を打ち込み、リターンキーを押した。画面が変わり、検索結果が表示された。その数およそ百七十万件以上。そのトップに記された概要を見ると、世界三十以上もの国々で販売している実績があると書かれている。不吉な予感を覚えつつ、ホームページにアクセスした。重厚なシガーケースに入れられた葉巻の画面が現れる。画面下にあるメニューの中から、シガリロの部分をクリックすると、幾つかの製品写真が表示された。その中の一つのパッケージに目が止まった。アイボリー色の箱。ブラウンのシガリロ。紛れもない、テープに映っていた男が吸っていたものだ。さらにメニューの中から『リテイラー』の文字をクリックすると検索欄が現れ、郵便番号を入力するともよりの取扱店が案内される仕組みになっていた。

「ホーリー・シット……」

ダーハムは思わず罵《のの》りの声を上げた。どうやら、ナット・シャーマンの取扱店は全米に点在しているばかりでなく、世界中のどこからでもオーダーが可能らしい。考えてみればインターネット隆盛のこの時代に、ましてや喫煙者が激減している状況を考えれば、通販事業に乗り出すのは当たり前の話だ。これでは男がどこに住んでいるのか、シガリロから特定することなどできやしない。

高揚した気分が瞬く間に醒《さ》め、失望感が胸中を満たし始める。いったん頭を擡《もた》げた弱気の虫は、悲観的推測の連鎖へと繋がって行く。

これほど周到な準備の元に教授を殺害した連中だ。確かにあの男は特徴的なアクセントのある言葉を喋《しゃべ》った。俺はそれを南部訛りだと直感的に断じたが、それだって彼が南部出身の証になるとは限らない。たとえばあの男が外国人で、南部出身のアメリカ人から英語の教育を受けたという可能性だってある。シガリロにしたって、世界中のどこにいても手に入れられる代物だ。もし、その推測が正しければ、彼はすでにこの国を脱してしまっているかもしれない。そうだとすれば、いかにグリーン・シーズの組織力をフルに活用したとしても、男の正体を突き止めることなど不可能だ。ましてや指輪から彼の正体を突き止めるのは、さらに困難を極めることは間違いないだろう。

いったん、前途に光明を見いだしたつもりになっただけに、覚える失望感は大きい。

ダーハムは、背凭《せもた》れに身を投げると、モニターに映る画像を忌々しい気持ちを抱きながらしばしの間見詰め、ファイルを閉じた。

その時、机の上の電話が鳴った。

「マービン・ダーハム……」

落胆した心情は隠しようもない。名乗る声がどうしても不機嫌になる。

「アン・ホフマン」

邪気のない若い女性の声が聞こえてきた。アンカレッジにあるグリーン・シーズ、アラスカ支部長だった。確か彼女は、アラスカからカナダを通りモンタナに至るまでのパイプライン建設が環境に及ぼす調査を主に担当していたはずだ。

「やあ、アン……調子はどうだい」

マービンは極めて儀礼的な挨拶を返した。

「なあに、その不機嫌な声。何かあったの？」

「ちょっとね……」

一瞬、事の経緯を話して聞かせようかとも思ったが、どうせ愚痴めいた言葉が口を突いて出るだけだ。

「ところで何だい。マービンは軽い溜め息をつきながら、僕のところに電話をかけてくるなんて、珍しいじゃないか」

険の籠もった声で訊ねた。

「何だいとは随分じゃない。あなたのメールを読んだから電話したのよ」

「煙草の件かな。それなら……」

「煙草？　そうじゃないわ、指輪のことよ」

「指輪？　何か思い当たることでも」

マービンは思わず受話器を握り直し、身を乗り出しながら訊ねた。

「だから電話してるんじゃない」

「聞かせてくれ」

「あの指輪ね。確証はないんだけど、フラタニティのものじゃないかと思うの」

「フラタニティ？」

もちろんそれが何を意味するものかは知っていたが、思いもかけなかった言葉を聞いてマービンは問い返した。

「あの指輪の形を見てピンときたの。私はコロラド大学の出身なんだけど、学部に在学していた間は、ソロリティに入っていたのね。ああいう場所で学部生活を過ごした学生の絆《きずな》はもの凄《すご》く強いものがあって、卒業する頃になると決まって自分の所属していたソロリティのイニシャルや紋章を象《かたど》った指輪やネックレスを作るものなの。もちろんフラタニティに所属している男子学生も同じ。彼らの場合はまず指輪と決まっているし、社会に出てもそれを肌身離さずにいる人間も少なからずいるものよ」

なるほど、と思った。フラタニティはその学校に所属する男子学生の中でも限られた者が住むことを許される寮のことだ。普通それぞれのフラタニティには三文字からなるギリシャ文字がつけられており、入寮を許されるとそれ以降、文字通り寝食、勉強、遊びを共にすることになる。この組織は全米の多くの大学にあり、同じ文字を冠したフラタニティに属する者は、在学中はもちろん、卒業後も出身校を跨がった強い絆で結ばれる、いわば秘密結社のようなものだ。ソロリティはその女性版である。

「あの男が嵌めていた指輪に思い当たる節はあるのかい」

「残念ながら特定することはできないわ。だって考えてもみなさいよ。あんな不鮮明な画像じゃ、文字なんて読み取れないもの。でも突き止める手だてがないわけじゃない」

「どうやって？　フラタニティが幾つあるのかは知らないけれど、十や二十の話じゃないぜ。ましてやその出身者ともなれば大変な数になる」

「だからそこに手だてが残されているのよ」

アンの口調はあくまでもポジティブである。そこに何らかの考えがあることが読み取れた。

「どんな」

マービンは先を促した。

「大体、ああいう指輪はね。卒業年度によって変わるということはないの。デザインを変更したら、街やビジネスの現場で同じフラタニティの出身だってことが分からなくなるでしょ。だから一目で分かるように伝統的な形を受け継ぐものよ。つまり、もしあの男がいずれかのフラタニティ出身者だとしたら、同じ指輪を持っている人間はかなりの数いるということになる。そうでしょ」

「なるほど。デザインからでも所属していたフラタニティを突き止めることは可能だ。そういうわけだね」

「その通りよ」

「しかし、どうやって調査したらいいのかな。一言でフラタニティ出身者と言っても、大卒者に占める割合はそう多くはないぜ」

「マービン。よく考えてみなさいよ。私たちの組織にはどれだけの人間がいると思って？」

「アメリカだけでもボランティアを入れれば三万人にはなるかな」

「私たちの活動に直接参加していなくとも、趣旨に賛同し寄付を寄せてくれる人は？」

「そりゃ大変な数になる。その十倍はいるだろうね」

「そのうちの多くの人が、日々ホームページにアクセスして私たちの活動を見守っている」

「つまり、ホームページに指輪の写真をアップロードして、情報提供を呼びかけようと言うのかい」

「それが最も手っ取り早いと思うわ」

確かにアンの言うことには一理ある。しかし、ホームページにアクセスしてくるのは、必ずしもグリーン・シーズの活動に好意的な人間ばかりではない。ことによると、この画像に映った男、あるいは彼の背後にいる人間が目にする可能性だってないわけじゃない。当の本人ならまだしも、背後にいる人間がそれを目にしたら、自分たちに繫がる手がかりを消そうと、あの男を抹殺しにかかることも考えられなくはない。ホームページにあの画像をアップロードするのはあまりにも危険なことのように思えた。

「君の案が最も手っ取り早く、かつ効果的にあの指輪の正体を突き止める方法だということは認めるよ。でもねアン。あの画像はウエハラ教授を殺害した犯人に繫がるものなんだ。不特定多数の目に晒されるのはあまりにも危険じゃないかな」

「教授を殺した連中が目にすることを恐れているのね」

「その通りだ」

「じゃあこうしたらどうかしら。寄付をしてくれた人たちには、メールで定期的にグリーン・シーズから活動報告のメールが送付されることになっていたわね」

「ああ、かつては冊子を年一度送っていたんだが今ではすべてメールで月一度報告しているよ」

「私たちに敵対感情を持つ人間や組織が、お金なんか振り込みやしないわ」

「たぶん……ね」

「だったら、それを利用したらどうかしら」

「それは一つのアイデアだね。しかし、そこで指輪の正体が分かったとして、さてどうする」

「もし、私が睨んだ通りあの指輪がフラタニティのものだとしたら、方法はあるわ」

「どうするってんだ」

「全米の大学のアルバムを当たるのよ」

「冗談だろ。いったい全米にフラタニティのある大学が幾つあると思ってるんだ」

「すべての大学に同じ文字を冠するフラタニティがあるとは限らないわ。あの指輪がどのフラタニティのものかが分かれば、かなりのところまで絞り込むことができる。フラタニティやソロリティに属する学生は、卒業時に独自のアルバムを制作するからね。それに、あの画像から見る限り、男の歳は三十代半ばといったところ。つまり十五年から十年前にかけてのアルバム、それも男子学生に絞れば、数はずっと少なくなる。こんなの、政府や企業の内部資料を読み込むよりもずっと簡単な話よ」

「容貌《ようぼう》だけを頼りにしたら、該当すると思われる人間は一人とは限らないだろ。仮に特定できたとしてもだ。今度はやつが今どこに住み、何をしているのかを調査しなけりゃならない。卒業アルバムには住所なんか記載されちゃいないぜ。もちろん出身地は分かるだろうが、現住所の特定は楽じゃないな」

「絞り込みができればあとは簡単な話よ」

アンはいともあっさりと言い放つ。

「簡単？」

「年齢からして出身地に家族が残っている可能性は高い。そこを当たれば、現住所を摑む何らかの手がかりが得られるはずだし、駄目元でクラスメート・ドット・コムを使うのも手ね」

「何だそりゃ」

「知らないの？　ネットのサイトよ」

「それくらいのことは分かるさ」

「あのね。大学を卒業すると、クラスメートのほとんどが散り散りばらばらになっちゃうでしょ。時が経つにつれて、学生時代に親しくしていたかつての仲間と連絡を取ろうにも取れない。そうした状況にもどかしさを感じている人は殊《こと》の外《ほか》多いのよ。そこで目当ての人を探し出す、あるいは旧知の仲間がコンタクトを取ってくれるように現在の自分の情報をアップロードしておくよう作られたのがこのサイトなの」

「つまり、そのサイトを使って不特定多数の利用者に男の消息を訊ねるってわけかい」

「こちらはコストはゼロ。やってみるだけの価値はあると思うわ」

果たして男の指輪がアンの言うようにフラタニティに由来するものかどうかは分からな

いが、どこに有力な情報を持っている人間がいるか分からないのがネットの世界だ。それを考えれば、アンの言うように確かにやってみるだけの価値はある。

「ＯＫ、アン。やってみようじゃないか。さっそく本部と連絡を取って、支援者に情報提供を求めるメールを送付してみるよ。何か適当な理由をつけてね」

「成果のあることを願ってるわ。私に手伝えることがあったら、いつでも連絡をちょうだい」

「ありがとう……」

マービンは礼の言葉を述べると回線を切り、返す手でグリーン・シーズ本部の番号をプッシュし始めた。

＊

十一月に入ると、哲治の身辺は俄《にわか》に慌ただしくなってきた。

茶毘《だび》に付された後、暖炉の上に置いたままにしていた父の遺骨を冬休みの間に日本に持ち帰り、納骨を済ませる算段がついたのだ。帰国の日は、十二月二十日と決まった。連絡をくれた祖父は、哲治が帰国した翌日には身内だけでささやかな葬儀を行い、そのまま納骨を済ませるのだと言った。そこには息子の死を悼むより、再びその死因を蒸し返されたくない。そんな考えが透けて見えるようだった。

もっとも、これは祖父母がアメリカで行われた実の息子の葬儀に参列しなかった時から想像していたことで、本音を言えば先祖代々の墓に父の遺骨を納めたくもなかったに違いない。その点からすれば、納骨を許してくれただけでも良しとすべきなのだろう。それに祖父母とはもう七年も会ってはいない。生前、ほとんど彼らを顧みることのなかった父。ましてや口にすることさえ憚《はばか》られるような死に様を晒したのだ。孫とはいえ、その血を引き継ぐ自分に愛情を覚えるはずもない。遺骨を持って現れた自分は、おそらく歓迎されざる客という扱いを受けることになるだろうが、元より日本に永住するつもりはない。父はすでにアメリカの永住権を手にしていたし、息子である自分にもその権利はある。

納骨を済ませれば父を送るすべての儀式が終わるのだと思うと、むしろ哲治は心が軽くなるのを覚えた。

しかし、その一方で新たな厄介事が持ち上がった。納骨の日が決まったのとほぼ同時期、日本から送られてきた弁護士からのメールには、最高裁は予想に反して十二月二十二日に口頭弁論を開くと告知してきたということが書かれていた。もちろん、訴えられている当事者である父が死亡してしまった以上、こちらはすでに提出してある証拠に基づいた主張を繰り返すしかない。問題はオリエンタル工機がどんな戦術に出てくるかが分からないところにある。何しろ死人に口なし。今までの判決を覆すような、新たな証拠を提出してきてもこちらに反論する術はない。物証とは言わずとも、かつて職場を同じくしていた同僚の証言だって、どうにでもでっちあげることができるだろう。つまり、最後の最後で逆転判決の可能性も出てきたというわけだ。

訴訟を担当する主任弁護士も、そのことを気にしている様子で、口頭弁論が開かれることになった以上、判決の行方は予断を許さない状況になったと告げてきた。

何かが大きく変わろうとしている。それも明らかにこちらにとって不利な状況にだ。にもかかわらず、自分には対抗策を打ち出すだけの材料もなければ力もない。そんなもどかしさと苛立《いらだ》ち、そして将来に対する漠とした不安が頭を擡げ、哲治の胸中を満たしていた。

こうなってみると、裁判の行方がこれからの自分の生き方に、大きな影響を及ぼすものだということに哲治はいまさらながらに気がついた。

敗訴したとなれば、グリーン・シーズだって何らかの行動を起こすだろう。話の展開次第ではこの家を明け渡さなければならない事態だって充分に考えられる。さすがに支援してきた弁護士費用を返却しろとまでは言わないだろうが、住む場所を失うだけでも大変な痛手だ。この間に分かったことだが、父の銀行口座には七万ドルほどの残高があった。しかし、この程度の額では、学費はおろかこれから社会に出るまでの生活費すら捻出《ねんしゅつ》できない。しかも父の葬儀には六千ドルの費用がかかったから、手元にあるのは六万四千ドル。かといって、栃木の田舎でわずかばかりの田畑を耕しながら日々の糧を得、細々と生計を立てている祖父母に頼るわけにもいかない。判決の行方次第では、頼る者が誰一人としていないこのアメリカで、文字通り即座に独立独歩の生活を余儀なくされるかもしれないのだ。ましてや、この訴訟には父の並々ならぬ執念が込められている。命を奪われた揚げ句、それが無に帰すことだけは断じて許されるものではなかった。

それを思うと、改めて哲治の胸中に父を殺害した犯人、そしてその背後にいるであろう人間たちへの憎しみが込み上げてくる。

突然マービンから電話があったのは、そんなある日のことだった。最初に彼に会ってから、ひと月が経とうとしていた。受話器を通して聞こえてくる声には、微《かす》かな緊張と興奮が籠もっており、すぐに会って話をしたいことがあると言った。なにやら重大な話があることがその様子から窺い知れた。もちろん哲治に異存はない。夜の帳《とばり》が下りた頃になって現れたマービンは一つのファイルを手にしていた。

リビングに入ったマービンは、ソファに腰を下ろすと早々に、それをテーブルの上に広げ、

「テツ、男の正体が分かったぞ」

押し殺した声で言った。

「本当ですか！」

「本当だ。間違いない」

確信に満ちたマービンの目が哲治の視線を捉《とら》えて放さない。

「何者なんです。あの男たちは」

「クリス・リンドブラッドといってね、ニューヨークで小さなコンサルティング会社を経営している男だ」

「ニューヨーク？　あの男は南部訛りの英語を喋っていたんじゃ……」

「サンフランシスコにだって南部訛りの人間なんて山ほどいるさ。そんなことは男の住み処《か》を特定する手がかりになんかなりゃしないよ。もっとも出身地に見当をつけることには役に立ったがね」

　マービンは微かに鼻を膨らませながら言う。そこから、彼がこの情報に並々ならぬ自信を抱いていることが分かった。

「もう一人は？」

「それについてはまだ特定はできていない。おそらくヤツの会社で働いている人間だと思うが、少なくとも一人の正体が分かれば、片割れの身元が判明するのは時間の問題だ」

「しかし、よくこれだけの短期間で正体を摑めたものだね」

「あの映像には二つの大きな手がかりがあった。我々の組織の力をフルに活用すれば、突破口としては充分だったよ」

「手がかりってどんな？」

「決定的となったのは、あの男が嵌めていた指輪だ。映像を各支部に流すとすぐに反応があった。あれはフラタニティの卒業記念の指輪じゃないかとね。もちろん、どこのフラタニティのものかはあの時点では分からなかった。そこで、今度は我々を支援する一万人のメンバーに画像を添付したメールを流した。見覚えはないか。心当たりはないかとね。その結果、判明したのが『ΩφΔ』のものだということだった。そこからは人海戦術だよ。

あの男が卒業したと思《おぼ》しき全米のΩφΔの卒業アルバムを片っ端から洗い、顔写真を照合したのさ。そこで浮かび上がったのがクリス・リンドブラッドだったというわけだ。出身はテキサス。ヤツはそこで大学を卒業するまで過ごし、その後ニューヨークにやってきた」

「なるほど、それなら南部訛りがあったというのも納得がいく」

「それにヤツの吸っていたシガリロも居場所と一致した。あれはニューヨークにあるナット・シャーマンという煙草屋のオリジナルでナチュラルズ・ライト・ブラウン。もちろんネットでも購入できる代物だが、ヤツがあの街で働いていることを考えれば状況証拠としては充分だろう」

「それで、あの男はニューヨークでどんなコンサルタントをしていたの」

「それなんだがね……」マービンの声のトーンが急に落ちた。「どこをどうつついても、彼がどんな仕事を請け負っていたのか、よく分からないんだ」

「どういうこと？」

「コンサルティング会社といっても、個人事務所に近いものでね。オフィスだってマンハッタンの古ぼけたビルの一室を借りていただけだ。何とか接触しようと試みたんだが、電話をしても誰も出ない。ニューヨーク支部の人間が実際に訪ねても人の気配がまったくないというんだ」

「姿を消したと？」

「もしかすると、支援者の中に敵対する勢力に通じている人間がいるのかもしれない」

「そんなことってあるの」

「今にして思うと考えられなくはないね。支援者というのは我々の活動に共感し、金額の多寡にかかわらず毎年幾許《いくばく》かの寄付をしてくれる人間のことだ。彼らにはグリーン・シーズの活動を定期的にメールマガジンという形で告知しているからね。その内容を知るために、支持者に紛れて敵対勢力が寄付をしてくる。これは考えられない話じゃない」

「じゃあ、連中の背後関係は未《いま》だ以て分からないというわけだね」

哲治は胸中に込み上げてきた興奮が急速に冷めていくのを感じながら訊ねた。

「現時点ではその通りだ」マービンは軽い吐息を吐きながら言ったが、「だが、男の正体を摑んだことは確かだ。ここまでくれば、やつの背後関係が割れるのも時間の問題だ」

気を取り直したように、声に力を込めた。

「でも、肝心のリンドブラッドを捕まえられないんじゃどうしようもないだろ。それとも何かい。グリーン・シーズの組織力を以てすれば、それも難しくはないとでも言うのかい」

短い沈黙があった。マービンは視線を落とし、何事かを考えているようだったが、やがて顔を上げると、

「最も手っ取り早い方法は、あのテープとこれまでの調査結果を警察に提出することだ」

一言一言を嚙《か》みしめるように言った。

「ちょっと待ってよ。あのテープにしたところで、誰がどんな目的でウチのポストに投函したのか分からないんだよ」

確かにマービンの言うことはもっともだとは思った。テープの中で交わされた会話を聞けば、父の殺害にリンドブラッドが関与していることは明らかになる。だが、それと引き換えにループが拷問に等しい暴行を受けた末、あのテープを何者かに手渡したことが明らかになってしまう。もちろん、自分たちがそうした行動に打って出た証拠は何一つとして残してはいないが、状況を考えれば自分たちが真っ先に疑われることは間違いない。もしもそんなことになれば、ループはもちろんだが、自分たちも罪に問われることにもなりかねない。顔は知られていなくとも、少なくともあの男はマークの声を知っているからだ。自分の身辺を警察が洗えば、マーク、それに白田の存在が明らかになることは充分に考えられる。それだけは何としても避けなければならない。

「テープの出処《でどこ》は分かっている」

「えっ？」

哲治の心臓が強い拍動を刻み、全身を冷たいものが駆け抜けた。

「ああいうプレイを金で提供するところはフォルサム・ストリートに集中しているからね。教授を痛めつけることを金で請け負った男の顔をプリントアウトして、カストロを回ったらすぐに正体は割れたよ。モビー・ディックという店を経営する、ループという男だとね」

「それで、そいつには会ったの」

マービンはゆっくりと頭を左右に振った。

「残念ながら、やつも姿を消した。事件が起きて間もなく店も閉じた……。彼の身に何が起きたのかは分からないがね。これだけのことをしでかした連中だ。もしかすると、彼も消されちまったのかもしれない。だから、それも含めて警察にすべての情報を渡した方がいいと思うんだ」

思わず安堵《あんど》の溜め息を哲治は漏らしそうになった。再び温かな血が全身を駆け巡るのを感じながら、

「でもね、マービン。僕にはもう時間がないんだよ」

「どういうことだ」

哲治は言った。

「この間、日本にいる弁護士からメールが入って、最高裁は口頭弁論を開くことを決定したって言うんだ」

「何だって！　それは本当か」

「開廷日は十二月二十二日。もちろん、こちらは今までの提出した証拠を元に、同じ弁論を繰り返すだけ。けれどももしも、もしもだよ、オリエンタル工機が一審、二審とは違う論点から弁論を繰り広げるか、あるいは新たな証拠を提出してきたら、こちらは何の反論もできない。そうなれば、逆転敗訴ということだってありうるよ。三人が三人とも姿を消し

た今となっては、いかに警察の力を借りようとも、ひと月やそこらで全容を解明することは不可能だ」

「しかし、連中の身柄を確保できて全容が解明されれば、たとえ敗訴しても、再審の道が開けるだろ。オリエンタル工機を勝訴に導くために、誰かが教授を殺したことが立証されれば――」

「背後にいる人間が、オリエンタル工機と結託していたことが立証されればね。でもそれが明らかにならなければ、オリエンタル工機の勝訴は覆らない。そうだろ」

「何てこった……」マービンが頭髪を掻《か》き毟《むし》りながら肩を落とした。「それじゃ、我々が今まで教授を支援してきた意味がないじゃないか。すべての努力が無駄になっちまう。あの特許は、すべての自動車産業に等しく公開されなければ意味がないんだ」

「分かってるさ。だけど、敵が何者なのか。本当にオリエンタル工機が今回の犯罪に加担しているという証拠がない限り、判決を待つ以外どうすることもできないよ」

落胆の色を隠せないでいるマービンを見ながら、哲治はこの事件の背後に潜んでいる組織の正体に思いを巡らせていた。かつて彼が言ったように、父がいなくなり、逆転敗訴ということになれば、その恩恵に与《あずか》る人間は山ほどいる。オイルメジャー、軍需産業、それに当のオリエンタル工機だ。そのいずれかが、父の殺害を計画し実行したことは間違いないだろう。それは誰なのか。

もちろん、その陰の存在を知った以上、哲治にしてもこのまま引き下がるつもりはなかった。父の無念を晴らしたいという気持ちもあったが、それに加えてこの特許の持つ価値に改めて気がついたからだ。年間最低でも三十億円からの特許料。父が生きていた頃は、あまりの金額の莫大さに実感が湧かなかったが、いざ生活への不安を覚える状況に直面すると、自分の人生を左右するもの以外の何ものでもなく、その権利への執着心が急速に頭を擡げて来る。

負けることはできない。絶対にあの特許を父のものとして認定させ、自分が権利の継承者とならなければならない。そのためにはどうしたらいいのか――。

しかし、妙案はそう簡単に浮かぶものではない。

苛立ちと、怒り、そして絶望感が哲治の胸中を満たして行く。

「ファック！」

哲治の心中を代弁するかのように、マービンが叫ぶ罵《のの》りの言葉が室内に虚《うつ》ろに響いた。

第七章　東京

哲治が成田に到着したのは、十二月十五日、午後一時のことだった。

機がスポットに停止すると、十一時間にも亘《わた》る長いフライトから解放された乗客が一斉に席を立って通路に長い列を作る。哲治は天井に備え付けられたビン《棚》から父の遺骨を丁重に取り出し、首から掛けた白い布で骨箱を支え、列の最後尾に並んだ。ドアサイドに立つキャビンアテンダントが、乗客の一人ひとりににこやかに微笑みかけながら言葉をかけていたが、さすがに哲治の姿を目にした時には、一瞬、どうしたものかと困惑の表情を浮かべ、静かに頭を下げた。

到着ゲートに足を踏み入れた瞬間、ケロシンの燃焼臭を含んだ刺すような冷気が頬を撫《な》でる。五年半ぶりの日本。普通ならば、特別な感慨を抱くのだろうが、思いはどうしても日本での滞在中に処理しなければならない厄介事へといってしまう。

最大の問題は、やはり訴訟の行方である。口頭弁論の行方如何《いかん》では、今後の自分の人生が大きく変わってくる。あの後マービンからは、父を殺害したと目されるクリス・リンドブラッドの行方、そして彼の背後にいると思われる組織についての新たな情報は何もなく、事件の全容解明は完全な手詰まり状態に陥ってしまっていた。

訴訟の一方の当事者が死亡したからといって、法廷のスケジュールが変わるわけではない。葬儀の六日前に帰国したのは、東京で訴訟を担当している弁護士が口頭弁論の前に打ち合わせをしたいと言ってきたからだ。もちろん、いまさら弁護士に会ったところで、自分に何ができるというわけでもない。おそらくは、最高裁の法廷でどんなやり取りがなされるか、その説明を受けるのが精々だろう。生前父は、二審で勝訴を勝ち取った時点で裁判の行方は決まったも同然だと言ったが、それもこうなってみると怪しいものだ。まさに死人に口なし。法廷がオリエンタル工機に俄然《がぜん》有利になったことは誰の目にも明らかだ。

長いコンコースをパスポートコントロールに向かって歩を進めるたびに、骨箱の中に入っている骨壺《こつつぼ》がことことと音を立てた。狭い椅子に座り続けているうちに、すっかり強《こわ》ばった全身の筋肉が弛緩《しかん》し、垂れ込めていた疲労が滲《にじ》み出してくる。時差のせいか体が熱を持ち、頭の中は霞《かすみ》がかかったように思考がはっきりしない。スポットに面した窓からは、冬の寒々とした日差しが流れ込んでくる。同じ太陽の光でも、透明感の中に目に映る色のすべてを鮮やかに見せる魔法のような力はここにはない。どこか、荒涼とした枯れ野に佇《たたず》む人間の寂しさに拍車をかけるような、言い様のない寂寥感《せきりょうかん》が漂ってくる。

それを感じた刹那《せつな》、哲治はここはもう自分の帰る国ではないのだ、という確信を抱いた。同時に、アメリカを離れてたった十一時間しか経っていないというのに、自分がいない間に、もしやグリーン・シーズが事件の解明に繋《つな》がる何か重大な手がかりを摑《つか》んだのではないか。あるいは将来を左右するような事態が起きているのではないかという、漠とした思いに駆られた。

哲治は足を速め、コンコースを抜けると、パスポートコントロールに向かった。年末の混雑時期の前とあって、そこにさほどの人の姿はなかった。入国審査を済ませ、バゲッジ・クレームに向かう。大きめのスーツケース一つをピックアップし、税関を抜けた。到着ロビーに出ると、骨箱を首からぶら下げた自分に、擦れ違う人々の視線が注がれるのが分かった。しかし、それも一瞬のことで、誰もがまるで見てはいけないものを目にしてしまったかのようにすぐに視線を逸《そ》らす。

これから栃木に向かうまでの五日間は、日本橋にあるビジネスホテルで過ごすことになっていた。このまま成田から都心まで電車を使うつもりだったが、フライトの最中に急な連絡が入っているのではないかと思うと、どうしても気になり、哲治は傍らの椅子に腰を下ろした。ショルダーバッグの中からパソコンを取り出し電源を入れた。軽やかな立ち上げ音とともに、ハードディスクが起動する。最近では、先進国の空港ならば、どこでもネットに接続することができるから便利なものだ。

メールソフトを起動させると、受信音と共に一件の着信があった。差出人はマービン・ダーハム。件名は『URGENT《緊急》』とだけ記されてある。

リンドブラッドの捜査に関して進展があったのか。それとも……。

期待と不安が交錯する中で、哲治はメールを開けた。

た。

テツ

このメールを読む頃には、君は日本にいることと思う。残念ながら悪い知らせを伝えなければならない。上原教授が死亡して以来、グリーン・シーズは訴訟の今後について、法務部門と、財務部門が中心になって内々に検討を重ねてきたが、さっきその最終結論が出た。

グリーン・シーズは今回の訴訟支援を打ち切る。理由は、最高裁が口頭弁論を行うことを通告してきたことにある。日本側の担当弁護士によれば、これはかなり憂慮すべき事態であるらしい。というのも、最高裁がここに至って口頭弁論を再び行うことはきわめて異例のことで、二審までの判決を覆す可能性がきわめて高くなったからだ。

知っての通り、グリーン・シーズはここまでの訴訟費用を全額立て替えてきた。上原教授が家を購入する際の、ローンの保証人にもなっている。もし、ここで逆転敗訴ということになれば、判決の内容如何では原告側の訴訟費用を全額負担しなければならなくなる可能性さえ出てきた。もちろん、そうなったところで、我々の活動が即座に行き詰まるわけではないが、ミリオン単位の資金回収ができなくなった上に、相手方の訴訟費用を負担するような事態になれば、今後の活動計画に甚大な影響が出ることは避けられない。

当事者とは言えないまでも、支援してきた組織の人間である私がこんなあからさまな言葉は使いたくないが、我々の上層部が下した判断は、事実上の損切りと考えていい。

あと少しで判決が出るこの期に及んで何だ、と君は言うだろう。その気持ちは私も同じだが、上層部の下した結論を覆すだけの力は私にはない。ここから先、裁判を続行するか否かは君次第だ。担当弁護士と相談し、熟慮した上で今後の方針を決めて欲しい。すべてがうまくいくことを祈っている。

マービン・ダーハム

愕然《がくぜん》とした。血の気が引いて行く。

裁判の行方が予断を許さない事態に陥ったことは覚悟していたが、まさかこれまで支援を続けてきたグリーン・シーズがここに至って手を引くとは考えもしなかった。いま、彼らに降りられれば、少なくともこれから先の訴訟費用は自分で賄わなければならないことを意味する。これまで、父がこの裁判に幾ら費やしたのかは分からない。しかし、五年にも亘ってオリエンタル工機と争ってきたのだ。弁護士への報酬だけでも大変な金額になるはずで、父の口座にある六万四千ドルの金ではとても足りないということは確かだ。

哲治は慌てて携帯電話を取り出した。モードは既にアメリカを出る際に、世界中のほとんどの国から通話可能な状態にしてあった。サンフランシスコは夜の九時を過ぎたところだ。メモリーの中からダーハムの番号を探し、発信ボタンを押した。暫《しば》しの間を置いて、呼び出し音が鳴る。

「マービン・ダーハム……」

表示された番号から誰がかけてきたのかが分かっているのだろう。名乗るダーハムの口調はいつになく歯切れが悪い。

「テツだよ。いま日本に着いて、メールを読んだところだけど、グリーン・シーズが訴訟から降りるってどういうことさ」

口調が詰問調になるのはどうしようもない。声が微《かす》かに震えるのは怒りのせいか、それともこれから先の将来に対する不安のせいかは分からなかったが、そんなことを考えている心の余裕など哲治にはなかった。

「メールに書いた通りだよ……。グリーン・シーズは訴訟から手を引く……。それだけだ」

ダーハムは低い声で言い、深い溜め息を漏らした。

「冗談だろ。あと、七日の後には口頭弁論が行われるんだぜ。せっかくここまで来たってのに、いま手を引かれたらこれまでの努力が水の泡じゃないか」

「分かってるさ。個人的には君を支援したい。訴訟の行方を見守りたいのは山々なんだが、上層部が判断したことだ。こうなった以上、僕にはどうすることもできないんだよ」

「ちょっと待ってくれ、マービン。僕は父さんが約束した、特許がこちらのものだと認められた暁には、使用料から上がる利益の十%をグリーン・シーズに寄付するという条件も吞《の》んだし、訴訟費用も支払うことだって承知したじゃないか。それをいまさらどうして台無しにするような判断を下さなきゃならないんだ」

ダーハムを責めても埒《らち》が明かないことは分かっていても、感情をぶつける相手は他にいない。哲治は激しく迫った。

「上層部はね、肝心の訴訟の成り行きを気にしているんだよ」マービンはますます困惑した様子で続けた。「メールにも書いたが、最高裁が口頭弁論をするなんてことはこれまで誰も考えてもいなかったんだよ。教授も弁護士も、第二審が一審判決を支持した時点で、勝負は決着がついたも同然だと思っていたからね。最高裁は法律論を解釈するところ。事実上の再審議が行われる可能性はきわめて低い。その言葉を信じていたんだ。しかし、その予想に反して、最高裁は再び口頭弁論を行うと言ってきた。これがどういうことか分かるかい」

「最高裁はこれまでの判決を改めて検証する必要があると考えたってことだろ」

「そうだ。日本側の弁護士によれば、この手の訴訟が最高裁の場に持ち込まれたことは今まで前例がないと言うんだ。今回の判決は今後起こりうる同様の訴訟の判例になる。ましてや額が額だ。その影響の大きさを考えてのことではないか、そう言うんだ」

「今になってそれはないだろ。そんなこと、最初から分かっていたことじゃないのかよ」

「君が怒るのも無理はない。だけどねテッツ。以前と今とでは状況が違う。何しろ事実関係を知るウエハラ教授はもうこの世にはいない。残っているものはこれまでに法廷に提出した証拠だけだ。こうなりゃ口頭弁論は相手の言いたい放題だ。どんな反論に出てきても対抗する手段がない」

「相手だって、ここに至って新証拠を出してくるわけないだろ。もし、そんなことをすれば、裁判官だって馬鹿じゃない。どうして今までそれを黙っていたって訊《たず》ねるに決まってる。心証を悪くするだけだよ」

「確かに君の言うことは一理ある。実際僕も、上層部には同じことを言ったよ」

「で、そのお偉方は何て言ったのさ」

「相手も馬鹿じゃない。それくらいのことは既に織り込み済みだ。もし、新証拠、新証言を持ち出してくるとすれば、裁判官が納得するような形で提出してくるに決まってるとね」

「たとえそうだとしても、負けるかどうかは分からないじゃないか」

「いや、そうとも言えないよ」

「どうして」

「僕も初めて知ったんだが、日本の最高裁は、もしかすると判決を下すことなく、審議を高等裁判所に差し戻すつもりなんじゃないか。日本側の弁護士はそう言うんだ」

「差し戻す？」

考えもしなかった言葉を聞いて、哲治の声が裏返った。

「仮に弁護士の言う通りになったとすれば、この裁判は決着を見るまでまた長い時間がかかる。当然、新証拠、新証言が信頼に足りるものかどうかの審議も始まる。しかし、こちらには、それに反証する手だてはない。それでもまだ争おうとすれば、裁判を維持していくのにまた莫大《ばくだい》な費用がかかる……」

「その経費って、いったい幾らかかるのさ」

まさに売り言葉に買い言葉というやつだ。哲治は勢いに任せダーハムに迫った。

「それは分からない……ただ、今まで我々が教授のために用立てた闘争資金は既に千二百五十万ドルに達している。そこから想像してくれ」

「千二百五十万ドル？　そんなにかかってんの」

日本円に換算しておよそ十五億円。正直なところ、訴訟費用について、これまで幾らかかったのか、正確な金額は一度も聞かされてはいなかった。かかっても、せいぜい百万ドルもあれば充分にこと足りると思ってさえいた。それがまさかこれほどの途方もない額になるとは……。

額が莫大すぎて俄《にわか》にはピンと来ない。

今度は哲治が黙る番だった。

「何しろ、今回の訴訟は予想される金額が金額だからな。正直言ってアメリカで同じような訴訟をすれば、とてもこんな金額では済まなかっただろうさ。これでも僕が想定していたより安いくらいだ」

「何でそんなにかかるんだ」

哲治は愕然としながら訊ねた。

「最大の費用は弁護士への支払いだ。それも五年に亘って十人もの弁護士を雇って仕事に当たらせたとなれば、請求金額も半端なもんじゃない。用意しなけりゃならない資料や書面だって大変な量になったろうからな」

「でもさ、勝てば最低でも年間三十億円からの特許料が入ってくるって父さんは言ってたぜ。だったらそんな費用、一年もありゃ返せるじゃないか」

「全額君の懐に入るんならね」

「えっ？」

「君はまだ社会に出たことがないから分からないだろうが、収入にはそれに応じた税金がかかる。アメリカで暮らせば当然最高税率が適用されて所得税だけでも三十五%、それに住民税が加算される。つまり約半分は黙っていても持っていかれるわけだ」

「仮に半分だとしても七億五千万円は残る。二年で返せる」

ダーハムは再び深い溜め息を漏らした。

「テツ。それも勝つことを前提とすれば成り立つ計算だ。だけど最高裁が差し戻しという判断をすれば、弁護士費用は雪だるま式に嵩《かさ》んでいく。もちろん、それでも君が訴訟を継続するというなら構わないさ。ただし、これ以降かかる費用を君が全額グリーン・シーズに支払う。つまり君の借金とすることを誓約するならね」

「ちょっ、ちょっと待って……。僕の借金だって？」

「当たり前だろ。これまでの訴訟費用については、ウエハラ教授との間で特許使用料が入ってきた時点で全額支払うという誓約書を交わしているんだ。君がお父さんの訴訟を引き継ぐというなら、当然そういうことになるじゃないか」

　背筋にぬめりを帯びた汗が噴き出してくる感覚があった。次の言葉が見つからず沈黙した哲治に向かって、ダーハムは続けた。

「もっとも、君がどうあがいたところで、そんな大金を支払える用意がないことは分かっている。それに親子とはいえ、これまでの費用については連帯保証の義務を君が担っているわけじゃない。だからここで手を引くという断を下したんだ」

「じゃあ、この千二百五十万ドルはグリーン・シーズが被《かぶ》ると？」

「そんなわけないだろ。ただで引き下がったりするもんか。上層部は日本側の弁護士にこう伝えたそうだよ。オリエンタル工機と和解交渉を進められないか。これまでかかった経費と家のローンを特許料として君に支払うという条件でね」

「つまり、和解金で父さんの借金をチャラにしようって言うのかい」

「そうだ」

「でも、それじゃ水素自動車の普及は覚束《おぼつか》なくなるんじゃないのかい。オリエンタル工機が特許を握れば、どの自動車メーカーにも等しく技術を公開するとは限らないだろ」

「テツ。いかに我々の組織の資金が潤沢だとは言っても、千二百五十万ドルは額がでか過ぎる。君が言わんとすることは僕らだって充分に承知しているし、今回のウエハラ教授の殺害の裏には、この訴訟の行方によって利権を失う連中の存在があると確信もしている。

だからグリーン・シーズは今後も真相解明に向けての追及の手を緩めるつもりはない。事件の全容が解明されれば世論も動く。それに期待するのが、一番いい方法だと思うよ」

哲治は、冷静さを取り戻そうと電話を耳に押し当てたまま息を大きく吸い込んだ。

よくよく考えてみれば、ダーハムの言葉にはもっともな点が多々あるように思えてくる。

確かに、彼の言う通り、訴訟に負ければグリーン・シーズは大変な打撃を被ることになる。

自分にとっても、ビタ一文の金も残らない。それどころか、家すらも無くしてしまう。かといって、グリーン・シーズが支援を打ち切ると判断した以上、訴訟を続行する能力は自分にはない。特許をみすみす放棄することに未練がないと言えば嘘になるが、やはりダーハムの言うように和解に持ち込むのがこの時点では最も賢い選択肢のように思えた。

「そうは言ってもテツ。この訴訟の当事者は、誰でもないウエハラ教授だ。そして今はその遺産を受け継ぐ権利を担う君にある。弁護士とよく話し合って結論を出すんだな」

ダーハムが、一転していつもの優しい口調で言った。

「分かった……そうするよ」

「例のクリス・リンドブラッドについては、何か進展があり次第すぐに知らせる。やつの居所が摑めれば背後に潜む人間が誰なのかがはっきりするはずだ。挽回《ばんかい》するチャンスはまだある」

「ありがとう……マービン……」

哲治は回線を切ると、肩で大きく息をし、ロビーを行き交う人波を見た。到着便が昼のピークに差しかかっているのだろう。税関のドアがひっきりなしに開閉し、荷物を手にした乗客が姿を現しては消えていく。

その光景をぼんやりと見ながら、哲治はいつの間にか遺骨の入った骨箱を掌《てのひら》で撫でていた。やがて、箱を覆っていた布を通して、暖まった木の感触が掌に伝わってくる。それが父が無念を訴えているような気がして、哲治は、はっとして手を止めた。

あれほど執念を燃やしていた訴訟がこんな形で終わりを迎えるとは、父が生きていた頃には考えもしなかったことだ。しかし、事態がここまで進んでしまった以上、自分にはもはやどうすることもできない。

ごめん……父さん……。

哲治は心の中で詫《わ》びの言葉を吐くと、気を取り直してようやく腰を上げ、地下にある駅に向かって歩き始めた。

＊

日本橋にあるビジネスホテルにチェックインしたのは夕方の五時近くのことだった。

長旅と時差、それにダーハムとの一件があって、さすがに酷《ひど》い疲れを感じていた。アメリカでは考えられないほど小さな部屋。スペースの大部分をシングルベッドが占めており、備え付けのテーブルの前の椅子を引き出すと、歩く余裕もない。その閉塞《へいそく》感が疲労に拍車をかけた。

それでも、部屋に入ってすぐにシャワーを浴びると、意識が覚醒《かくせい》し気分が大分楽になる。哲治は携帯電話を取り出すと、手帳に書き留めておいた番号を見ながらボタンを押した。訴訟を担当している弁護士事務所に連絡を入れるためだ。

呼び出し音が鳴る。やがて受話器が上がる。

「森川・吉野法律事務所でございます」

言葉は丁重だが、どこか気取った感じのする女性の硬い声が答えた。

「上原と言いますが、森川先生はいらっしゃいますでしょうか」

「お待ち下さい」

軽やかなオルゴールの音色が聞こえた。どこかで聞いたことのある音楽だったが、すぐには思い出せない。やがて、音色が途切れると、

「森川ですが」

低いバリトンが哲治の鼓膜を震わせた。

訴訟が始まって以来、主任弁護士を務めている森川猛《たけし》だった。彼の経歴は父が死んだ後に、訴訟関係のファイルを見た際に目にしたことがある。工学部と法学部と学部は違うが、父と同じく東京大学を出、その後UCLAで法学修士を取得し、カリフォルニア州の弁護士資格も持っているとあった。歳は確か五十だったろうか。もっとも、ファイルに記載されていたプロフィールがいつの時点で作成されたものかは分からないので、今はそれより

も歳を重ねているかも知れない。

「上原です……オリエンタル工機との特許訴訟でお世話になっている……」

哲治が名乗ると、

「ああ、上原教授のご子息ですか。哲治さんでしたね。お父様が亡くなられたのは残念でした。心からお悔やみ申し上げます」

改まった口調で言った。

「ありがとうございます……」

父の死因は森川も知っているはずだ。気遣ってのことと分かってはいても、殺されたという言葉を使わないところが、哲治の胸に小さな棘が刺さったような痛みを感じさせた。

「いまどちらですか？」

「日本橋のホテルに着いたところです」

「そうですか。長旅でお疲れになったでしょう」

「時差を経験するのは五年半ぶりなもので、さすがにちょっと……」

「そんな時に恐縮ですが、実は早々にお話ししたいことがありましてね」

「オリエンタル工機との和解の件ですね」

「そうです。よくご存じで」

森川が驚いたような声を上げる。

「空港に着いたところでメールをチェックしたら、グリーン・シーズのサンフランシスコ支部長のマービン・ダーハムから連絡が入っていて、それで彼と電話で話をしてことの経緯はすべて聞きました」

「本当は、お父様の権利継承者となるあなたと真っ先にご相談しなければならなかったのですが、訴訟費用はすべてグリーン・シーズが保証するということは、かねてより聞き及んでおりましたので……」

「それはいいんです。僕は訴訟の詳細については、ほとんど聞かされておりませんでしたので……。グリーン・シーズと父との関係も、父が亡くなってから知ったほどで……」

「そうでしたか」

「それで、先生。さっそくで恐縮なんですが、グリーン・シーズは今回の件、オリエンタル工機との間で和解に持ち込むのが得策だと」

「状況は聞いておられるかと思いますけど、はっきり言って、このまま訴訟を続けてもどちらに転ぶかまったく分からなくなったというのが正直なところなんです。何しろ最高裁が口頭弁論を行うというのは、きわめて異例のことですからね。これは二審までの判決に最高裁が疑問を呈していることを暗に物語っていると考えていいんです。最悪逆転敗訴、あるいは差し戻しということも考えられるケースです」

すでに聞かされていることとはいえ、改めて主任弁護士の口からそう告げられると、言葉の重みがまったく違うものとなって聞こえてくる。

「正直申し上げて、もし最高裁が差し戻し判決を出せば、公判を維持するだけの能力は僕にはありません。法廷で父に代わって証言することはできませんし、それ以前にグリーン・シーズの支援が受けられないとなれば、訴訟費用を捻出《ねんしゅつ》することも不可能なんです」

「分かります。特許というか、知的財産権の裁判というのはきわめて難しいものでしてね、当事者でなければ知りえない事実というものがありますからね。ましてやそこに、難しい技術の話も絡んでくる。こう言っては身も蓋《ふた》もないんですけど、もし、口頭弁論で二審までに明かされなかった新たな事実が出てきたと言われても、こちらには対抗する手だてがない。まあ、どうしてこの五年間にその事実が明かされなかったかと反論するくらいが精々ですから」

「そうした可能性があるんでしょうか」

「ないとは言い切れないでしょう。上原教授がいなくなった今となっては相手の言いたい放題ですからね。もし、そんなことになれば、証拠、あるいは証言が虚偽のものだということをこちらが証明しなければならなくなるんですから、これはきわめて厄介なことになりますね」

「それで、先生。もし、こちらが和解を持ち出せば、オリエンタル工機はその話に乗ってくるんでしょうか」

「可能性はあると思いますよ」森川は、あっさりと言い放つ。「実は、あちら側の弁護士からは、今まで何度かそれとなく、そうした手段を取れないものかと打診があったんですよ」

「本当ですか。それは初めて聞きます」

「そうでしたか……。弁護士の世界というのは広いようで狭いものでしてね。あちらの弁護士と私は同じ弁護士会の所属でもありますし、法廷以外で顔を合わせることも少なくはないのです。もちろんこのことは、上原教授にもお伝えしましたが、教授が頑《かたく》なにそれを拒んだので、実現する機会を逸してしまったんですよ」

「それで和解の条件というのは？」

「そこまで話は進みませんでした。ただ、そうですね、少なめに見ても特許使用料の一年分に相当する額というのは決して常識を逸した要求とは言えないと思いますよ」

「三十億円ですか？」

「それは上原教授の試算でしょ。世界で生産される自動車の一割が水素に変わったとして、という」

「ええ」

「でもね、その試算が果たして妥当なものなのかどうかは誰にも分からんのです。確かに上原教授の試算に妥当性がないかと言えば、俄に否定できないところがあるのは事実なんですよ。二酸化炭素の削減は急務の課題であることは間違いありません。どこの国でも、特に先進国ではことごとく国策としてインフラ整備に乗り出すでしょうからね。しかしね、そうなるためには水素製造プラントの建設、新しいエンジンを搭載した自動車の生産の開始。そうした条件がすべて整わなければならんでしょ。もっとも、それだけの条件が整えば、特許使用料はさらに莫大なものになる。だから教授は頑として和解に応じなかった。一方のオリエンタル工機にしてみれば、支払う金額は最少に抑えたいと思うでしょうからなあ」

「じゃあ、いったい幾らなら折り合うことができると先生はお考えですか」

「相手のある話ですからねえ……。私の口からは何とも言えませんなあ」森川は唸《うな》るように言うと、「ただ、三十億円はどうかなあ。あちらだって、五年半もの間訴訟を継続するためには、大変な経費を使ってきたんですからねえ。もちろん、これまでの判決はこちらが全面勝訴したという経緯を考えればそれなりの金額を提示してくるとは思いますが、とにかく実際に和解の席についてみないと、私の口からは何とも……」

森川が言うことももっともである。実際に交渉を行ったわけでもないのに、ここで即座に和解金額が幾らになるなどということを口にできるはずはない。問題は、仮に両者の間で三十億円で和解が整ったとしても、それだけではグリーン・シーズがこれまでに立て替えてきた費用をまかない切れないということだ。ダーハムは、その約半分は税金で持っていかれてしまうのだと言った。だとすると、手元に残った金を全額グリーン・シーズに渡しても、弁護士費用分がチャラになるだけで、家のローンはまるまる残る。

既に生活基盤をアメリカに置き、これから社会に出るまで独立独歩の生活を余儀なくされた哲治にとって、家を失うことは即座に路頭に迷うことを意味する。加えて、日々の生活に必要な経費すら父の残した金が底をつけば捻出するのは容易なことではない。借金を清算し、いずれ社会に出るまで今の生活環境を維持するためには、三十億円では足りはしない。

哲治が直截《ちょくせつ》にそうした事情を話して聞かせると、森川は、

「更に二億！　いや、それはいくら何でも無茶な要求ですよ」

果たして声を裏返させた。

「でも、それでこの特許の権利を一手に握れることを考えれば、安いもんだっていう考え方もできるじゃないですか」

「机上の計算の上ではそうでしょうが、一気にそれだけの金を支払えというのはどうでしょうねえ……」森川は、唸るように言うと、暫く考え込み、「グリーン・シーズと上原教授は、訴訟費用に関して誓約状、あるいは借用書に相当するものは交わしていたんでしたね」

「そのように聞いてます」

「だったら、こうした手はあると思いますよ。和解の条件として、特許料ではなくこちら側のかかった経費、これは弁護士費用を含む訴訟費用のすべてですが、それをオリエンタル工機が支払う。加えて、家のローンの他にあなたが社会人として独立するまでの必要経費としてさらに一億。そうなれば、訴訟費用に関しては所得とはなりませんし、ローンについては税金を含んだ額を彼らが支払えばいいだけです。残るは必要経費として支払われる一億。これには税金がかかりますが、それでも半分近くは残る。それなら二十億以下で

手を打てるということになります。もし、あなたに異存がなければ、早々にその金額で和解を持ち掛けてみますが」

裁判の行方が予断を許さない状況に陥った以上、家と自分が社会に出るまでに必要な経費を確保することを第一に考えなければならない。父の遺志を曲げることに後ろめたさを感じないといえば嘘になる。しかし、状況がここまで渾沌《こんとん》としてきている以上、振りかかる火の粉をいかにして防ぐか、それを第一に考えなければならない。

哲治は決心した。

「もし、その条件で和解できるのなら、異存はありません」

「そうですか。それでは、早急にあちらの弁護士と連絡をとってみましょう。なにしろ時間がありませんからね」

「僕が何かすることはないのでしょうか」

「法廷が開かれる前に、ご帰国をお願いしたのは、そうした可能性も含めてこの件のことを話し合いたかったからです。あなたの意思がはっきりと分かりましたので結構ですよ」

森川との話はそれで終わった。

電話を切った哲治は、日が落ち夜の帳《とばり》が下りた街を窓越しに見た。ここにはサンフランシスコのような高い空はない。立ち並ぶビルに灯《とも》った明かりがすぐ傍に見える。その光景に窓ガラスに反射する自分の姿が重なる。

「遺産か……」

て認めよう。

哲治はぽつりと呟《つぶや》いた。

確かに父は、死してなお、自分が大富豪になる可能性を残してくれた。それは事実として認めよう。しかし、同時に莫大な負の遺産を残したことも事実だ。オリエンタル工機が以前に和解を持ち掛けたということは、今日初めて森川から聞いた。もし、早い時点で父が和解に同意していたら、訴訟費用もずっと安く済んだはずだし、かなり纏《まと》まった金を手にしたことだろう。しかし、今回の和解案で提示した金額をオリエンタル工機が呑んだとしても、自分の手元に残るのはわずか五千万円だけ。結局今回の訴訟でいちばん得をしたのは双方の弁護士だけということになる。これではいったい何のための訴訟だったのか、少なくとも父にとってはまったく意味のない戦いになってしまったことは事実だ。そこに考えが至ると、哲治は父が何とも哀れに思え、大きな溜め息を漏らした。

それが引き鉄《がね》になって、東京での訴訟の打ち合わせのために充てていた五日間がぽっかりと空いてしまったことに気がついた。この街に、見知った人間は一人もいない。別に見て歩きたい場所があるわけでもなかった。むしろ、納骨を済ませ、訴訟の行方を見極め、一刻も早くサンフランシスコに戻りたいという気持ちが強くなってくる。

ふと、祖父の元に電話をしてみる気になったのは、葬儀の予定は変更できないにしても、弁護士との話し合いが終わった、せめてその程度の報告は入れておいた方がいいと思ったからだ。

再び手帳に書き留めておいたメモを見ながら番号を押した。

何度目かの呼び出し音の後に、嗄《しわが》れた男の声が聞こえた。

「もしもし……」

「お爺ちゃん？」

「……哲治か……」

嗄れ声のトーンが低くなった。

「今日の昼、東京に着いた。いまホテルにいる」

「そうか……」

会話が弾まないのはいつものことだが、祖父の反応は今までとは明らかに違っていた。田舎を出てからは、親を捨てたも同然。ましてや、人には決して口にはできないような性的嗜好を持った息子の納骨の儀をせねばならないことに、嫌悪と煩わしさを覚えている様子がひしひしと伝わってくる。

「そっちには、予定通り二十日の夕方には入るようにするけど、それでいいんだよね」

「ああ……二十一日の納骨を済ませればそれで終わりだからな。でも、大丈夫か。そっちの予定が変わることはないんだろうな。納骨のことが寺の坊主から漏れちまってな。限られた身内だけで済ませるつもりだったのが、契約の連中が参列するってんだ」

「契約？」

「武田の時代に、この辺りを領地としていた殿様が命令して作った仕組みがまだ村には根強く残ってんだよ。隣組って言った方が分かりがいいかも知れねえな。要は、葬儀や婚礼の時には、近隣の家同士が協力し合って儀式を執り行う。村を離れても、それは継続される。ここに墓がある限りな。それをこっちでは契約って言ってるんだ」

「それじゃ、納骨には近所の人たちも？」

「本当は、葬儀は七日詰めと言ってな。死んでから本葬までみっちり七日かけてするのが村のしきたりだ。それもこの家でな。まあ、今回はアレが死んじまってから二ヵ月も経つ。いまさら通夜もあるめえって言って、一日で終わらせることにしようとしたんだが、仏をないがしろにするもんじゃねえって坊主には責められるわ、周りからはあれこれ意見されるわでどうしようもねえ。これで肝心の骨がこねえなんてことになったら、大騒ぎになる」

遠い昔の記憶が脳裏に浮かんだ。栃木の那須《なす》高原にある小さな村。それが父の故郷だった。深い森に囲まれた中に、点在する家々。そして田畑。祖父の家のすぐ傍には、小さな川があり、母と共に訪ねた自分を川の淵《ふち》で泳がせてくれたものだった。祖父の家は大きな母屋と、納屋があった。農機具が仕舞われていた納屋の中には、巨大な業務用の冷凍冷蔵庫があり、その中には冬の間に祖父が獲《と》った猪や鹿、雉《きじ》や野鳥の肉が保存されていた。滞在していた間中、夕餉《ゆうげ》の食卓には毎晩そうした山の幸が上り、野趣に満ちたそれらの肉を腹いっぱいに食した。

父とは絶縁関係にあった祖父も、さすがにたった一人の孫が訪ねてきたのはよほど嬉《うれ》しかったらしく、当時は美味《うま》い美味いと言って、それらの物を平らげていく孫の様子を、晩酌の焼酎《しょうちゅう》を啜《すす》りながら目を細めて見詰めていたものだった。少なくとも、当時は父に対してはともかく、孫である自分に悪い感情を抱いていたとは思えない。だが、歳月は人の心を変える。ましてや、父の血を引く唯一の人間ともなれば。今では祖父は自分のことを汚らわしいとさえ思っているのではないか。

「それなら心配はいりませんよ。東京での用事は早々に済みましたから……」

「用は済んだ？　だけど哲治、お前、この前の電話では弁護士といろいろ打ち合わせがあるから、五日はかかるって言ってたじゃないか」

「それが――」

哲治は、森川との間で交わした内容を掻いつまんで祖父に話して聞かせた。

「本当に馬鹿なやつだ」すべてを聞き終えたところで祖父は唾棄《だき》するように言った。「息子のお前が日本に着いて早々に決着がつけられるようなことを、五年もの間争いやがって。さっさと和解に応じれば、三十億もの大金を手にできただろうに。昔の人はよく言ったもんだ。『欲の深鷹《ふかたか》爪抜けた』ってな。まさにその通りだ」

「なに？　その欲の深鷹って」

「欲深い鷹が、分不相応に重たいもんを持っちまって飛び上がろうとしたら爪が抜けたってことだよ。結局、大山鳴動して小鼠一匹だ」

「でも、お爺ちゃん。大半のお金が訴訟費用に消えたとしてもだよ、それだけのお金を引き出せたのは、父さんが争った結果だよ。相手だって最初から出す気があったわけじゃないと思うし……」

「そんなこたあ、どうでもいい。裕康《ひろやす》のやることには何の興味もねえ。親と子の関係は、随分前に切ったつもりでいたし、あいつだって、こっちの墓に入るつもりはなかったに違いないからな。それを許したのは、俺の息子の後始末を何から何までお前にやらせるのは、余りに忍びねえ。そう思ったからだ」

そう言われると、返す言葉が見つからない。哲治は、電話を耳に押し当てたまま、押し黙った。

「ところで哲治。予定していた五日間がぽっかり空いちまって、お前どうするつもりだ」

祖父がおもむろに切り出した。

「どうって……和解交渉に入ることをお願いしたのは、つい今し方の話だし、何も決めちゃいないよ」

「ウチはいつ来てもらってもいいんだが」祖父はそこで一瞬口籠《ご》もると、「お前、母さんに会う気はあるか」

まったく予期しなかったことを言い出した。

「母さんと?……」

今度は哲治が口籠もる番だった。五年半前に父との離婚を機に、別れたきりになっている母。会いたい思いがないと言えば嘘になるが、親権を自ら捨てて立ち去ったくらいだ。いまさら自分に会ってくれるなんてあり得ないと思った。

「でも、僕は母さんがいまどこにいるかなんて知らないし……」

哲治が答えを返すと、

「会ってみる気はあるかと訊いてるんだ。もし、その気があんなら居場所は教えてやる」

「どうしてお爺ちゃんが？」

「裕康の今回の件はな、日本じゃ新聞、テレビ、週刊誌なんかで大きく報じられたんだ。当然あの人の耳にも入るさ。裕康と会ったのは結婚式の時が最後。それっきり顔を見たこともなけりゃ、声もまともに聞いたこともねえ。別れた理由も聞かされちゃいねえ。まあ、親をないがしろにして平然としていられるヤツだ、あの人にも辛《つら》く当たったんだろう程度には思っちゃいたんだが、殺された時の状況をお前から聞いてすべてに合点がいったよ。あんな、人様には言えねえことをしてたんじゃ、別れたくなるのも無理はねえ」

それを言われると、胸中に苦いものが込み上げてくる。ゲイという特殊な嗜好を持っていなければ、少なくとも父はあんな死に方をしなくとも済んだだろうし、たとえ会社と袂《たもと》を分かち、アメリカに渡ったとしても、母も一緒についてきただろう。もし、そうであったなら、その後の訴訟のあり方も、自分の生活も一変していたに違いない。

「あの人も、さぞや裕康を憎んだことだろうさ。辛い思いもしただろうさ。だけど、やっぱり一度でも夫婦であっただけあって、あいつが殺されちまったことが報じられてすぐに、香典をよこしたよ」

「母さんの実家に、知らせを入れたのは僕です」

「お前が？」

「ええ、殺されてすぐに……。でもお婆ちゃんが出て、『伝えておく』と言ったきり、こちらには何の音沙汰《おとさた》もなくて……」

「そうか……」

「お爺ちゃん。母さんは父さんのことを許しちゃいないよ。母さんは父さんを心の底から憎んでいる。そしてその血、その遺伝子を受け継いでいるこの僕のこともね。だから、僕のところには何も言ってはこない。だってそうだろ。もし、父さんと僕とは別だと考えているんなら、アメリカで一人暮らすことになった実の子供のことを気に掛けない母親がどこにいる？　電話の一つくらいかけて来ても当然じゃないか」

「お前の言うことも分からんではないが、その時に実家の方に電話をしたら、あの人が出てな。お前の様子を気にしていたようだったもんで……。今は実家を離れているらしいが、働いている場所は分かっている。もし、その気があるんだったら訪ねてみたらどうだ。確かに、あの人がお前を捨てたことは事実だろうが、五年も経てば人の心も変わるもんだ」

そう言うと、祖父はこちらの意向も聞かないうちに、一方的に母の働き先を告げてきた。

祖父は、母が銀座のデパートの食品売り場でパートをしていると言った。

日本橋にあるこのホテルからは、歩いて十五分ほどの距離だ。五年前に別れたきりになっている母に会いたい気持ちがないと言えば嘘になる。哲治は迷った。親権を放棄して自分を捨てた母の前に、いきなり姿を見せればどんな反応を示すか、まったく予想がつかない。もちろん当時と今とでは状況が違う。歳月というものは人の思いを変えもするだろう。母が自分のことを気にかけている様子だったと言ったのは、その表れなのかもしれない。

しかし、その一方で、仮に母がこれまでの態度を翻し、自分を迎え入れる意思を示したとしても、それで何が変わるのだとも思った。父が亡くなって、定収が途絶えたことは事実だが、オリエンタル工機が和解の条件を呑めば自分の手元には五千万円の金が残る。それくらいの貯蓄があれば、社会に出るまでの生活費にはこと欠かないだろうし、足りなくなったとしても家を処分すれば少なくとも百万ドルからの金にはなる。経済的基盤さえ確立されていれば、アメリカの生活環境は快適そのもので、いまさら日本の社会に戻る理由などない。

そして、何よりも哲治が恐れたのは母の拒絶だった。

再会したはいいが、母の心境に何の変化もなく、けんもほろろに追い返されるのではないか。いや、むしろその可能性の方が極めて高い。

哲治の脳裏に、かつて日本で両親と共に暮らした日々のことが浮かんできた。

父は、いつも帰りが遅く、家に帰ってくるのは深夜だった。時には、何の連絡もなく家に帰らない日もあった。家族揃って食卓を囲んだ記憶などほとんどない。夕食はいつも母親と二人と決まっていた。いつ帰って来るか分からない夫のために、料理に腕を振るう気力などとうの昔に消え失《う》せていたのだろう。大抵は近所のスーパーの総菜が並ぶだけだった。

母はいつも疲れた顔をしていた。生きる望みなど何もないという、どこか人生を諦《あきら》めた雰囲気をいつも滲み出させていた。化粧もせず、着ているものもきわめて質素で、同年代の母親と比べても、随分歳を取っているように感じたものだった。父が当時、幾らの定収を得ていたのかは分からない。しかし、少なくとも経済的要因から母が質素な生活を送っていたのでないことは確かだと思う。というのも、家族が暮らしていたのは築二十年は経っていた3LDKの賃貸マンションだったが、父と同年代の同僚の多くは、すでにローンを組んでマンションや一戸建ての家を購入していたからだ。

おそらくそれは、父のかなり風変わりな経済観念によるものであったと思われる。何かの折りに、父は母に向かってこんなことを言ったことがあった。

「三十年ものローンを組んでマンションを買うなんて、馬鹿のやることだ。世間じゃ家賃を払うくらいなら、同じ金で自宅が持てるって言うが、ローンを払い終えた時には、家はボロボロ。到底終《つい》の住み処《か》と言える代物じゃなくなってる。特にマンションなんか購入しようもんなら、資産価値はゼロだ。退職金で新しい家を買っちまえば、手元に金なんか残りゃしない。結局、販売価格の何倍もの金を払った揚げ句ボロい家で老後を過ごさなきゃならなくなっちまう。それなら自由の利く賃貸に住んでいた方がよっぽどマシだ」

そんな時にも母は何も言葉を発しなかった。父の話が聞こえているのかいないのか、表情一つ変えることなく、すっと席を立つ。そして傍らのソファに腰を下ろし、唯一の趣味だった刺繍《ししゅう》を始めた。

ぷつ。ぷつ。ぷつ……。ピンと張った布を刺繍針が貫く音が聞こえだすと、父もまた母には何の関心もないとばかりに書斎に消えた。今にして思えば奇妙な話だが、父と母の寝室は別だった。リビングダイニングの他の三室は、哲治の勉強部屋兼寝室に一室、母の寝室に一室、そして父の書斎兼寝室に一室がそれぞれ割り当てられていた。もちろん、哲治にしても、夫婦の間にどんな営みがあるのか、子供がどうしたら授かるのかという程度の知識はあった。しかし、知るかぎりにおいて、二人の間にそうした行為が行われた気配を察した記憶はまったくない。

赤の他人が同じ空間を共有している。いや、双方の存在を端《はな》から無視して暮らしている。そうした冷え冷えとした空気が、常に家の中に漂っていた。

それが何に起因しているのかは当時は知る由もなかったが、おそらく母はそれよりずっと以前から、父の隠された性癖に感づいていたに違いない。普通なら、夫のそうした嗜好を察知した時点で、離婚を切り出すのだろうが、そんな行動に出なかったのは、母の復讐《ふくしゆう》心の表れではなかったかと思う。母は公立の中では有数の進学校をトップクラスの成績で卒業した。本来ならば、父と同じく東京大学に進学するのも可能であったろう。しかし、母方の祖父は働き盛りの頃に脳卒中で倒れて以来、ずっと寝た切りの闘病生活を送っており、二人の兄を大学にやるのが精一杯で、母は泣く泣く大学への進学を断念せざるを得なかったのだと言う。そしてオリエンタル工機に就職し、そこで出会った父と結婚したのだ。

母にしてみれば、日本最高峰の大学、それも博士課程を終えた父と結婚するのは、密《ひそ》かに抱いていた学歴に対するコンプレックスを解消するとともに、己のプライドを満たしてくれることにも繋がるものだったろう。

だが、伴侶《はんりょ》としたのは決して人には言えない性癖を持つ男だった。騙《だま》されたと思ったに違いない。一生を台無しにされたと思いもしただろう。その怒り、失望が、いつしか恨みに変わったことは想像に難くない。母が離婚するでもなく、ひたすら父を無視する形で生活空間を共にしてきたのは、母の父に対する復讐だったのだ。

多分、あのまま父がオリエンタル工機に留まっていれば、あの冷え冷えとした生活はそのまま続いていたのかもしれない。しかし、父が特許の権利を巡る訴訟を起こされ、時を同じくしてアメリカに渡るという決断を下した時点で、母の忍耐も限界に達した。言葉も生活習慣も違う土地での暮らしは、家族の関係が濃密になる。日本にいれば、気を紛らわす手段もあるだろうが、外地ではそう簡単にはいかない。

そこに至って、母はそれまでの父との暮らし、引いては血肉を分けた実の息子との関係を清算することにしたのだ。

母が決して自分を温かく迎えるわけがない。母は父を呪っている。父の血を引き継ぐ者は、皆同じだと考えているに違いない。だから父が亡くなったいま、恨みの矛先が向くのは、誰でもない、この自分にだ。

哲治はそう思った。

だがその一方で、父の納骨を済ませアメリカに帰れば二度と日本の土を踏むことはないだろう。この機を逃せば母とは二度と会うことができなくなる。そう考えると、言葉を交わさずとも、せめて一目でいい。母の姿を目に焼き付けておきたい。哲治の胸中を長く封印してきた母への思慕の念が満たし始めた。

哲治はベッドサイドに置かれた目覚まし時計に目をやった。時刻は六時十一分を指している。デパートが何時まで開いているのかは分からない。すでに閉店しているのなら、しょせん母との縁はその程度のものだったのだと諦めもつく。

哲治は立ち上がると、部屋を出た。夜の帳が下りた中央通りを銀座に向かって歩き始めた。すでに年末商戦に入った商店のショーウィンドウにはクリスマスセールのきらびやかな飾り付けがなされている。やがて、行く手に祖父が言ったデパートの看板が見え始める。引っ切りなしに人が出入りしているところから、まだ店は開いているらしい。店内に足を踏み入れると、化粧品売り場から甘い香料の匂いが漂ってくる。

エスカレーターを使って地階に下りた。売り場は夕方の買い物客でごった返しており、どこに母がいるのか皆目見当がつかない。人込みを縫うように、狭い通路を歩くうちに試食品を並べた漬け物売り場で客と応対している女性の姿が目に止まった。白い三角巾《さんかくきん》で頭部を覆い、薄いピンクのエプロンを着用した中年の女性だった。その横顔には、どこか母の面差しがあるような気がして、哲治はその場に佇み遠目に様子を窺《うかが》った。母だという確信を持てなかったのは、久しく会っていなかったせいばかりではない。丁寧に化粧を施した顔のせいだ。それは化粧などすることはなかった記憶の中に残る母とはまったく異なったもので、さらには満面の笑みさえ浮かべ客と応対している。生気と生きる喜びが全身に漲《みなぎ》っているのも大違いだった。歳にしても五つ、いや十は若返ったような気がする。

別人か……それとも——。

その時だった。客がバッグから財布を取り出すのと相前後して、その女性が漬け物を掴み、包装するためにくるりと身を反転させた。彼女の左側の横顔が露《あら》わになった。

哲治の心臓が強い拍動を打った。

女性の顔の左側、唇のすぐ上に酷く特徴的な大きな黒子《ほくろ》があることを認めたからだ。

母さんだ！

哲治は確信した。無意識のうちに、足が母の方に向かって動き始める。距離にして十メートルもない。五年ぶりに交わす最初の言葉など考えていなかったが、そんなことは構わなかった。一言でもいい。実の母親と話したい。その一念が哲治の胸中を満たしていた。

しかし、次の瞬間、哲治は足を止めた。

包装した商品を客に差し出す左手の薬指に、銀色に輝く指輪を認めたからだ。石も何もついていないプレーンの指輪。それが何を意味するか説明はいらない。母は再婚し、新しい家庭を持ったのだ。おそらくそれは、父との生活とは違って、母を心身ともに満足させるものなのだろう。でなければ、母がこれほど生気に満ちた表情を浮かべ、喜々として仕事に励むはずがない。少なくとも今の母の顔からは、人生を諦めたような暗さも感じなければ、何かに必死に耐えているといった沈鬱《ちんうつ》な雰囲気は微塵《みじん》も漂ってはこない。そう、母は完全に過去を断ち切ったのだ。祖父に自分の消息を訊ねたのは、子供の身を案ずるよりも、いまここで捨てたはずの息子が現れれば、せっかく手にした幸せな生活がかき乱されてしまう。母はそれを恐れたに違いない。

哲治は後悔した。

祖父の言葉に淡い期待を抱いてこんなところにのこのこ出てきた自分が馬鹿に思えてきた。考えてみれば、母が捨てた子供になにかしらの疚《やま》しさを感じていたら。少しでも身を案じる気持ちがあったのなら。自分が母の実家に連絡を入れた直後に、電話の一つも入れてきて当然というものだ。にもかかわらず、母からは何の接触もなかった。その一事だけを以《もっ》てしても、母が父を憎み、その血を受け継ぐ自分をも同列に考えているということを悟るべきだったのだ。

母を目にして結局何が残ったか。それは実の母に捨てられたという己の立場を再認識させられたことだけだ。

来るんじゃなかった。事実を知らなければ、母が少しでも自分を案ずる気持ちを抱いている。そうした期待を抱いていられたかもしれない。父を許すことはなくとも、いつかは打ち解けて話ができる日が来るかもしれないと思いながら、これからの人生を歩むことができたろうに……。

哲治は踵《きびす》を返すと、食品売り場を後にした。上りのエスカレーターに乗っても、二度と後ろは振り返らなかった。

外に出ると、来る時には気にならなかった師走の冷たい風が身に染みた。こうしていると、サンフランシスコの眩《まばゆ》い太陽の光が、ことのほか恋しくなる。

もう、この国に残る理由はない。納骨を済ませ、訴訟の結末を見たらもうこの国には用はない。一刻も早くサンフランシスコに帰ろう。そして一人で新たな道を歩むのだ。

哲治は、携帯電話を取り出すと、祖父の家の番号を押した。程なくして祖父の嗄れ声が聞こえた。

「哲治です。明日一番のバスで、そちらに向かおうと思ってるんだけど……」

「用事は済んだのか」

祖父が訊ねてきた。

「訴訟の話が終われば用事なんてないよ」

「そうじゃない。母さんのことだ」

「やっぱり母さんには会わないでおくことにしたよ。いまさら会ったところでどうなるもんでもないし……」

「いいのか」

「構わないよ。母さんだって、何の前触れもなく、いきなり僕が姿を現したら戸惑うだけだと思うよ。納骨が済んで訴訟の和解の目処《めど》がついたら、僕はすぐにアメリカに帰るよ」

「まあ、お前の言うことも分からんではないが……。いいだろう、バスの便が決まったら連絡をくれ。新那須まで迎えに出る」

「ありがとう……じゃあ、明日」

「ああ。待っている……」

回線が切れた。

哲治は携帯電話をポケットに仕舞うと、夜の銀座の街をホテルに向かって歩き始めた。

＊

マンハッタンのアベニュー・オブ・アメリカス、五十三丁目にあるキャメロンビルの役員食堂で、チェスター・ジャクソンは一人昼食を摂っていた。マホガニーがふんだんに使われた内装。糊《のり》の利いた純白のテーブルクロス。五十階の窓の外には、周囲にそびえ立つ高層ビルの間を縫って、冬のイーストリバーの水面《みなも》が見えた。時折ラガーディア空港を飛び立っていく飛行機が眩い光を反射しながらマンハッタンの上空を駆け抜けて行く。

テーブルの上には、役員専用のシェフが調理したパストラミサンドウィッチ、サワークリームをたっぷり載せたベイクドポテト、それにグリーンサラダが置かれている。壁際には黒い制服を着たボーイが不動の姿勢を取りながら控えていた。

いつもと変わらぬ昼だった。食堂の中は静謐《せいひつ》につつまれ、まだ少しばかりランチタイムには早いせいもあってか、他の役員たちの姿は見当たらない。コーヒーで喉を湿らすと、ジャクソンはサンドウィッチを口に運んだ。咀嚼《そしゃく》するたびに、ローストした肉の塊を薄く削ぎ、それを幾重にも重ねたパンの間から肉汁が滲み出し、フレンチマスタードの酸味と口の中で渾然一体となる。肉の上にまぶされたブラックペッパーが、それに刺激的なアクセントをつける。いつものことながら、パストラミの焼き具合といい、一枚一枚の肉の厚さといい、申し分のない出来栄えだった。

部屋の中央には、豪華な飾り付けが施された巨大なクリスマスツリーが置かれている。上原教授を始末してから二ヵ月、ここまでのところ事態は順調に進んでいるが、それでも計画がすべてこちらの思惑通りに終わるかどうかは最高裁の判断如何《いかん》にかかっている。クリスマスの直前に齎《もたら》されるであろう、日本からの連絡が、何ものにも代えがたいプレゼントになるのか、それとも会社、いや業界にとって最悪の結果となるのかがジャクソンには気がかりでならなかった。

そのことが頭に浮かぶと、今まで美味《うま》いと感じていたパストラミから滲み出してくる脂が口の中にまとわりつき不快感へと変わった。

ジャクソンはボーイに手で合図を送った。

即座に気配を察したボーイが、静かな足取りでジャクソンの下に歩み寄る。

「ワインを……」

ジャクソンは静かに言った。昼食を摂る際に、アルコールを口にすることはめったにないが、今日は別だ。肉の脂を洗い流すためにはワイン、それもフルボディの濃厚な赤に限る。

「かしこまりました」

こちらの嗜好はすでに心得ていると言わんばかりに、ボーイはそれだけ答えると、すぐに引き下がり、別室に設けられたワインセラーへと消えて行く。それと入れ替わるようにドアが開き、ダークスーツに身を包んだ一人の男が入ってきた。デビッド・ソロモンだった。

「デイヴ……。こんなところに押しかけてくるとは、何事かね」

ジャクソンはソロモンの顔を見詰めながらゆっくりとした口調で訊ねた。

「ランチの最中に申し訳ありません。すぐにお耳に入れたいニュースがありまして」

「君がそう言うからにはよほどのことなんだろうね」

「例の特許訴訟の件です」

「ほう……何か動きがあったのかね。いいニュースかな」

「ええ……」

ソロモンが口の端を吊《つ》り上げ、不敵な笑みを宿した。ブルーの目には底光りするような強い光が宿っている。

「掛けたまえ」

「失礼します……」

ソロモンが正面の席に座った。

「ランチは？」

「例の件の結果次第では、君もこの部屋で食事を摂ることを許される身分につくことになるだろう。まあ、今のうちに慣れておくのも悪くはない。君もどうかね」

「まだです」

「いただきましょう」

ソロモンが答えるのを見計らったかのように、先ほどのボーイがワゴンを押しながら部屋に入ってきた。ワイングラスに空のデキャンタ、それに膨大なストックの中から選び抜いたワインを載せている。一九八五年のアローホ。カリフォルニアワインの中でも、最高峰に位置する赤である。

ボーイは慣れた手つきでコルクを抜くと、丁重にルビー色の液体をデキャンタの中に注ぎ始めた。

「好きなものをオーダーしたらいい」

ジャクソンが言うと、

「私も同じもので結構です」

ソロモンはメニューを見ることなく答えた。

「聞いた通りだ」

「すぐにご用意いたします」

「料理ができるまで、外してくれ」

「かしこまりました」

ボーイは恭《うやうや》しく、頭を下げると調理場へと姿を消した。

「さて、そのグッド・ニュースとやらを聞かせてもらおうか」

ジャクソンはソロモンに改めて向き合い、顔をじっと見詰めながら促した。

「先ほど、オリエンタル工機のヤマフジから電話がありました。ウエハラの代理人を務める弁護士が、和解を申し出てきたそうです」

「ほう、それはどういう風の吹き回しかね」

「最高裁が口頭弁論を開くと通告してきたことに懸念を抱いたようなのです。日本では最高裁が口頭弁論を開くということは、一審、二審の判決に疑問ありと判断したのと同じ意味合いを持ちます。最悪の場合、高等裁判所へ差し戻しという可能性もある。もし、そうなれば、これまでの判決が覆る可能性もきわめて高くなる」

「しかし、それでも判決が変わらないということだってあるんだろう」

「何が起こるか分からないのが法廷というものです。もちろん再びあちら側が勝訴する可能性があることは否定しません。ですがね、そんなことになれば、公判を維持していくだけで莫大な訴訟費用がかかる。オリエンタル工機だけでも、今までに日本円で十五億からの金を費やしているんです。おそらくウエハラサイドもほぼ同額の費用がかかっているはずです。もちろん教授が生きていれば、裁判を続行するでしょうが、当の本人がこの世にいないとなれば、状況がこちらに有利なのは誰の目にも明らかです。大火傷《おおやけど》を負わないうちに、手仕舞いする道を選択したんでしょう」

「しかし、彼の背後にはグリーン・シーズがいるんだろう。彼らがそれで納得するのかね」

「グリーン・シーズの資金が潤沢だといっても限りがありますよ。何しろ連中の資金源は、支援者からの寄付に頼ってるんですからね。企業と違って、活動の対価として金が入ってくるわけじゃない。訴訟を続行すればさらに大金がかかる。それでも勝てればいいが、負けでもしたら金は回収できないどころか、判決次第ではオリエンタル工機が、これまで費やした訴訟費用も支払わなければならなくなることだってあるかもしれない。それを考えれば、連中が支援を打ち切るのも当然のことですよ」

「なるほど」

ソロモンの説明は理に適《かな》っている。活動資金のほとんどを支援者の寄付に頼っているグリーン・シーズにとって、訴訟に注ぎ込んだ費用が回収できなくなるのは大変な打撃である。ましてや彼らは自らの活動内容を支援者のみならずホームページを通して広く一般にも公開している。十五億円からの穴を空けたということになれば、おそらく、支援者はもちろん、内部からも上層部の責任を問う声が上がって当然というものだ。

「それで、和解の条件だが。連中はどんな条件を出してきたのかね」

「公判維持のためにウエハラ側がこれまで費やした費用の全額プラス二億……。総額十七億円でどうかと言ってきました」

「十七億円……。米ドルにすると――」

「ざっと、千四百万ドルといったところでしょうか」

「あの特許の権利を一手に握れることを考えれば、悪い話じゃないな。それで、肝心のオリエンタル工機は何と？」

「それが、どうも難色を示しているようなんです」

「ほう、それは何でまた」

「痛み分けならまだしも、ウエハラ側の訴訟費用が条件となると、オリエンタル工機側の負担は実質三十億円にもなる。そんな金は出せない。そう言っているらしいんです」

「懲りないやつらだ。一審に続いて二審で敗訴した時点で、こんなことになるなら教授の申し出を最初から呑めばよかった。そう悔いていたのはどこのどいつだ。相手が劣勢になったのを見て、欲が出てきたんだな」

「まあ、そんなところでしょう」

「あの特許が持つ可能性を考えれば、その程度の金はどうというほどの額じゃない。ましてや、このところの原油の高騰で、生活に密着している自動車燃料への人々の関心はかつてないほど高まっている。普通の頭で考えても、水素自動車普及に向けての千載一遇のチャンスだということぐらい、すぐに分かるだろうに……。それに、ここで和解を拒絶し、最高裁判決を待ったとしても、逆転勝訴を勝ち取れるとは限らんじゃないか。第二審に差し戻されたとしても、それ相応の費用がかかる。それを考えれば、千四百万ドルを支払って、和解に応ずるのが得策というものじゃないかね」

「その通りだと思います」

「ここはウエハラ側の条件を呑んで、和解に応じることだ。大株主の意向としてヤマフジにそう伝えたまえ」

キャメロンは、ソロモンが山藤との会談を終わらせた直後から、当初の予定通り、アメリカの複数のファンドを使い、密《ひそ》かに株の買い占めにかかっていた。その保有株式数は、オリエンタル工機の発行済み株式の既に二十八%になる。二百円そこそこだった株価は、この間に徐々に値を上げ、今では四百五十円になろうとしていた。和解のニュースが流れれば、買い注文が殺到することは目に見えている。少なくとも倍、あるいはもっと大きな値をつけ、さらに値上がりを続けるだろう。もちろん、即座に株式の名義書き換えを行い、キャメロンが表に出るつもりはない。しかし、実質的な株式の所有者はキャメロンだ。こちらの意向に従わざるをえないのは山藤も承知しているはずだ。

ジャクソンは事も無げに言い放った。

「分かりました」

ソロモンが心得ているとばかりに頷《うなず》く。

ボーイが現れると、ソロモンの前にジャクソンと同じ料理を置いた。彼はグラスがまだ空なのを見て取ると、

「そろそろ、頃合いだと思いますが」

恭しい口調で言う。

「いただこう」

ボーイが優雅な手つきでワインをグラスに注ぐ。底に少し入れられたワインを口に含み唇を窄《すぼ》めながら空気を送り込む。濃厚な味にもかかわらず、滑らかな舌触り、そしてカリフォルニアの太陽の光を彷彿《ほうふつ》とさせるような優雅にしてきらびやかな香りが鼻腔《びこう》に抜けた。さすがにカルトワインとして名を馳せるアローホだけのことはある。申し分のない出来だった。

ジャクソンが頷くと同時に、二人のグラスが満たされる。再びボーイが姿を消したところで、

「ところで、例の二人はどうしている」

ジャクソンは上原教授を殺害した実行犯の消息を訊ねた。

「暫《しばら》くアメリカを離れるよう命じてあります。少なくとも今回の件が完全に片づくまではね」

ソロモンは、軽くワインに口をつけると、その味わい深さに驚嘆したのか、眉《まゆ》を吊《つ》り上げた。

「大丈夫なんだろうな。まさか尻尾《しっぽ》を掴まれるようなことはあるまいな」

「ご心配なく。今頃は、カンクンで日光浴を楽しんでいることでしょうよ」

「カンクン？　彼らはメキシコにいるのかね」

「ええ。仕事を終えたその足で、彼らはそのまま車でサンディエゴに向かったんです。そ

こから陸路国境を抜けティファナへ。そしてカンクン……。メキシコへのアメリカ人の入国は、陸路の場合パスポートの提示は必要ありません。ゲートを押せば、それで終わりです。出国の記録も残りません。仮に二人がウエハラ殺しの犯人として警察に特定されても、探し出すことは不可能ですよ」

カンクンはメキシコきってのリゾートで、多くのアメリカ人の憧《あこが》れの場所だ。美しい海に快適な気候。そして美味い酒に美女。大仕事の後に、ゆっくり骨休めをするには持って来いの土地である。加えてメキシコの警察の捜査能力などたかが知れている。アメリカで罪を犯した人間の多くがメキシコを目指すのがすべてを物語っている。

「彼らの身の安全に問題がないとなれば、後はオリエンタル工機をこちらの意のままに動かす最後の仕上げに取り掛かることだな」

ジャクソンはワインを一口啜ると言った。

「と言いますと？」

「決まってるじゃないか。オリエンタル工機の役員に、こちらの息のかかった人間を送り込むんだよ」

「ちょっと待って下さい。役員を送り込むですって？　それじゃヤマフジとの約束を破ることに——」

「キャメロンから役員を送り込むとは言わないさ。ジュピター本社から太陽自動車へこちらの意図を汲《く》んだ人間を派遣させ、そいつを送り込むんだ。それなら約束を違《たが》えたことにはならんだろ」

「なるほど」

「オリエンタル工機が太陽自動車の系列化にあるとはいっても、これだけの特許を手にすれば、どんな行動に出るか分からない。従来の関係を清算し、すべての自動車メーカーに部品を公開することだって考えられる。やつらを完全にこちらの支配下に置かなければ、危険な橋を渡った意味がない。そうだろ」

「その通りです」

ジャクソンは携帯電話を取り出すと、メモリー機能を使って一つの番号を呼び出した。発信ボタンを押すと、程なくして呼び出し音が聞こえ始める。

「ウエイン？　チェスター・ジャクソンだ――」

相手はジュピターの最高経営責任者、ウエイン・クックだった。株主、それも五％もの株を握るキャメロンの経営を担う人間の申し出を拒むことなどできるわけがない。ましてや、しかるべき人間を日本へ駐在員として送り込むだけの話だ。

ジャクソンは芳醇《ほうじゅん》なワインの香りを味わいながら、ゆっくりとした口調で用件を切り出した。

＊

朝九時ちょうどに新宿を出た高速バスは、さほどの遅れもなく、正午近くに新那須に到着した。

「哲治か」

「はい」

祖父と会うのはこれが二度目のことである。おそらく、首から提げた骨箱がなければ、バスから降り立った自分を見つけ出すこともままならなかっただろう。それは哲治にしても同じことで、自分の目の前に進み出た老人が、祖父であるとは俄には分からなかった。真っ白な頭髪を短く刈り込み、深い皺《しわ》が刻まれた顔こそ歳を感じさせるが、日頃農作業に従事しながら冬は狩猟に精を出しているせいか、今年六十八になった割には体に張りがある。

祖父は到着した哲治を軽トラックの助手席に乗せると、すぐに村へと向かった。祖父は車中、一言も喋《しゃべ》らなかった。哲治は何かを話さなければと思い、時折様子を窺《うかが》ったが、祖父はハンドルを握りながらじっと前を見詰め、運転に集中している。いや集中しているというより、話しかけられることを頑なに拒んでいるようでもあった。

那須塩原から南へ小一時間。険しい山裾《やますそ》を縫うようにして走ったところに祖父の住む村がある。小さな商店が三つ。かつて何かの店だったと思われる家屋が並ぶ百メートルほどのストリートを抜けると、深い木立の中をうねうねと走る道が続き、やがて山裾に広がる田畑が開けたところに出た。近くに五軒ほどの古ぼけた家屋があり、その中の一軒が祖父の家だった。裏山は黒々とした葉を繁らせた杉林となっており、その色の深さが葉が落ちた周囲の雑木と相俟《あいま》って、うら寂しい印象を与える。軽トラックが庭の中央で停まった。

「着いたぞ」

祖父はエンジンを切ると、こちらを顧みることなくドアを開け外に降り立つ。それに続いてドアを開けた瞬間、刺すような冷気が哲治の身を包んだ。東京とは五度、いやそれ以上の温度差があるだろう。ふと風下の方を見やると、頂上に雪を戴《いただ》いた富士の威容が山の向こうに見えた。

「哲治……」

背後から名を呼ばれて振り返った。ぶ厚いセーターの上に着た薄汚れた割烹着《かっぽうぎ》。ニットのスラックスを穿《は》いた祖母が玄関先に立っていた。背中が少し丸くなったせいか、記憶の中の姿より、随分しぼんでしまったような気がする。

「おばあちゃん？」

祖母は哲治が抱えている骨箱に向かってひとしきり手を合わせると、

「大きくなったなあ。さあ中に入れ」

目頭を拭《ぬぐ》いながら言った。

錆《さ》び止めが塗られたトタン屋根。もう自分の代で継ぐ者はいないと諦念《ていねん》しているのだろう、建物にも大分ガタがきていることは一目で分かった。玄関はアルミサッシのガラス戸で、畳も日に焼けて茶褐色に変色し、ささくれ立っている。

「父さんの遺骨はどこに置いたらいいの」

哲治は居間に入ったところで訊ねた。

「こっちだ」

祖父が襖《ふすま》を開けた。そこは十畳ほどの部屋になっており、すでに鯨幕が張り巡らされた中に、祭壇が設《しつら》えてある。昨日の電話では、きちんとした葬儀を挙げるのは、祖父の本意ではないと言っていたが、それにしては随分まともな設えである。口では父に対して不快の念を露わにしていても、やはり内心では我が子の死を悼んでいるのか――。

そう思ったのもつかの間、

「ったく、寺の坊主ときたらどうしようもねえ。この辺りじゃ坊主専業じゃ食えねえもんだから、ついこの間まで中学の先生をやってたんだが、その頃はよ、葬式は週末に纏めて簡潔になんて言いやがっていたくせに、退職した途端、仏は大切にするもんだなんて、ころっと態度を変えやがって。おまけに仕出しの食事にまで口を挟みやがる。骨になって戻って来ちまったもんを、いまさら七日もかけて葬式出す必要なんてどこにあんだ。墓に入れりゃそれで終わりじゃねえか」

祖父は吐き捨てるように言った。

「そんなこと言うもんじゃねえよ。仏は大事にしねえと……。裕康は大学に入ってから、一度も戻ってはこなかったけど、いい思いだってさせて貰《もら》ったじゃねえか」

祖母が傍らから、口を挟んだ。

「いい思い？」

祖父が、不機嫌そうな声で訊ねた。

「東大に受かった時には、村長が羽織袴《はかま》に一升瓶提げて、お祝いに駆けつけてくれたろ。村始まって以来、こんな名誉はないってさ。あんただって、涙流して喜んでいたじゃねえか」

「昔の話だ。あいつは親を捨てたんだ。それだけじゃねえ。満足に妻子の面倒も見れなかったくせして、最後のケツ拭《ふ》きだけは親にさせるなんてとんでもねえ野郎だ。葬式代、戒名代、お布施だって坊主が経を上げに来るたびに払わなきゃなんねえんだ。それもよりによってあんな死に方をしたやつのためによ」

「仏になっちまったもんは皆同じだ」

祖母は、哲治の手から遺骨を受け取ると、祭壇の中央に置いた。遺影のない祭壇に置かれた骨箱は、どこか間が抜けている。いや、物悲しさすら漂ってくる。

祖母は線香に火を点《とも》すと、鉦《かね》を鳴らし遺骨に向かって長い祈りを捧《ささ》げた。哲治も慌てて、祖母の背後に正座し、改めて手を合わせた。祖父は、「勝手にしろ」と言い、居間に入っった。

「哲治……」

祖母の声で、哲治は目を開けた。

「爺ちゃんを悪く思うなよ。ここは狭い村だ。いい話も、悪い話もあっという間に広がっちまう。裕康が訴訟を起こした時には、ウチにもしこたま銭が入ると大変な騒ぎになった。殺されたら殺されたで、あることないこと噂する。爺ちゃんだって肩身の狭い思いをしてるんだ。いっそ村を捨てて誰も知らねえところに逃げたいと何度思ったかしれねえ。だけど、この土地を離れて、いまさらどこへも行けやしねえ。爺ちゃんも婆ちゃんも、あと何年生きられるか分からねえが、この村で生きていくしかねえんだ。人に色眼鏡で見られながらな」

「父さんの骨を墓に入れて貰おうとしたのは間違いだったかな」

「そんなことはねえ」小さな声だったが、祖母は即座に否定した。「無様な死に様だったけど、裕康はたった一人の子供だ。墓に入れるのは当然だ。だけどな哲治。これだけは言っておく。明日から始まる葬式には村中の人が集まる。酒が入れば、癪《しゃく》に障ることを言い出す人間も出てくるだろうが、絶対に腹立てちゃなんねえぞ。何があっても、口答えしちゃなんねえぞ。村でそっぽを向かれりゃ、生きちゃいけねえ。一週間の我慢だと思って、耐えなきゃなんねえ。いいな」

祖母は真剣な眼差《まなざ》しを向けながら噛《か》んで含めるように言った。

住人が皆知り合いのような狭い村の話だ。東京、そしてサンフランシスコという大都会で育った身からは想像もつかないしきたりに縛られながら祖父母は生きているのだ。これから一週間、何が起こるか分からないが、祖父母にこれ以上、肩身の狭い思いをさせることだけはできない。

哲治は黙って頷いた。

その時、背後で人が動く気配があった。哲治が振り向くと、オレンジ色のハンティングジャケットを着た祖父の姿があった。

「あんた、何すんの」

祖母が咎《とが》めるように言う。

「鳥を撃ってくる」

「馬鹿なこと言うんじゃないよ。葬式出すって時に殺生するなんて、いい加減にしな」

「葬式は明日からだ。精進明けまで肉は食えねえ。それじゃ体がもたねえよ」

祖父は祖母の言葉を無視しながら、壁にかけておいた帽子を被ると、「哲治。お前も来い」

有無を言わさぬ口調で言った。

「鳥って……」

「野鳥だ。何が捕れるかは分からねえがな。いやならいいんだぞ。俺一人で行く」

確かに祖母の言うように、葬儀を前にして殺生するのはいささか不謹慎な気がしないではない。哲治は一瞬躊躇《ちゅうちょ》したが、かといってこのまま家にいたところで何もすることがない。それに考えてみれば、父が死んでから二ヵ月。父を送る儀式はとうの昔に済んでいる。

「行くよ」

哲治は、立ち上がりながら答えた。

「じゃあ、こっちへ来い」

祖父は居間の茶箪笥《ちゃだんす》の引き出しを開け、中から鍵《かぎ》の束を取り出し、祭壇が設えられた次の間に入った。そこには背の低い金属のロッカーが置かれており、解錠して扉を開けると中には把手《とって》にチェーンが通されたケースが入っていた。祖父は二つ目の鍵を使って、それを解錠するとケースを開ける。黒光りする銃身。艶《つや》消しのニスが塗られた木製の遊底、ショルダーストック。見る者を威圧するような圧倒的存在感を覚えさせる散弾銃が姿を現した。

祖父はそれを畳の上に置くと、今度は押し入れを引き開けた。そこにはガンロッカーの半分ほどの大きさの保管庫があり、中には箱に詰められた銃弾が入っていた。赤いプラスチックの筒に覆われた散弾を無造作にポケットに押し込むと、

「出掛けてくる」

祖父は哲治に目配せをし、玄関へと向かった。

その後を追って外に出ると、祖父は敷地の片隅にある納屋へと入った。中には小型の4WDが農機具とともに置かれており、棚にはそれらを修理するために使うのだろう、グラインダーや電動鋸《のこぎり》などの器具が所狭しと並べられていた。

「乗れ」

祖父は後部座席に銃を置き運転席に座った。哲治が続いて助手席に乗り込むと、エンジンがかかった。

田舎道を暫く走ると、雑木が生い茂る低い山の麓《ふもと》に着いた。どうやらここが猟場であるらしい。抜けるような青空から降り注いでくる冬の光が眩《まぶ》しかった。

祖父は無言のまま、銃を小脇に抱え驚くほどの速さで山の斜面を登り始める。それに続いて山の中に入ると、やがて木立の先に視界が開けた広い場所に出た。静謐《せいひつ》が周囲を満たしている。時折森の中を駆け抜けていく、微かな風に周囲の木立が触れ合う小さな音が聞こえた。

祖父はポケットに手を入れると、銃の中に弾を込め始める。ガチャリ、ガチャリ……。三発を数えたところで動きが止まった。

「お爺ちゃん。獲物はなに」

哲治は声を潜めて訊ねた。

「ヒヨドリか、運がよけりゃ鶫《つぐみ》が捕れる」

「美味《うま》いの？」

「この時期の野鳥は美味いさ。特に鶫はな。もっとも、鶫は捕っちゃいけねえことにはなっているんだが……」

「それって密猟じゃないの？」

「そういうこった。もっとも、この辺じゃそんなこと誰も構っちゃいねえがな」

祖父は空に油断ない視線を走らせながら言った。

暫しの時が流れた。やがて、鋭い囀《さえず》りが聞こえたかと思うと、黒い影が上空を過《よぎ》った。

その数は十を超えるだろうか。それまでじっと動かずにいた祖父が、素早く銃を構えると、スライド式の遊底を引いた。上空に向けた銃身が影を追う。

直後、凄《すさ》まじい銃声と共に、祖父の体が震えた。清冽《せいれつ》な大気を切り裂くように進んでいた影が、急に勢いを無くし、真っ逆さまに落下する。その数、三つ。枯れ草の中から、湿った音が相次いで聞こえた。

祖父は銃を下ろすと、獲物が落下した地点へとゆっくりとした足取りで歩み寄る。

「鴫だ……」

見ると、雀より二回りほど大きな鳥が、枯れ草の間に横たわっている。尖《とが》った嘴《くちばし》。目の上下には白いラインが走り、翼は鮮やかな茶色の羽で覆われている。だが、全身の羽毛はつい今し方まで生きて空を飛んでいたとは到底思えないほどにけば立ち、死後何週間も経ってしまったように薄汚れている。

「手伝え」

祖父は捕らえた獲物を拾いながら言った。

他の鴫が落ちたと思しき地点に向かった。枯れ草の上に二羽の鴫が落ちていた。針金のように細い足が、丸く縮まっている。拾い上げると、頭がかくりと垂れ、掌に生暖かい鴫の体温が伝わってくる。祖父はそれを受け取ると、ハンティングジャケットの背中のポケットに獲物をしまった。

「最高の獲物だ。鴫は渡りでな、冬に日本へやってくるんだが、たっぷりと脂が乗っていて、味は格別だ」

「小さい頃、母さんと一緒に来た時に食べさせてくれたのはこれ？」

「どうだったかな、そんなことは忘れちまったな」

祖父は満足そうな顔をしながら、初めて軽く笑った。

それから、祖父は鵯を二羽、ヒヨドリを三羽仕留めた。背中のポケットは丸く膨らみ、日が傾きかけたところで、猟は終わりとなった。

家に帰ると、祖父は洗面器に水を張り、獲物の解体にかかった。羽を毟《むし》り、丸裸になった鳥の腹にナイフを入れる。大きく割いた腹から内臓を慣れた手つきで取り出し、血の塊を丁寧に水で洗い流す。洗面器の水が血で赤く染まった。脂肪がたっぷりとついた黄色みを帯びた皮の色は、こうして見ると人間の死体の皮膚の色に酷く似ている。

丸裸になった野鳥の体には、散弾がめり込んだ跡が残っていた。ナイフの先端で、それを抉《えぐ》り出すと小さな鉛の塊が洗面器の底で硬い音を立てた。実際に獲物を狩る瞬間を目にしたのはこれが初めてだった。こんな小さな塊が、瞬時にして命を奪う。理屈では分かっていても、哲治は改めて銃が持つ威力の凄まじさを思い知った気がした。

祖父は最後に、頭と両足を料理鋏《ばさみ》で切り落とすと、処理の済んだ獲物を台所で夕餉《ゆうげ》の支度をしている祖母の元に運んだ。

「こいつに醬油《しょうゆ》をつけて焼いて、哲治に食わせてやってくれ」

「しょうがないねえ……。仏さんを前にしてるってのに……」

祖母は、溜め息を漏らすと、

「哲治。寒かったろ。風呂《ふろ》が沸いてるから入んな」

少しばかり苛立《いらだ》った口調で言った。

ゆっくりと熱い湯にひたり、風呂を出ると、台所から肉が焼ける香ばしい匂いが漂ってきた。食卓には、すでに夕餉の料理が並んでおり、程なくして山と盛られた野鳥のローストが運ばれてきた。祖父はすでに熱燗《あつかん》を啜っていた。

「哲治。食え。こんなもんが食えるのはめったにねえこった」

「いただきます」

祖父に促され、哲治は鵯を皿に取った。たちまち肉汁が皿の上に流れ出して来る。所々に焦げ目のついた皮。改めて見ると、焼かれたそれは羽を毟ったばかりの頃より、黄色みが増している。それが目に入った瞬間、哲治の脳裏に検死局で見た、父の遺体が浮かんだ。

そう、この色は死人の皮膚の色そのものだ。

切り裂かれた腹の縁は、司法解剖に付された父の体に残ったメスの痕跡《こんせき》に酷似している。

哲治は思わず箸《はし》を止めた。

「どうした。美味いぞ。熱いうちに食え」

祖父が傍らから促してくる。

哲治は躊躇した。目の前の皮の色が、どうしても父の遺体と繋がってしまう。しかし、いまさら食えないと言うわけにもいかない。

哲治は、意を決して箸を置き、おもむろに鵯の足を引っ摑むと、切断された頭の方からかぶりついた。骨を嚙み切る。さすがに野鳥の肉は、食用に飼われている鶏とは違い、遥《はる》かに弾力がある。香ばしい匂いが鼻腔に抜けた。それに意を強くして、奥歯で嚙みしめたその時、骨の髄から生温かいぬめりを帯びた液体が噴き出した。焼けた醬油に混じって、熱せられた血の味が口いっぱいに広がった。それは撃ち落とされたばかりの鵯を拾った際に羽毛を通して感じた体温そのものだった。父の遺体に刻まれたメスの跡が鮮明に浮かび、腹の底から猛烈な吐き気が込み上げてきた。

口を押さえるのが精一杯だった。

哲治は慌てて立ち上がると、トイレに駆け込み、身を震わせながら嘔吐《おうと》した。

第八章　サンフランシスコ

父の葬儀が終わってひと月が過ぎようとしていた。

栃木の父の実家で執り行われた葬儀は酷《ひど》いものだった。なにしろ、肝心の父が既に骨となっているというのに、通夜から初七日までを改めてやり直すというのだ。葬儀の初日から、割烹着《かっぽうぎ》に身を包んだ近隣の婦人たちが、庭に俄《にわか》仕立ての調理場を作り、精進料理を作り始める。夜になれば、村中の人間が集まったのではないかと思われるほど多くの弔問客が現れ焼香をする。まあ、ここまでは許せるとしても問題はその後だ。神妙な顔をして祭壇に線香を上げた人々は、そのまま廊下や座敷に設けられた机の前に座り、精進料理を肴《さかな》に酒を飲み始める。酔いが回るにつれ、家の中は大声で会話を交わす声に包まれ、そこは葬儀の場というより近隣住民による宴会といった様相を呈するようになった。坊主は毎日決まった時間に現れると、形ばかりの経を上げ、お布施を受け取り酒を飲んで帰っていく。そんな日々が一週間も続いたのだ。

これといった娯楽があるわけでもない過疎の村の住民にとっては、死者を送る儀式も単なるイベントの一つに過ぎないのだ。誰一人として父のことを口にするわけでもなければ涙を流す人間もいない。

哲治は、納骨をするためとはいえ、わざわざ日本に戻り葬儀に参加したことを後悔した。こんな馬鹿騒ぎ、時間を持て余しているだけの人間たちに付き合うことなど、金輪際御免被りたいと思った。

この間に弁護士の森川からは、オリエンタル工機が和解に基本的合意をした旨の連絡が入っていた。これで最高裁の口頭弁論を待たずして、訴訟は取り下げられ、後は和解合意書が交わされれば一件落着というわけだ。年末ということに加え、細部を詰めなければならないこともあって、合意書の準備が整うのは二月あたりのことになるだろうと森川は言った。

となれば、もはや日本に残っている理由はない。初七日の儀式が終わり、父の遺骨が墓に納められたその足で、哲治は早々に祖父母の家を後にした。

さすがに祖母は、

「せめて今夜くらいはゆっくりしていけばいいのに……」

と言ったが、もう一泊したところで祖父母と話すことなど何もありはしない。この村で生まれ育った二人にアメリカでの生活を話したところで理解できるはずもない。ましてや父のことを話題にするのはタブーである。残ったところで何の会話もない気まずい一夜を過ごすだけだ。そうした思いが先にたった。

祖父はそうした心情を理解しているのか、それとも一刻も早く父のことを忘れたいと思っているのか、哲治の申し出を止めることはなかった。ただ一言、「バス停まで送ってやる」と言っただけだった。

祖父の運転する軽トラックで新那須に着いたのが午後三時。それから高速バスを使って、東京に出た。

日本に帰国した際に宿泊した日本橋のホテルに一泊した哲治は、翌朝成田に向かいサンフランシスコ行きの飛行機に乗った。定刻に離陸した飛行機の窓から、遠く東京の街並みが見えた。

もう二度と、この国に足を踏み入れることはあるまい。

そんな予感を裏付けるかのように、窓の外の景色は雲にかき消され、代わってカリフォルニアの空を彷彿《ほうふつ》とさせる抜けるような青空が哲治の目前に広がった。

それからのひと月は、何事もなく過ぎて行った。カリフォルニアはこの時期、雨期に差しかかる。空には厚い雲が垂れ籠める日が多く、いつもは金色に輝く枯れ草に覆われた大地も緑一色になる。朝になると学校へ出掛け、夕方からは遠くダウンタウンを望むリビングで一人の時を過ごす。そんな単調な日々が始まった。時折、深夜に一人でいると、父が突然帰ってくるのではないかという思いに駆られることもあったが、生前だって顔を合わせるのは週に数えるほどしかなかったせいで、それもさほど気にはならなかった。ただ、あのビデオに映っていたクリス・リンドブラッドがいまどこにいるのか。それだけは、片時も脳裏から離れることはなかった。

リンドブラッドの居所が分かれば、父がなぜ殺されなければならなかったのか、その理由がはっきりする。訴訟は和解という形で決着を迎えるとしても、あの事件の背景を解明するまでは終わらない。それを解明するのが残された自分に課せられた義務だと哲治は思うようになっていた。

しかし、事件から三ヵ月を経過した今になっても、警察はもちろん、グリーン・シーズからも何も言ってはこない。いっそのこと、グリーン・シーズに預けたままになっているあのビデオテープを匿名で警察に送り付けるか。ダーハムは、この事件の背後に、何か強大な組織が存在しており、それは警察でさえも手出しができないものである可能性があると言ったが、そんなことはやってみないことには分からない。

ダーハムが突然自宅を訪ねてきたのはそんなことを考え始めたある日のことだった。

「夜分に突然押しかけて来てすまない」

呼び鈴の音で、玄関のドアを開けると、そこに立っていたダーハムが言った。背後には日本製のハイブリッドカーが停まっている。

「どうしたのさ、こんな時間に」

時刻は午後九時に差しかかろうとしていた。一人暮らしであることが分かっていても、事前に連絡するのが礼儀というものだ。これじゃまるで寝込みを襲う借金取りだ。

不快な感情が顔に出ていたのかダーハムは、

「興味深い情報が手に入ったんだ。時間は取らせない。ちょっといいかな」

緊張した声で言った。

彼が情報というからには、父の殺害のことに関連するものに決まっている。哲治は、

「どうぞ……」

先に立ってリビングへと足を運んだ。背後からダーハムがカーペットを踏みしめる足音が聞こえる。哲治は床の上に散らばった新聞や雑誌を拾い上げ、それを一纏《ひとまと》めにして部屋の片隅に置いた。

「一人住まいにしては、思ったより片づいているんだな。感心なことだ」

ダーハムがソファに腰を下ろしながら部屋の中を見渡す。

「これだけ広い家に一人でいりゃあ、散らかし始めたら最後、片づけるのがいやんなっちゃうよ」

哲治は軽く言葉を返すと、そのままキッチンへ入り冷蔵庫の中からコークのペットボトルを二本取りだした。ダーハムは時間は取らせないと言ったが、長い話になる。そんな予感がしたからだ。

「それで、興味深い情報ってなに」

哲治はボトルをパスするようにダーハムに向かって放り投げながら訊《たず》ねた。

「まあ、これを見てくれ」

ダーハムは床に置いたブリーフケースを開け、一つのファイルをテーブルの上に置いた。コークのキャップを開け、一口飲み下しながらファイルを開けた。そこには新聞記事の

スクラップのコピーが綴じられていた。

見出しには、

『ジュピター　太陽自動車へ新たに役員派遣』

と書かれてある。

「先週のアジア・ウォールストリート・ジャーナルの記事だ」

ダーハムがコークを口に運びながら言う。

「これがどうかしたの？」

「その記事だけじゃピンとこないだろうが、次のページを見てみろよ」

ダーハムに言われるまま、ページを捲《めく》ると、そこにはエクセルを使って独自に加工されたと思われる折れ線グラフがあった。

「何だい、これ……」

「オリエンタル工機の株価推移だ。X軸は日付、Y軸は株価。見ての通り、このひと月、オリエンタル工機の株価は連日のストップ高を続けている。興味深いのは、株価が上がり始めたタイミングだ」

見るとオリエンタル工機の株価は、十月半ばの時点から徐々に値を上げ、十二月十七日になったところでそれまでとは比較にならない勢いで急激に上昇している。

「奇妙なタイミングだと思わないか。君が和解に応ずると弁護士の森川に告げたのが昨年の十二月十五日。オリエンタル工機が同意すれば当然あの特許は彼らのものとなる。株価が暴騰するのは当たり前というものだが、それ以前、しかも教授が殺される直前から買いに回った人間がいる。これが何を意味するかは明らかだ」

ダーハムは目を細めると断言した。

「父さんが死んだ時点で、訴訟の行方がこうなることを予測した人間がいるということ？」

「そうだ」

「でも、奇妙な話だよね。確か、新聞で和解の件が報じられたのは、年末のことだったじゃないか。それも基本的に合意し、訴訟が取り下げられたというだけで、完全な決着はまだついちゃいない。そんな状況でも株を買いに走る人間がそんなにいるものなのかな」

「株なんて代物はギャンブルだからな。教授が死んだとなれば和解の目が出てくる。そうした思惑で買いに走る投資家がいたとしても不思議じゃないが……。しかし、この買われ方は尋常じゃない。確実に訴訟の当事者同士の動向を把握している人間。いや豊富な資金を持った機関が買いに走った。そうとしか思えない」

「じゃあ、誰が？　太陽自動車？　ジュピター？」

少なくとも和解の情報が、こちら側から漏れるとは考えられない。オリエンタル工機は太陽自動車の系列下にある企業だ。そして太陽自動車は事実上ジュピターの傘下にある。三社の関係から考えれば、事前に情報を入手できるのは、その二社の可能性が高いように思われた。

「我々も最初はそう考えた」ダーハムは頷《うなず》くと続けた。「和解が成立し、特許がオリエンタル工機のものになれば、企業価値はいまとは比較にならないほど増す。東証二部に上場しているとはいっても、さほど株価が高くないオリエンタル工機の株を投資家が買いに走る。あるいはこの機に乗じて一気に経営権を握ろうと、動き出す自動車メーカー、あるいは部品メーカーがあっても不思議じゃない。もっともそれでは、太陽自動車、ジュピターにとっては、せっかくこれから金の卵を産もうとしている鶏を攫《さら》われるのと同じことだ。オリエンタル工機の支配権を確固たるものにしようと、先手を打って株を買い占めに走ったのはその二社に違いないとね」

ダーハムの推測はきわめて真っ当なものに思われた。しかし、その程度の話なら、彼がわざわざこうして自宅にまで押しかけて来るわけがない。この話にはまだ裏がありそうだった。

「ところが、日本支部を通じて調査をかけてみたら、思わぬ連中が株を買いに走っていることが分かったのさ」

果たして、ダーハムは言った。

「誰が買いに走ったんだ」

「ファンドだよ。それもアメリカの七つものファンドが一斉に動いたんだ」

「ファンド？　どうしてそんな連中がそのタイミングで……」

「誰かが彼らに事前に情報を漏らした。いや、この場合、指示を出したと考えるのが最も納得がいく」

「何のために？　だってファンドって、上がりそうな株を買い込んで、それを高値で売る。その利鞘《りざや》で稼ぐのを目的としてるんだろ。ジュピターや太陽自動車がオリエンタル工機を支配するために株を買ったというなら分かるけど、和解の情報を事前に漏らして、儲《もう》けさせてやるなんてことがあるのかな。第一、それじゃインサイダー取引になっちゃうじゃないか」

「二つの可能性が考えられる。一つは、オリエンタル工機、ジュピター、太陽自動車のいずれかにいて、和解が提案されることを事前に知りうる立場にいた人間が、大金をせしめるためにファンドに投資すると同時に情報を漏らした。第二は、ジュピター、太陽自動車が直接オリエンタル工機の株をこのタイミングで買いに走ったのではインサイダー取引に該当する。それを避けるために、ダミーとしてファンドを使って一定の株式を押さえようとした……」

　ダーハムの推測はあながち外れてはいないように思われたが、それでも疑問が残る。

「でもさ、マービン。一番目の可能性はないんじゃないかな。このひと月の間に、オリエンタル工機の株価はざっと四倍以上に跳ね上がっているんだよ。ファンドに情報を提供した人間の目的が利鞘を稼ぐことにあるとしたら、利益を確定させるためにどこかのタイミングで売りに出るんじゃないのかな。だとしたら、こんな一本調子で株価が上がり続けるなんてことはないだろ」

株の取引に関してさほどの知識があるわけではなかったが、哲治は小首を傾げながら訊ねた。

「グッド・ポイント」ダーハムはニヤリと笑うと続けた。「君の言う通り、日頃のファンドの行動原理からすれば、もう充分な利益を上げられるところにまで株価は上がっている。欲をかいて株を持ち続けるよりも、利益を確定させるために売り抜けようとするだろう。暴騰した株を持ち続ければ、処分するのが難しくなるからな。ところが連中は、買いを進めるばかりで、売りに出る気配は一向にない」

「どうしてだろう。まだ株価は天井を打ってはいない。まだまだ上がり続ける。そう踏んでいるのかな」

「売るあてがあるんだろう」

ダーハムはあっさりと言った。

「売るあて?」

その意味がすぐには理解できずに哲治は問い返した。

「さっきオリエンタル工機の株を買い進めているのはアメリカのファンド七社だと言ったよな」

「ああ」

「これまでに連中が買い進めた株式を総計すると、オリエンタル工機の発行済み株式の三十%近くになっていると推測されるんだ。しかも今日の時点で七社のいずれからも大量株式取得報告書が提出されていないところを見ると、どのファンドも五％には達していない。つまり足並みを揃えて、買いに走っているというわけだ」

「そんなことがよく分かるもんだな」

　哲治は思わず感嘆の言葉を漏らしたが、

「グリーン・シーズだって資金運用のために、我々の活動の目的に見合う企業には、かなりの額を投資しているからね。仲介している証券会社を使って調査すれば、誰が買いに走っているかなんてことは簡単に調べがつく。それに日本じゃ一企業の株を五％以上保有した者には、財務省への報告が義務づけられている。それがなされていないとなれば、あとは簡単な数学の計算だよ」

　ダーハムはいとも簡単に言ってのけた。

「じゃあ、これは完全な出来レースというわけか」

「おそらく、最終的にファンドはオリエンタル工機の発行済み株式の三十三％以上を買い占める。そしてしかるべきタイミングで背後で糸を引く人間がＴＯＢを掛け、ファンドから株を買い取る。三分の一を握られてしまえば、オリエンタル工機は買収されたも同然だ。特許もそいつの思うがままというわけだ。それがシナリオだろう」

「その背後にいる人間って誰さ。第二の可能性として挙げた太陽自動車、それともジュピターかな」

「可能性としてはないとは言えないが、今の時点では何とも言えないな……」ダーハムはそこで言い淀《よど》むと、暫《しば》しの間何事かを考え、「ただ言えることは、おそらく、そいつが上原教授の殺害を指示した人間なのかもしれないということだ。そしてそこにはオリエンタル工機が絡んでいる……」

一転して、鋭い眼光を哲治に向けながら言った。

「オリエンタル工機が？」

そんなことは考えもしなかった。もちろん、父が死んだことによって最大の恩恵を得たのはオリエンタル工機には違いない。しかし、いくら何でも日本企業がそんな手荒い手段に出たとは考えられない。

「それはないと思うよ、マービン」

哲治は思わず苦笑いを漏らした。

「なぜ」

「アメリカ企業ならともかく、日本企業が殺人まで犯すなんてありえないよ。ない。それは絶対にないね」

「君はそう言うがね、テツ」ダーハムは身を乗り出すと、「ファンドがこれだけの株を買い占める。そしてその背後にいる誰かの最終目的が、オリエンタル工機の買収にあるのだとすると、当のオリエンタル工機の動きに納得のいかないところがあるんだ」

噛《か》んで含めるような口調で言った。

「どういうところが」

「君も知っているように、オリエンタル工機は東証二部上場企業とはいえ、事実上のオーナー会社だ。もちろん太陽自動車もある程度の株は持ってはいるが、大株主は社長であるヤマフジ、そして彼に連なる一族だ。我々がちょっと調べたくらいで、今回の株買い占めにアメリカのファンドが関与していることが分かったくらいだ。当然、ヤマフジもこのことを知っているに決まってる。企業価値が上がろうというこの時に、自分の会社が誰かに乗っ取られる。それにこれほど長い期間、何の手も打たずに黙って見ているオーナーがどこにいると思う。株価が徐々に値を上げ始めた時点で、対抗手段を講じるのが当たり前だろ。だが、ここに至ってもなお、オリエンタル工機にはこれといった動きが見られない」

それが本当の話なら、ダーハムの推測は外れているとは言えない。

哲治は、彼が訪れてすぐに差し出した新聞のスクラップ記事を思い出した。

「じゃあ、背後で糸を引いているのはジュピターかな。太陽自動車にはジュピターの資本が入っている。そこから新たに役員が派遣されるとなれば――」

「提携関係にある太陽自動車への影響力を高めながら、間接的にオリエンタル工機を支配できる。そう言いたいのか」

ダーハムが哲治の言葉が終わらないうちに言った。

「それ以外にどういう可能性が考えられるの」

「これを見ろ」ダーハムはファイルに綴《と》じられたページをまた一つ捲った。「ジュピターの主だった株主構成だ」

そこには、聞いたこともないような名前の企業名と並んで、それぞれの株式保有比率が記載されていた。

「俺もこの株主構成を見て驚いたよ。タイヤメーカー、鉄鋼産業といった自動車製造には欠かせない部品や素材を提供する会社が名を連ねているのは分かるが、石油産業までもが大株主として名を連ねている。まあ、考えてみればそれも当たり前のことかもしれんがね。何しろ自動車は石油の最大の使用産業だからな。ガソリンに代わる次世代の燃料を使用する自動車を開発されたんじゃ、連中の商売は上がったりだ。株主になることで影響力を保持したいと考えたくなるのも無理はない」

「それじゃ、この中の誰かが父さんの殺害を計画したと?」

「それもオリエンタル工機と何らかの密約を結んでね。そう考えれば一連の出来事は、すべて納得がいく……」

ダーハムは静かに言った。

哲治はA4判の紙いっぱいにずらりと並んだ、株主リストを食い入るように見詰めた。

この中に父さんの殺害を命じた人間がいる。

そう思うと、父の無残な死に様が脳裏に鮮明に浮かび、しばらく収まっていた凶暴な牙《きば》が胸中で頭を擡《もた》げてくるのを感じた。

もし、ダーハムの言う通り、オリエンタル工機の株を買い漁っている七つのファンドがそろって、この中の誰かに株を売り払ったとしたら。間違いなく買い取ったそいつが父さんを殺すことを命じたヤツだ。

それが分かった時には俺は黙っちゃいない。父さんの無念を晴らすためにも、そして遺産として莫大な富を引き継ぐ権利を奪われた自分の恨みを晴らすためにも、必ず復讐《ふくしゅう》を遂げてみせる。

哲治は固く心に誓った。

*

「なるほど、そのダーハムという男の推理はあながち外れてはいないように思えるな」

昨晩のダーハムとの会話を話して聞かせたところで、マークが眉《まゆ》を吊《つ》り上げながら感心した口調で言った。

父を亡くして以来、哲治の家にはマークと白田がやってきて週末の夜を過ごして帰って行くのがいつの間にか決まり事になっていた。最初のうちは、一人になった哲治を慮《おもんぱか》ってのことだったが、時を経るにしたがって目的が変わってきていた。マークの住むフラタニティは、週末の夜ともなると他の学生たちがばか騒ぎをするのが常だし、夜半になってもアルコールの入った人間が突然押しかけてきたりする。白田の住む寮にしたところで同じだ。サンフランシスコの夜景を望めるリビングで、自由気ままに過ごしていると、それだけでも豪華な気分になれる。もちろん、そんな時にはマークが持参したマリファナを吸い、激しいロックの旋律に身を委《ゆだ》ねることにはなるのだが、今夜だけは別だった。マーク、白田の二人は、ダーハムが置いていったファイルを捲りながら、熱心に見入っている。

「例のモビー・ディックから手に入れたビデオの中に映っていたリンドブラッドの話からしても、ヤツが誰かの意向を受けて上原教授を殺害したことは明らかだしな。その狙いが、オリエンタル工機株の大量買い付けによって、あの特許を支配することにあるという推測も充分に頷ける話ではあるな」

白田がファイルから目を上げると言った。

「もし、その推測が外れていないとすれば、殺害を指示した人間がいる組織はある程度まで絞り込めるな」

「どうして?」

哲治が訊ねると、

「簡単な話さ。教授を殺害した組織の狙いが特許を支配することにあるとすればだぜ、その結果最も大きな利益を享受する会社はどこか。それを考えれば、おのずと結果は出るってもんじゃないか」

マークは株主リストを指でなぞりながら続けた。

「まず、タイヤメーカー、鉄鋼産業は外れるな。彼らにとっては、水素自動車が実用化されたとしても、内部構造が変わるだけで、ボディを作る鋼板需要が減るわけでもなければタイヤが不要になるもんでもない。特許を手にしたところで結果は同じだ」

「それはちょっと読みが甘いな」白田が即座に反応した。「タイヤメーカーがジュピターの株を持っているのは、出荷時に取り付けられるタイヤに自社製品を使わせるためだろ。新車をオーダーする際には、様々なオプションがあるけど、タイヤは別だ。購入者にタイヤ選択のチャンスはない。もしも、特許を押さえてしまえば、使用許諾を条件に製造されるすべての水素自動車、いや既存のガソリン自動車にも自社のタイヤを取り付けさせる。これは大変なビジネスになるはずだよ。ボディの材料を納品している鉄鋼メーカーにしたところで同じだ。その二つを外すのは早計というもんじゃないのかな」

「なるほど、すると消えるのは――」

マークは再びリストに目を走らせ始める。

「可能性は、このリストに並んだ企業のいずれにもあると思うよ。だってそうだろ。そもそも、ジュピターの株を大量に保有しているってことはさ、自社の製品を少しでも多く使って貰《もら》うことを目的としてるんだ。部品メーカーにしたところで、あの特許は喉《のど》から手が出るほど欲しいに決まってる。少なくとも、いずれの企業にしても動機は充分にあるってことさ」

哲治が即座に口を挟むと、

「となると、やはりファンドが買い占めた株を最終的に誰かが手にするまではまったく分からないってわけか」

マークは苦々しげに言いながら顔を上げた。

「おそらくね……」

白田もまた首を左右に振りながら重い溜め息を吐いた。

「でもさ、仮にファンドが買い占めた株をここにリストアップされている企業のどこかが引き取って、オリエンタル工機を支配下に置いたとしてもだよ、そいつが親父の殺害を計画した人間がいる企業だって断定できるのかな」

二人の会話が一段落《いちだんらく》したところで、哲治は切り出した。

「状況から言えばそうとしか考えられないよ。株の買い占めが始まったタイミング。しかも七つのファンドが足並みを揃えてほぼ同率の株を買ったってんだろ。しかも、株価が四倍以上にも上がっているってのに売る気配がない。これは通常のファンドの取引からは考えられない。株はね、買うのは簡単だが、売り時が難しいもんなんだ。トランプのババ抜きと同じさ。株を売ろうにも買い手が現れないんじゃ、取引が成立する価格まで株価は下がる。機を逃せば儲けるどころか、莫大な損を被ることになるんだからな」

「でも、今回のケースはちょっと違うんじゃないかな」すかさず白田が疑義を唱えた。

「特許がオリエンタル工機のものになれば、企業価値は計り知れないほど上がる。すぐにとは言えないまでも、水素自動車の製造が軌道に乗ったら、業績は上がることはあっても下がることはない。連中はまだまだ株価が上がる。そう考えているんじゃないかな」

「じゃあ、何か。七つのファンドが偶然にもこの訴訟が和解することを見越して、教授殺害の直後から純粋な投機目的でオリエンタル工機の株を買い付けに走った。そう言いたいのか」

「いや、そうは言っちゃいないよ。そんな偶然なんてあるわけないし……」

白田の口調が俄に歯切れが悪くなる。

「だろ。そんなことがあるわけないことは素人だって分かるよな」

マークが高ぶった気持ちを静めるように、テーブルの上に置かれたコークを一口飲んだ。

素人――。その言葉が引き鉄《がね》になって、哲治の胸中に一つの疑問が浮かんだ。

「ダーハムは、いずれ親父の殺害を指示した人間がTOBを掛けて、オリエンタル工機を手中にするに違いないって言ったけど……」

「その可能性はありだな」マークが頷いた。「と言うか、ファンドの動き一つ見ても、それしか考えられないだろ」

「そうかな」

「何か引っ掛かることがあるのか」

「これだけ周到な準備を重ねて親父を殺害した人間が、そんな素人でも分かるような手段に打って出るものかということだよ。それじゃまるでTOBを掛けた時点で自分たちが特許を手にするために親父を殺害しましたと、自ら白状したのと同じことじゃないか」

「だけど、それはあくまでもここまでの状況から推測すればということに過ぎないわけだろ。確かに俺たちが入手した例のビデオをその時点で警察に提出すれば、連中だってそれなりの捜査はするだろうさ。でも肝心のリンドブラッドの行方はようとして知れない。これだけのことをしでかす連中だ。もしかすると、あの男も用済みとなった時点で始末されちまっているかもしれない。そうなりゃ死人に口なし。どうにだって言い繕うことはできるさ」

マークはまた一口、コークで口を湿らすとさらに続けた。

「さっきのヒデの言葉を聞いて思ったんだが、タイヤメーカーや鉄鋼会社な。こいつらがオリエンタル工機の買収に成功したとしたらだぜ。手にする利益は確かにオリエンタル工機の比じゃない。特許の使用を許諾するのと引き換えに、自社製品を独占的に自動車メーカーに納入することを条件にすりゃ、莫大な利益を得られることになる。いちばん臭いのはそのあたりかもしれんな」

「じゃあ、この記事はどう解釈したらいいんだ」

哲治はファイルのページを捲ると、アジア・ウォールストリート・ジャーナルの記事を突き付けた。

「ジュピターは太陽自動車に新たに役員を派遣することを決めた。和解がもうすぐ成立するってこの時にだぜ。オリエンタル工機は太陽自動車の系列下にある企業だ。これはどう考えても、太陽自動車を通じて、ジュピターがオリエンタル工機を間接的に支配しようとしている。その現れというものじゃないのかな。それに、これだけの株を買い占められているというのに、オリエンタル工機はこれといった企業防衛手段に打って出る気配はない。あの会社はオーナー会社だ。それを考えれば、いかに七つに分かれているとはいえ、ファンドに経営権を握られるだけの株を取得されたとなれば慌てて当然というものじゃないのかな」

　哲治の言葉に二人が沈黙した。マークは天井を見上げながら髪を掻《か》き上げ、白田はファイルを見詰め腕組みをしたままじっと考え込んでいる。重苦しい雰囲気に拍車をかけるように、サンフランシスコ湾の方から、船の汽笛が聞こえてきた。

「オリエンタル工機か……」

　マークがぽつりと言った。

「確か、そのグリーン・シーズのダーハムって男は、この件にはオリエンタル工機が絡んでいるとしか考えられない。そう言ったんだよな」

　白田が念を押すように訊ねてきた。

「ああ」

「言われてみれば、オリエンタル工機の動きは奇妙だよな。ファンドの性格上、彼らが実際に企業を乗っ取る、あるいは経営に参加するとは思えないけど、どこかの企業がＴＯＢを掛け一気に買収に乗り出す可能性は熟知しているはずだ。にもかかわらず、それだけ余裕かましているってのは何か事前の密約でもあるのかもしれないな」

「そうか！」マークがぽんと膝《ひざ》を打ち身を乗り出した。「俺たちは今まで、このリストの中のどこかの企業が独占的にオリエンタル工機を買収しようとしているに違いないと考えてきた。だけど、もし、複数の企業で特許の権利を分かち合おうと目論《もくろ》んでいたとしたら

「どうなる」

「どういうことだ」

白田が説明を求めた。

「ファンドの連中が買い占めた株式を総計すれば、オリエンタル工機の発行済み株式の三十%近くにまで達している。もう少し買い増せば、経営に参加できるだけの保有数だ。もし、それを利益が一致する連合体、たとえば十社に分散して売り払ったとしたらどうなる。あるいは、その十社の意向を受けた第三者機関に売っ払ったとしたら?」

「あっ!」

叫ぶ白田にちらりと視線を送りながら、マークは一気に言った。

「それぞれが持つ株の保有数は発行済み株式の三%ちょっとに過ぎないが、十社が固まれば役員を送り込むのに充分な比率となる。つまり、表に出ることなく実質的にはオリエンタル工機を支配できることになる。そうじゃないのか」

なるほど、そういうことか。

哲治は脳裏でこれまで複雑に絡み合っていた糸が解《ほぐ》れていく感覚を覚えた。

おそらく、マークの推測は外れていないだろう。発行済み株式の三%の保有者は大株主には違いないが、それだけでは役員を送り込めないし、経営にも影響を及ぼせない。だが目的を同じくする十社に握られるとなれば話は別だ。それでも山藤が平然としていられるのは、おそらくこの絵図を描いた組織と事前にしかるべき密約があったからに違いない。

「となれば、利益が一致する株主ということになるわけだが……」

マークが再びファイルに視線を向けかけたが、

「そんなことはもうどうでもいいよ。推理ごっこはここで終わりだ」

哲治は自分でも驚くほど冷酷な口調でピシャリとその動きを遮った。

驚いたような二人の視線が哲治に注がれた。

「だってそうだろ。マークの推測が正しければ、ファンドの保有した株が誰に売却されたかなんて分かりゃしない。つまり、親父を殺した犯人なんか分かりっこないってことだろ」

「じゃあ、お前、諦《あきら》めるのか。教授を殺した人間が誰か知りたくはないのかよ」

マークが顔を赤くして迫った。

「そうは言ってないよ。こうなったら真実を知る方法は一つしかないってことだよ」

「どうするってんだ」

顔を顰《しか》めながら問い返すマーク、そして唖然《あぜん》とした表情を浮かべる白田に向かって、哲治はたったいま脳裏に鮮明に浮かんだ計画を冷静な口調で話し始めた。

第九章　準備

急がなければならなかった。オリエンタル工機との間で、和解合意書が取り交わされてしまえば、すべては終わりとなる。父の無念を晴らし、特許を自分のものとするためにも、事件の全容を解明するのに残された時間はわずかしかない。

哲治は翌日の東京行きの便に乗ると、サンフランシスコを後にした。成田に到着するとすぐにリムジンバスで東京駅に向かい、そこから新那須行きのバスに飛び乗った。東北自動車道を駆け抜けた高速バスが目的地に到着したのは、午後八時を回った頃だった。厳冬の刺すような大気が哲治の身を包んだ。ホテルに飛び込み二泊の予定で部屋を確保すると、猛烈な空腹感が込み上げてきた。ハンバーガーショップでダブルチーズバーガーを二つ、それに熱いコーヒーをテイクアウトした哲治は、部屋に戻ったところで、それを一気に平らげた。体がエネルギーを吸収し、体温を上昇させていくのが分かった。腹が満たされたところで、携帯電話を取り出しメモリー機能を使って番号を呼び出す。呼び出し音が鳴る。

「もしもし……」

祖父の嗄《しやが》れ声が聞こえてきた。

「お爺ちゃん、僕……哲治……」

「どうした、こんな時間に」

相変わらずよそよそしい声で祖父が応《こた》える。

「こっちは明け方の五時だけど、明日の四十九日のことが気になって眠れなくてさ」

哲治は、自分がサンフランシスコにいることを装いながら言った。

「そんなことは心配しなくていい。明日寺に行って、経を上げて塔婆を立てて貰《もら》えばそれで終わることだ」

「法要は何時からなの」

「午後一時からだ」

「そう、じゃあその時間には、僕もこっちで手を合わせるよ。本当は、お爺ちゃん任せにしないで、僕も参列しなきゃならないんだろうけど……」

「これだけのために、高い飛行機代を払って来るこたあねえ。裕康が死んじまってから、四ヵ月も経ってのに、いまさら四十九日もあったもんじゃねえが、坊主が言うんだから仕方がねえ。坊主は次は百ヵ日だとか何とか相変わらずのことを言っていやがるが、それもこっちでやっておく。まあ、あんな男のことは忘れちまうこった。わざわざ帰ってくるこたあねえ。用事はそれだけか」

取りつく島がないとはこのことだ。元より、温かい言葉が返ってくることは期待などしてはいない。いや、むしろ、ここで情に響くような話の展開になれば決心が鈍るというものだ。
哲治は、早々に電話を切った。
法要が一時からと分かった以上、あとはすべきことは決まっている。
哲治はそれから長い時間をかけてシャワーを浴びると、早々に眠りについた。

＊

翌日は朝から激しい雪になった。十時にホテルを出た哲治は、タクシーを拾った。行き先は祖父の住む村だ。四十五日前に目にした光景も、雪が積もると一変する。枯れ草に覆われ茶褐色一色だった野山も、トタン屋根の家屋も純白の雪が覆い隠している。やがて、祖父母の住む村が見えてくる。寂れたメインストリートにも歩く人影はまったくない。すべては雪の中で静まり返っている。雪道を走ってきたせいで、前にここに来たときよりも、大分時間がかかっていた。時刻は間もなく正午になろうとしていた。

問題は帰りの足である。村には路線バスが通ってはいたが、本数はきわめて少ない上に、住人の誰もが顔見知りのような土地だ。バス停で待っている間に、誰かに自分の姿を目撃されないとも限らない。もっとも、自分がこの村を訪れたことは、そう遠からず明らかにはなるのだが、少なくとも再び東京に戻るまでは騒ぎになることは避けたい。そんな気持ちもあった。

思案した揚げ句、タクシーの運転手に、「一時間ほど、待っていてくれないですか」と切り出した。

普通に走っても一時間以上の距離である。料金は二万円近くになっていた。それが待ち時間を加え、帰りも金になるのだ。運転手は声を弾ませ、一も二もなく了解した。

祖父母の住む家が見え始めた。県道から家に続く道路には、いましがたついたと思われる車の轍《わだち》の跡が残っている。

哲治は「ここでいいです」と言い、運転手に片道の料金を支払い、スポーツバッグを持ち車外に出た。家まではおよそ百メートルほどの距離だ。雪はますます激しさを増していく。轍の上には早くもうっすらと新しい雪が積もり始めている。半ばほど来たところで足を止め、家の気配を窺《うかが》う。積雪が音を吸収してしまうのか、何も聞こえてはこない。車の轍の跡は納屋の方から続いている。やはり祖父母は寺へ出掛けたらしい。

周囲が皆顔見知りの村では外出時にも鍵《かぎ》をかけておく習慣がないことは知っていた。玄関の戸が微《かす》かな摩擦音を響かせながら開いた。

中へ入ると、哲治は居間に入り茶箪笥《ちゃだんす》の引き出しを開けた。そこには祖父の猟銃が仕舞ってあるロッカーと、猟銃を固定しておくチェーンの鍵が入っていた。それを手にし、父の葬儀の際に祭壇が設《しつら》えられた次の間へと向かう。八畳間の片隅にねずみ色のガンロッカーがある。鍵束の中から一つを選び出し施錠を解除する。かちりという金属音と共に扉が開いた。艶消《つやけ》しの黒に塗られた銃身、祖父の手の脂が染み込んだ木製のグリップがついたショットガンが格納されていた。哲治はもう一つの鍵を使い、トリガーガードに通されたチェーンを外した。ずしりと重いショットガンを手にすると、今度は押し入れにある小さな保管庫の中から弾丸をケースのまま取り出し、所持してきたスポーツバッグの中に入れた。

狩猟期間にあるこの時期、銃がなくなったことは遠からず祖父の知るところとなるだろう。警察に通報すれば、大掛かりな捜査が始まり、ここに乗りつけたタクシーの運転手から自分の存在が割れてしまうことは明らかだが、そんなことは気にもならなかった。もし、自分の考えている通りに計画が運ぶなら、警察の手が伸びるより先に、いやおそらくは祖父が盗難に気づくより先に、目的は達せられてしまうからだ。

哲治はロッカーの扉を閉じ鍵をかけると、ショットガンを右手に、スポーツバッグを左手に持ち、納屋へと向かった。中には軽トラックが停まっているだけで、もう一台あるはずの小型の4WDはない。こうなればあとは手っ取り早く用を済ませ、この地を立ち去るだけだ。傍らの壁面に設えられた三段の棚には、様々な工具が並べられていた。哲治はグラインダーを粗末な作りの作業台の上に置いた。電源を繋《つな》ぎスイッチを入れた。鈍いモーター音と共に、グラインダーの刃が回転を始める。ホテルを出て以来、一度も外さなかった革手袋の上から力を込めて銃身を回転するグラインダーの刃に押しつけた。激しい金属音、そして火花が散った。刃が徐々にグリップの先端のすぐ先の銃身部分に食い込んで行く。やがて鋼鉄の銃身が作業台の上に転がり落ちた。

ショルダーストック、トリガー、そしてスライド式のフォアエンドだけとなったショットガンは、獲物を狩る道具というよりは、明らかに犯罪に使われるのに相応《ふさわ》しい凶暴な様相を呈していた。

哲治は初めて革の手袋を外すと、銃身の切断面を指先で直に触ってみた。摩擦のせいだろうか、仄《ほの》かに熱を持つ鋼鉄の切断面の滑らかな感触が伝わってくる。銃身を短くしたショットガンから発射される弾丸は、極めて至近距離で拡散を始める。飛んでいる鳥や、距離のある地点から獲物を狙うには不向きだが、逆に至近距離にある目標を狙うには確実にダメージを与えることができる。それに加えて狭い空間の中で、銃を取り扱うのには全長が短くなった分だけ好都合である。

切り落とした銃身をバッグの中にしまった哲治は、出来上がったショットガンを構えた。銃身の重さがなくなった分だけ、片手で扱うにも充分である。ショルダーストックを肩に押しつけ、左手でショットガンを捧《ささ》げ持つ。フォアエンドをスライドさせた。がちゃりという音と共に、撃鉄が持ち上がる気配が伝わってくる。納屋の奥に置かれたペンキの缶に狙いを定め、トリガーを引いた。重くもなく軽くもない。適度な力を込めただけで、撃鉄が稼働する金属音が耳朶《じだ》を打った。同様の操作を繰り返し、今度は腰だめにしてトリガーを引いてみた。意思を持たないマシーンは操作を繰り返すたびに正確に反応する。その結果に満足した哲治は、ショットガンをスポーツバッグの中に入れた。

外目にはこの中にショットガンが入っているとは誰も思わないだろう。これですべての準備は整った。あとは計画を実行に移すだけだ。もう、ここには用はない。

哲治は、グラインダーを元の位置に戻すと納屋を出た。雪はますます激しさを増している。来る際にはタイヤの溝が残っていた轍も、いまや白い二つの溝となっている。自分の残した足跡も、うっすらとその痕跡を残すだけだ。

スポーツバッグを手にした哲治は、県道に待たせてあったタクシーに戻った。運転手はエンジンをかけたまま、シートをリクライニングさせ昼寝をしている。

こんこんと窓を叩《たた》くと、運転手が飛び起きた。

「トランク開けてくれますか」

まさかこの中にショットガンが入っているとは思わないだろうが、念には念を入れるに越したことはない。

哲治がそう言うと、雪が積もったトランクが跳ねるように開いた。その中にスポーツバッグを置いた哲治は、タクシーの後部座席に身を滑り込ませる。

「用事は済んだので戻ってください。駅までお願いします」

「分かりました」

運転手は応えると、ギアを入れ車を走らせ始める。

車内の暖房が冷えきった体を徐々に温めていく。

計画の第一段階は達成された。ここまで来た以上、もう引き返すことはできない。あとは実行あるのみだ。

哲治は窓の外を流れる雪に覆われた野山の光景を見ながら、決意を新たにし、じっと目を閉じた。

＊

東京に戻ったのは夕刻のことだった。東京駅でバスを降りた哲治は、そのまま日本橋のホテルに入った。ずしりと持ち重りのするスポーツバッグをベッドの上に放り投げると、中で硬い金属が触れ合う音がする。窓のカーテンを閉じ、ショットガンを取り出す。右手でそれを持ち、遊底を引いた。

銃とは不思議なもので、弾丸を発射する際の衝撃に耐えるためにあくまでも堅牢《けんろう》でなければならない反面、スムーズな操作を可能ならしめるために可動部分には微妙な遊びがある。がたつくというのではない。部品の一つ一つが正確に嚙《か》み合いながらも皮膚の下の神経に微かに感じられる程度の極限まで計算され尽くした緩み。それが肝要なのだ。

遊底が滑らかにスライドする音に混じって、撃鉄が引き起こされる硬質な気配が手に伝わってくる。

哲治は、閉じたばかりのカーテンに銃口を向けた。距離は四メートルといったところか。銃身のほとんどを切り落としたせいで照星はない。もはや通常のハンティングにこの銃を用いることは不可能だが、この瞬間弾丸を発射すれば、窓を中心にして壁面いっぱいに散弾が飛散することだろう。

トリガーにかけた指先に力を込めると、鉄がぶつかり合う甲高い音が耳朶を打った。軽やかにして冷たい音だ。銃が正確に作動することを改めて確認した哲治は、それをベッドの上に置き、スポーツバッグの中から弾丸が入ったケースを取り出した。中には金貨を並べたように、薬莢《やっきょう》をこちらに向けた形で実弾が格納されている。その数二十発。これだけの実弾があれば目的を果たすには充分だ。一瞬、哲治は実弾をショットガンの中に装塡《そうてん》してみたい気持ちに襲われたが、操作は熟知していても万が一暴発でもすればこの場ですべては終わりになる。不必要な行為は避けるべきだと思い留まり、次の作業に入った。

アメリカから持ってきたスーツケースを開ける。衣類の間にしまっておいたパソコンを取り出す。ＩＳＤＮケーブルの一方をパソコンに繋ぎ、もう一方を机の上に置かれている電話に差し込んだ。さらに小型のデジタルビデオカメラをパソコンに繋げる。パソコンの電源を入れると、軽やかなサウンドと共にＯＳが立ち上がる。ストリーミング（画像配信）用のソフトはアメリカを発《た》つ前に白田がインストールしてくれていた。バークレーでコンピュータサイエンスを専攻している白田のことだ、手違いがあろうはずはない。実際、あの夜ソフトのインストールを終えてすぐにテストした時には、何の問題もなかったが、それでも慎重を期すに越したことはない。

すべての準備が終わったところで時計を見ると、時刻は午後六時になろうとしていた。サンフランシスコは午前一時である。

哲治は携帯電話を手にすると、白田の番号をプッシュした。短い発信音に続いて、呼び出し音が聞こえ始める。

「ハロー……」

白田の声が聞こえた。

「テツだ」

「おお、いまどこだ」

「東京からだ。さっき栃木から戻ってきたばかりだ」

「そろそろ連絡が入る頃かと思ってずっと待っていたんだ。マークも一緒だ」白田はいささか緊張した様子で言うと、「それで例のものは手に入ったのかい」

首尾が気掛かりであったらしく、早々に訊《たず》ねてきた。

「ホームページにアクセスしてみろよ。ヒデの仕事に間違いがなければ、俺が手にしているものが見えるはずだ」

哲治は携帯電話を左の耳に押し当てたまま、右手でショットガンを持ち、猟の成果を誇るハンターのようなポーズを取ってデジタルビデオカメラの前に立った。

キーボードを叩く音が聞こえる。それが止むと、

「ワーオ！　まるでワイアット・アープだな。こっちの画面にはお前の姿がばっちり映っているぜ」

「どうだい、ちょっとしたもんだろ。ｈａ」

哲治は、ショットガンの銃口をカメラに向けた。

「ちょっ、ちょっと待てよ。いくら画面を通してでも、銃口を向けられると背筋が寒くなっちまう」

「背筋じゃなく、金玉が縮み上がるんじゃないの」

音声も問題ないらしい。背後からマークが軽口を叩きながら、笑い声を上げるのが聞こえてくる。

「本当に手に入れたんだな。銃身は切り落としたのか？　何だか普通のショットガンより短くなった分だけ、凶暴に見えるぜ」

白田が打って変わって興奮した声を上げた。

「こいつを使う状況を考えたんだ。おそらく山藤とは狭い部屋の中で対峙《たいじ》することになるだろうからね。これならもし銃を発射するような状況に陥ったとしても、散弾の拡散が早い分だけ至近距離にいる相手を一発で多く倒せる」

「一発で多くの相手を倒せるって……お前銃を持って行くのは山藤を威嚇するためだろ。まさか本気でぶっ放すつもりじゃ……」

「それは状況次第だよ。もっとも、そうならないことを願っているけど、そのためにも見慣れない形の銃を所持していた方が連中に威圧感を与えられるだろ」

「状況次第って……お前、この間の話じゃ、山藤の口を割らせるのは並大抵の方法じゃできない。だからどうしても脅しの道具が必要だ。そのために上原教授の実家にある銃が要る。そう言ってたじゃないか」

その言葉に嘘はない。確かにあの夜二人の前では、銃はあくまでも脅しに使うだけで、実際に人を撃つつもりはないと言った。しかし、もし、本当に山藤が父の殺害に関与しているとしたら、尋常な手段では口を割らないだろうと哲治は最初から思っていた。威嚇で終わるか、あるいは殺すまでは行かなくとも、誰かを傷つける。その程度の強硬手段に打って出ないことには埒《らち》が明かないのではないか、そんな予感もあった。

「だから、状況次第だって言ってるだろ。僕だって、実際に銃をぶっ放せばどんなことになるかは知っているさ。この時点でも、すでに僕は住居侵入、窃盗、銃刀法違反と三つの罪を犯してしまってるんだ。この上銃をぶっ放して、人を殺傷すれば、殺人か殺人未遂ってことになる。できればそんな大罪は犯したくないけどさ。敵陣に一人乗り込んで行くんだ。何が起こっても不思議じゃないよ」

「テツがそこまでの覚悟を固めているなんて考えもしなかった。俺はてっきり――」

「知っていたら、こんな仕掛けを作り上げる手助けはしなかった。そう言いたいんだろ」

哲治が白田の言葉を遮って言うと、

「銃を脅しで使うのと、実際に発砲するのとでは、罪の重さが違うよ。もし本当に誰かを殺傷するようなことになれば、お前、長いことシャバに出て来れなくなるぞ」

打ち沈んだ声で白田が言った。

「ねえ、ヒデ。そこで相談があるんだけど」

哲治は銃を下ろし、カメラに視線を向けた。

「何だよ。まだ何かあるのかよ」

「もし、山藤が口を割って、ヤツが親父を殺したことに関与していたことが明らかになれば、いま進んでいる和解は白紙に戻る。もちろん僕は犯罪者として裁かれることになるだろうが、あの特許を継承する権利までが剝奪《はくだつ》されるわけじゃない。つまり、特許が使用され始めた段階で、僕の元には毎年莫大《ばくだい》な使用料が入ってくることになる。それを元手に、僕たち三人で黄金郷を作らないか」

「黄金郷？」

「そう。だれにも邪魔されない、僕たちだけの王国を作り上げるんだ」

「つまりビジネスを始めるってことか」

「ヒデは最初に会った時に、こう言っていたよね。いつかベンチャーを興して大金を摑《つか》み、ワイナリーを持つのが夢だって」

「ああ……」

「はっきり言って、もうコンピュータの世界でワイナリーを持てるだけの成功を収めるのは無理だよ。父さんも常々言っていたよ。ベンチャーで成功するのは、誰も手をつけていない未開の分野にいち早く目をつけ、多大なリスクを背負いながら人生そのものを賭《か》けた人間だけだってね。確かにコンピュータはまだまだ発展の途上にあるテクノロジーだ。でもね、いまこの分野に群がっているのは、大金鉱脈が発見され、その大部分が先駆者たちに握られてしまっているにもかかわらず、まだ発見されていない鉱脈があるに違いない。そんな夢を抱いて絶望的な労働をしている人間たちばかりだ。まるでかつてカリフォルニアに金鉱脈が発見された後、押し寄せてきた山師たちのように、川の砂を浚《さら》っては細々と砂金を探しているようなものさ」

　白田が押し黙った。背後で画面を見ているはずの、マークも何も言わない。

「僕が本当に銃を発射するかどうかは分からない。確かなのはどちらにしても、長い刑務所暮らしは避けられないこと。それからその間にも確実に金は入ってくることだけだ。ねえヒデ、マーク。僕がシャバに出てきた後に備えて、その金を元手に事業を興さないか。僕はすでにアメリカ国籍を持っている。釈放されればアメリカに強制送還される。その時に備えて、僕たちの王国の基盤を整えておいて欲しいんだ」

「でもさ、テツ。もしも、もしもだよ。山藤が教授の殺害に関与していなかったらどうなる。あるいは頑として教授殺害に関与していることを認めなかったら……」

「これは賭けなんだ。そしてこの銃を手にした以上、もう引き返すことはできない。ルーレットはすでに回り始めて、チップも盤の上に置いてしまったんだ。もちろん、目論見《もくろみ》が外れた時には僕がすべての罪は被《かぶ》るよ。君たちに捜査の手が伸びることもなければ、危害が及ぶこともない。それは約束するよ」

　長い沈黙があった。

「分かった……」

やがて白田が口を開いた。

「山藤が上原教授の殺害に直接関与していたかどうかは分からないけれど、何かを知っていることは状況から考えて間違いないと思う。銃を前にして沈黙を守るとは思えない。おそらく何かしらの答えが出るはずだ。もし、その結果お前の言う通りの展開になったとしたら、俺たちは全力を挙げて王国を作ることに邁進《まいしん》するよ。そしてお前が帰って来る時を待つ」

「ただ、これだけは言っておく」突然マークの声が聞こえた。「テツ、何があっても銃は発射するな。絶対に人を殺しちゃ駄目だ。銃を持って籠城《ろうじょう》するような事態になれば、警察も強硬手段に打って出ないとも限らない。もし、その時点で誰かを射殺するようなことになっていれば、お前、その時にはへたすると射殺されるぞ」

「マーク、それは君の思い過ごしだよ。日本の警察は、アメリカと違ってめったなことでは犯人を射殺するなんてことはしないさ。もちろん、日本の警察にもＳＡＴがいるけど、やつらが出てきたら、その時には僕にも考えがある。とにかく、決行の時が決まったら連絡する。事の一部始終は、このサイトでリアルタイムで見れることだし、せいぜい成功を祈っていてくれ」

　哲治は、カメラに向かって笑って見せると、回線を切った。

を覚える。

＊

暗い部屋の中で目を覚ました。ベッドサイドに設えられた明かりをつけると、時計の針は、午前七時を指していた。空調を一晩中つけっぱなしにしていたせいで、喉《のど》に酷《ひど》い渇きを覚える。

哲治は布団を撥《は》ね除《の》け、ベッドを抜け出た。机の傍らに置かれた冷蔵庫を開け、ミネラルウォーターを取り出した。ペットボトルのキャップを捻《ひね》りながら、カーテンを引き開ける。朝日が昇ったばかりの抜けるような真冬の空が、ビルの谷間の上に広がっている。準備は完全に整っていたが、計画を実行する日はまだ決めていない。肝心の山藤の動向が摑めていなかったからだ。

哲治は朝日を浴びて眩い光を放つ、通り一つ隔てた向かいのビルに目をやりながら、ボトルの中のミネラルウォーターを一息に半分ほど飲み下した。冷えた液体が喉を通り、胃の中に籠《こ》もっていた熱を急速に奪っていく。それと共に、意識が完全に覚醒《かくせい》する。テレビのスイッチを入れ、ザッピングを繰り返す。祖父の家から猟銃を持ち出したことが、発覚してしまっているのではないかと思ったからだ。銃の盗難はアメリカでは珍しくないことだが日本では違う。猟銃が何者かによって盗難にあったとなればまず間違いなく全国的なニュースになるはずだ。もちろん盗難の事実が発覚したからといって、それが即座に自分に結びつくと思えないが、タクシーの運転手は自分の人相風体を覚えているだろう。身長百八十センチ以上の若い大男。祖父母は自分が日本に来ていることは知らないけれど、その一言を聞いただけでピンとくるものがあるはずだ。当然彼らは自分の居場所の確認に走る。ことによると警察の手を借りるかもしれない。そうなれば、自分がアメリカにいないことなど、たちどころに分かってしまう。それを考えると、計画を実行するのは早いうちがいい。

テレビから流れる音声を聞きながら、哲治はドアの下に差し込まれた新聞を手にした。社会面を開き見出しを追う。やはり銃盗難の記事はどこにもない。テレビでもそれらしきニュースは報じていない。

あの雪だ。おそらく祖父は暫《しばら》く猟を控えるに違いない。

哲治は新聞を机の上に置き、身支度を調えた。ショットガンを手にし、赤いカートリッジに入った実弾を込め始める。装填《そうてん》口はスライドする遊底とトリガーガードの間にあり、三発の銃弾が装填できる仕組みになっていた。準備が整ったところで、安全装置をかける。カチリという音と共に、トリガーがロックされる。五発の銃弾をジャンパーのポケットに入れ、残りはスポーツバッグにしまう。中にはアメリカのガンショップで購入した目出し帽も入っている。そこに昨夜作動を確認したパソコンとデジタルビデオカメラ、それにISDNの接続コードを入れた。

すべての準備を終えた哲治は、部屋を出るとまだ人通りの少ない朝の街へ出た。

状況次第では、急遽《きゆうきよ》計画を実行することもあり得る。そう考えた哲治はホテルからすぐのところにあるコーヒーショップに入った。いちばん大きなサイズのコーヒー。それにサンドウィッチを二つ腹の中に収め、さらに白く固まった砂糖が塗られたシナモンロールを四つ買い、それらをバッグの中にしまった。さらに近所のコンビニに寄り、ミネラルウォーターのボトルを四本購入し、それをバッグに突っ込む。

腕時計を見ると、時刻は間もなく八時になろうとしていた。日本橋の街には、オフィスに急ぐサラリーマンたちの姿が目立つようになっていた。

哲治はタクシーを停めると、中に乗り込み、

「大手町へ」

オリエンタル工機の本社ビルに向かうべく運転手に告げた。

最初は、山藤に電話でアポイントメントを取ることも考えたが、これまでの和解交渉はすべて弁護士の森川に任せてある。そこにいきなり一方の当事者たる自分が会いたいと言っても、色よい返事が返ってくるとは思えなかった。ましてや祖父の銃がなくなったことがニュースになれば、山藤も警戒するかもしれない。となればヤツと会う方法はただ一つ、出社を確認した直後に彼のオフィスに押し入るしかない。

朝の東京はさほどの渋滞もなく、タクシーは十分ほどで目的地に着いた。新築の高層ビルが立ち並ぶ中に、ずば抜けて大きい敷地に十階建てのオフィスビルディングがある。まだ閑散としているロビーに掲げられた案内板を見ると、七階と八階のところに『オリエン

タル工機株式会社』というプレートが掲げられている。

それを確認した哲治は、いったん外に出ると正面玄関が見える位置に立った。スポーツバッグを置くと中で硬い金属が触れ合う音がした。

もし、今日山藤が出社してくれれば、その時がチャンスだ。一気呵成《かせい》に計画を実行に移すしかない。その時にはこのビルを中心とした一帯は、警察によって完全に封鎖され、大変な騒ぎとなるだろう。なにしろ、ここから警視庁がある桜田門まではわずかの距離しかない。事件発覚と同時に、パトカー、そして警官が雲霞《うんか》のごとく押し寄せ、SATにも出動の命が下るかもしれない。状況的にしかたなく誰かを殺傷するようなことになれば、自分を狙撃《そげき》することもやむなしという判断を下す可能性もある。

だが、それは元より計算の上だ。みすみす撃ち殺されるようなドジを踏むことはない。なにしろ、これから自分が起こそうと目論《もくろ》んでいる計画は、日本の警察がまったく想定していない展開を辿ることになるはずだからだ。

街を駆け抜けていく寒風が身に染みた。革ジャンにチノーズのパンツ、そしてスニーカーという軽装と相俟《あいま》って、足元から底冷えのする冷気が忍び上がってくる。時間の経過と共に、人通りが激しくなってくる。ビルの中にこれから仕事を始めようとするサラリーマンたちが次々に吸い込まれて行く。

どれくらいそうしていたのだろう。やがて一台の黒塗りの車が通りを走って来ると、正面玄関の前の路上で停まった。ナンバーは白。車体に何のマークもないところを見ると、社用車であることは間違いない。運転手が素早く車を降りると、恭《うやうや》しく頭を下げながら後部ドアを開けた。

白髪交じりの頭髪に金縁眼鏡をかけた中年の男が降り立つ。目の前を慌しく行き交うサラリーマンとは違い、一目で高価なものと分かる生地を用いた光沢のあるスーツを着用している。かつて父が持っていた社内報に掲載された写真で何度か見たことのある山藤の姿がそこにあった。ビルの中から、秘書の女性が駆け寄り、運転手からブリーフケースとコートを受け取る。山藤はいかにもオーナー経営者らしく、そんなことは当たり前とばかりに、傲然《ごうぜん》と胸を張ってロビーへと歩き始める。

チャンスだと思った。これを逃せば、次にいつ山藤を確実に捕らえられる機会が訪れるかわからない。

哲治は路上に置いたバッグを手にすると、小走りに山藤の後を追った。ぶ厚いガラスのドアを押し開けロビーに入る。急いではならない。かといってゆっくりでも駄目だ。歩調に一定のリズムを持たせながら、奥へと進む。エレベーターホールは始業間際とあって、人でいっぱいだった。その中にあって山藤の白髪交じりの頭はよく目立つ。哲治はその背後にゆっくりと近づく。息を整えた。心臓が大きな鼓動を刻み出す。思わず鼻から荒い息が漏れそうになるのを堪えて、エレベーターがやって来るのを待つ。

これが自社ビルならば、おそらく社長と一緒に乗り込む社員はいなかっただろうが、雑居ビルというのが幸いした。扉が開くと、待ち受けていたサラリーマンたちが籠《かご》の中に乗り込む。頭を下げながら見送ったのはオリエンタル工機の社員だろう。哲治はスポーツバッグを両手にしっかと抱え後に続いた。瞬間中で金属が触れ合う音がしたが、誰もそんなことに注意を払う者はいなかった。それぞれが目的のフロアーのボタンを押す。哲治は最上階の十階のボタンを押した。その間に秘書の女性が八階のボタンを押すのが見えた。

エレベーターが静かに上昇を始める。各駅停車のように、一階、また一階とエレベーターは上昇を続け、そのたびにフロアーの様子が明らかになる。しかし、いずれのフロアーもエレベーターホールが見えるだけで、中の様子はまったく分からない。いよいよ八階に到着し、扉が開く。山藤が秘書を従えてエレベーターを降りた。一瞬、哲治は山藤に続こうかとも考えたが、それを既《すんで》のところで思い止《とど》まった。

彼が社長室に向かうことは明白だ。いまここで一緒に降りても、十階まで上がり引き返してきても、次に取るべき行動は同じだからだ。ドアが閉まった。エレベーターの中には二人の男しかいない。彼らは九階で降り、十階に上がったのは哲治一人だった。

扉が開く。幸いなことに待っている人間は誰もいない。急いで扉を閉めた哲治は、スポーツバッグのファスナーを開けると、中から目出し帽を取り出した。頭の上にそれを載せる。顔を覆うように完全に引き下ろさなければ、ワッチキャップを被っているように見えるはずだ。オフィスを訪ねるにしては相応《ふさわ》しくない恰好《かっこう》だが、どちらにしてもこれからこのビルの中は修羅場と化すのだ。そんなことは構いはしなかった。ファスナーを開けたままのスポーツバッグを抱え直す。軽やかなベルの音と共に扉が開いた。歩調と心臓の拍動が合致する。アドレナリンが口蓋《こうがい》に滲《にじ》み出してくる気配がする。

どうやらオリエンタル工機を訪ねてくる外部の人間は、七階で受付を済ませることになっているらしい。受付らしきブースは見当たらなかった。ホールを抜けると左右に一直線に延びる廊下がある。両側にはオフィスへの入り口のドアがあるだけだ。右側の廊下の奥はガラスのドアで仕切られている。天井には蛍光灯が埋め込まれているだけだったが、その奥は光量を落とした暖色灯が並んでいる。明らかに一般社員が働くオフィスとは一線を画すそのエリアに役員室があると思われた。

哲治は歩調を速め、そのエリアに向かって進んで行く。スニーカーとリノリウムの床が擦れ合い、軽やかな音を立てる。

もうここまで来たからには引き返すことはできない。

哲治は歩く速度を緩めることなく、フェイスマスクを引き下げた。視界は変わらないが、口元を塞《ふさ》がれたせいで呼吸を繰り返す度に中に熱が籠もる。多少の息苦しさは感じるが、それもあまり気にならなかった。

ガラス扉の前に立つと、鈍いモーターの音がし、前が開けた。傍らには秘書が構える六畳ほどのブースがある。そこにいた三人の女性たちが一斉にこちらに視線を向ける。たちまちその顔に恐怖の色が浮かぶ。

「社長室はどこだ」

哲治は目に力を込め、静かな声で訊ねた。努めて冷静を保とうとしても、さすがに声が震えたが、頭部全体を覆った目出し帽で口元を塞がれているせいで、その気配は相手には伝わらなかったようだ。

　秘書の女性たちは、顔を引き攣《つ》らせ微動だにしない。大きく見開いた目でこちらを見詰めたまま、凍りついたように固まっている。

　おそらく、自分が顔を晒《さら》し同じことを訊ねたら、不意の乱入者に対しても何かしらの反応があっただろう。しかし、彼女らが何のリアクションも見せないのは、目出し帽の効果だ。

　人間の感情は必ず顔に表れるものだが、目からだけではそれを窺うことは難しい。そう、顔を隠すことは人相や年齢を知られなくするだけでなく、こちらの心の動きを察知させない効果もあるのだ。

　すでにこの時点で、三人を精神的に完全に制圧し、絶対的有利なポジションに立ったことを確信した哲治は、止《とど》めとばかりにバッグの中に入れていたショットガンを取り出した。

　それを目にした瞬間、秘書たちの顔に新たな恐怖の色が浮かんだ。悲鳴は上がらなかった。顔面を蒼白《そうはく》にし、目を吊《つ》り上がらせ、哲治が手にしているショットガンを信じられないといった面持ちで凝視する。

「もう一度訊《き》く。社長室はどこだ」

　哲治はショットガンを三人の秘書たちに順番に向けた。もちろん弾はまだチャンバーの中に送り込んでいなければ、安全装置も外してはいない。もっとも、そんなことは彼女たちが知るわけがない。効果は絶大で、二人の秘書の視線がいちばん年上と思われる秘書に向けられた。先ほど、玄関まで山藤を迎えに出た女性だった。

「しゃ、社長室は……いちばん奥です……」

顎《あご》をがくがくと震わせながら言う。

「山藤は中にいるのか」

「はい……」

「一人か、それとも他に誰かいるのか？」

「出社と同時に専務と常務が部屋に入ったはずです。今日は朝からミーティングがある予定になっていましたから……」

中に何人いようと、そんなことは大した問題ではない。ただ部屋を制圧しながら、山藤の口を割らせるためには、一対一で対峙するのと複数の人間を相手にするのとでは心構えが違ってくる。それを確認したかっただけだ。

「三人だな。それで間違いないんだな」

「はい……」

答える女性秘書は、全身を震わせながら首を何度も振った。早くこの恐怖から逃れたいという心情が手に取るように分かった。

哲治は、銃を掲げ持つと秘書たちが座るブースの中に乗り込んだ。

おそらく、人質に取られるのではないかと瞬間的に考えたのだろう。三人の秘書が一斉に立ち上がり、ブースの片隅に逃げ出す。悲鳴が上がったが哲治は構わなかった。机の上に置かれていた電話をひっつかみ、次々に床に叩きつけた。樹脂でできた電話が派手な音をたてながら砕け散る。

電話を破壊したところで、何の意味もないことは百も承知だ。にもかかわらず、こんな派手な行為に出たのには理由がある。自分がこの場を立ち去り、社長室に向かった時点で、彼女たちは携帯電話を使うか、あるいはガラスドア一つ隔てたところにあるオフィスに駆け込み、ただちに警察に通報するだろう。ショットガンを持った乱入者が社長室に立て籠もった。その一報を聞いただけで、警察が大挙してここに押し寄せてくることは間違いない。そして肝心なのは、それと時を同じくしてそのニュースがマスコミにも流れるということだ。銃大国アメリカでさえ、こうした事件が発生すると、マスコミが我先に現場に押し寄せてくる。中でもテレビは決まって現場からの中継を行う。それは乱入者の行動が派手であればあるほど、そして時間が経てば経つほど扱いは大きくなり、それに伴って視聴率もうなぎ登りになる。そう、何よりも世間の耳目を集めるためには、凶暴な性癖を持った犯罪者を演じなければならないのだ。そして事件の発端がドラマチックであればあるほど、事態は自分に有利に働く。

それが哲治の狙いだった。

果たして、電話を破壊するという粗暴な行為に出たところで、三人の秘書たちから一斉に悲鳴が上がった。中の一人はその場にへたり込み、見ると、カーペットの上に黒い染みが広がって行くのが分かった。恐怖のあまり失禁をしたのだ。

その反応に満足した哲治は、ショットガンを右手に、スポーツバッグを左手に持ち秘書のブースを出て社長室へと向かった。踵《かかと》が埋まりそうになるほどにぶ厚い絨毯《じゅうたん》の感触が伝わってくる。廊下の両側には、社長以下の役員室のドアが並んでいたが、そんなものには目もくれなかった。突き当たりにぶ厚いオークでできたドアがダウンライトの明かりの中に浮かび上がっている。

背後で三人の秘書たちが口々に何事かを叫びながら、オフィスの方に向かって逃げ出して行くのを感じながら、哲治は一気に社長室のドアに駆け寄ると、磨き抜かれた金色のノブを引き、ドアを押した。

第十章　実行

眩《まばゆ》い光が目を射った。最初に目に入ったのは、大手町のオフィスビルを背にする形で置かれた、山藤の執務机だった。大きな背凭《せもた》れのついた革張りの椅子には誰も座っていない。右に視線を転ずると、部屋の中央に置かれた応接セットに三人の男が座り、突然の乱入者に驚愕《きょうがく》した視線を向けてきた。中の一人、こちらに背を向けた形で座っているのが山藤であることは、一目で分かった。

「誰だ、君は！」

正面から相対する形になった二人のうち、歳の頃は六十そこそこといったところだろうか、額から頭頂部に向けての髪はなく、腹の回りにはでっぷりと贅肉《ぜいにく》のついた男が厳しい誰何《すいか》の声を上げた。

「名乗るほどの者じゃない。山藤社長、あんたに用があって来たのさ」

「私に？」

体を捻《ひね》る形でこちらを見ていた山藤が、怪訝《けげん》な表情で訊《き》き返してきた。

「そんな恰好《かっこう》じゃ、話しにくいだろ。あんたも二人と並んで座んなよ」

哲治は、スポーツバッグを下ろすと、ショットガンを両手で持った。安全装置を外し、フォアエンドをスライドさせる。チャンバーに初弾が装塡《そうてん》される手応《てごた》えが掌を通じて伝わってくる。

その光景を目の当たりにした三人の顔色が変わった。山藤は、顔面を強《こわ》ばらせながら席を移動し、二人と並んで長椅子に腰を下ろす。

「それで、何が目的だね。そんな物騒なものを抱えて」

山藤は、部下の手前もあってか、努めて冷静を装いながら言った。しかし、その声には微妙な震えがあるのを隠しきれない。

「用がなければこんなことはしないさ。それを切り出す前に、しなけりゃならないことがある」

哲治は、銃口を三人に向けたまま、バッグを探った。

最初にパソコンを取り出し、山藤の執務机に置いた。次にデジタルビデオカメラと三脚を手にし、それを三人に向ける形でセットする。それをパソコンに繫《つな》げたところで、ケーブルを持ち出した。

予想した通り、山藤の机の上にはデスクトップ型のパソコンが置かれており、そこからISDNのケーブルがジャックに繫がれていた。

哲治はそれを取り外し、ケーブルを自分のパソコンに繫げた。

「社長、あんたのユーザーIDとパスワードを教えてくれ」

「そんなものを訊いてどうする」

「まだ分かっちゃいないようだな。あんたにものを訊《たず》ねる資格はない。命が助かりたかったら、俺の訊ねることに答えることだ」

やはり目出し帽の威力はここでも絶大なものがあると見えて、二人の役員が恐怖の色を露《あら》わに縮み上がった。山藤は、金縁眼鏡の下から、嚙《か》みつきそうな目で哲治を睨《にら》みつけながら、

「IDはKJAC16……パスワードはイーストコーストだ」

静かに言った。

「イーストコーストね」

哲治が繰り返すと、

「スペルアウトしようか。三度間違うと、システム部にリセットして貰《もら》わないと使えなくなるが……」

精一杯の皮肉を言ってきたが、哲治は取り合わなかった。

『EASTCOAST』

ショットガンを机の上に置き、両手を使い凄《すさ》まじい速さでパスワードを入力した。

とその時だった。いちばん出口に近いところに座っていた役員の一人がいきなり立ち上がったかと思うと、ドアに向かってダッシュした。

不意をつかれた哲治は、反射的にショットガンを手に持つと、天井目がけてトリガーを

引いた。弾丸が発射される激しい銃声が上がった。蹴飛《けと》ばすような激しい反動に、車輪のついた椅子が後方に動く。上体がのけ反り、銃口が上を向いた。硝煙の匂いが部屋の中に充満し、嗅覚《きゅうかく》を刺激する。

散弾の拡散は、思ったよりも広範囲に亘《わた》った。オークの扉、その上の天井部分から飛沫が上がった。天井の漆喰《しっくい》が頭上から降り注ぎ、無数の木片が飛び散った。その音に混じって、男の悲鳴が上がった。ドアのノブに手を伸ばしかけた肘《ひじ》から先に散弾が命中したとみえ、男はその部分を一方の手で押さえながら、壁面に叩《たた》きつけられた。天井には大きな穴が開き、ドアも無残な様相を呈していた。さすがに大きな穴は開かなかったが、手斧《ておの》を何度も打ちつけられたかのように木がえぐり取られた跡が無数にある。

男は言葉にならない呻《うめ》き声をあげ、その場に蹲《うずくま》った。

正直なところ、さすがの哲治もこれには大いに慌てた。世間の耳目を集めるためには、一発や二発の発砲は覚悟していたが、実際に人を傷つけることは極力避けなければならないと思っていた。いずれ警察に捕まることは覚悟していたとはいえ、窃盗、不法侵入、銃刀法違反、監禁はまだしも、傷害や殺人未遂がこれに加われば罪は格段に重くなる。たとえどんな理由があるにせよだ。

それ以上に、人間をこの手で撃った、その事実が哲治の良心を責め苛《さいな》んだ。

見ると、男の腕からは鮮血が滴り落ちている。命に別状があるとは思えなかったが、呻き声とも絶叫ともつかぬ声を上げながら床の上をのたうち回る男の姿を見てると、彼の下に駆け寄りたい気持ちに襲われた。しかし、それでは相手に舐《な》められる。哲治は既《すんで》のところでそれを堪《こら》えた。

目的を達成するためには弱気を見せてはならない。非情になることだ。無視するんだ。

哲治は、心を静めようと、鼻歌を口ずさんだ。

「Row Row Row your boat
Gently down the stream
Merrily, merrily, merrily, merrily
Life is but a dream」

山藤が、信じられないといった体《てい》で首を左右に振りながら、

「狂ってる……」

ぽつりと漏らした。

その言葉を無視し、哲治はリターンキーを押した。インターネットに接続すべく、アイコンをクリックすると日頃使用しているポータルサイトの画面が現れた。

後は、デジタルビデオカメラの画像がホームページ上にアップロードされているかどうかを確かめるだけだ。

「ハロー……」

鼻歌を止め携帯電話を取り出すと、哲治は白田の番号を呼び出した。

「いま、セッティングが終わった。そちらで画像は確認できるか」

「ああ、ばっちり映っている。男が二人。顔を引き攣《つ》らせてソファに腰を下ろしている様子がはっきり分かる」

「二人じゃない。三人だ」

「三人？　じゃあもう一人は？」

「いま俺の目の前でのたうち回っている。馬鹿なことに逃げようとしたもんでな。一発御見舞いしたのさ」

「えっ！　殺《や》っちまったのか」

さすがの白田も驚きの色を露わに絶句した。

「殺っちゃいないさ。腕にちょっとした怪我を負っただけだ。とにかく、無事にセッティングが終わったことが分かれば充分だ。何か不都合が起きたら連絡をくれ」

「わ、分かった。あまり無茶すんなよ」

「ああ……」

会話はすべて日本語で行った。英語で会話をすれば、こちらの正体がこの時点で察しがついてしまうと思われたからだ。

回線を切った哲治は、改めて山藤に視線を向けると、

「この逃げ出そうとした馬鹿な男は？」

相変わらずのたうち回る男を顎《あご》で指しながら山藤に訊ねた。

「常務の北島だ」

「情けねえ男だな。飼い主を見捨てて一人逃げようとするなんて」

哲治は非情を気取って、銃口を向けた。フォアエンドをスライドさせると空になった薬《やっ》莢《きょう》が排出され、二発目の銃弾がチャンバーの中に装填された。返す手で新たな銃弾を一発、弾倉に充填する。

「ひっ……。止めてくれ……撃たないで……」

北島が情けない声を上げながら体を丸め、防御の姿勢を取った。

もちろん撃つ気などありはしない。だがここで少しでも怯《ひる》んだ様子を見せれば山藤はどんなことがあっても口を割ることはないだろう。

『狂ってる』

先ほど山藤が漏らした言葉が脳裏を過《よぎ》った。そう、ここは狂人を演ずることだ。人の命を奪うことなど屁《へ》とも思っていない。そう思い込ませることが山藤の口を割らせる最も手っ取り早い方法だ。

「そこのおっさん」哲治は山藤の隣に座る男に向かって言った。「あんた、名前は」

「よ、吉村です」

「専務さんか」

「どうしてそれを……」

吉村が顔を引き攣らせて訊ねる。

「そんなこたあどうでもいい。あんた、この北島の手当てをしてやんな」

「手当てといっても……ここには救急箱もないし……」

「大した傷じゃねえだろ。とにかく診てやんな」

銃口を振りながら哲治が命じると、吉村は立ち上がり北島の下に駆け寄った。上着を脱がせると、下に着ていた白いワイシャツの左肘から先の部分が血で染まっている。出血がだいぶ激しいことは一目で分かった。葡萄《ぶどう》色に変色したワイシャツから滴った血液は、床に敷き詰められたベージュ色のカーペットの上に落ちると、赤黒い染みを作っていく。

吉村が慎重に北島の左腕を支えながら、袖口《そでぐち》のカフスを外した。腕の傷を確認しようと、袖をまくりにかかる。北島の悲鳴がそれを遮る。

「そんなワイシャツは使いものにならねえだろ。切り裂いた方が手っ取り早い」

哲治は執務机の引き出しを開け、中から鋏《はさみ》を取り出し吉村に向かって放り投げた。それを拾い上げた吉村が、北島のワイシャツを肘に沿って切り落とす。豚の背脂のように幾筋もの鮮血に覆われた腕が露わになった。散弾が肉にめり込んだ痕跡《こんせき》が黒い点となって散らばっている。出血はまだ治まってはおらず、そこからどす黒い血が流れ出している。

「こいつは酷《ひど》い……。早く病院に運んで治療しないと……」

吉村が息を荒らげながら哲治を見る。

「心配すんなよ。その程度の傷で死にやしねえよ」

正直なところ、生々しい傷を目の当たりにして動揺しなかったといえば嘘になる。確かに、出血は傍目《はため》にもかなり酷いもののように思われた。しかし、ここで仏心を出せば今後の山藤の出方にも影響がある。むしろ、ここで吉村の申し出を断り、北島の生命の危機を逆手に取った方が、早く山藤の口を割らせることができるかも知れない。

　そう考えた哲治は、

「止血してやりゃ大丈夫さ。そいつのネクタイを外して上腕部を縛るんだ。あんた応急措置の仕方は知ってるか」

「私は医者じゃない」

「じゃあ俺が教えてやるよ」哲治は開けっ放しにしておいた机の引き出しの中から、一本のペンを手にし、吉村に向かって放った。「ネクタイを上腕部に二重に巻く。きつく縛ったところでそのペンを差し込み捩《ねじ》り上げる。それで血は止まる。ただし、そのままの状態を長く続けるんじゃねえぞ。時々緩めて血液を送ってやらねえと腕が壊死《えし》しちまうからな」

「何てやつだ。北島君は一刻も早く病院に搬送すべきだ。何が目的かは分からないが、人質が必要だというんなら、私がなる。それでいいだろう」

　吉村は怒気の籠《こ》もった目で、哲治を睨みつけながら言った。

「そいつを早いうちに病院に運び込めるかどうかは、社長の返事次第だ」哲治は、そこで視線を山藤に転ずると、「部下を無くしたくなければ、これから訊ねることに正直に答えるんだな」

　冷酷な言葉を吐いた。

と、その時だった。大手町のビルの谷間にサイレンの音が聞こえ始めた。それは急速に数を増し、確実にこちらに向かって近づいてくる。サイレンがビルのすぐ下で止まった。一台、二台……。それでも続々と押し寄せてくるサイレンの音は鳴り止む気配がない。

哲治は、三人に注意を払いながら窓際に歩み寄ると、眼下に見える通りの気配を窺《うかが》った。白と黒のツートンカラーに塗られたパトロールカーが次々にビルの前に停車する。警官が飛び出し、何事かと足を止めその様子を窺う通行人たちを排除しにかかる。八階の窓からは、警官たちの動きが鳥瞰図《ちょうかんず》を見ているようにはっきりと分かる。やがて、数台の覆面パトカーが急停車すると、中から私服の警官が降り立ち、ビルの中に駆け込んで行くのが見えた。すでに、こちらがショットガンで武装していることは知られていると見え、いずれの警官も濃紺の防弾チョッキを身に着けている。封鎖された通りは、左右の車線とも赤色灯を点滅させた警察車両でたちまち埋め尽くされた。向かいのビルに目を転じると、何が起きたのかとばかりにサラリーマンたちが窓際に鈴なりになって通りを窺っている。

「何を訊きたいのかは分からないが、こんなことをしでかして無事で済むと思っているのか。この様子じゃこのビルは警察に完全に包囲されてしまったんじゃないのか。もう君に逃げ場はないよ。人を傷つけたことは取り返しがつかないが、それでも自ら銃を置き、投降すれば罪一等は免ぜられる。馬鹿なまねを止めるならいまのうちだよ」

それまでとは打って変わった落ち着いた口調で山藤が言う。

「投降？　馬鹿なことを言うな。こうなることは最初から計算のうちだ」

哲治は、目出し帽の中で凄まじい笑いを浮かべながら、社長室のブラインドを次々に下ろし始めた。同時に周囲のビルの状況を確認する。アメリカの警察に比べれば、日本の警察はめったなことでは銃を持ちだすことはないが、それでも最近ではテロリスト対策の部隊としてSATという存在がある。それに銃を持ち人質を盾に立て籠もった犯人を射殺した例がないわけではない。北島を負傷させた際の銃声は従業員の耳にも届いていることは間違いない。状況が長引き、こちらの出方次第では、警察も強硬手段に打って出てこないとも限らない。もちろん、そうならないための算段はすでに頭の中にあったが、それ以前に自分が射殺、あるいは行動不能なダメージを被ったのではすべてが終わりになる。狙撃犯がポジションを構えるとすればどこか。その位置を確認しておかなければならない。

社長室は、ビルの角に位置する場所にあり、部屋を望めるビルは二つしかない。一方は二十階ほどはあろうかという銀行の本店に面しており、もう一方は三階ほどこちらよりも高い雑居ビルだ。狙撃ということを考えれば、同じ高さのポジションから目標を狙うのがいちばん容易《たやす》いが、いずれのビルの窓も完全に密閉された構造になっており、窓ガラスを破らなければならない。となると、十三階建てのビルの屋上が狙撃手の配置される場所としては最も可能性が高いと思われた。

それを確認しながらすべてのブラインドを下ろした哲治は、部屋の片隅に置かれたテレビの電源を入れた。画面に表示された時刻は、午前九時十五分を指していた。すでに朝のニュース番組が終了し、主婦向けの情報番組が始まっていた。

「山藤……こっちへ来い」

名指しされた山藤の顔に緊張の色が走った。

「こっちへって……」

「ここへ座るんだ」哲治はいままで座っていた椅子をショットガンで指し、「それからお前たちは長椅子に座れ。北島、あんたは横になっていたらいい。吉村の膝《ひざ》を枕にしてな」と続けて命じた。

山藤が立ち上がり、社長の椅子に腰を下ろした。哲治の体温を感じたのか、不快な表情を露わにして肘掛けに両手を添えた。吉村は北島の体を支えながら、長椅子に座る。彼の太腿《ふともも》を枕にして北島が呻き声を上げながら横たわった。

哲治は、携帯電話を取り出し、白田を呼び出した。呼び出し音が一度鳴っただけで回線が繋がった。

「カメラのポジションを移動する。画面の様子を見ていてくれ」

哲治が英語で言うと、

「OK」

白田がすかさず答えを返す。

哲治は三脚を持ち上げ、カメラを山藤に向けた。

「もう少し右へ……そう、そのポジションでいい」

白田が言う。

哲治はカメラの前に手を差し出し、

「ワン、ツー、スリー……」

ゆっくりとカウントした。インターネットを使った動画の転送は、まず最初にオリエンタル工機のサーバーにデータが蓄積され、それから哲治が開いたホームページのあるサーバーへと送られそこでまたデータが蓄積される。そのせいで使用環境によっては、特にエアーエッジを使った場合、タイムラグが生じる。哲治がわざわざISDNのコードを持参し、社内LANにケーブルを使って接続したのは、それを極力なくすためだった。

「問題ない。リアルタイムで画像が流れている」

白田が答えた。

「よし、それじゃ後は計画通りこいつの口を割らせるだけだな」

口を割らせるという言葉を聞いた瞬間、山藤の顔に緊張の色が走った。

「そっちはどんな状況だ。もう警察は押し寄せて来てるのか」

白田が不安の色が籠もった声で訊ねてきた。

「ああ、まさに雲霞《うんか》のごとくってのはこのことだな。ビルの周りは点滅する赤い光でいっぱいさ。まあ、見てろ。本番はこれからだ」

「成功を祈ってるよ」

「失敗なんかするもんか」

哲治は不敵な笑いを浮かべながら電話を切った。

『番組の途中ですが、ここでただいま入ったニュースをお知らせします。今日午前九時頃、大手町にある自動車部品メーカー、オリエンタル工機に銃を所持した男が乱入、同社の山藤社長ほか役員二名と共に、社長室に立て籠もっている模様です。中からは先ほど銃声が一発聞こえたという情報も入っており、現在警察がビルの周辺一帯を封鎖し、対処に追われている模様です。繰り返します。今日午前九時頃——』

背後のテレビから事件の一報を知らせるニュースが流れた。

画面に目を転ずると、緊張した面持ちのアナウンサーが原稿を読んでいる姿が映し出されている。おそらく、間もなく中継車がこのビル近辺に到着し、すべての番組を中断し、現場からの中継を始めることだろう。

銃を持った男が人質を盾に籠城《ろうじょう》した。これほどの大事件が人々の耳目を引かないはずはない。ましてや視聴率競争に明け暮れるテレビ局にとっては、願ってもない大事件だ。どの局もこれから目的が達成され事件が解決するまで、延々と中継を続けるだろう。

それこそが哲治の狙いだった。

計画の第一段階は、達成された。第二段階に移る準備も整った。

哲治の思惑を裏付けるように、山藤の前に置かれた電話が鳴った。二度、三度——。

山藤がどうするといった視線を向けてくる。

「おそらく、警察だろう。山藤、お前が出ろ。警察なら俺に代われ」

哲治は銃口を突き付けると、山藤に命じた。

山藤が受話器を取り上げる。その手が微《かす》かに震えているのが分かった。生唾《なまつば》を飲み込んだのだろう、喉仏《のどぼとけ》が上下する。

「はい……」

こちらの様子を窺いながら、低い声で答える。

「ああ、下村さん……いま、ちょっと取り込んでおりまして、折り返しこちらからお電話を差し上げます……ええ……それでは……」

「誰だ」

哲治は訊ねた。

「取引先の社長だよ。仕事の話だ」

「あんたの会社は、秘書の取り次ぎなしに、直接社長に電話が掛かってくんのかい」

哲治は、皮肉を込めて言った。

考えてみれば、警察からの電話にしては早すぎる。連中がコンタクトを取ってくるとすれば、状況把握が済み、対応策が決まってからのことだろう。それまでにはもう少し時間がかかるはずだ。

「すべての電話を秘書が取るとは限らない。ここには二本の回線が繋がれていてね、日頃親しくしている人間にはダイヤルインの番号を教えてある。今のは関西製鉄の下村社長だ」

「へえ、そんな面倒なことしてるんだ。いまの時代、直接話をしたいなら携帯電話があんだろ」

「昔の名残だよ。アメリカの大統領にしたって、我が国の首相にしたって、本当に重要な相手との間では、ホットラインが設けてあるだろ。それと同じことだ」

「会社のトップを大統領に喩《たと》えるとはあんたらしい」哲治は目出し帽の下で薄ら笑いを浮かべると、「OK、ミスター・プレジデント、それじゃ早々にこちらの用件に入ろう。ぐずぐずしていると、警察が動き出す。できればその前にこちらの用事は済ませておきたいからね」

改めて銃口を山藤に突き付けながら切り出した。

「君の目的が何かは分からないが、こんなことをしでかして無事で済むと思っているのか。外はすでに警察に包囲されてるんだろ。逃げ場なんてどこにもない。いまなら傷害罪と不法侵入、それに監禁の罪に問われるだけで済むが、事態が長引けばもっと重い罪に科せられるぞ」

気を取り直したのか、あるいは虚勢を張っているのか、山藤は背凭れに体を預けて挑むような視線を向けてきた。

「俺は逃げるつもりもなければ、罪に問われることも恐れちゃいない。あんたが俺の訊きたいことに正直に答えてくれればそれでいい。目的が達成されれば銃を置いて警察に投降するさ」

「訊きたいこと？　私に何を話せと言うんだ」

「上原教授殺害の真相だ」

哲治は山藤の顔を睨みつけた。一瞬彼の眉《まゆ》が動き、目に狼狽《ろうばい》の色が走った。

やはりこの男は何かを知っている。父の死にこの男が関与していることは間違いない。

推測は哲治の中で確信へと変わった。

もっとも、殺人という行為に、何らかの形で関わった男だ。そう易々と口を割るはずがない。ましてや目の前にはビデオカメラがセットされている。この時点ですでにこの映像がネットを通じてリアルタイムで放映されていることは知らないとしても、自分の発言が一言一句、記録として残るということは察知しているはずだ。

「どうして、私が上原君殺害の真相を知っているというんだ。私は何も知らない。第一、上原君とは彼が日本を離れて以来顔を合わせていないし、アメリカにも出掛けちゃいないんだよ。馬鹿馬鹿しい」

果たして予期した通り、山藤は首を小刻みに左右に振りながら否定の言葉を吐く。

「じゃあ、一つ訊こう」

哲治はバッグの中から一枚の紙を取り出し山藤の前に置いた。そこにはマービン・ダーハムから受け取ったオリエンタル工機の株価推移のグラフが記されていた。

「この株価推移だが、妙だと思わないか」

「我が社の株価が暴騰したことかね。それなら別に不思議なことじゃないだろう。確かに、我が社は上原君と特許の所有権を巡って争ってきた。地裁、高裁で我が社が敗訴したことも事実だ。だが、一方の当事者が最高裁の判決を前にして不慮の死を遂げたとなれば、裁判は我が社に有利とみて、思惑買いが入るのは当然の成り行きというものだ。ましてや、ご遺族とは和解ということで基本的合意に達したというニュースも流れた。あの特許が我が社のものとなれば、業績も上がる。一般投資家だってこれからの業績を見越して買いに走るだろうさ」

「普通に考えればあんたの言う通りだろう。だがね、この株価の動きにはそれだけじゃ説明のつかない一連の流れがある」

「どんな?」

「株が上がり始めたタイミングだ」

山藤の目がグラフに向くのを見た哲治はさらに続けた。

「あんたの会社の株価が上がり始めたのは、上原教授が殺害される直前のことだ。その時点では、教授が殺されることも、その後遺族が和解に応じることも誰も知らない。それに教授はあくまでも、最高裁判決を待つ姿勢を崩さなかった。一方の当事者であるあんたは充分に承知してるだろうが、一審、二審で下された判決が最高裁で覆ることは稀《まれ》だ。それを承知で、敗訴濃厚な会社の株を買いに走る馬鹿がどこにいる」

「そんなことは私の知ったことじゃない。株を買う人間の行動原理に法則などありはしない。様々な思惑が交錯するものだ。白の目に賭《か》ける者もいれば黒の目に賭ける者もいる。株はギャンブル。それが現実なんだよ。我が社が勝訴するかもしれないと見込んで、買いに走った人間がいたとしても不思議じゃないよ」

「なるほど、株はギャンブルね。それじゃ訊くが、教授の遺族が和解に応じるニュースが流れるまでに、どこの誰がこれほど多くの株を買いに走ったか、あんた知っているのか」

「それは……」

山藤は答えを探すように瞳《ひとみ》をせわしげに左右に動かしながら押し黙った。

「どこの誰が自社の株を買いに走っているのか、それが気にならない経営者がいるかよ。ましてや、この会社は事実上のオーナー企業。最大の株主は誰でもない。あんただ。知らないはずがない」

「いやはや、何と答えたものか……」山藤は、苦笑いを浮かべながら、「確かに、我が社の株が誰に買われているのか、気にしない経営者などいるわけがないと言われればその通りだろう。しかしね、第三者が何かしらの明確な意図を以《もっ》て、株を買い占めにかかっているとすれば、発行済み株式の五％を保有した時点で、財務局に大量株式報告書を提出することが義務づけられている。それがないということは、通常の取引の範囲内での結果だということだ」

「そうかな」哲治は新たにもう一枚の紙を山藤に突き付けた。「俺の調べでは、アメリカの七つのファンドが一斉に動き出し、オリエンタル工機の株を買い占めにかかっている。その保有株式総数は、およそ三十％になる。しかもいずれのファンドも、発行済み株式の五％寸前のところで買うのを止めている。これはいったいどういうことなのか、説明してくれよ」

紙にはアメリカのファンド七社の名前と、それぞれの持ち株比率が記載されていた。それを見た山藤の顔が蒼白《そうはく》になった。蟀谷《こめかみ》がひくつき、口元がわなわなと震え始める。

「こんなデータをどこで……。知らない。私は何も知らない。第一、君は誰だ。何が目的でこんなことをする」

すっかり狼狽した体《てい》で訊ね返してきた。

その時だった。背後でいきなり人が動き出す気配がした。振り向くと、負傷した北島を押しのけ、吉村がドアに飛びつき部屋の外へ逃げ出そうとしている。

「動くな！」

すかさず哲治は動きを制しようと怒号を上げ、ショットガンを向けようとしたが、不意をつかれて動作が遅れた。吉村の手がノブにかかり、力任せに引き開ける。哲治は半腰の姿勢で銃口をドアの方向に向け、トリガーを引いた。耳を聾《ろう》するような発射音が室内に充満する。衝撃で銃が跳ね上がる。散弾がドアの上部、そして天井近くの壁面にめり込み無数の破片が床に横たわる北島の上に降り注ぐ。

「撃つな！　撃たないでくれ！」

体を丸めた北島が泣き声を上げながら懇願する。

外した――。

考えている余裕などなかった。哲治は体勢を立て直すと、吉村の後を追ってドアに向かってダッシュした。絨毯《じゅうたん》の上を飛ぶように走りながらフォアエンドをスライドする。赤い空薬莢が排出され宙を舞う。火薬の匂いが鼻を刺激する。

哲治はショットガンを構え、ドア口に立った。長い通路を駆け抜けて行く吉村の後ろ姿が見えた。その先には秘書がいるブースが、そして役員室とエレベーターホールを隔てるガラスのドアがある。そこにはわずかに頭を覗《のぞ》かせ、こちらの様子を窺っている人影が黒いシルエットとなって浮かび上がっている。状況からすれば社員ではない。おそらく警察か……。

そんなことに構っている暇はなかった。今のところ目立った動きはないが、これから警察が取る行動は決まっている。人命の保護を最優先する彼らは、まず最初に人質の解放を要求してくるだろう。こちらの動機を訊ねることなど二の次だ。人質さえいなくなれば、後は強行突入でも何でも、彼らの意のままになるからだ。もちろん人質を解放したところで、すぐに警察が強硬手段に打って出てくるとは考えにくいが、事態が膠着《こうちゃく》状況に陥れば、必ずやSATに出動の命が下る。彼らの装備はドイツ製のサブマシンガンMP―5。それに加えて狙撃部隊もいる。いかにショットガンを所持していようとも、サブマシンガン相手に太刀打ちできるはずがない。武器の量、質共にこちらに勝ち目はないが、人質がいる限り、人命の尊重を第一に考える彼らはそう迂闊《うかつ》な行動は取れない。

それを考えると、吉村をいまここで逃がすのはどう考えても得策ではない。

哲治はドア口に立って、吉村の足元の少し手前を狙ってトリガーを引いた。肩を蹴飛ばすような反動が体を震わせる。銃口から火花が上がり、再び硝煙の匂いが鼻を刺激する。それが高揚した精神に刺激を与え、口の中にアドレナリンが染み出してくる。

悲鳴が上がった。吉村の足が縺《もつ》れ、膝から前のめりになって絨毯が敷き詰められた床の上に転倒する。距離にして十メートルといったところか。散弾が命中し、ずたずたに切り裂かれたパンツの裾《すそ》から鮮血が噴き出す。

こちらの様子を窺っていた人影が、一斉に頭を引っ込める。哲治は、吉村に駆け寄りながら、再びトリガーを引いた。正面のガラスのドアが凄まじい轟音《ごうおん》を上げて砕け落ちる。これで三発。弾倉の中は空になった。

哲治はジャンパーのポケットの中から急いで一発、銃弾を補填する。フォアエンドをスライドさせ再び正面に銃口を向けトリガーを引く。エレベーターホールの壁面から、砕け散った部材が飛沫となって舞い上がり空間を満たす。その陰に隠れてこちらの様子を窺っていた警官に散弾が当たったのか、野太い悲鳴が聞こえてくる。

哲治は、銃をその方向に向けたまま、吉村の襟を引っ摑《つか》むと、

「こっちへ来い!」

渾身《こんしん》の力を込めて、彼の体を引きずった。

「いやだ! いやだ!」

吉村は必死にもがく。しかし、その言葉も長くは続かない。襟を後ろから持たれたせいで、喉元にネクタイが食い込み、吉村は声を上げることができなくなったからだ。呼吸を

確保しようと、彼は手を襟元に捩り込み、激しくもがく。だが、それも空しい努力だった。吉村は身長が百六十五センチそこそこといったことに加えて酷く痩《や》せており、身長百八十センチを超える哲治が渾身の力を振り絞るまでもなく簡単に意のままになった。まるで戦闘中に負傷した戦友を安全な物陰に避難させるかのような動作で、哲治は吉村の体を再び部屋の中に引き入れドアを閉めた。

「吉村！」

山藤が腰を浮かせて叫んだ。

「てめえら、俺を舐めてるんじゃないのか。断っておくが俺はてめえらの命を奪うことなんか屁とも思っちゃいない。嘘じゃないぜ。いつだって殺す覚悟はできてるんだ。この二人のおっさんを殺さなかったのは、生かしておけば人質としての使い道があるからだ」

哲治は荒い息を吐きながら言い、苦悶《くもん》の表情を浮かべ呻き声を上げる吉村の襟首から手を放した。

「お前、いま自分が何を言っているのか分かっているのか？　三人、いや二人をこんな形で殺害すれば、死刑だぞ」

「そんなことは分かっている。もっともあんたを道連れに死刑になるなら本望さ。そんな覚悟はとうの昔にできている」

「狂ってる」

山藤が絶望的な表情を浮かべて、呆《ほう》けたような口調で呟《つぶや》いた。

「狂ってるって？　それはどっちの話だ。特許を我がものにしようとして上原教授を殺したあんたは狂ってないっていうのか」

哲治は激しく迫った。

「俺は何も知らないって言ってるだろう。第一、特許、特許って言うが、君に何の関係があるというんだ」

「それが関係大ありなんだな。あんた空売りって知ってるかい」

「もちろん知っている」

「俺たちはな、最高裁判決を待たずして暴騰しだしたオリエンタル工機の株価に目をつけた。おそらく、あんたらの逆転勝訴に賭けた人間たちが思惑で買いに走ったんだろうと考えた。だが、状況はどう考えてもあんたらに不利だ。おそらく判決はオリエンタル工機敗訴、株価は暴落するに違いないと踏んだ。だから俺たちは全財産、いや莫大《ばくだい》な借金をしてまでこのチャンスに賭けた。株価が暴落することを見越して売りまくった。だが、結果は逆だった。まさか最高裁判決を前にして上原が殺され、さらに遺族が和解に応じるとは考えもしなかった。俺は悟ったね。こいつは出来レースだ。俺たち一般投資家は嵌《は》められたんだとね。頭にくんのも当然だろ」

哲治は取ってつけたような嘘をついた。

「だから、そんなことはないって言ってるだろ。我々はアメリカのファンドが密《ひそ》かに我が社の株を買い占めにかかっていたことも、君に言われて初めて知ったんだ。確かにあの特許は我が社の将来を決定づけるほど価値のあるものであったことは事実だ。だからと言って、上原君を殺害したりするもんか。そんなリスクを冒す経営者がいると思うかね」

「どうしても口を割らないつもりか」

「割るも割らないも、真実は一つだ。嘘を言ってどうする」

やはり、山藤の口を割らせるのは並大抵の手段では不可能なようだ。

哲治は呻き声を上げる北島、吉村に目をやりながらポケットの中に手を入れると、次の手だてを考えながら三発の弾丸を取り出し、ショットガンの中に装填を始めた。

*

警視庁警備一課長を務める、金城淳史《かねしろあつし》はまだ覆面パトカーが完全に停車しないうちにドアを開けると車外に飛び降りた。周囲はパトカーが赤色灯を点滅させながら、通りを完全に塞ぐ形で集結していた。いずれの警官も、ヘルメットに防弾チョッキを着用し、事件がまれに見る凶悪事犯であることを物語っていた。周囲には異常なまでの緊張感が走り、私服、制服の警官たちが慌ただしく駆けずり回っている。上空には早くも事件を察知したマスコミのヘリが飛び交い、絶え間ないローター音がビルの谷間に木霊《こだま》する。その音に混じって、

「救急車！　担架を早く！」

オリエンタル工機が本社を置くビルの正面玄関から私服の警官が数名、顔面を押さえた同僚を支えながら飛び出して来るなり叫んだ。待機していた救急隊員がストレッチャーを用意し、その男を横たえる。

「どうした。何があった」

金城が問いかけると、

「人質が逃げ出そうと社長室を出たところで、犯人が背後から発砲したんです。人質は負傷した模様。その後さらに二発の発砲があり、うち一発が様子を窺っていた佐川警部の頭部に命中したんです」

警官の一人が言った。

「人質は何名だ」

「秘書の話だと社長以下三名。犯人は一名。散弾銃を所持しています」

「中の様子は？　他に負傷者はいるのか」

「分かりません。ただ部屋に入ってから間もなく、銃声が一度聞こえたといいますから、あるいは……」

金城は負傷した警官を見た。額に手をやった指の隙間から鮮血が噴き出している。血に塗《まみ》れた頭髪がジェルを塗りたくったようにぐしゃぐしゃになってへばりついている。苦悶に歪《ゆが》む顔。顔面に流れ落ちた鮮血の赤と口元から覗く白い歯が生々しいコントラストを描く。

「上にはまだ人がいるのか」

「五人が継続して現場の様子を窺っています」

「防弾チョッキは？　ヘルメットは着用してるんだろうな」

「いえ……」

警官が首を左右に振る。

「無茶だ！　問答無用で散弾銃を発射するやつが相手だ。すぐに装備を着用した警官と交代させろ」

「分かりました」

「課長、指揮車が到着しました」

背後から聞こえてきた声に振り向くと、部下の沢木が立っていた。まだ三十歳になったばかりの彼の顔には、緊張の色が見て取れる。

「社員の避難は？　ビルの中にはまだ人がいるのか」

金城は、負傷した同僚に付き添ってきた警官に向かって訊いた。

「事件発生と同時に、オリエンタル工機の従業員は全員避難しています。他の会社の従業員にも、避難指示を出してあります。現在確認中ですが、おそらくそちらもすでに避難は終了しているかと……」

「すると、ビルの中に残っているのは犯人、それから三人の人質以外は、警官だけということだな」

「その通りです」

「分かった」金城は再び沢木の方に向き直ると、「すぐにオリエンタル工機の総務部長を探して指揮車へ連れてきてくれ。フロアーの構造、それに社長室の中の配置図を作りたい」

「しかし、そう簡単に見つかりますかね。皆逃げ出してしまった後じゃ――」

「逃げ出してどこに行くってんだよ。家に帰っちまったとでも言うのか。封鎖線の辺りで声をかけてみろ。きっと現場を立ち去ることなく、成り行きを息を呑《の》んで見守っているに違いないさ」

「分かりました」

沢木が踵《きびす》を返して封鎖線に向かって駆けて行く。

金城は、現場となっている八階の窓に一瞥《いちべつ》をくれ、五十メートルほど先に停まっている指揮車に向かって歩き出した。

指揮車の中に入ると、居並ぶ隊員たちが一斉に視線を向けてきた。狭い車内の中央には机が置かれ、後部は各部署と連絡を取るための通信機材が備え付けられている。

金城は机の前に置かれた椅子に腰を下ろすと、受話器を取り上げた。

「部長、金城です」

相手は警視庁にいる上司の田村である。

「どうだ。そちらの様子は」

「犯人は一名。人質は社長の山藤以下三名。うち一名は逃走時に背後から撃たれ負傷した模様。生死は確認できておりません。さらに犯人は人質に発砲した際に、監視に当たっていた警官にも発砲。こちらにも一名の負傷者が出ております」

「他二名の人質の安否は」

「不明です。ただ、犯人はこれまですでに五発の弾丸を発射しています。最初の一発は社長室の中から聞こえてきたという報告を受けておりますので、あるいは……」

金城は、ここまでの道すがら無線によって報告された情報を話した。

「最悪のケースを考えれば、もう一人負傷者がいるかも知れないというわけか」

田村の声に緊張感が滲《にじ》み出す。

「躊躇《ちゅうちょ》なく警官に向けて銃をぶっ放すやつですからね。へたをすれば射殺されているかもしれませんよ」

「可能性を言い出せば切りはない。金城君、言うまでもないが、犯人を逮捕することはもちろんだが、何よりも最優先されるのは人質の命だ。何があっても、人質への危害は最小限に抑えるんだ」

「分かっています。しかし部長。状況は極めて深刻です。これから犯人との交渉を試みますが、これほどの事件を起こすやつです。正常な精神状態にある者ならば、相当な覚悟と確固たる目的があっての行動でしょうし、精神異常者の犯行なら、説得を試みてもこちらの言うことなど聞かないでしょう。今後の展開次第では、発砲も止むなしという事態も視野に入れておかねばならないと考えますが」

「銃撃戦になるかもしれんということか」

「可能性としてはそれも考えておかなければならないでしょう。先に申し上げましたが、すでに確認できているだけでも犯人は二人の人間を負傷させているんです。やつが所持している銃は脅しの道具なんかじゃない。歯向かって来る者は本気で射殺しようとしてるんです」

「まっ昼間に、しかも大手町のど真ん中で警察と籠城犯が銃撃戦を繰り広げるなんて前代未聞だ。その上、人質全員が殺されでもしてみろ。事件が解決したとしても、世論が黙っているわけないだろ。そんな事態は極力避けなければならん」

「しかし、それではこちらは何の手も出せないじゃありませんか。もし、犯人を無力化するチャンスがあった時には、各自の判断で発砲する許可をいただきたい」

警官は漏れなく定期的に射撃訓練を受けている。もちろん標的は動かない紙に印刷された人型だ。しかも射撃能力には歴然とした個人差が出る。仮に狙撃のチャンスを得たとしても、うまく急所を逸《そ》らし、犯人を無力化できる可能性は極めて低い。ましてや銃撃戦ともなれば双方共に命懸けだ。弾丸飛び交う中での射撃は、じっくりと的を狙うことなどできるわけがない。金城は無力化という言葉を敢《あ》えて使ったが、それが意味するところは明白だ。犯人の射殺も止むなしということだ。

「分かった。発砲を許可する……。ただし、それはあくまでも最後の手段だ。とにかく人質解放に向けて、君は全力で犯人説得に当たれ」

「了解しました。それから部長。やつが所持している銃ですが。出処を洗えませんかね。それが分かれば、犯人が何者なのか、正体を摑む手がかりになると思うんですが」

「それはそうには違いないが……結果が出るまでにどれほどの時間がかかるか……」

「やつが所持しているのは散弾銃です。おそらく猟銃でしょう。ただちに、全国の警察署に指令を出し、猟友会を通じて銃が所有者の手元にあるかどうか、それを確認して貰えませんか。もし、やつが所持している銃が盗品だとしたら、その時点で銃のタイプ、所持している弾丸の数が分かるはずです」

「それはあまりに希望的観測というものではないかな。第一、いまは猟期の真っ最中だ。中には遠出をしている人間だっているだろう」

「遠出をしているんなら、盗まれた時点で届けを出しているでしょう。無駄かも知れませんが、いまこの時点では犯人に繫がる情報が何もないんです。お願いします」

「分かった。やってみよう」

部長が受話器を叩きつけるようにして回線を切る。

「課長」

背後から沢木の声が聞こえた。

指揮車に乗り込んでくる彼の背後には、顔を強《こわ》ばらせた初老の男が佇《たたず》んでいる。寒風が吹きすさぶ中だというのに、ワイシャツの上にカーディガンを羽織っただけの姿は、完全防備の警官たちの中にあって、酷く場違いな印象を与える。

「オリエンタル工機の総務部長の岡倉さんです」

「こちらへ……」

沢木に続いて岡倉が車内に乗り込んで来る。薄くなった頭髪が乱れ、寒さのせいか、あるいは突然襲った恐怖に戦慄《おのの》いているのか、体が小刻みに震えている。

「どうぞ、こちらにおかけ下さい。幾つか訊きたいことがあります」

金城が正面の席を指す。岡倉が席についたところで、

「総務部長、今回の事件で何か心当たりのあることは？」

金城は切り出した。

「と言いますと」

「たとえば、たちの悪い連中。はっきり言ってしまえば総会屋とか、それに連なる人間に、何か因縁めいた話をもちかけられていたことはありませんか」

企業というものは、外部には決して表沙汰《おもてざた》にできない不祥事、あるいはスキャンダルに繋がる問題の一つや二つは必ず抱えているものだ。そうした匂いを嗅《か》ぎつけ、金をせびりに来る輩《やから》に対処するのが多くの場合総務部である。金城が沢木に命じて真っ先に総務部長を探し出せと命じたのは、もし、そういう連中にオリエンタル工機が付き纏《まと》われていたのなら、犯人の正体を掴む手がかりになるかもしれないという読みがあったからだ。

「いえ、少なくとも、私が知る限りにおいては何も……」

岡倉は表情を強ばらせたまま言った。

「訴訟とか、そうした類《たぐい》の争いごとは？」

「訴訟なら、この五年間争ってきたものが一つあります」

「どんな？」

「水素自動車のタンクにまつわる特許権を巡っての争いです。相手はかつて我が社で働いていてアメリカのカリフォルニア大学バークレー校教授に転じた上原という男ですが、彼は昨年の十月に亡くなりましてね。最高裁判決を前にして、ご遺族との間で和解の合意に達したところだったんです。それ以外、訴訟は一件も抱えてはおりません」

「五年もの間、争ってきた訴訟が和解となった？　それはなぜです」

「原告となった上原君が亡くなったからですよ。特許の所有権を巡る訴訟の判例というのは、我が国においてはあまりありませんからね。一審、二審では上原君が勝訴しましたが、慎重を期するためだったんでしょうねえ、最高裁は異例なことに口頭弁論を行うと告げてきたんです。上原君が亡くなってしまえば、開発の経緯を知る者は我が社の人間だけ。加えて難しい技術についても触れなければなりません。当事者がいなくなったとなれば、とても公判を維持していけるわけがありませんよ。そんなこともあったんでしょうねえ。遺族はこちらの提示した和解条件を呑み、訴訟はそれで決着を見たというわけです」

「しかし、彼の遺族にとってはさぞや不本意だったでしょうね」

金城は、犯人に繋がる一筋の光明を見いだしたような気がして、早口で迫ったが、

「それはどうですかね」

岡倉は小首を傾げると続けた。

「和解するために、我が社は十七億もの金を支払うことに同意したんですよ。確かにあの特許を用いた水素自動車が生産され始めれば、権利所有者に転がり込んでくる金はその比じゃない。でも、遺産としてそれだけの金が転がり込んでくるんですよ。当事者ならまだしも、不満を抱く人間がいますかね」

なるほど、確かに十七億は大金である。しかも遺産ともなれば、継承者にとってはまさに濡《ぬ》れ手に粟《あわ》のような話だ。それだけの金を手にできることが確実となって、こんな蛮行に打って出る馬鹿はいない。

「それで、その継承者というのは？」

「確か、息子だと聞きました。もっとも彼はアメリカに在住しているはずで、日本にはいないと聞きましたが……」

筋が良いとは言えないが、念には念を入れておくに越したことはない。金城は、すばやくメモを取ると、ページを引きちぎり、

「裏を取ってくれ。上原の息子の所在を確かめるんだ」

沢木に命じた。

「はい」

沢木は、すぐに電話を引っ摑むと、受話器を耳に押し当てる。

「ところで、岡倉さん。もう一つ伺いたいことがあります」

「何でしょう」

「犯人が立て籠もっている八階、それから社長室の見取り図です」

「紙はありますか」

同席していた警官の一人がレポート用紙と鉛筆を差し出した。それを受け取った岡倉が迷うことなく図を描き始める。

「このビルにはメインエントランスに六基のエレベーター。他にもう一つ同じ数のエレベーターがある入り口があります。社長室は南端にあって、社長は通常メインエントランスにあるエレベーターを使います」

フロアーの構造は至ってシンプルなものだった。中央には、南北に延びる廊下があり、それを挟んで東西にオフィス、八階部分の南側三分の一は廊下を挟んでそれぞれ六つの役員室が設けられていた。そしてそのいちばん奥、南に面した部分はすべて社長室となっていた。ラフな図で縮尺は正確ではないにせよ、他の役員室と比べてざっと四倍ほどの広さがあるようだった。

「社長室の中には、中央に応接セットが、南東の角に社長の執務席があります。それからトイレと洗面室が設けられています。キャビネットの中には冷蔵庫があって、若干の飲み物のストックがあります」

「先ほど病院に搬送された警官は、役員室に入る手前のエレベーターホールで銃撃されたようですが、この図からするとその部分を押さえてしまえば、犯人が逃走するルートはまったくない。そう考えて宜《よろ》しいのでしょうか」

「そう考えていいと思います。非常階段に出る、あるいは他のフロアーに移動するにしても、まずこのエレベーターホールを抜けないことにはどこへも行けません」

「天井はどうです。ダクト、あるいは天井裏を通ってどこかに出るということは？」

「どうでしょう……」岡倉は小首を傾げると、「ダクトといっても、冷暖房用のものですからね。人が入れるほど大きなものではないと思います。天井裏に入ることはできますが、確か社長室には入り口はないはずです。天井裏に入れる点検口は、給湯室にあって、それはここと、ここの二箇所です」

岡倉はそう言いながら、フロアーの見取り図の二箇所を指し示した。

「となると、犯人はまさに袋の鼠というわけか……」

「少なくとも、私が知る限りにおいては、逃げ道はどこにもありません。たとえ、部屋から出て警官が待機しているエレベーターホールを突破できたとしても、外に出たら出たでこれだけの包囲網が出来上がっているんですから」

金城の言葉を裏付けるように岡倉が言った。

いったい何が目的なのだろう——。

金城は声に出さずに呟いた。それと同時に何とも奇妙な感覚に襲われた。犯人の目的がまったく分からなくなったからだ。

籠城事件には幾つかのパターンがある。一つは、逃走中、状況を打開するために成り行きで人質を取り籠城してしまう。もう一つは確固たる目的を持ち、それを遂げるために予《あらかじ》め狙いをつけた人間を監禁することだ。特に後者の場合は、目的を達成した後はすみやかに逃走できるルートを確保しておくものだ。いやそれ以前に、目当ての人間を監禁するにしても、その事実を外部の人間に知られぬよう、隠密裏に行動するものである。しかし、今回のケースはそのいずれにも当て嵌まらない。むしろ、自ら進んで退路を断っているようにも思える。この男をそこまで突き動かす動機は何なのだろう。犯人の行動は、決して成り行き任せのものではない。いやむしろ事前に銃を所持し、迷うことなく社長室に向かっている。その一点だけを以てしても、やつが明確な目的を持っていることは明白だ。それどころか、事が大きくなり世間の耳目を集めることを望んでいるかのようにも思える。

「岡倉さん、最後にお訊きします。社長室には直通電話はあるんですか」

金城が訊ねると、

「ええ、社長室には二本の回線が繋がっています。一つは秘書室を経由するもので、もう一つはダイヤルイン」

岡倉がすかさず答える。

「その電話番号を教えていただけますか」

「ダイヤルインの番号は——」

岡倉が諳《そら》んじていた番号を告げるのをメモに書き留めた金城は、

「ありがとうございました。いまの時点でお伺いしたいのは以上です。今後の展開如何《いかん》では、またお知恵を拝借することもあるかと思いますので、常に連絡が取れるようにしておいて下さい。お手数をおかけしました」

労《ねぎら》いの言葉を掛けると、話を終わらせた。

「課長。上原の遺産継承者へは、本庁を通じて連絡を取ってもらうよう、手配しましたがどうします？」

岡倉が指揮車を出て行ったところで、傍らで二人の会話を聞いていた沢木が口を開いた。

「とにかく、犯人の目的、それから何か要求があるのかを確かめるのが第一だ。これから社長室に電話を入れてみる。動機、あるいは目的が分からんことには、こちらも対処のしようがないからな」

金城の言葉に、車内にいた警官たちの目に、新たな緊張の色が走った。これから交わされるであろう、会話を録音するために、ボイスレコーダーに警官の手が伸びる。

それを見て取った金城は、受話器を持ち上げるとメモに書かれた番号をプッシュし始めた。

＊

「山藤さんよ。あんたもよくよく人望のない男だな。社長を見捨てて逃げ出そうとする人間を役員にしておくとはね。普通、自分の身を盾にしても社長を救おうとするのが部下たる者の務めだろ」

　床の上には、腕に傷を負った北島、そして足を負傷した吉村の二人が体を横たえている。銃身を切り落としたショットガンから発射された散弾は急速に拡散を始めるが、わずか十メートルにも満たない距離からの狙撃である。充分に拡散しなかった散弾の威力は凄まじく、吉村の足は脹脛《ふくらはぎ》から踵《かかと》にかけての肉が抉《えぐ》られ、酷い出血を起こしていた。滴り落ち続ける鮮血をたっぷりと吸い込んだぶ厚い絨毯の上には、赤黒い染みが広がっている。

　苦痛に歪む二人の顔を見て、罪の意識が込み上げてこなかったと言えば嘘になる。もちろんこれだけの行動に打って出るからには多少の犠牲は元より覚悟している。一人や二人の死者が出ても仕方ないとさえ思っていた。しかし、実際に自らが発した銃で、深手を負った人間を目の当たりにすると、犯した行為の重さに哲治の胸は疼《うず》いた。

「強がりを言うもんじゃないよ。君は二人の人間を傷つけた。これがどれだけ大きな罪になるか、それを良く考えるんだな。これは傷害なんてもんじゃない。立派な殺人未遂だ」

　山藤がこちらの心情を見透かしたかのように、強気の言葉を吐く。

「そんなことは元より覚悟の上だ」

「二人をこのままにしておくつもりか。見たところ、吉村君の怪我は酷い。出血もかなり激しい。もし、彼が死ぬようなことにでもなれば、君は殺人罪に問われるんだよ。君はまだ若いんだろ。一人死んでも、状況から考えれば無期懲役。もし二人が死ぬようなことになれば死刑は免れまい。どこで、こんなデータを仕入れたものかは知らないが、私はこの件に関しては一切関知していない。勝手な思い込みで、人生を台無しにするなんて馬鹿げたことだとは思わないのかね」

「勝手な思い込みだって？　さあて、それはどうかな」

「まだ私の言葉を信じちゃいないのか。真実というものは一つだ。私は上原君の殺害にも関与していなければ、我が社の株がアメリカのファンドに買い占められていることも知らない」

「我々がちょっと調べただけで、これほどの情報が入手できたというのに、経営者たるあんたが知らないとはとても信じられんね」

「何と言おうと知らないものは知らんのだ」

山藤はうんざりした表情を浮かべると、そっぽを向いた。

その時、机の上の電話が鳴った。二度、三度——。八回を数えても一向に鳴り止む気配はない。まるで社長室に人がいることを知っているかのようなしつこさだ。

出ろ……。

哲治はショットガンを山藤に突き付けながら目で合図を送った。

「もしもし——」

山藤が押し殺した声で答える。

「警察からだ。どうする」

受話器を手で押さえながら山藤が告げる。

哲治は受話器をひったくると耳に押し当てた。

「もしもし……」

「警視庁警備一課長の金城だ。君は誰だ」

「騒ぎを起こした張本人だよ」

哲治は静かに答えた。

「目的は何だ。要求はあるのか」

「あんたに話すことは何もない。これは俺と山藤の問題だ。用が済んだらここを出て投降するよ」

「落ち着いて考えろ。このビルは警察によって完全に包囲されている。逃げ道はどこにもない。それに君はすでに人質、警官各一名の人間を傷つけている。この上さらに人質に危害を加えることがあれば、罪を重くするだけだ。ただちに武器を捨てて投降したまえ」

「あんた、警視庁の警備課長と言ったな。こうした事件で犯人と直接交渉したことはあんのか？」

「……いや、ない。それがどうかしたか」

「だろうな。警察に投降しろと言われて、はいそうですかと武器を捨てて出ていく人間がいると思うか。そんなやつ、いるわけないだろ」

「人質の様子を教えてくれ。君がすでに五発発砲したことは摑んでいるし、先ほどそこから逃走を図った人間が撃たれたことは把握しているが、怪我の程度はどうなんだ」

「あんた、さっき負傷者が人質、警官各一名と言ったな」

「ああ。お前の銃弾を顔面に受けて、病院に搬送された」

「なら、負傷者は二人じゃない。三人だ」

「三人だって？　もう一人負傷者がいるのか」

「無傷なのは社長の山藤だけだ。いまのところね」

「人質二人の容体は」

「一人は腕に、もう一人は足に怪我をしている」

哲治は二人に視線をやりながら淡々と告げた。

「腕の傷は大したことはない。足を撃たれたやつは、脹脛《ふくらはぎ》から踵《かかと》にかけて散弾を食らったせいで、かなりの出血を起こしているがね」

「負傷の程度は」

「ただちに二人を解放すべきだ。それができないと言うなら、せめて医師の治療を受けさせてくれないか」

「そいつあ無理な相談というものだ。二人とも傷を負ってはいるが命には別状ない」

「そんなに気楽に構えていていいのかね」

「どういう意味だ」

金城の問い掛けの意味が分からず、哲治は訊き返した。

「散弾に用いられる鉛は大変な有毒物質だ。一刻も早く体内から除去しなければならない。このまま手当てもせずに放置すれば、散弾が食い込んだ周辺の肉が腐り始める。事態が長引けば生命にかかわる。もし治療が遅れ人質が命を失うようなことになれば、明確な殺意のあるなしにかかわらず、君は殺人罪に問われることになる。殺人罪と未遂では科される量刑は大違いだ」

必死に訴える金城の言葉に嘘はなさそうだった。しかし、ここで二人を解放してしまえば、残る人質は山藤一人となる。もちろん、それでも目的を果たすには充分だが、生命の危機にある人間が監禁されたままだということがマスコミに知れれば、事態はますます重さを増す。結果、世間は事の成り行きを息を呑んで見守ることになるだろう。それは哲治にとって、むしろ願ってもない状況を作り上げることになる。それに、部下の命が危機に瀕《ひん》しているとなれば、頑として口を割らない山藤に大きなプレッシャーを与えることにもつながる。

「金城さんと言ったな。あんたの要求が通るかどうか、それを決めるのは俺じゃない。山藤の出方次第だ」

哲治は、山藤を正面から見据えると冷酷な口調で言った。

「山藤社長の？　君の目的は何だ。山藤社長に何を要求してるんだ」

「それはいずれ分かる。とにかく俺は人質を解放するつもりはない。それが答えだ。人質の命が大切だと考えるんなら、手出しはしないことだ。用があればこちらから連絡する。

それまで電話の類は一切無用。事態の推移を見守ることだ」

哲治は、そう言い放つと受話器を静かに置いた。

目前に、会話の成り行きを息を凝らして見詰める山藤の姿があった。

「警察は何と言ってきた」

緊張した面持ちは相変わらずだが、警官の声を直に聞いたせいか、余裕を感じさせる口調である。

「別に……決まり切ったことだよ。負傷したあいつらを即刻解放しろと言ってきた。残念ながらあんたを解放しろとは言わなかったがね」

山藤が口元をひくつかせながら、失望と怒気を含んだ視線を向けてくる。哲治はそれを無視し、

「当たり前だろ。非常時において優先されるのは女子供、それから負傷者だ。飛行機や船の緊急避難時のアナウンスをドラマの中で聞いたことがあんだろが。無傷な者は後回し。もし、それを無視して真っ先に逃げ出そうもんなら、世間の非難は弱き者を見捨てた人間に集中する。つまりだ、もし仮にあんたが二人を見捨てて逃げ出したりすれば、俺よりも二人の上司にして怪我人を見捨てたあんたは辛《つら》い立場に陥るってことだ。もちろん、俺の質問に白《しら》を切り通し、こいつらのいずれかが命を落とすようなことになっても同じだ」哲治はそこで銃を翳《かざ》すと、「警察が言うにはさ、散弾に使われている鉛は強い毒性を持っているんだそうだ。このまま放置しておくと、肉が腐敗し、命を失うことがあるとね」

他人事《ひとごと》のように淡々とした口調で山藤に迫った。

「それが私のせいだと言いたいのか。冗談じゃない。二人を撃ったのはお前じゃないか。私には何の落ち度もない」

山藤は額に血管を浮かび上がらせ、顔を赤く染めて反論する。

「二人を助けたければ、正直に知っていることを話すんだ」

「だから、私は何も知らないと言っているじゃないか。何度同じことを言わせれば気が済むんだ。いいかげんにしてくれ」

「確信がなければこんなことはしないよ。あんたが知らないと言い張るなら納得のいく説明をするんだな。不審な点はまだいくらでもあるんだ」

哲治はそう言うなり、バッグの中に手を入れ、一枚の新聞のスクラップを山藤の前に突き付けた。

「あんた、英語は堪能《たんのう》なんだろ」

哲治は目出し帽の中で薄ら笑いを浮かべながら、アジア・ウォールストリート・ジャーナルのコピーを手渡した。

山藤の経歴はオリエンタル工機のホームページを通して調べてある。ネットで公開されている企業情報は、ほとんどの場合、役員の名前と肩書き程度で、個々の経歴が詳細に掲載されているものは滅多にない。ところがヤツはアメリカの大学院でＭＢＡの学位を取得したのが自慢であるらしく、学歴と職務履歴が社長の言葉の前にこれ見よがしに記載されていたからだ。

『ジュピター　太陽自動車へ新たに役員派遣』

見出しに素早く視線を走らせた山藤が鼻を鳴らした。

「これがどうかしたか」

「太陽自動車は事実上ジュピターの傘下に、そしてあんたの会社は太陽自動車の系列下にある会社だ。上原教授が死に、特許があんた方のものとなりそうになった途端にアメリカのファンドがオリエンタル工機の株を買い占めにかかった。そしてジュピターは新たに役員を送り込んできた。これはいったいどういうことかな。何を意味するものかな」

「さあね」山藤が肩を竦《すく》める。「ジュピターがどんな目的で太陽自動車に役員を送り込んできたのか、私はそんなことを知る立場にない」

「そこが不思議なところなんだな」

「どこがだね」

「ファンドの動きを聞いても、ジュピターの太陽自動車への新たな役員派遣の話を聞いても平然としていられるところがだよ。あんたはオリエンタル工機のオーナーだろ。経営権を奪取されるかもしれないような事態に直面して、どうして平然としていられるんだ」

「太陽自動車がジュピターからの役員を増員することがどうして我が社の経営基盤を脅かすことになるんだ。ウチとは何の関係もないことだ」

「そうかな。さっきも言ったが、ファンド七社が買い占めた株式の総数は、あんたの会社の発行済み株式の三十％近くになるんだぜ。もし、連中がこの株をジュピターに売り渡したらどういうことになる？　それだけの株式を握られれば、オリエンタル工機の経営権はジュピターに握られる。ジュピターが役員を新たに送り込んだのは、その布石じゃないのかな」

「何とも逞《たくま》しい想像力だね。いやここまで来ると希代のストーリーテラーと言ってもいいね。失礼だが君は経済学を勉強したことはあるのかね？」

「あんたのようなご立派な学位は持っちゃいないよ」

「だろうね」山藤は嘲《あざけ》りとも取れる苦笑いを浮かべる。「確かにジュピターが株式の三分の一を握れば、我が社の筆頭株主に躍り出ることは事実だ。当然役員も送り込めれば事実上の経営権も彼らの手に落ちる。しかしね、株式を三十％、いや正確には三十三％以上保有しようとすれば、公開買い付け、ＴＯＢという手順を踏まなければならない。もし、我々がそれを敵対的買収と見なせば、防衛する企業、つまり我々には第三者割当増資が認められている。発行株式の総数が増えれば、当然ファンドの持ち株比率は低くなる。それだけじゃない。増資を行えば一株当たりの価格は薄まるから株価は下がる。当然、その時点でファンドの含み益は小さくなる。すでに購入した時の株価いかんでは、大損することにもなりかねないわけだ。それに、仮にウチが増資を行わないとしてもだ、ＴＯＢをかける方は、買い取り値段を予め提示しなければならない。我が社の株価は君が示したグラフの通り、この数ヵ月の間に暴騰し、今では五百円台を挟んで推移している。かつての四倍以上の値だ。もし、このタイミングでＴＯＢをかければ、更に高い値を提示しなければ応じる者などいやしない。果たしてそれほどの価値がウチの会社にあると思うかね。特許が我々のものとなったとしても、インフラが整うまでには長い時間がかかる。先物買いにしても莫大な資金を長期間眠らせておく馬鹿はいないよ」

「普通に考えればあんたの言う通りだろうさ。しかし、すでにファンドの連中は、三十％の株を持っているのは事実だ。あんたの言うように経営権を握ろうと思えば、正確には三十三％の株が必要だが、あと三％だ。普通では考えられない高額な買値を示せば、その程度の株を市場で買い集めるのは造作もないことじゃないのかな」

山藤の目が細くなった。笑いが消え、射るような視線を向けてくる。

「君の考え、いや推測には、決定的に欠けているものがあるね」

「どんな」

「私には会社が買収されることを黙認する理由など、どこにもないということだよ」

山藤は、「失礼」と断りを入れ、机の上に置かれたシガーケースから葉巻を取り出し、ライターで火を点《とも》す。煙が虚空を舞い、エアコンから吹き出す空気の流れにたちまちかき消されていく。濃厚な葉巻の匂いが部屋の中に漂い始める。

「いいかね。我が社は上原との訴訟を和解に持ち込むために、十七億円もの大金を支払うことに同意したんだ。結果、あの権利が我が社のものとなるという見通しが立ったのに、何でジュピターの傘下に入らなければならないんだ。どうして私が会社を手放すようなことをしなけりゃならないんだ。まったく筋が通らんよ」

「特許をジュピター、太陽自動車、オリエンタル工機の三社で独占できるじゃないか」

「おいおい、ちょっと待ってくれ」山藤は頭を左右に振りながら煙を吐く。「君は少しこの技術の将来性を過信しちゃいないか」

「過信？　どこが」

「今も言っただろ。水素自動車が普及するには、インフラの整備なくして有りえない。水素製造プラント、ガソリンスタンドに代わる補給所。もし、ジュピター、太陽の二社が特許を独占したら、どこの誰が本格的にインフラの整備に乗り出すってんだ。特許をものにしたはいいが、肝心のインフラが整わないいんじゃ宝の持ち腐れだ。そんな馬鹿なことをする経営者がどこの世界にいる。君が言っていることはゲスの勘ぐりというやつだ。見込み違いも甚だしい」

　なるほど山藤の言い分にはもっともなところがないわけではない。確かに、特許をものにしたはいいが、肝心のインフラが整わないのでは宝の持ち腐れというのもその通りだろう。しかし、アメリカのファンド、それにジュピターの動きを考えると、彼の言い分をそのまま鵜呑《うの》みにすることはできない。もし、ファンドの動きが単純に株価の上昇によって利益を上げるという彼ら本来の目的にあるのなら、七社の保有比率の足並みが、これほど見事に揃うはずがない。その一点だけをとっても不自然さは拭《ぬぐ》い去れない。

　この話にはまだ裏がある。自分が気がつかないでいる秘密がまだ隠されている。

だが、山藤の口を割らせるのは並大抵の手段では果たせないことは明白だった。何しろ、こちらが手にしている情報は全て提示してしまい、それらをことごとく否定されたのだ。もちろん状況証拠としては山藤は黒だ。父殺害の全容を知っていることは間違いない。どうしたらこいつの口を割らせることができるか。

哲治は次の手段を考えながら、山藤の顔を睨みつけた。勝ち誇ったように悠然と葉巻をくゆらす山藤。その時、部屋の片隅で横たわっていた二人の方から呻き声が聞こえた。見ると、専務の吉村が虚ろな目を虚空に向け、大きく肩を上下させている。足元にできた血溜まりは先ほどよりもだいぶ大きくなっている。赤黒く変色した絨毯を指先でちょっと押してやれば、そこから血が滲みだしてきそうなほどだ。

「君、このままでは危険だ。出血が止まらない」

負傷した腕をかばいながら、北島が悲痛な声を上げる。

「止血の方法は教えたろ」

「見りゃ分かるだろうが！　ネクタイを太腿に巻き付けて出血を止めようとしても駄目なんだよ！　このままじゃ吉村君は死んでしまうぞ！　すぐに医師の手当てが必要だ」

吉村の顔からは部屋に引きずり込んだ時よりも明らかに血の気が引き、蒼白に変わっている。額には脂汗が浮かび、力なく北島の腕の中に身を預けているだけだ。

哲治は迷った。

人を殺すことも辞さずという覚悟を決めて行動を起こしたことは事実だが、やはり命の灯火《ともしび》を自分で消してしまうことにはためらいがある。それに、もし父の殺害にこの二人のいずれかが関与していたとすれば、とっくの昔に口を割っているに決まっている。

一瞬、吉村の顔にサンフランシスコ市警の死体安置所で見た父の死に顔がだぶって見えた。

「どうする？　吉村君をこのまま見殺しにするつもりかね」

山藤が哲治を窮地に追い込んだと言わんばかりに小鼻を膨らませる。気のせいか頰の肉が緩み、薄ら笑いを浮かべているようにさえ思えた。

ここで吉村を解放すれば、こちらには人を殺すだけの度胸はないのだということが山藤に見抜かれてしまう。そうなれば、今後どんな手を打ったところで彼は決して口を割ることはないに決まっている。事態は完全な膠着《こうちゃく》状態に陥り、時間だけが浪費されていく。それは明らかに自分の立場を不利にする。三人の人質のうち一人が死んだとなれば、警察はこれ以上の犠牲者を出すわけにはいかないとばかりに強行突入を試みるに決まっている。一昔前ならば、射殺犯といえども命を奪うことには警察も躊躇したたろうが、これだけ凶悪事件が続発する世の中ともなれば、警察はもちろん、社会もそうした行動を言下に否定はしないだろう。

事実、そんな例はアメリカ社会にはごろごろしている。あれはマークと知り合って間もない頃の話だ。サンフランシスコのダウンタウン、名だたる金融機関がオフィスを構える近代的なビルが立ち並ぶ一角を歩いていた時、彼はこう言ったものだ。

「テツ、お前『HEAT』って映画見たことある？」

「ああ、ロバート・デ・ニーロとアル・パチーノが、街の中で派手な銃撃戦を繰り広げるやつだろ」

「そう。あの舞台になったのがこのビルだったんだ」

「あれってロスの話じゃなかったっけ」

「いや実際の事件はここで起きたのさ。もっとも状況は少し違っていて、本当のところは、ブラックマンデーで投資会社に大金を預けていた男が全財産を無くしちまってさ、それで頭に血が上った男がショットガンを持って、このビルに押し入り片っ端から投資会社の社員を射殺したんだ。俺はあの日たまたまこのビルの傍にいたんだけど、そりゃ凄《すご》い騒ぎだったぜ。ビルからは従業員が泣き叫びながら逃げ出して来るわ、中からは銃声がひっきりなしに上がるわ、警察車両が押し寄せてくると、一帯を封鎖してさ。そのうちSWATが出動してきて、銃撃戦が始まるんだもんな。もの凄えの何のって」

「それで犯人は？」

「決まってんだろ。交渉の余地なんてあるもんか。即射殺」

当時は、アメリカに渡って間もないせいもあって、随分乱暴な話だと思ったものだったが、それと同じ目に自分が遭わないとも限らない。簡単には山藤が口を割らないと分かった今となっては、できるだけ警察が強硬手段に打って出ることを引き延ばさなければならない。

哲治は決心した。

「よし、こいつを解放してやる。北島と言ったな。お前、こいつの体を支えて部屋から連れ出せ」

北島は頷《うなず》くと吉村の体を起こしにかかる。しかし、吉村は自分で立ち上がれるだけの体力はもう残っていないらしく、かろうじて腕を北島の肩に回したものの腰が浮かない。それを見て取った北島が彼の体を背中に担ぐ。

「いいか。解放するのは吉村だけだ。北島、あんたはドアの外にそいつを置くだけだ。逃げようとするなよ。お前らがこの程度の怪我で済んだのは、正直言って偶然だ。もし、逃げ出そうとすれば、狙いを定めている余裕はない。遠慮なく銃をぶっ放す。今度は急所を外れるかどうか分からない。もっともそれに賭けてみるかどうかはあんたの自由だがな」

「分かった。約束する」

北島ががくがくと頭を上下させる。

哲治はドアの傍に歩み寄る。外の気配を窺いながら、僅《わず》かにドアを開ける。隙間からエレベーターホールにいる警官の姿が見えた。さっきまでとは違い、全員がヘルメットを着用し、ジュラルミンの盾を構えて防御の姿勢を取っている。

「人質を一人解放する！　撃つな！」

哲治は叫んだ。

「外に一人置く。ドアが閉まったら、即座にそいつを連れていけ。突入しようなんて変な気は起こすなよ。一人解放しても、まだこっちには二人いるんだ。もし、妙な行動に出れば、容赦なく二人を射殺するからな」

「了解した」

警官の声が聞こえた。

哲治は振り向くと、北島に向かって目配せをした。不自由な腕をかばいながら、北島が吉村を担ぎ上げ、おぼつかない足取りでドアに向かって歩き始める。哲治は壁際に身を隠しながらショットガンの銃口でドアを開いてやった。

「そこに置け」

「しかし、吉村さんは……」

「お前が運ばなくとも、外の連中がやってくれる」

北島は吉村を廊下に静かに寝かせた。盾の間から、ヘルメットを被《かぶ》った警官たちがこちらの様子を窺っているのが見える。

「ドアを閉めろ。早く！」

哲治が命ずると、北島は少しばかり恨めしげな目を向けドアを閉めた。外からは警官たちが忍び寄り、やがて吉村の体を抱きかかえて行くのだろうか、重量を感じさせる足音が聞こえ、それが徐々に遠ざかる。そして外に再び静謐《せいひつ》が訪れる。

振り向くと、静かに葉巻をふかしながら行動の一部始終を見ている山藤の視線と目が合った。

「勘違いするなよ」哲治は静かに言った。「人を殺すことを恐れているわけじゃない。ただ、罪のない人間をなぶり殺しにするのは本意じゃないだけだ。あれがあんただったら、おれは決して解放なんかしやしなかったさ。真実を白状するまで、地獄のような苦しみを存分にあじわわせてやる。その程度の覚悟はとうの昔にできている」

「真実ね……。それなら今まで話したことが全てだ」

相変わらず山藤の余裕に満ちた態度は揺るぎない。いや、それどころか予想したこととはいえ、吉村を解放したことで、それにますます拍車がかかっているように思える。

「まあ、いいさ。いずれはっきりすることだ。時間はまだある。それに俺が絶対的優位に立っていることに間違いないんだからな」

哲治はそう言いながら、つけっぱなしにしているテレビの画面に目をやった。緊急報道番組はまだ続いている。時折上空を飛ぶヘリからの画像がそれに混じる。

警察が強硬手段に出てくるとすれば、動きを察知されないために上空からヘリを退去させるはずだ。この画像が途切れた時、本当の危機が訪れる。それまでに何としても山藤の口を割らせなければ……。

哲治は次の手段に思案を巡らせながら、ソファに腰を下ろした。

＊

かす。

「犯人は人質一名を解放。脚を負傷。かなりの出血あり」

指揮車の中にどよめきが起きる。中央のテーブルを囲んで座っていた警官たちが腰を浮

「現場一、どうぞ」

警備無線から緊迫した声が流れた。

「至急、至急、現場一から統括」

金城は真っ先に人質の元に駆けつけたい気持ちになったが、現場指揮官がここを離れるわけには行かない。

「おい！」

傍らにいた沢木に向かって目配せをした。

具体的指示など不要だ。こちらが知りたいことは分かっているはずだった。犯人が少なくとも一丁のショットガンを所持し、二人の人質のうち一人が負傷していることは分かっている。しかし、他に武器を所持しているのか、その数や弾薬の量、室内の様子、そして社長室に単身乗り込んだ目的はまったく分からない。とにかく情報が決定的に不足しているのだ。もちろん解放された人質が無傷でいるはずがない。間違いなく人質は深手、それも生命の危機にある状態にあることは明らかだろう。だからこそ犯人も解放という手段に打って出たのだ。そんな状態の人間からどれだけの情報が得られるかは分からない。口を利けるかどうかすら怪しいものだが、何か一つでもいい。とにかく中の様子を聞き出すこ

とができれば、犯人の目的も分かろうというものだし、対抗手段を立案することもできるだろう。

沢木が椅子を蹴《け》飛ばして指揮車を出ていく。

その姿を見送りながら、金城は受話器を取った。

「田村だ」

一度目の呼び出し音が鳴り止まないうちに、警視庁にいる田村の声が聞こえてくる。

「部長、犯人は人質一人を解放しました」

「聞いている」

「中の状況を聞けるかどうかは分かりませんが、沢木をやって情報収集に当たらせています」

「情報収集も大切だが、人質の命を助けることが先決だ。救助活動を妨害しないように」

「沢木も心得ています。とにかく犯人の目的、所持している武器、部屋の様子が少しでも分かればこちらも対抗手段を講じることができます」

「了解した。情報が入り次第、報告を上げろ。それが済んだら一度君はこちらに戻って来い。警備会議を開く」

「分かりました」

金城が受話器を置いたのを見計らったかのように、沢木が指揮車に乗り込んでくる。

「どうだ、何か聞けたか」

「ええ、解放されたのは専務の吉村氏、負傷はやはり散弾によるもので、出血がかなり酷く重傷です。ただちに病院に搬送しました」

「武器は？」

「確認できたのは散弾銃だけです。しかし、普段見慣れているものよりも、銃身がかなり短く、遊底から僅かのところで切り落とされているようだと言っています。所持している銃弾の量は不明」

沢木が荒い息を吐きながら言う。

「銃身を切り落としているって？」

その言葉を聞いた瞬間、金城は現場に到着してすぐ、状況の把握に努めた際に覚えた奇妙な違和感を新たにした。

短い銃身から発射された散弾は、急速に拡散する。そこから犯人が予め至近戦を想定していることは明らかだった。つまり彼は端《はな》から社長室の中に籠城することを覚悟しているだけでなく、逃走も試みるつもりなど考えてはいないのだ。だとすると、こんな騒ぎを起こす目的とはいったい何なのだろう。

「吉村氏の証言によれば、犯人はしきりに上原教授の殺害に山藤社長が関与していたのではないか、ということを訊ねているそうです」

沢木が言った。

「上原教授の殺害に山藤が関与していただって？」

「ええ。救急車に搬送される間の短い時間でしたので、充分な聴き取りはできませんでしたが、犯人は何でも株の空売りで損をしたとか……」

「株の空売りだと？」

金城は株をやらない。空売りという言葉は知ってはいても、それがいかなることを意味するのか皆目見当がつかなかったが、現在の株取引の環境が一昔前とは激変している程度の知識は持ち合わせている。かつては一般投資家の売買といえば、新聞の株式欄か、店頭の掲示板を見ながら行うものだったのが、いまではネットを介してリアルタイムで行われるのが主流である。一日中モニターの前に座り、頻繁に売買を繰り返すデイトレーダーと言われる人間たちが生まれ、時として何億円もの利益を極めて短期間のうちに手にする人間が現れるようになったのもそのせいである。もちろん、株は博打《ばくち》だ。莫大な利益を上げられるということは、逆に途方もない損失を被る可能性があることも意味する。

犯人がオリエンタル工機の株取引で、莫大な損失を被ったのだとしたら、こんな行動に出た理由は怨恨《えんこん》しか考えられない。だとしたら、犯人が最初から退路を断って事に臨んだのも説明がいく。

「吉村氏によれば、犯人は目出し帽を被っているせいで、人相、年齢は分かりませんが、身長百八十センチほど、まだ若い男のようです」

「ネット取引が普及したせいで、若年層に株に手を出す連中が増えている時代だ。押し入った理由が空売りで損をしたというなら、その点は納得がいくな。それで、もう一人の人質、北島氏の様子はどうなんだ」

「犯人が言っていたように、腕を負傷しているようですが、今のところ命に別状はないようです」

金城はその言葉に頷きながら、

「沢木、岡倉総務部長をもう一度ここへ連れて来てくれ」

と命じた。

沢木が再び指揮車を出ていく。程なくして岡倉が姿を現す。

「岡倉さん。解放された吉村専務の話によると、犯人はしきりに上原教授殺害に山藤社長が関与していたのではないかと聞いているようです。それに空売りで大きな損失を出したともね。これについては何か心当たりがありますか」

金城が訊ねると、岡倉は暫《しばら》く思案した後、

「そう言われれば、最高裁が口頭弁論を行うことが明らかになった途端に、我が社の株価が暴騰したんです」

はっとした表情を浮かべながら言った。

「和解が報じられる前にですか」

「ええ、それまでも去年の九月頃から株価はじりじりと値を上げ続けていたんですが、それが最高裁の方針が伝わってからは連日のストップ高。まるで特許が我が社のものになることを確信したかのような値動きを見せましてね。思惑買い。株の世界では良くある話だと言われりゃそれまでなんですけどね。警察の方ならご存じでしょう。通常、最高裁は高裁までの判決が妥当なものかどうかを判例に照らし合わせて判断する場です。改めて口頭弁論が行われることは、まずない」

「ええ、あまり例がありませんねえ」

「つまり口頭弁論が行われるとなった時点で、高裁への審理差し戻し、あるいは我が社の逆転勝訴の可能性もでてきたわけです。しかも被告である上原教授が亡くなっているとなれば、状況は明らかに我が社に有利です。もし、逆転勝訴ということになれば、例の特許を我が社は独占でき、莫大な収益を上げられる。これを投資家が見逃すはずはありません。株価が急激に上がったのはそのせいだと思います」

「犯人は空売りをかけたと言っているそうですが」

「ありうるでしょうね。上がる目に賭ける人間もいれば、逆に下がる方に張る人間もいるわけです。ましてや空売りは、僅かな証拠金で株を売りまくれるわけですから、本当に株が値下がりに転じれば一気に莫大な利益を稼げるわけですから、ちっとも不思議な話じゃないですよ」

「こんなことをお訊きするのは恥ずかしいんですが、空売りって……」

「空売りはですね——」

岡倉は簡潔、かつ要領よく空売りの絡繰《からく》りを説明する。

「なるほど、そういうことですか。しかし、読みが当たって株価が値下がりすれば莫大な利益を上げられる代わりに、もし下がらない場合は大変な損失を被るわけですね」

「そういうことです。売りまくる株は、あくまでも証券会社から借りたものです。当然一定期間内に清算しなければならないものですからね。その時点で借りた株式の実勢価格に相当する金を用意しなければならないだけでなく、株を借りている間は証券会社に金利を支払わなければなりません。おそらく犯人は、最高裁でウチが負け、株価が暴落すると踏んだんでしょう。まさかその前に訴訟が和解という決着を見るなんてことは想像だにしなかったんでしょうね」

やはり、犯行の動機は怨恨か。

金城の中で推測は確信へと変わりつつあった。もし、そうならばいかなる説得を試みてもそう簡単に犯人は矛を収めはしないだろう。ヤツは、この一連の流れがオリエンタル工機の仕組んだものだと確信し、その言質《げんち》を取らない以上破滅への道を進まざるを得ないのだ。だからこそ退路を断ち、自らの運命と引き換えに山藤を道連れにしようとしているのだ。だとすれば、時間の経過は部屋の中に残された二人の生命を確実に危機へと追い込んで行くことに繋がる。

急がなければならなかった。

「岡倉さん。部屋の中に食料、あるいは飲料の備蓄はありますか」

金城は訊ねた。

「さあ、どうでしょう。何しろ社長室ですからね。食料と呼べるほどのものはないと思いますよ。飲料は、備え付けの冷蔵庫の中に、多少のアルコール類があるかもしれませんが、それにしたって僅かなものでしょう。水は洗面室がありますから、蛇口を捻ればいくらでも出ます」

「となれば、持久戦も念頭に置かなければならないかも知れませんね」

「そんなことできるもんか」

金城は沢木の言葉を理由を告げず一言で否定すると、

「岡倉さん、ありがとうございました。また何か伺うことがあるかと思いますが、とりあえずまた待機をお願いします」

頭を下げた。

岡倉が指揮車を出ていく。

「俺はこれから本庁に戻って警備会議に出なきゃならない。ヤツは、山藤社長が上原殺害に加担していると確信してこんな行動に出たんだ。端《はな》から長期戦に持ち込むことなんて考えちゃいない。目論見《もくろみ》が外れれば、まず間違いなく山藤を巻き添えにして自害することも考えられる。時間がない。一刻も早く、有効な手だてを講じなければ人質の命が危ない」

その言葉が何を意味するかは明白だった。果たして、それを聞いた沢木の顔に緊張の色が走り、何かを言いかけるのが分かったが、これ以上議論を重ねている時間はない。

金城はコートを引っ掴むと指揮車を出、待機させておいた覆面パトカーに向かって駆け出した。

＊

現場から桜田門まで、十分の時間がかかった。警視庁の会議室には、楕円形《だえんけい》の大きなテーブルを囲んで、警備局長、警備部長、外事課長、秘書課長、警備第二課長を始めとする幹部たちが金城の到着を今や遅しと待ち受けていた。その中には第六機動隊長の顔も見える。

予感的中というやつだ。第六機動隊は配下に通称七中隊と呼ばれるSATを持つ。その部隊を預かる部署の指揮官がこの場に同席するということは、すでに上層部はこれからの状況次第ではSATの出動も念頭に置いていることの証である。

もし、SATが突入する事態になれば、一九九五年、函館空港で起きた全日空機ハイジャック事件以来のことである。あの時はビニール袋に水を入れたものをサリンと偽った犯人が相手だったが、今回の事件は次元が違う。弾丸の量は分からないが、少なくとも散弾銃を所持しており、すでに三名の負傷者を出している。今後の展開次第では、犯人とSAT隊員との間で、まさに命を懸けた銃撃戦が繰り広げられることになる公算が高い。

「金城君、状況を報告してくれ」

席に着く間もなく田村警備部長が口火を切った。

「はい」

金城はそれから十分ほどの時間をかけて、現場の状況、犯人が所持している銃のタイプ、それから吉村、岡倉両人から得た情報を要点をかい摘んで報告した。

「すると犯人はオリエンタル工機が抱えていた訴訟が目論見に反して和解という決着を見たのは、山藤社長が上原教授殺害に関与した結果であり、そのせいで大損をした。その恨みが動機ということか」

田村が深刻な顔をして言う。

「少なくとも現在までに入手した情報を元に分析するとそういうことになります」

「そりゃとんでもない思い違いだね。仮にだね、上原教授を殺しても権利継承者がいる限り裁判自体は続くわけだし、ましてや最高裁がどんなアクションを起こすかなんてこたぁ誰にも分からない。そんなことぐらいちょっと考えれば分かりそうなもんじゃないか」

警備局長の高原が首を傾げながら言った。

「犯人は目論見が外れて逆上したってところなんだろうな。空売りというのは恐ろしいものでね、僅かな元手で勝負をかけることはできるが、決済日までに仕掛けた株価が一定水準まで下落しないと、大変なことになる。犯人が今流行《はや》りのディトレーダーの類だとしたら、致命的なことにもなりかねんからね」

田村が顔を曇らせる。

「逆恨み……というか、追い詰められてこんな犯行に及んだと考えるべきかな。だとすれば事は厄介だね。やけっぱちになった人間ほど恐ろしいものはない。へたをすると、二人の人質もろとも自害ということだって考えられないわけじゃないぞ」

　高原が緊迫した声を漏らす。

「私の意見も同じです」金城は頷くと続けた。「犯人は少しも躊躇することなく銃を発射し、三人の人間を負傷させています。しかも予め銃身を切り落としているところから、至近戦を想定していることは明らかです。加えて、一見周到な準備をしているように見えて、短期間で事を終わらせようとしているところも気になります」

「短期間で終わらせる？　何を根拠にそう言うんだね」

　高原が訊ねてきた。

「山藤の口を割らせるならば、何も会社ではなく自宅でも良かったはずです。寝込みを襲う、あるいは早朝でも銃があれば自宅に押し入るのは難しいことではないでしょう。いやむしろ自宅ならば、家の中に食料の備蓄もあれば家族も人質にとれた。誰にも気づかれずに事をやりおおせたかも知れない。にもかかわらずヤツは会社を選んだ。社長室の中には長期間の籠城に耐えるだけの食料はありません。水は洗面所があるそうですので不足することはありませんが、いずれにしても短期間で決着をつけることを念頭において襲う場所を会社と決めたことは間違いないと考えます」

　誰も異議を唱える者はいなかった。会議室の中が静まり返り、重苦しいほどの緊張感が漂う。

「こいつあ、早々に何らかの手段に打って出ないことには事態の打開は見込めんな」高原が眉間《みけん》に深い皺《しわ》を刻みながら言う。「説得に応じるような気配はなし。しかも銃を発射することを躊躇しないとなれば、時間の経過は事態を悪化させるだけだ」

「おそらく……」

金城は呻くように言った。

「そうなると、強硬手段を取ることも考えなければならないわけだが――」

田村が第六機動隊長の丸岡に視線をやった。

「警備一課長、犯人の所持している武器は、銃身を切り落とした散弾銃以外に確認できていないと言われましたが、入手先の特定作業は進んでいるんでしょうか。もし、それが判明すれば、所持している散弾銃のタイプ、弾丸の量も把握できるでしょうし、犯人の特定にも繋がると思いますが」

金城は田村を見た。

「その件については、全国の県警を通じて所轄の猟友会にも照会しているが、いまのところ盗難に遭ったという返答はない」

「もう一つ、殺害された上原教授の特許権利継承者ですが、何度も電話で接触を試みてるんですが、今のところコンタクトできずです」

外事課長の東海林《しょうじ》が口を挟んだ。

「まあ、権利継承者は無関係だろう。正式に合意書を取り交わしていないとはいえ、十七億円もの金をオリエンタル工機が支払うのと引き換えに和解に同意したんだからな」田村はまったく関心を払うことなく、一言で彼の言葉を片づけると、「いずれにしても、事態が予断を許さない状況であることは事実です。投降を促す説得を続けることはもちろんですが、こうなった以上、状況如何では強行突入も視野に入れ、SATを出動させることも考えるべきだと思いますが」

警備局長の高原に向かって進言した。

「丸岡君。強行突入は可能かね」

「可能ですが、かなり難しい作戦になると思います」

丸岡は机の前に置かれたファイルを見ながら言った。

一同がそれぞれの前に置かれたファイルに目をやる。金城もまた、閉じたままだったファイルを開ける。そこにはオリエンタル工機の社長室の見取り図、それから周辺の地図が綴《と》じられていた。

「問題は、突入しようにも社長室への入り口が一つしかないことです。人質を無事に救出するためには、犯人が銃を発射するより早く無力化してしまわなければなりません。それには二つの方法があります。第一の手段は、音響閃光《せんこう》弾を使用すること。第二の手段は狙撃です。しかし、エレベーターホールから社長室までは二十メートルほどの廊下を進まなければなりません。この間には何の遮蔽《しゃへい》物もない一本道です。音響閃光弾を室内に投じるためには、ここを犯人に気づかれないうちに隊員が進み、ドアを開けなければならない。これは極めて困難と言えるでしょう。もう一つはビルの屋上からロープを垂らして隊員を降下させガラスを割り音響閃光弾を中に投じるという手もありますが、ガラスを割る前に犯人に気づかれたのではそれも叶《かな》いません」

「そうなると、残る手段は狙撃ということになるわけだが、狙撃は……」

田村が語尾を濁して言葉を呑む。

「狙撃が最も早く本件を解決する方法であることは間違いありませんが、それにも問題があります。社長室の窓のブラインドは降ろされており、肝心の目標が視認できないのでは狙撃のしようがありません」

「じゃあ、SATを以てしても事態を打開する手段はないと言うのかね」

高原が苦虫をかみつぶしたような顔をして訊ねる。

「全く方法がないわけではありません」

「どんな」

「幸いと申しますか、犯人は一人です。もし、廊下で動きがあれば当然犯人の注意はそちらに向く。我々は電磁波を使って室内の人間の動きを把握する装置を持っています。それを使用すれば、犯人の注意がどちらに向いているのかをリアルタイムで把握できます。つまり廊下、屋上からの二方向から同時に侵入を試みる。もちろん、廊下から部屋に向かう部隊は囮《おとり》です。気配を察知した犯人の注意は当然、廊下に向く。それを確認した時点で、別の部隊が屋上から降下し、窓ガラスを割り音響閃光弾を投入する……」

「それはどうかな」すかさず田村が疑義を差し挟む。「窓ガラスといってもあれだけのビルに使用されるガラスはかなり厚いものだろ。それをロープで吊《つ》り下げられた状態で一回で破壊できるものなのか。仮に破壊できたとしても、反動で隊員の姿勢は不安定なものになる。体勢を立て直し、音響閃光弾を投入するには間ができる。もし、その間に犯人が銃を発射してきたら隊員が身を隠す場所がないぞ」

「もちろん作戦を実行するにおいては、二人の隊員がペアを組んで任務に当たることになります。一人が窓ガラスを割り、もう一人が音響閃光弾を投入するといった具合に役割を分担しなければなりません。ガラスの強度に関しては、オリエンタル工機が入居しているビルは、築後五十年以上経っており、この間一度も取り換えられてはおりません。耐震強度を高めるためのフィルムも貼られておりませんから、消防士が使用する斧《おの》を使用すれば一撃で割れるはずです」

丸岡はそこで一呼吸置き、

「問題は突入のタイミングですね。日があるうちはブラインドに影が映ってしまう。それでは事前に犯人に気づかれてしまいますからね」

と続ける。

「すると、突入は日没後ということになりますね……」

金城は反射的に腕時計を見た。時刻は間もなく午後二時になろうとしている。

「丸岡さん。SATの配備が完了するまでどれくらいの時間がかかります？」

「品川から大手町までの移動時間を含めて、配備が終了するまで一時間といったところでしょうか」

　ＳＡＴが置かれている第六機動隊本部は品川区勝島にある。編成は二十名で構成される小隊が三つ、総勢六十名の隊員がおり、うち一小隊は訓練中であろうとも二十四時間緊急出動に備えて待機している。

　この時期、四時半には日が落ちる。いまこの時点で出動命令が下ればそれまでに突入準備を整えることは充分に可能だ。

　一同の視線がＳＡＴ命令指揮系統トップである警備本部長の田村に向いた。

「事態を打開するにはそれしか方法がなさそうだな」

　田村が腹を括《くく》ったように、声に力を込める。異議を唱える者は誰もいない。

　丸岡が静かに頷くと、

「突入に当たるのは、一個小隊二十名。うち四名を突入要員とし、南側と西側の二つの窓から同時に行います。さらに万一の事態に備えて社長室を窺える二つのビルに狙撃班を配置します」

　淡々と作戦を述べ始める。

「万が一というのは突入に失敗した場合のことですね」

　金城が念を押す。

「そうです。事前に突入が気づかれ、隊員に対して発砲があった場合、ショットガンから発射された散弾によって窓ガラスが割れ、ブラインドにも大きな穴が開くはずです。その時点で室内の様子が外からも窺えるようになる。目的の第一は、言うまでもなく人質二名を無事救出することにあります。作戦が失敗した場合、人質に危害が加えられる可能性が極めて高い。その場合は事件の性質上犯人を狙撃することも念頭においておかなければなりません」

「射殺……ですか」

「状況を考えると、狙撃という事態に陥った場合、チャンスは一瞬しかありません。急所を外して狙い撃つという行為が果たして可能なのかははなはだ疑問です。最悪、犯人を射殺ということも覚悟しておかなければならないと考えます」

「それも人質の生命を救うためにはやむをえんだろう」

田村が呻くように言った。

これまでにも人質を盾に立て籠もった犯人を警察が射殺した例は三件ある。一つは一九七〇年、広島で起きたシージャック事件。一九七七年、長崎のバスジャック事件。もう一つは一九七九年、大阪で起きた銀行籠城事件である。特に広島のシージャック事件においては、狙撃した隊員の氏名が特定され訴訟にまで発展した。判決は無罪となり、これによって人質を盾にし、射殺以外に事件解決の打開策がないという場合、正当防衛と認められるという判例ができたのだが、厄介なのはマスコミの論調である。事件に直接向きあい、解決するのはもちろん、その困難の度合いを知る者もまた警察以外にはいない。犯人射殺もやむなしと判断するのは、警察にとっても苦渋の選択であるのだが、そうした形で事件が解決すると必ず非難の声が上がる。それはマスコミだけでなく、特に人権派と呼ばれる弁護士は先陣を切って、そうした論陣を張る。おそらく今回の場合も、人質の命を護《まも》るために犯人を射殺すれば、必ずや非難の声が上がるだろう。それが世の常というもので避けられないとしても、突入の瞬間、あるいは射殺の一部始終をマスコミに捉《とら》えられるのはまずい。映像は事実を告げるものではあるが、編集次第で世論をいかようにでも誘導できるものだからだ。

世間は刺激を求めている。そして事件を報ずるマスコミは、視聴者のそうした期待に応えようと、虎視眈々《たんたん》とインパクトのある映像をカメラに収めんと狙っている。今回も事件発生と共に、各局がこぞって現場に中継車を送り、事件の成り行きをリアルタイムで報じているのだ。世間が注視する中で、犯人射殺というような事態に陥れば、それこそ火に油を注ぐようなものだ。

「警備本部長、作戦を実行する前には、現在敷いている封鎖線をもっと遠ざけておく必要があるかと思います。今、この時点でもテレビ各局が現場からの中継を流し続けています。こんな中でSATを出動させれば、犯人にこちらの動きが事前に察知されてしまいます。それにもし、射殺というような事態になればその瞬間を撮られるのは……」

「そうだな……」

田村が頷く。

「しかし、封鎖線を遠ざけるといってもどれほどの効果があるか……」警備二課長の武山が初めて口を開いた。「各局の映像を見ていると、かなり離れたビルの屋上から望遠カメラを使って中継しているようですからね。ペルーの日本大使館占拠事件の時もそうでしたが、彼らのカメラを現場から完全に遮断することは不可能です」

「犯人が立て籠もっている社長室にはテレビがあるんですよ。このまま中継が同じ場所から続くようなら、こちらの動きは筒抜けになってしまう。おそらくSATが屋上に姿を現した時点で気づかれてしまう。そうなれば、窓から侵入することもできますまい」

「かと言って、報道を中止しろと言っても聞くような連中じゃなし……」

田村が呻く。

「いっそ、オリエンタル工機が入っているビルの電源を切ってしまっては」

武山が言う。

「いや、それはまずい。それこそこちらが何らかの行動に打って出るということを犯人に予告するようなものだ」

すかさず丸岡が否定する。

「どうでしょう。ここはSATに強行突入させることをマスコミに事前に流し、中継は地上からのものだけにしてもらうということにしては」

金城は進言した。

「報道協定か……。それならマスコミも協力してくれるだろう。すぐにマスコミ各社に報道協定締結の要請をしよう」

田村がファイルを音をたてて閉じると、

「丸岡君、ＳＡＴの出動を命じる。突入の最終命令は警備局長が下す。それから金城君は、ただちに現場に引き返し、引き続き犯人へ投降するよう説得を継続すること。これ以上誰も血を流すことなく事件が解決できるに越したことはないのだからな」

改めて声に力を込めた。

第十一章　ショータイム

品川区勝島にある第六機動隊駐屯地から、一台のバスが出発したのは午後三時十分前のことだった。フロントガラスと運転席脇のサイドウィンドウ以外に窓一つなく、青緑色のボディに白いラインが入った車体の中では、第六機動隊第七中隊第一小隊の精鋭二十名が両側に設《しつら》えられた長椅子に向かい合う形で座っていた。元来警視庁第六機動隊は、二十名からなる小隊三つを一個中隊とし、六個中隊で構成されていたのだが、SAT設立に伴って、新たに一個中隊が第七中隊として加えられた。隊員のいずれもが腰にニューナンブM60短銃を、その内十八名はドイツ製のサブマシンガンMP—5を、そして残る二名はケースに格納された狙撃《そげき》用の64式小銃を所持していた。足元には音響閃光《せんこう》弾や暗視ゴーグルが入った雑嚢《ざつのう》が整然と並び、後部のスペースには犯人が立て籠《こ》もった部屋の中の様子を窺《うかが》うための特殊集音装置、内部の人間の動きを探る分析装置が置かれている。

作戦の指揮を執る瀬川伸二郎第六機動隊副隊長は、バスが第一京浜を大手町に向かい始めたところで立ち上がり、改めて作戦の内容を確認しにかかった。

「先ほど説明した通り、チームは五班に分ける。アルファ（A）は飯岡、笹島、君たちは通りを隔てた大手町セントラルビルの八階に、ブラボー（B）の河内、山東は隣の東京中央銀行のやはり八階に、それぞれ狙撃要員として待機。チャーリー（C）の小谷、佐藤、足立、猿渡、デルタ（D）の塩島、寺内、安西、吉岡は、突入班として現場ビルの屋上で。エコー（E）の八名は社長室フロアーのエレベーターホールに位置を構える。現場では継続して投降を呼びかけてはいるが、犯人がそれに応ずる気配はない。室内には負傷者が一名。いまのところ社長の山藤氏は無事と見られている。作戦のゴーサインが出ると同時に、佐藤、猿渡、塩島、安西の四名が二手に分かれビルの屋上から、西と南側の二つの窓に向かってロープ伝いに降下。窓をぶち破って音響閃光弾を投げ入れる。言うは簡単だが、犯人はショットガンを所持している。これまでの状況から考えれば、まだ充分な弾薬を所持しているものと思われる。しかも銃口は短く切断されていて、散弾の拡散は早い。よほどうまくやらないことには、突入を試みる二人は、絶好のターゲットとなってしまう。そのためには、E班が内部の様子を摑《つか》み、犯人の動向を完璧《かんぺき》に把握することが必要不可欠だ。連携がうまくいかなければ、突入班四名のいずれかが散弾を浴び、ビルに宙吊《ちゅうづ》りになってしまう。ミスは許されない。日頃の訓練の成果を百パーセント発揮しなければ作戦の成功は覚束《おぼつか》ない。全員覚悟してかかれ。いいな」

瀬川の言葉に隊員の間に緊張感が走る。

「それからいいニュースが一つある。先ほど現場から入った報告では、マスコミとの間で報道協定が成立したそうだ。これによって、オリエンタル工機のあるビルから半径五百メートルまで封鎖線は広げられ、現場からのテレビ中継は地上からだけのものとなる。君たちの動きを犯人がテレビを通じて察知することはなくなった」

「いいでしょうか」

Ｂ班の狙撃要員の河内が手を挙げた。

「何だ」

「報道規制が敷かれたとなれば、当然犯人はこちらの突入を予想して、注意を外に向けると思います。となれば、先ほどの打ち合わせでは狙撃班が待機するビルの窓に穴を開け、そこから犯人を狙うということでしたが、オリエンタル工機の電気が灯《とも》ったままならば、その光を反射して窓に穴を開けたことを察知されてしまう可能性があるんじゃないでしょうか。狙撃位置から犯人のいる社長室までは距離にして三十五メートル内外。通常ならば外しっこありませんが、窓ガラス二枚をぶち抜かなければならないとなると、弾道が変わる可能性があります。もし初弾を外せば、こちらが犯人を射殺する前に人質二人が殺されてしまうことも考えられますが」

当初の打ち合わせでは、大手町セントラルビル、東京中央銀行のそれぞれ八階に待機する狙撃班は、窓ガラスに吸盤を押し当てた上でその周囲をダイヤモンドのカッターで切り取り、その穴から犯人を狙う手筈《てはず》になっていた。そうなれば、撃ち抜かなければならないガラスはオリエンタル工機の社長室の窓一枚。弾道が変わることは最小限に留められるが、二枚となると確かに河内の言うように弾道が変わり、犯人を撃ち損じる可能性がある。

「周囲のビルはすべて電気を消す。それから街路灯もだ。それに窓に穴を開けるといっても、直径二十センチもあれば充分だ。よほど注意しなければ分からんと思うが」

「周囲に待機しているパトカーの赤色灯はどうなんでしょう」

「赤色灯か……。よし、警察車両も作戦前には、現場から下げさせるか」

「いや、それではこちらの作戦開始を犯人に告げるようなものです。むしろこの際投光器を使って、二つのビルから社長室を照らしたらどうでしょう。おそらく強い光で犯人の視界は眩惑《げんわく》され、周囲の状況が分からなくなるんじゃないでしょうか。それに外部から強い光を絶え間なく浴びせかけられれば、誰でも苛《いら》つくものです。もちろんそれでは屋上から降下する隊員の影がブラインド越しに映ってしまいますが、窓ガラスに到達する寸前にそれを消してしまえばいいだけの話です。どちらにしても一瞬のタイミングが事の成否を決めるんですから」

確かに河内の言うことには一理ある。それに投光器の光にナーバスになった犯人が、しきりにこちらの動向を窺うことになれば、狙撃手にとっては狙いを特定する機会が増すことにも繋《つな》がる。悪いアイデアではなかった。

「よし、それじゃすぐに投光器を用意させよう。他に質問は?」

瀬川は一同を見渡した。

「犯人射殺止むなしという最終判断が下るのはどのタイミングでしょうか」

突入要員に指名された塩島が訊《たず》ねた。

「それは現時点では決まっていない」

「まさか、突入要員の誰かが撃たれてぶら下がっちまってから考えるってわけじゃないでしょうね」

「そんなことはあってはならないと思うが、かといっていきなり射殺というわけにもいかんだろう」

瀬川の口調が俄《にわか》に歯切れの悪いものとなる。

「しかし、すでに犯人は二人の人間を撃っているんですよ。しかも所持している武器からすれば、負傷者二名が死ななかったのは偶然と言ってもいい。殺意があることは見え見えじゃありませんか。むしろ、外の様子を窺ったところを、一気に狙撃してしまった方が……」

「気持ちは分かるが、問答無用に殺しちまえば、世論が黙ってはいまい。それに、我々は殺戮《さつりく》部隊じゃない。困難な状況の中で最善の手を尽くし、人質を救出し犯人を確保して裁きにかける。そのために厳しい訓練を重ねてきたんだ。いまこそ我々の真価が問われる時だ。そう心得て、最善を尽くすんだ」

たとえ任務とはいえ、命懸けで突入を試みなければならない部下の心情は察するに余りあるものがあったが、瀬川はあえて声に力を込め隊員たちを見た。

＊

西側に面したブラインドを通して漏れてくる西日が徐々に弱くなってくる。それと共に、部屋を照らす蛍光灯の光が強くなってくる。

この部屋に籠もってから六時間以上が経とうとしていた。哲治は焦り始めていた。時間の経過が自分を不利な状況に追い込むことは分かっていた。今のところ警察は投降を呼びかける説得の電話をしてくるだけで、強硬手段に打って出る気配はないが、それも時間の問題であることは分かっていた。夜の帳《とばり》が下り、周囲が闇に閉ざされた時、必ずや彼らが何らかの手段を講じてくることは間違いない。その前に山藤の口を割らせることができなければゲームセット。自分たちが描いた絵もすべて水の泡となってしまう。しかし、再三尋問を続けても山藤は相変わらず知らないというだけで、事態は一向に進展する様子はない。

哲治は、焦る心情を悟られまいとバッグの中からテイクアウトしたシナモンロールを取り出すと、これ見よがしに山藤の前で頬張って見せた。

「社長。あんたも食うか。腹、減っただろう」

食べかけのシナモンロールを彼の前に突き出した。

「私は甘いもんは好きじゃないんだ。どうせなら、外の警察に差し入れを頼んでくれんかね。美味《うま》いもんでも食わしてくれれば、君が捕まった時に、少なくとも私には丁重な扱いをしてくれたと言ってやることができるがね」

　自分が口を割らない限り、自分に害が及ばないことを見透かしたかのように、すっかり嘗《な》めきった体で山藤は三本目の葉巻を悠然とふかす。

　その顔を見ていると、思わず銃床をこいつの横っ面に叩《たた》き込んでやりたい気持ちに襲われたが、真実を告げさせる際に暴行の痕跡《こんせき》があったのではまずい。込み上げる衝動を哲治は既《すんで》のところで堪《こら》え、

「いいかげん、その葉巻、止めてくんねえかな」

　吐き捨てるように言った。

「どうして？　いい香りだと思わんかね。少なくとも、硝煙の臭いよりは遥《はる》かに平和的なものじゃないか」

　山藤は挑発するように、糸を引くような細い煙を虚空に吐き出す。

「我慢ならねえんだよ。あんたの体に入った空気が俺の体内に入ってくると思うとな」

「君は煙草をやらんのかね」

「毒をわざわざ口にするほど馬鹿じゃない」

「若いのに感心なことだ。私が君くらいの歳にはケツからヤニが出るほど煙草を吸っていたがね」

「くだらねえ。そんなこと自慢気に言うんじゃねえよ」

思わず悪態をついた哲治だったが、ふと先ほどから山藤の目がつけっぱなしにしているテレビ画面に向くのに気がついた。

テレビは相変わらず報道特別番組と銘打って、現場からの中継を続けている。それを目にした途端、哲治は奇妙な違和感を覚えた。先ほどまでは、ヘリや近隣の高層ビルからのものと思《おぼ》しき中継画像が記者の声に重なって流されていたのが、いつの間にかこのビルを映した映像がまったく無くなってしまっているのだ。モニターには大手町のオフィス街を背景にした記者の姿が固定されたアングルから映されているだけで、肝心の現場が映ってはいない。

警察の実力行使の時が迫っているのだ。そして彼らは夜を待っている。こちらがショットガンを所持している上に、二名もの負傷者が出ているところからすれば、SATが出動してくることは間違いないだろう。

こうなると、もはや一刻の猶予もならない。

哲治は必死に考えた。山藤を傷つけることなく、口を割らせる方法はないのか。どうすれば真実を聞き出すことができるのか――。

しかし、籠城《ろうじょう》して六時間以上。この間に、どんな状況証拠を突き付けても頑として口を割らなかった山藤の態度を一変させる妙案が簡単に浮かぶわけがない。

このまま何の手も打たなければ、やがて自分は警察によって捕縛されるのは目に見えている。SATが所持しているのは自分が持っているようなショットガンといったチャチな代物じゃない。拳銃《けんじゅう》はともかくとして、最大の脅威は全隊員が所持しているSMG（サブマシンガン）MP－5だ。このSMGの能力の高さは、ドイツの対テロ特殊部隊GSG9で使用され、ハイジャック事件を始めとする数々の実戦で証明されている。いったん、突入が始まり、こちらが応戦すれば、連中はSMGを使うことを躊躇《ちゅうちょ》しないだろう。戦いは接近戦となる分だけ、命中確率という点ではこちらに分があるが、それも緒戦の一時期に過ぎない。なにしろこちらの持っているショットガンは三連発。それに比べて、MP－5のマガジンには九ミリピストル弾が確か三十発は入っているはずだ。しかも突入を試みてくる隊員は一人じゃない。攻撃要員が二人なら六十発。三人なら九十発だ。ましてやテロリスト制圧部隊の常として音響閃光弾を所持しているだろう。攻め込もうとしているSATを相手にしながら、こいつの脅威から身を護《まも》るのは不可能に近い。そしてそこで自分の身柄が当局に確保されれば、真相は永遠に闇に葬られるだけでなく、特許もまたオリエンタル工機のものとなってしまう。

悠然と葉巻をくゆらす山藤を見ていると、その時の彼の高笑いが聞こえてきそうだった。その姿に無残な死に様を晒《さら》した父の姿が重なる。肛門に巨大な張形をぶち込まれ、直腸を破られた上に、身の証として免許証を差し込まれた死体。苦悶《くもん》に歪《ゆが》んだ顔には、父の無念さがありありと浮かんでいた。

思いがそこに至った時、哲治の脳裏に一つのアイデアが閃《ひらめ》いた。

それは残忍かつ非道極まりない手法には違いなかったが、それゆえに理詰めでは口を割らせることができなかった山藤には絶大な効果を発揮するように思われた。

哲治はシナモンロールの最後の一片を口の中に放り込むと、それをゆっくりと噛《か》みしめながらショットガンを手にして山藤に向かって歩み寄った。実包はすでにチャンバーの中に送り込んであり、安全装置も外してある。

「山藤さんよ。これが最後だ。あんた、本当に上原教授殺害の真相を知らないのか。何の関与もしていないのか」

哲治はシナモンロールを飲み込みながら訊ねる。

「同じことを何度も言わせるなよ。私は何も知らない。何度訊《き》かれてもな」

「そうか。じゃあ、体に訊くしかないな。手荒なことはしたくはないが、しょうがない。こちらもタイムリミットが迫っているもんでね」

「無駄だよ。何をやっても……」

「そうかな」

哲治は、目出し帽の下で歯をむき出しにして笑って見せると、山藤が銜《くわ》えていた葉巻を取り上げ、灰皿に擦り付け、

「立て。ベルトを緩めろ」

と静かな声で命じた。

＊

「警備一課長、SATが到着しました」

　指揮車の中に沢木が飛び込んでくるなり叫んだ。金城は立ち上がり指揮車を出た。封鎖線を越えて一台のバスがこちらに向かって近づいてくる。ブレーキの音を微《かす》かに軋《きし》ませながらバスが停まる。ドアが開くと、機動隊員の出動服よりも黒みがかった戦闘服に身を包んだSATの隊員たちが次々に外に飛び出してくる。

「第六機動隊第七中隊第一小隊到着しました」

　瀬川が敬礼するなり静かな声で言う。

「ご苦労」

　答礼を返しながら金城は答えた。

「状況に変化は」

「相変わらず膠着《こうちゃく》状態が続いている。負傷者が無事でいるかどうかも含めて中の様子はまったく分からない。こちらからの電話に応じる気配もなくなった」

「山藤社長は？」

「あれから銃声は聞こえてこない。おそらく無事だとは思うが……」

「現場に到着次第、ただちに配置につくよう命じられておりますが、命令に変更は」

「それでは直ちに隊員を配置につかせます。投光器の準備はできていますか」

「ああ、見ての通りだ」

金城は路上に駐車した二台の車両を顎《あご》で指した。オリエンタル工機が入るビル以外の周囲の建物の明かりは、街路灯を含めすべて消されている。夜の帳が下り始めたオフィス街は闇に閉ざされようとしていた。空は濃い菫色《すみれいろ》となり、徐々に暗さを増していく。

「警備一課長。投光器に明かりを」

瀬川が言う。

「照射開始！」

金城が叫ぶと同時に、投光器に灯《ひ》が入った。強く白い光が、オリエンタル工機の社長室の窓を照らし始める。

「各自配置につけ」

瀬川が居並ぶ隊員に命じた。

二十名の隊員たちが、予《あらかじ》め決められたポジションに向かって、機器を手に散って行く。

あとは警備本部長からの突入指令を待つだけだ。

「指揮車の方に……」

「いや、ない」

金城は闇に溶け込んでいく隊員たちの姿を目で追いながら、瀬川の背を押した。

＊

山藤のベルトが緩んだ。

「さて、お次は？」

山藤は戯《おど》けた仕草で両手を挙げて見せる。

「ズボンを下ろせ。パンツも一緒だ」

哲治は命じた。

「何だって？　もう一度言ってくれ」

「ズボンとパンツを下ろせと言ったんだ」

「冗談だろ。何のために」

その時ブラインドのわずかな隙間から、白く強い光が漏れてきた。これまでにない兆候だった。ここで無駄なやりとりをしている暇はない。残された時間は刻一刻と迫っているのだ。

哲治は答える代わりに、おもむろに銃口を天井に向けるとショットガンのトリガーを引いた。耳を聾《ろう》するような轟音《ごうおん》が室内を満たす。硝煙の臭いに交じって、砕け散った天井の部材、蛍光灯の破片が頭から降り注ぐ。

山藤が悲鳴を上げる。笑顔が瞬時にして吹き飛び、顔面蒼白《そうはく》となった顔の中の目に恐怖の色が宿る。

「見ろよ山藤。こいつの威力は中々のもんだろ」

天井には直径一メートル半ほどの穴が暗い口を開けている。

「どうしても口を割らないって言うんなら、しかたないな。お前を撃ち殺して、それで終わりにするよ。警察が突入してくるのは時間の問題だ。もちろんこんなことをしでかした俺に将来はない。派手な銃撃戦になるだろうが、勝ち目なんかありゃしねえ。ショットガンとサブマシンガンじゃ勝負は端《はな》から見えているからな」

「知らんものは知らんと言っているじゃないか」

山藤はこの期に及んでもなお、白を切り通そうとする。

「もういいんだよ。そんなこたあどうでも良くなっちまった。俺の推測が正しいのか、お前が言っていることが正しいのか、仲良く二人であの世へ行って、閻魔《えんま》様の前で決着を付けようじゃないか。ただこれだけは言っておく。お前を殺すにあたっては、普通の方法じゃ腹の虫が治まらねえ」

「どうして私がそんな目に遭わなきゃならないんだ。あんたは勝手にウチの株が下がると読んで、空売りをかけて大損した。株の売買なんて自己責任でやるもんだろ。言いがかりも甚だしい」

「そんな話を真に受けてたのか」

「えっ？」

「親父がどんな殺され方をしたか、お前知ってるか」

「親父……？　親父って誰のことだ」

哲治は銃口を突き付けながら、山藤の背後に立ち一気にズボンとパンツを引き下げた。

山藤の首の付け根に銃床を打ちつけると、その反動で彼の体が机の上で前のめりになる。

「上原裕康のことだよ」

哲治は言った。

「上原……って……じゃあお前は」

「そうだよ。上原の息子さ」

哲治は山藤の背をさらに強く机の上に押しつける。剝《む》き出しになった尻《しり》が上がる。そこに向かってショットガンの銃口を押し当てる。遊底をスライドさせる。空薬莢《からやっきょう》が排出され、新たな実包がチャンバーに装塡《そうてん》される。

「父さんがどんな死に方をしたか、教えてやる」

山藤は背をのけ反らせ逃げようとする。

「動くな！　暴発すれば、たちまちお前はあの世行きだぞ」

山藤の動きが止まる。腹這《はらば》いになった姿勢で、荒い息を吐く。

「父さんは人に言えない特殊な嗜好《しこう》を持っていた。ゲイだったのさ。父さんを殺した連中は、そこにつけ込み、肛門の中に巨大な張形をぶちこみ、直腸を貫いた」

哲治はショットガンを山藤の肛門にあてがうと、力を込めてねじ込む。

「ひっ……」

山藤の口から情けない悲鳴が漏れた。

「大変な苦痛だったろうさ。検死の結果によれば、直腸を貫かれてから二時間は生きていたそうだからね。そして父さんを殺した連中は、死体を海に投棄した。しかも身元が分かるように、ドライバーズ・ライセンスを肛門に差し込んでね」

哲治はさらにショットガンを深く山藤の体内へと押し込む。

「だからお前にも同じ苦痛を味わわせてやる。もっとも、苦痛など感じる暇はないだろうがね。見たろ、さっきのこいつの破壊力を。引き鉄《がね》を引いた瞬間、お前の上半身は粉微塵《こなみじん》だ」

「分かった！　全部喋《しゃべ》る！　だからそいつを抜いてくれ！」

山藤の口から絶叫が漏れた。しかし、哲治はその手を緩めない。

「やはりお前は父さんの殺害に関与していたんだな」

「直接手を下したわけじゃない。事前に殺害を知らされていただけだ。上原教授を殺《や》ったのは、オイルメジャーの一つキャメロンだ」

「キャメロン？」想像もしなかった名前の出現に、哲治は問い返した。「どうしてオイルメジャーが」

「簡単な理屈だ」

どうやら山藤はすべてを話す覚悟を決めたらしい。となれば、次の手段に移らなければならない。今までの光景はすべて目の前にあるカメラを通じて、ネットでリアルタイムに報じられている。真実が山藤の口から語られるにしても、尻にショットガンの銃口をねじ込まれた姿が同時に映し出されてしまえば、誰しもが自白の信憑性《しんぴょうせい》に疑問を抱くに決まっている。それはイラクでイスラム原理主義者たちが人質に取ったアメリカ人に、『自分たちがやっていることは間違いだ』と言わせるのが、強要によるものであると、視聴者たちが即座に判断するのを見れば明らかである。当然、山藤の自白にも疑問を抱くに決まっている。

「ちょっと待て」哲治は山藤の肛門からショットガンの銃口を抜くと、「ズボンを穿《は》け。身なりを整えろ」

静かな声で命じた。

山藤が大きな溜め息を漏らし、ズボンを引き上げながら椅子にへたり込んだ。彼の顔からは先ほどまでの余裕に満ちた傲慢《ごうまん》な面差しは完全に消え失《う》せていた。すっかり観念したように視線を落とし、肩で荒い息を吐いている。まさに敗残者と言うに相応《ふさわ》しい姿だった。

と、その時だった。机の上に置かれた電話が鳴った。おそらく先ほどの銃声を聞いた警察からのものだろう。

哲治は受話器を取り上げる。

「やっと出てくれたか」

「用件は先ほどの銃声のことか」

「そうだ。まさか人質に危害を加えたんじゃないだろうな」

「心配するな。誰も傷つけちゃいない。それからあんたたちに一ついいニュースがある。事件はこれから二時間ほどの間に解決する。そのためには一つ条件があるが、時がきたら知らせる。それまでは手出しは無用。おそらくあんたたちは、すでにSATを出動させ、強行突入の準備に入っているんだろうが、この二人を無事に救出したければそんな手段に打って出ないことだ。目的が達成されれば、俺は武器を捨てて投降する」

「人質が無事だと言うなら、声を聞かせてくれ」

「その必要はない」

「なぜだ。危害を加えられていないという一言でいいんだ。簡単な話じゃないか」

「まあ、これからの推移を黙って見ているんだな。俺の言っていることが分かるさ。それから、あんたの電話番号を教えてくれ。こちらから連絡したいことがあるんでな」

「電話番号は——」

哲治はペンを取ると、素早く番号をメモし、電話を一方的に切った。そして改めて山藤の方に向き直ると、

「これからあるところに電話をする。それが終わったら合図を送るからカメラに向かってお前が知っていることを包み隠さずすべて話すんだ。ただし英語でだ」

ショットガンを突き付けながら言い、携帯電話を取り出し、予め記憶させていた番号に電話を掛けた。それは中東系CNNとも呼べるニュース専門テレビ局、カタール・ニュー

ス・ネットワークだった。最初はこの映像が流れているホームページアドレスを日本のテレビ局に連絡すれば、視聴率獲得に必死になっている連中が飛びついてくると考えていたが、アメリカを発《た》つ前にマークと白田の二人と話した折りに、当事者の自白といっても監禁された状態にあるとなれば、信憑性の裏付けが取れないうちに、日本のメディアがリアルタイムで放送を始めることは考えられないという結論に達していた。

もちろん、巨大掲示板に現場からの生中継と告知すれば、これだけの事件である。アクセスしてくる人間は引きも切らないだろうが、それではたちまちサーバーがダウンしてしまうだろうし、いち早く告知を察知した警察がアクセスそのものをできない状態にしてしまうだろう。その点、あのテレビ局は違う。何しろテロリストから送られてきたビデオでさえ放送ずるくらいだ。リアルタイムとはいかないまでも、欧米、日本のメディアよりもずっと早く、東京で監禁事件が発生し、殺害に関与した人間がこうした告白をしたという程度のことは流すに違いないと踏んだのだ。

いったん、放送されてしまった映像を闇に葬ることなどできやしない。とにかく山藤の告白が公のものとなることが肝要なのだ。だからこそ、彼の机の前にカメラをセットし、ネットに映像を流し続けていたのだが、オイルメジャーの一つであるキャメロンが、父の殺害に関与しているとなれば、反米感情渦巻く中東のテレビ局のことだ。その会社名を耳にした時点で、即刻映像を流すことは間違いない。

まさに瓢簞《ひょうたん》から駒。願ってもない状況になったと哲治は思った。

哲治が事件の概要を話し、自分が立て籠もり犯の本人であることを告げると、最初に電話に出た女性が、すぐに報道局に電話を回した。そこで改めて、同じ説明を繰り返し『キャメロン』が事件に関与していることを告げると、最初は遥か彼方《かなた》の日本で起きた事件と、あまり気乗りのしない様子で聞いていた相手の反応が一変し、ホームページアドレスを訊ねてきた。

それに答えると、暫《しば》しの間を置いて相手が興奮した口調で、

「これはウチの独占か」

と訊ねてきた。

「もちろん」

哲治は答えた。

「この男が特許を君のお父さんと争った本人で、お父さん殺害にキャメロンが関与していたことをこれから告白すると言うんだな」

「その通りだ」

「すぐにテープを回し始める。放送できるかどうかは内容を聞いてみないと分からないが、事実とすればとんでもない大ニュースだ」

「事実に決まっているさ。もっとも放送するかどうかはあんたたち次第だが、たとえあんたたちが放送を見送ったとしても、一時間の後には、日本のメディアが大々的に報じることになるとは思うがね」

「それはどうしてだ」

「まあ見ていれば分かるさ。あんたのところも、日本に特派員を派遣しているんだろ。面白いことが起きる」

哲治は電話を切った。中東で放送されるニュースは言うまでもなく、アラビア語で行われる。おそらくこの映像を放送するに当たっては、画面の下に山藤の話した内容の翻訳テロップが入るか、あるいは同時通訳を入れるかしなければならず、多少のタイムラグは生ずるだろう。しかし、この映像は衛星中継で全世界に配信される。当然アメリカのメディアも知れば、日本のテレビ局も二十四時間彼らの流すニュースを注視している。世界的に山藤の告白が知れることは間違いない。

哲治は山藤に向き直ると、カメラの後ろに立ち、合図を送った。すっかり観念した態で山藤は重々しい口調で告白を始めた。

＊

「警備一課長。さっきの銃声は」

電話を切った金城の背後から、沢木が訊ねてきた。

「犯人は人質に危害を加えてはいないと言ったが……」

「確認は取れたんですか」

「電話口に山藤社長を出せと言ったんだが、拒否された」

「それじゃ無事かどうかは分からないじゃありませんか」

沢木が血相を変えて迫る。

「ヤツは妙なことを言った。二時間の間に事件は解決する。銃を捨てて投降するとな」

「本当ですか。二時間という根拠は」

「そんなこと俺に分かるか！」金城は思わず怒鳴った。「ただヤツが何かを目論《もくろ》んでいることは確かだ。それにこちらに要求があるとも言った」

「何でしょう。逃げるための車両を用意しろとでも言うんでしょうか」

「そんなら投降するなんて言いやしねえだろ」

「それはそうですが……まさか我々の知らないところで逃げ道を確保しているとか」

「んなことできるわけねえだろ。社長室は完全に封鎖されてるんだ。第一、あそこから逃げ出せるようなルートがあるんだったら、そこを使ってSATの侵入ルートに使ってる」

「何が狙いなんでしょう。何を要求してくるつもりなんでしょう」

「分からん。ただ、俺たちがまったく気がつかないところで何かが起きているのかも知れない」

その時、SATの隊員が身に着けているインターコム専用無線機から、

「アルファ、所定の位置に到着。これから狙撃用に窓を開ける」

という言葉に続いて、各班がポジションについたことを告げる報告が相次いで入った。

「アルファ、ブラボー、窓に穴を開けろ、他の班はその場で待機」

瀬川が落ち着いた声で指示を出す。

その言葉を聞きながら、

「警備本部長、作戦に変更は？」

金城は警視庁にいる田村に向かって訊ねた。

「準備でき次第突入だ」

すかさず答えが返ってくる。

「犯人は二時間の内には投降すると言っていますが」

「何？　それは本当か」

「ええ、先ほど一発銃声が聞こえたので、こちらから電話を入れたところ犯人自らそう言ってきたんです。ただその前に一つ、こちらに要求があると……」

「要求の内容は」

「不明です。その時がきたら向こうから電話を入れると言ってきただけです」

「あてになるのか」

「分かりません。しかし、これは私の勘ですが、我々の知らないところで、何かが起きているんじゃないかと……」

「社長室の中でか」

「中か外でかは分かりませんが、そうとしか思えない」

「しかし、犯人は株で空売りをして大損をこいた。それが犯行の動機だと言っているんだろ。動機が怨恨《えんこん》にあるのは明白だ。それを晴らすというなら、損した金を取り戻すしかねえじゃねえか」

「部長、今日のオリエンタル工機の株価は？」

瞬間、金城の脳裏に一つの考えが浮かんだ。

ひょっとすると、犯人は空売りで損をした金を、再び株式市場で取り戻すつもりなのかも知れない。こんな事件が起きれば、通常株価は下がる。そこに空売りをかけ、損をした分を取り戻した時点で買いを入れれば、穴を空けた程度の金は取り戻せるかも知れない。通常では考えられない荒業、いや無謀極まりない手段ではあるが、せっぱ詰まれば何をしでかすか分からないのが人間というものだ。

「警備一課長。オリエンタル工機の株価は、それほど下がってはいません。終値は昨日から三十円の下げ。この程度じゃ空売りをかけても損を取り戻せるものかどうか……」

本庁からの返事よりも早く、ネットで株価を確かめた沢木が呟《つぶや》く。

「株価にさほどの変化はないな」

田村の声が返ってくる。

となると、やはり単なる怨恨の線が濃厚である。しかし、それならば山藤を殺せば済むことだ。にもかかわらず、警官一名、そして役員二名を負傷させてまで籠城を続けている。

仮に、オリエンタル工機が和解成立をファンドの連中に漏らし莫大《ばくだい》な利益を上げた、つまりインサイダー取引があったことを立証することができたとしても、失った金が即座に戻ってくるわけでもない。もちろん、不正取引によって被った損失を取り返すことは可能だが、それには損害賠償訴訟を起こした上で、裁判所がそれを認めればの話で、すぐに、しかも全額が戻ってくる保証はない。

二時間という時間。そしてもう一つ、我々への要求。ヤツは何を考えているのだろう。必死に考えを巡らす金城を邪魔するように、配置についたSATの隊員からの報告がスピーカーから漏れてきた。

「こちらアルファ。いま窓の切断を終了した。狙撃準備完了」

「犯人の姿は確認できるか」

瀬川が訊ねる。

「やはりブラインドが邪魔になって中の様子はまったく分かりません」

「こちらブラボー、準備完了。状況は同じです。むしろ投光器からの光が社長室の窓に反射して、狙撃の邪魔になっています」

「了解した。アルファ、ブラボーはその場で待機。チャーリー、デルタ、状況を報告せよ」

「チャーリー、現在屋上で、降下準備中」

「デルタ、同じく降下準備中……」

「了解。降下準備が整い次第報告せよ」

瀬川は淡々と指示を出す。

突入の時は刻一刻と迫っている。作戦の成否は、最初の数秒で決する。指揮車の中に異常なまでの緊張感が漂い始めるのを感じながら、金城は隊員から入ってくる次の言葉を待った。

＊

壁面から這い上がってくる投光器から照射される白い光が、作業に没頭する手元を明るく照らした。十階建てのビルの屋上はほとんど無風だった。しかし、冷えきったコンクリートから這い上がってくる真冬の冷気が作業に没頭していても体熱をどんどん奪っていく。小谷は寒さに耐えながら、必死になって鉄製のアームを屋上の縁に取り付けていた。

隊員を降下させるには屋上からロープを垂らせばそれで済むが、窓と壁面に凹凸がないオフィスビルではもう一工夫する必要がある。端を手摺《てす》りに固定しそのまま垂らしたのでは、一気に隊員が社長室の窓まで降りることができず、壁面を蹴《け》っては降下するという動作を繰り返さなければならない。それでは物音で突入を犯人に事前に気づかれてしまう。それを防止するためには、壁面とロープの間に一定の距離を置かなければならない。ビルからせりだすアームの長さは一メートル。先端には滑車が取り付けられており、もう一方の端、建物の縁にアームを固定する側はコの字型の鋼鉄製の器具が取り付けられ、ボルトを締めればいいだけの構造となっている。それを南側、西側の二箇所にそれぞれ二つずつ取り付けるのだ。背後では突入要員の佐藤、猿渡の二人が装備の最終点検に余念がない。二人ともケブラー製のフリッツスタイルのヘルメットを被《かぶ》り、防弾チョッキで上半身を固めている。胸にはサブマシンガンのMP―5を提げ、腰に巻いたベルトには音響閃光弾を吊り下げており、さらに猿渡は窓を破壊するための手斧《ておの》を所持していた。

「準備OKです」

ボルトを締め上げた足立が言う。

小谷は黙って頷《うなず》くと、インターコムに向かって、

「チャーリー、降下準備作業完了」

静かに告げた。

＊

「以上が、上原教授殺害の真相だ。私は真実を述べたことをここに誓って、告白を終了する……」

山藤の告白が終わった。彼は机の上で両手の拳《こぶし》を握り締め、がっくりと頭を垂れた。

それを見計らって、哲治は再び中東のテレビ局に電話を入れる。先ほどの男の声が聞こえてくる。

「もし、これが真実なら、まさに衝撃的内容、世界的スクープということになるが、問題

は信憑性だな。武器を突き付けられている人間の告白が必ずしも真実とは言えないからね」

「信じるかどうかは君たちが判断することだ」哲治は静かに言った。「それに武器を突き付けられて真実を語る人間はいないというのは間違いだ。武器を前にしなければ真実を語らない人間だっているさ」

「なるほど。しかし、どうやってヤマフジの言葉が真実だと証明できるんだ」

「それはこの一時間以内に東京で何が起こるかを注視していれば分かる。君たちが報じなくとも、日本のメディアが彼の告白をリアルタイムで報じるようになる」

「何が起きると言うんだ」

「彼が直接、テレビカメラの前で喋るからだ。それも私の手の届かないところでね」

「本当か」

「嘘を言ってどうする。どうしても信じられないというなら、いいだろう。もう一つ、あんたに見て欲しいサイトがある。ここには上原教授を殺した人間と、リンチの依頼を受けた人間とが謀議をしている様子がアップロードされている。依頼者の一人の名前は、クリス・リンドブラッド、ニューヨークで小さなコンサルタント会社をやっている男だ。リンチを請け負った男はサンフランシスコのフォルサム・ストリートにあったモビー・ディックというゲイの店を経営していたループという男だ。これを見てもなお、山藤の言っていることが信じられないというならそれまでだ。アドレスは——」

「ちょっと待ってくれ、いまアクセスする」

哲治は一文字一文字を区切りながらアドレスを告げた。

「驚いたな。こいつは間違いなくヤマフジの証言を裏付けるものだ。しかし、これだけの証拠をどうして警察に持ち込まなかったんだ」

暫しの間を置いて男の興奮した声が聞こえてきた。

「警察が信用に足りる存在だと思うかい。特にアメリカの警察の捜査なんて上からの圧力次第でどうにでもなる。それに、正直な話、俺たちはリンドブラッドが誰の指示で、何を目的として上原教授を痛めつけることをループに依頼したのかが摑めずにいた。山藤の口を割らせるまではね。これでも私の言うこと、いや山藤の告白が信じられないと言うのかい？」

「いや、もう充分だ。よし、これから臨時ニュースを流す。全世界に向けてな。礼を言うよ。これは紛れもない大スクープだ」

「礼はいい。真実が世界に公になればそれで充分だ」

哲治はそう言うと、電話を切った。会話の一部始終を聞いていた山藤の顔が情けないほど蒼白になっている。

「今、何て言った。私がメディアの前で事の一部始終を話すだと？」

「ああ、そう言ったよ」

「どういうことだ」

「このフロアーに会議室はあるか」

哲治は質問に答えずに訊ね返した。

「役員会議室なら、この三つ先に」

「何人入る」

「役員は十五名……」

「なら、詰めれば三十人やそこらは入るな。これから準備が整い次第お前を解放する。ただし、行き先はその会議室だ。そこでお前は集まったマスコミを前にして単独記者会見をするんだ。そこで、事の一部始終を話す——」

「馬鹿な。そんなことをするもんか。断る」

山藤は顔を朱に染めて嚙みつかんばかりの勢いで言う。

「どっちにしても同じだよ」哲治は目出し帽の中で薄ら笑いを浮かべて見せた。「お前、まだ気がついていなかったのか。この目の前にあるカメラはな、ネットに繫がっていて今までお前が話したことの一部始終をリアルタイムで流し続けていたんだ。俺が電話していた相手は、中東のニュース専門チャンネル『カタール・ニュース・ネットワーク』だ。彼らはこれからほどなくして、今のお前の告白を全世界に向けて流し始める。何しろアメリカ有数のオイルメジャーが背後で糸を引いた殺人事件だ。ニュースバリューとしては申し分ない。おそらく、お前は解放された後、銃で脅かされてしかたなく嘘を喋ったというつもりだったんだろうが、こちらには親父を痛めつけることを依頼してきた連中と、実際に殺しを行ったと思われる人間との会話を録画したテープがある。今だから言うが、そのテープには本当の依頼主の名前は入っちゃいない。だが調べを進めるうちに、やつらの計画にお前が加担してることは間違いないという確信を俺は抱くようになった。だからこうした強硬手段に打って出、口を割らせることにした。そしてそこに飛び出したのがキャメロンの名前だ。これは当事者しか知り得ぬ秘密の暴露を意味する。だからこれから先、お前がどうあがこうが、前言を翻すことなどできやしない。もっとも、会見を開きたくないというならそれでもいいんだぜ。いずれにしてもマスコミがこの事件に飛びつくのは目に見えている。お前が喋らなければ喋らないで、あることないことを面白可笑《おか》しく書き立てられるだけだからな。たぶん、それは真実を自らの口で語るより、辛《つら》いことだと思うがね」

山藤の視線が落ちる。握り締めた拳が瘧《おこり》にかかったようにがたがたと震えだす。

その様子を見ながら哲治は携帯電話を取り出すと、バークレーにいる白田に電話をかける。

「見たかい」

「ああ、思った通り。ビンゴ！　ってやつだな。こっちの準備は完了した。今の画像はサーバーにアップロードしたよ」

「ありがとう」

哲治は回線を切ると、メモリーの中から一つの番号を呼び出し、発信ボタンを押した。

「テレビ東洋です」

警視庁にある記者クラブにいる記者の声が聞こえてきた。

＊

「了解」

後はデルタの準備が整い、田村からのゴーサインが出れば作戦開始である。指揮車の中は異様なまでの静寂に包まれた。そこに居並ぶ誰もが、デルタからの報告と、田村の言葉を待っている。

「金城君、たったいま栃木県警から情報が入った。所在不明の猟銃があるそうだ。銃の出所が分かった」

無線を通じて、田村の緊張した声が静寂を破った。

「栃木……ですか」

「所持者は上原善治《ぜんじ》。アメリカで殺害された上原教授の実家だ」

「何ですって！　上原教授の実家？」

「鍵《かぎ》もいつもの場所にあり、ロッカーを破られた形跡もないそうだ。これは予め鍵、及び銃の在り処《あか》を知っていた者の犯行としか思えない。ましてや上原教授の実家からとなれば、この事件で使われているのは、その銃だという線が極めて強い」

瞬間、金城の脳裏に上原教授の遺児、哲治の名前が浮かんだ。

「東海林外事課長。上原教授の遺児哲治との連絡は取れていますか。彼の所在は」

「継続的に電話をしているが、今のところ連絡は取れていない。所在不明だ」

まさか、そんなことが……。

金城の背中に、冷たい汗が流れ始める。

その時、屋上に待機したSAT突入班のもう一つ、デルタから報告が入った。

「デルタ、準備完了。指示があればいつでも突入できます」

「部長、SAT各部隊所定の位置につき、突入準備も完了しました。狙撃班も準備完了です」

瀬川が告げた。

「よし、突入は五分後。投光器のライトを消すと同時に突入班は降下を開始せよ。言うまでもないが人質の救出が最優先だ。突入が失敗した場合、犯人を狙撃犯が確実に特定できた場合に限って、無力化することを許可する」

田村が声に力を込める。

「部長、待って下さい！　籠城しているのは上原教授の遺児、哲治かもしれない。だとしたら大変なことになります。彼は――」

金城の言葉を聞いたすべての人間が凍りついた。時が止まったかのような重苦しい沈黙が車内を支配する。どれくらい時間が経ったのだろう。それはわずか数十秒のことだったかも知れないし、あるいは数分にも亘《わた》ったかも知れない。

静寂は突然鳴った電話の呼び出し音によって破られた。

受話器を取り上げた金城の声に、聞き覚えのある声が聞こえてきた。

「要求を告げる。これが叶《かな》えられれば、俺は銃を捨て投降する」

「要求は何だ」

「これから直ちに、テレビ局の人間を三十名、このフロアーにある役員会議室に入れろ。山藤が緊急記者会見をする。それを全国に向けて中継するんだ」

「何だって？」

「要求は以上だ」

「待て！」金城は、回線が切られようとするのを制すると、「君は上原哲治、そうじゃないのか」

鋭い口調で訊ねた。

電話の向こうが沈黙し、突然回線が切れた。

＊

全国ネットのキー局であるテレビ東洋の報道センターは騒然とした雰囲気に包まれていた。

この日の朝から大手町で起きた人質籠城事件は、予定されていた番組スケジュールを完全に無意味なものとしていた。いつもは夜十時から始まるニュース番組のスタジオに、急遽《きゅうきょ》キャスターが招集され、延々と現場からの中継画像を流し続けていた。コメンテーターの席には、警視庁を退職した刑事と犯罪心理学者が座り、それぞれの立場から事件を解説し、あるいは今後の展開予想をコメントする。彼らの休息時間と言えるのは、コマーシャルか定時のニュースと現場からの中継が入る時くらいのもので、その短い時間を利用して、慌ただしく食事を摂り用便を済ます。もちろん、事件にシナリオなどない。その間に現場の状況に変化があれば、即座に対応しなければならないから、全員が一斉にというわけにはいかない。事件が勃発《ぼっぱつ》してから十時間近くが経とうとする今、キャスター、コメンテーター、そして報道センターで特別番組を仕切るスタッフたちの緊張、疲労も極限に達しつつあった。

しかし、警察から報道協定の申し出があったとなると、ＳＡＴの出動が迫っているということは容易に想像がつく。彼らの突入の瞬間は、この事件の最大の見せ場である。視聴率競争に明け暮れるテレビマンにとって、その場面を逃すことは許されない。実際、中継画像としては放映していないが、今この瞬間にも警察が指定した封鎖線近くにあるビルの屋上に配置したカメラからは、犯人の立て籠もるオリエンタル工機の社屋の屋上で、突入準備に余念がないＳＡＴの隊員たちの姿がモニターに映し出されていた。彼らが突入したとなれば、その映像を封印しておく必要はない。多少のタイムラグは仕方ないとしても、ただちに画像を切り替え、その瞬間を放映しなければならない。現場の映像を捉《とら》えているのは、他局も同じだ。いち早く衝撃的画像を流したところが視聴率競争を制することになるのだ。

報道局長の唐津《からつ》俊樹《としき》は、目の前にずらりと並んだモニターの中から、ＳＡＴの隊員たちが屋上で蠢《うごめ》く画像が映し出された一つを凝視しながらその瞬間を待った。傍らには、番組プロデューサーを務める遠山清重《とおやまきよしげ》がいたが、彼もＳＡＴが屋上に姿を現してからは、モニターに釘付《くぎづ》けになったまま、一言も発することなく、成り行きを見つめている。

「準備は整ったようですね。突入のタイミングを見計らっているんでしょうか、動きが止まったようです」

生唾《なまつば》を呑み込みながら、遠山が押し殺した声で呟く。

「しかし、連中、待機を始めてもう十分が経つぞ。いくら何でも、少し遅いんじゃないのか。これじゃ番組の間が持たねえ」

唐津が時計を見ながら苛立つ声を上げたその時だった。目の前に置いた携帯電話が甲高い音を立てて鳴った。

「唐津だ」

「警視庁の繁田《しげた》です」

ニュース記者会に詰めている記者の緊迫した声が聞こえてきた。

「たった今、こちらに籠城犯本人から電話が入りました！　犯人は、山藤社長本人に記者会見を行わせると通告してきました」

繁田は用件を訊ねる間も置かず、一気に捲《まく》し立てた。

「何？　今、何て言った。山藤社長に記者会見をさせるって？」

「そうなんです」

「何のために」

「今回の事件の背景を山藤社長本人が説明するというんです。それでオリエンタル工機の会議室に、テレビカメラを入れ、記者会見を実況中継しろ。そう要求してるんです」

「そこに犯人も同席するのか」

「いや社長の単独会見だそうです」

「それじゃ何か。山藤社長が犯人に成り代わって今回の事件がなぜ起きたのかをカメラの前で喋るというのか」

「そうなんです。もうこちらは大混乱です。新聞の連中は何でテレビだけなんだ、と騒ぎ出すわ、我々は警察と会見をやらせろ、やらせないで大揉《おおも》めに揉めているんです」

「そりゃそうだろう。籠城犯が記者会見をした事件に前例がないわけじゃないが、人質の単独会見なんて前代未聞だ。ましてや何を喋るかまったく分からないんじゃ、はいどうぞってわけにはいかんだろう」

唐津の脳裏に浮かんだのは、一九六八年に起きた寸又峡《すまたきよう》事件だ。在日韓国人が十三人の人質を取って旅館に立て籠もりながら、ライフル銃を手にして表に出ては記者会見をし、在日コリアンに対して差別を行った警官の謝罪を要求した劇場型犯罪の初めてといえるケースである。こうした展開は、テレビマンにとっては、まさに美味《おい》しい素材以外の何ものでもない。どのテレビ局も、朝からこの事件を延々と流し続けているのだ。しかも、事件の緊迫の度合いはピークに達しつつある。この時点で、犯人とはいわないまでも、当事者である人質が単独記者会見をするということになれば、視聴者がテレビの前に釘付けになることは間違いない。

テレビ局にとってはまたとないチャンスの到来であるが、その一方で、山藤が何を話すか分かっていない今の時点で迂闊《うかつ》に会見を中継したりすれば、状況を犯人に有利にする手助けをしてしまうことにもなりかねない。

「社長に単独記者会見をさせるといっても、犯人は残る一人の人質を解放するわけじゃないんだろう」

唐津は訊ねた。

「でしょうね。山藤社長を部屋から出した上に、残る一人の人質を解放したんじゃ、警察に突入してくれって言っているようなものです。そんな馬鹿なことをするとは思えません」

「じゃあ、たとえ単独記者会見をするといっても、山藤社長が真実を話すとは限らんじゃないか。人質の生命を慮《おもんぱか》り犯人が予め用意したストーリーを述べる。我々が情報操作に使われる可能性だって充分に考えられるだろ」

「じゃあ、局長。ウチは記者会見の場に同席しない。他社がクルーを差し向けても、ウチはそれを指を銜えて見ていろ。そうおっしゃるんですね」

繁田はせっぱ詰まった口調で念を押してくる。

唐津は思わず押し黙った。迂闊に犯人の誘いに乗ることはできないが、かといってクルーを送ることを放棄すれば、もし、記者会見で山藤が述べることが、事件の解決後真実だったと分かった時には、『特落ち』をしでかしてしまうことになる。ましてや、自らの判断でそのチャンスを断ったとなれば、責任問題へと発展しかねない。それ以上に、会見の様子が繰り返し流される他局の映像を歯嚙みをしながら見ているのは屈辱以外の何ものでもない。

「いや、クルーは出す。何が何でもな」

唐津は言った。

「じゃあ、警察が犯人の要求を呑み、記者会見となった時にはその時点から直ちに会見場から中継やるんですね」

「会見の様子を記録するだけだ。彼がどんな話をするのか。それが真実なのかも分からないというんじゃ、リアルタイムで画像を流すのは危険過ぎるからな」

「それじゃ、裏が取れるまでは、画《え》は封印するんですか」

「しょうがないだろ」

「局長、そんな悠長なこと言ってていいんですか。おっしゃっていることは私にも理解できますが、ウチがやらなくとも他局の中には、きっとリスクを冒してでも中継画像を流すところもあると思いますよ。そんなことになれば、当然視聴者のチャンネルはその局に固定されたままになる。その後、事態がいかなる展開を迎えたとしても、ウチの局にチャンネルを合わせる視聴者なんていなくなっちまいますよ。まあ、これがショットガンを持った犯人が会見に同席するっていうんなら、話は別でしょう。中継の最中にいきなり社長をズドンとやったりした瞬間を流しでもしたら、取り返しのつかないことになりますからね。しかし、今回に限ってその恐れはない。私はどうして局長が二の足を踏むのかさっぱり分かりません。彼が真実を語るのか、そうじゃないのかなんてどうでもいいでしょう。当事者が事件の背景を我々の前で説明する。ただそれだけのことなんですから」

繁田は苛立った口調で、中継を迫ってくる。

どうしたものかとばかりに、唐津が押し黙ったその時だった。こちらに走り寄ってくる足音が聞こえたかと思うと、

「局長！　えらいことです。中東のカタール・ニュース・ネットワークが山藤社長の会見の様子を流してます」

外信部長の水谷が興奮の色を剝き出しにしながら言う。

「繁田、このままちょっと待て」唐津は命じると、水谷に向き直り、「今、何て言った？」と問い返す。

「だから、カタール・ニュース・ネットワークが山藤社長の会見の様子を流しているんですよ」

「何でカタールが山藤社長の会見を放送できるんだ。彼はまだ社長室にいるんだぞ」

想像だにしていなかったメディアの出現に、唐津の声が裏返った。

「映像からすると、犯人は、どうも籠城を始めた直後から社長室内の様子をリアルタイムでネット上に流し続けていたようですね。経緯のほどは分かりませんが、とにかく連中はそのサイトにアクセスし、社長の自白する画像を手に入れたようなんです」

「これは日本国内で起きている事件じゃないか。どうして連中が興味を示すんだ」

「それが大ありなんですよ。オリエンタル工機が水素自動車の部品に関する特許訴訟を抱えていたことは知っていますよね」

「もちろん」

「その訴訟の一方の当事者である上原教授が殺害されたこともご存じですね」

「ああ」

「教授を殺した連中の背後には、アメリカのオイルメジャーのキャメロンがいたんです。上原教授は一審二審でいずれも勝訴を収めている。訴訟は最高裁に持ち込まれていましたが、もしそこでも教授勝訴ということになれば、特許は広く自動車会社に公開される公算が極めて高かった。そんなことになれば、このご時世です。水素自動車の開発、ひいてはインフラ整備に一気に弾みがつく。これはオイルメジャーにとってはまさに死活問題です。そこで連中は教授殺害を決意した。もちろん彼を殺しても裁判自体がストップするわけじゃない。しかし莫大な特許料が絡む裁判です。日本には判例がない。おそらく最高裁は口頭弁論を行うか、あるいは高裁へ差し戻し再審理を命ずる可能性もあると連中は踏んだ。もし、そうなれば死人に口なし。オリエンタル工機は一気に優位に立つ。最悪でも和解に持ち込める。それだけじゃない。キャメロンは他のオイルメジャーと組んでオリエンタル工機の株を密《ひそ》かに買い占め、同社を系列下に置き、事実上特許を封印してしまおうと考えた——」

「しかし、社長がカメラの前で告白したということは、傍らにはショットガンを持った犯人がいたということだろ。強要されて嘘を言ったということも考えられるじゃないか」

「それが、同時に教授へのリンチを依頼してきた男たちの会話が入っているビデオ映像が流れましてね。私見ですが、あれがやらせとは到底思えません。教授殺害の背後に、アメリカのオイルメジャーがいた。これは反米感情が渦巻いている中東のテレビ局にとっては、大変なニュースバリューがあります。連中が飛びつくのも無理はありませんよ」

やられた、と思った。それと同時に、犯人はこの籠城事件を、実に周到かつ巧妙極まりない準備を重ねた上で決行したのだということを今更ながらに唐津は思い知った気がした。

「繁田。状況が変わった。記者会見にゴーサインが出た段階で、ウチもクルーを出す。すぐに実況中継をやるぞ。絶対に、どんなことがあっても会見場に乗り込むんだ」

唐津は携帯電話に向かって怒鳴ると、水谷に向かって、

「すぐに、そのビデオを見せてくれ。それからカタール・ニュース・ネットワークにコンタクトして、放映した画像をこちらでも使えるよう、交渉してくれ」

と命じた。

「もうすでにやってます。応分の金は出すから、ウチの独占にしてくれないかという条件で」

「交渉が成立次第、すぐに特番の中で流すからな。遠山、いつゴーサインがかかってもいいように準備をしておけ」

ディレクターが番組進行の打ち合わせのために慌ただしく席を立つ。その後を追うように、唐津は水谷を引き連れ、ビデオを確認すべく部員が忙しく行き交うフロアーを早足で歩き始めた。

＊

「全隊員その場で指示があるまで待機せよ。繰り返す、指示があるまでその場で待機！」

ＳＡＴ隊員に指示を出してからというもの、指揮車の中は大混乱に陥った。犯人の正体が殺害された上原教授の息子、哲治であるらしいと分かった以上、双方に危険が伴う突入は事実上困難になったからだ。それにもまして混乱に拍車をかけたのが、山藤に記者会見をやらせろという哲治からの要求だった。

それを聞いた金城は、すぐに警視庁の警備本部にいる田村に報告を入れたが、それより早く本庁では逸早《いちはや》く犯人の要求を聞きつけた記者クラブから会見を実現させろという強い申し出があり、こちらもまた大混乱に陥っていた。

金城の脳裏に浮かんだのは、一九九六年に起きたトゥパク・アマル革命軍によるペルーの日本大使公邸占拠事件である。あの時も、事件が長引くに連れて立て籠もったテロリストから何とかコメントを取ろうと、幾つかの日本のメディアが公邸への侵入を試み、実際に一社が公邸内に入り取材を行うことに成功した。世間の耳目を集める、いわばこうした劇場型事件は、マスコミにとってニュースバリューが高い分だけ、多少の危険を冒してでも犯人と接触を持とうとするものだ。それが今回の場合は、犯人が、しかも人質を単独で会見させるというのだ。マスコミにとってはまさに願ったり叶ったりの申し出である。

しかし、事件の解決を第一とする警察としては、たとえ人質の単独記者会見とは言え、二つ返事で許すわけにはいかない。どんな目的があるのか、哲治の手を離れた山藤に何を喋らせようとしているのかは分からないが、いかなる理由があるにせよ、すべては司直の手によってしかるべき手順を踏み、法廷で明らかにされるべきものであるからだ。ましてや、山藤の単独記者会見とはいっても、哲治はまだもう一人、北島という怪我人を人質に取っているのだ。状況から鑑《かんが》みても、山藤が哲治の意図に反するような言葉を述べるわけがない。哲治の真の目的が分からないまま、記者会見を開くのはこの犯罪行為に加担するようなものだ。

事態は再び膠着状態に陥ろうとしていた。

その時、机の上の電話が鳴った。

「金城です」

「田村だ」

「部長、結論は出ましたか」

受話器を握りしめる手に力が籠もるのを感じながら金城は訊ねた。

「犯人が上原哲治である可能性が高くなった以上、ＳＡＴを突入させるわけにはいかない。銃撃戦になって彼を射殺してしまったら大変なことになるからな。正体が完全に判明するまで作戦は中断だ」

「賢明な判断だと思います」

「それから犯人が要求している記者会見だが、こちらで検討を重ねた結果、条件を呑むことにした」

「何ですって？　記者会見、やらせるんですか」

「苦渋の選択だ。彼は記者会見の要求を呑めば、武器を捨てて投降すると言っているんだ。強行突入を断念せざるを得ない以上、事態を打開するにはその方法しかあるまい。それについさっき、とんでもない映像がテレビで流れちまったんだよ」

田村は苦々しげに呻《うめ》くように言う。

「何があったんです」

「中東のカタール・ニュース・ネットワークが山藤の会見を流したんだよ。その映像は版権処理ができていないせいで、まだこちらでは流されちゃいないが、放映されるのは時間の問題だ」

「何でそんなことができるんです。彼はずっと社長室に監禁されたままなんですよ」

「ヤツは、あの部屋にカメラを設置して、インターネットを通じてリアルタイムで映像を流していたんだよ」

「そんなことをしでかしてたんですか！」

「それによるとだな――」

思いもよらぬ事実を聞かされて唖然《あぜん》とする金城を尻目に、田村が会見の内容を話し始める。

「山藤が上原教授の殺害に関与していたですって？　本当にそう言ったんですか」

「ああ、はっきりとね」

「しかし部長、状況からして、山藤が言っていることの信憑性には大いに疑問がありますね。だってそうでしょう、ショットガンを突きつけられ、監禁されている中でですよ、人質が真実を語るとは限らんでしょう。犯人に強制されるまま虚偽のコメントを吐いてしまった。そういうことだって充分に考えられるじゃありませんか」

「ところがヤツは、もう一つ、現場の映像を別のサイトにアップロードしていたんだ。その中では上原教授をゲイのプレイ中に痛めつけろとはっきり言っている場面が記録されているんだ」

「それは信頼するに足りる代物なんですか」

「百パーセント本物かどうかは今の時点では分からない。ただ、こちらでもそのサイトは確認している。サーバーはアメリカにあることも分かった。現在、画像が本物かどうかの裏を取るためにＦＢＩに調査を依頼しているところだ」

なるほど、そういうことか。

田村の言葉を聞きながら、金城はこの籠城事件の全容が透けて見えてくるような気がした。

「部長、おそらくその画像は本物だと思いますよ」

「なぜそう思う」

今度は田村が訊ねてきた。

「状況から考えて、犯人は百パーセント上原哲治に間違いないと思います。彼は、何らかの手段を使ってそのビデオテープを手に入れ、父親が殺されたのは単なる事故ではないとの確証を得た。同時に、株価の推移からそこにオリエンタル工機が関与していることもね。しかし、状況的に黒だと分かっても、物証はない。おそらくリンチを依頼してきた人間の背後に誰がいるのかも摑めなかったと思われます。となれば、真実に辿《たど》り着く手段はただ一つ。山藤の口を割らせること以外にない。彼はそう考えたんでしょう」

「なるほど、そう言われれば合点がいくが……しかし、父親が殺害されたのは単なる事故じゃない。明らかに殺されたということを証明するビデオテープを手に入れながら、警察に持ち込まなかったのはなぜだろう」

「可能性としては幾つかの理由が考えられますが……最も高いのは、ビデオテープを手に入れた手段が合法的とはいえないものであったということではないでしょうか。現物を見ていないのではっきりとは言えませんが、当たり前に考えて事件の解決に繋がる決定的場面を記録したテープが、外部に、しかも事件の被害者側の手に渡るなんてことはまず考えられませんからね。それともう一つ、いかに莫大な特許利権が絡んでいるとはいえ、日本企業が訴訟の一方の当事者を殺すというような手段に出ることはまずあり得ない。おそらく哲治は、事件にオリエンタル工機以外のアメリカの、それも強大な組織が関与していると睨《にら》んだんでしょう。だとすれば、へたに動けば真実が闇に葬られてしまうか、あるいは自分が消される可能性もあると考えたんじゃないでしょうか」

「そうだとすればヤツの推測は正しかったと言えるだろうな。山藤の告白が真実だとすれば、背後で糸を引いていたのはオイルメジャーのキャメロンだという。連中はアメリカの政界に強い影響力を持っている。不用意に動けば、事実を隠蔽《いんぺい》されてしまう可能性もある」

「だから、こうした手段に打って出たんです。ヤツはアメリカはもちろん、日本の捜査当局も信じちゃいない。山藤の口を割らせ、それをネットを通じて流し、それをテレビというメディアを使って放映させてしまえば、誰もどうすることもできない。もちろんメディアも馬鹿じゃない。ショットガンを突きつけられた前で話した言葉をそのまま報じるわけがない。最初に放映させるテレビ局を中東に選んだのは、あの地域には根強い反米感情があることを知ってのことです。どこの国のメディアであろうとも、いったん彼の告白が公のものとなってしまえば、日本のメディアも黙っちゃいない。そこに単独記者会見をさせると言えば、飛びついてくるに決まってます。何から何まで計算ずくですよ」

「おそらく君の推測は外れてはいないだろう。まんまとヤツの思惑に嵌《は》まるのは忸怩《じくじ》たるものがあるが、事態をこれ以上悪化させずに解決へと持ち込むためには、やはりヤツの要求を呑むしかないだろう」

「前代未聞、我々にとっては屈辱以外の何ものでもありませんが、こうなった以上やむを得ないでしょうね」

「よし、君は直ちに犯人に要求を呑む旨を伝えてくれ。準備ができ次第テレビカメラを会議室に入れるとな」

「分かりました」

回線を切った金城は、返す手で社長室に繋がる番号を押した。

呼び出し音が鳴るとすぐに受話器が持ち上がる。

「金城だ。君の要求を呑む……」

金城は苦々しい声で告げた。

＊

外は一面の雪景色だった。純白の絨毯《じゅうたん》を敷き詰めたような広大な庭を照らす朝日が反射し、ダイヤモンドをちりばめたように無数の小さな光が輝き、その先にある松の大木に降り積もった雪が、時折鈍い音を立てて地面に落ちる。

静かな朝だった。

チェスター・ジャクソンは、ウエストチェスターにある自宅の朝食専用の部屋で、一人食事を摂っていた。小さなグラスに入れられた搾りたてのオレンジジュース。サニーサイドアップにした卵が二個。ベーコンが二枚。ワインビネガーとオリーブオイルを振りかけたサラダ。クリームチーズを塗ったマフィンが一つ。昼間は健康を考えデカフェを飲むが、朝食の時だけはカフェインが入った、いれ立てのコーヒーを飲むのがジャクソンの習慣だった。かぐわしいストレートコーヒーの香りを楽しみながら、ゆっくりと朝食を摂るのは、分刻みのスケジュールに追われる身には、何ものにも代えがたい至福の一時である。時刻は間もなく、午前七時になろうとしていた。あと三十分後には屋敷を出、ウエストチェスター・カウンティ空港からプライベートジェットでテキサスに向かうことになっていた。もちろん移動の最中も仕事は追いかけてくる。ましてや今日は機中で重役連中との会議をしなければならない。昼食も用意はされているが、どうせランチボックスに入った作り置きのコールドビーフが挟まれたサンドウィッチと相場は決まっている。そんな味気ないものを口にするくらいなら、いっそのこと昼食を抜き、今夜はヒューストンのレストランで思いきり美味いものを摂ることにしよう。フレンチ、イタリアン、久々にテキサススタイルのぶ厚いステーキも悪くない。

ジャクソンは、その日一杯目のコーヒーを飲み干しながら、晩餐《ばんさん》に思いを馳《は》せた。

「コーヒーをお代わりなさいますか?」

カップが空いたのを見て取ったメイドが静かに近づくと、声をかけてきた。

「もらおう」

メイドが恭《うやうや》しい仕草で二杯目のコーヒーをカップに注ぐ。

その時、朝食ルームに隣接するリビングに置かれた電話が静かな音をたてて鳴った。

ジャクソンはそれに構わず、二杯目のコーヒーに口をつける。

「ソロモン様からお電話です」

その間に電話を取ったメイドが電話を差し出してくる。

糊《のり》の利いたナプキンで口元を拭《ぬぐ》い、

「おはよう、デイヴ」

ジャクソンは静かに言った。

「社長、大変なことになりました」

緊迫したデビッド・ソロモンの声が聞こえてくる。

「朝から何事かね」

ただならぬ気配を感じながらも、ジャクソンは落ち着いた声で問い返した。

「まだCNNをご覧になっていないのですね」

「私は朝食の最中でね。食事を摂りながらテレビを見る習慣はないのだよ」

「上原の殺害を我々が行ったことが露見したんです」

「何？」

ジャクソンの手からナプキンが滑り落ちる。たった今、胃の中に送り込んだ朝食が急に重さを増し鈍痛が走る。

「とにかくCNNを見て下さい」

ソロモンが吐く荒い息が受話器にかかる。

ジャクソンは席を立つと、リビングに入りリモコンを使ってテレビをつけた。五十インチの大画面にキャスターの姿が大写しになり、流れるようなコメントが聞こえ始める。

『――オリエンタル工機の山藤社長の告白を裏付けるものとして、インターネット上にアップロードされたのが、次にお見せする上原教授殺害犯と思われる男たちの映像です。この男たちはゲイのプレイ中の事故と見せかけ、教授に危害を加えることを明確に述べており、キャメロンの名前こそ口にしてはいませんが、山藤社長の告白を裏付けるに足りるものです』

画面が切り替わり、そこにゲイのプレイルームが映し出された。そこには二人の依頼者と、プレイルームの経営者らしき男の姿があった。まさに動かぬ証拠というものだが、キャスターが言ったように、彼らは確かに上原に致命的なダメージを与えることを依頼してはいるものの、キャメロンの名前は出てこない。

「こいつは誰だ」

「一人は私が上原殺害を依頼したイングラムです。もう一人はその相棒でしょう……」

「しかし、誰も我々の名前を口にしていないじゃないか。なぜ、背後に我々の存在があることが露見したんだ。誰が喋った」

「途中からニュースを見たのでは分からないのは当然です。実は、日本のオリエンタル工機の本社にショットガンを持った何者かが押し入り、山藤を人質に取って立て籠もったんです。事件が起きたのはこちらの時間で昨夜の九時。もちろん、暫《しばら》くの間は遠い日本で起きた籠城事件などこちらで報じられることはなかったんですが、カタール・ニュース・ネットワークが突然このニュースを報じたんです」

「何でカタール・ニュース・ネットワークなんだ。なぜ日本の籠城事件を中東のテレビ局が最初に報じるんだ」

「犯人は、籠城を始めた直後から、社長室内の様子をずっとインターネットに流し続けていたんです。そして山藤を自白に追い込み、彼が告白する一部始終をカタール・ニュース・ネットワークに録画させた……。さらにイングラムと相棒が例のゲイクラブのオーナーにリンチを依頼するところを録画した映像を流したのです。どうしてあんなものがあるのか、まったく分かりませんが、かなり早い段階から籠城犯はネット上にそいつをアップロードしておいたらしいんです。山藤の証言を裏付けるものとしてね……。第一報先にカタールを選んだのは、反米感情がある国で、アメリカのオイルメジャーの陰謀で人が殺されたというニュースが持ち込まれれば、一も二もなく食いついてくると踏んだんでしょう」

「何てこった……」

眩暈《めまい》がした。目に映るすべてのものが暗い闇の中に溶け込んでいくような感覚にジャクソンは襲われた。受話器を落としそうになるのを既《すんで》のところで堪えたところに、追い討ちをかけるように画面が切り替わり、キャスターの姿が現れたかと思うと、

『山藤社長の告白によれば、教授の殺害はキャメロン社の社員によって事前に知らされており、もしこれが事実だとすれば、キャメロン社が組織的に教授殺害を企《くわだ》てたということになります』

断定的に告げた。

「このキャメロン社の社員というのは、君のことだな」

「……放送では名前の部分はカットされていましたが、そう考えて間違いないでしょうね……上原殺害を事前に告げ、株を買い占めオリエンタル工機を事実上我々の支配下に置くことを納得させたのは私ですから……」

「いったい誰がこんなことをしでかしたんだ。グリーン・シーズか！」

「犯人が何者なのかは現時点では分かってはいません。ただ、この手口はグリーン・シーズではないと思います。こいつはショットガンを所持して社長室に立て籠もり、警官一名、人質二名を負傷させたそうですから……」

「やつらが目的のためなら過激な手段に打って出ることを厭《いと》わないのはいつものことじゃないか」

「過激な手段といっても、目的達成のために人を傷つけたことはありませんよ」

確かに言われてみればその通りだった。彼らは時に体を張って目的を完遂しようとするが、こんなテロリスト紛《まが》いの手段は決して取らない。

「事件はこちらの時間で昨夜九時に起きたと言ったな」

ジャクソンは質問を変えた。

「ええ……」

「三人もの人間をショットガンで負傷させたヤツを、何で日本の警察は半日以上も放っておくんだ。なぜ、さっさと射殺してしまわないんだ。警官を負傷させただけでも、撃ち殺す理由としては充分だろう」

「日本は警官が自衛のために威嚇射撃をしただけでも、釈明を求められる国ですよ。射殺なんて……あり得ませんよ」

「何のための警察だ！　連中だって武器を所持してるんだろ！　こんな凶悪犯を半日ものさばらしておく。それが日本の警察のやり方か！」

受話器の向こうでソロモンが押し黙る。ジャクソンは手にしていた受話器をテレビ画面めがけて投げつけたい衝動に駆られたが、そんなことをしても問題が解決するわけではない。今第一に考えなければならないのは、この窮地をどうやって脱するか、そしてこれから始まる追及の手をいかに躱《かわ》すかだ。

「デイヴ、あの二人は今どうしている」

「二人って、サンフランシスコに差し向けた連中のことですか」

「そうだ」

「メキシコのカンクンにいますよ」

「となれば、警察がこれから捜査を始めても、ヤツらの居所を把握し、身柄を確保するのはそう簡単なことじゃない。その前に始末してしまったらどうだ」

「口を封じてしまうんですか」

「そうだ。上原に致命的ダメージを与えろと直接依頼したのは、あの二人だ。あいつらを葬ってしまえば――」

「社長……」

ソロモンがジャクソンの言葉を遮る。そこには絶望的な響きが籠もっていた。

「仮にあの二人を始末したところで、山藤は私から今回の計画を持ちかけられたと明言しているんですよ」

「そんな事実はないと言ってしまえばいい。山藤に会ったことなどないと言えば――」

「無理です」ソロモンは深い溜め息を漏らした。「警察だって馬鹿じゃない。出入国記録を調べれば、私が日本に出向いた事実があるか否かはすぐに分かってしまう」

「だからと言って、それが山藤に会ったということの証拠には繋がらんだろう」

「二泊四日で日本に行った目的をどう説明するというんです？　その間に誰に会ったと言えばいいんです？　これから日本にいる誰かに依頼してアリバイを作れとでも言うんですか。そんなことをすれば、自ら事件への関与を認めるようなもんじゃないですか。それに、ビデオを調べられれば、私が山藤と会ったかどうかなんてことは一発で分かってしまいますよ」

「ビデオ？」

「山藤と会ったホテルにだって、防犯用のカメラが設置されているに決まってます。発展途上国の二流三流のホテルならいざ知らず、先進国の一流ホテルにはどこだってそれくらいの防犯措置を施しているのが当たり前ですからね。もちろん、通常のケースでは客のプライバシーを考えてめったなことでは公開しやしないでしょうが、これだけの事件です。警察が令状を突き付ければ提出を拒むことなどできやしません。そしてそこには、少なくとも私が泊まっていた日に、彼がロビーに現れた瞬間がはっきりと録画されているはずです。それでも私が山藤と会わなかったと言えると思いますか。そこに至ってもなお、私は事件と無関係だと言い張れると思いますか」

　確かにソロモンの言う通りだった。彼が日本に滞在したのはわずか二日。その間、山藤と会わなかったというアリバイをいまさらでっち上げることなどできない。彼が滞在していたホテルの防犯カメラに山藤の姿が映っているというのもその通りだろう。それに、複数のファンドに分散してとはいえ、オリエンタル工機の株を二十八％まで買い進めさせたのも事実である。こちらでの捜査が進めば、これらのファンドが何の目的であの会社の株を買い占めにかかったのか、それもいずれ明らかになってしまうだろう。状況を総合して考えると、どうあがいたところで言い逃れなどできるわけがない。

「ゲームセットというわけか……」

全身を脱力感が襲う。ジャクソンはその場にへたり込みそうになった。

「いや、まだ手はあります。少なくともキャメロンを救う手段がね」

ソロモンが静かに言った。

「どんな?」

「今回のことは、私の一存ですべてを行ったことにしてしまえばいいのです」

「君が罪を被るということかね」

「上原殺害の背景がここまで明らかになってしまった以上、言い逃れなどできません。私は今日のうちにでも身柄を警察に確保され、取り調べが始まるでしょう。もちろん、黙秘を貫くことは可能ですが、これまでの証拠を基に起訴されることは間違いありません。それも第一級殺人でね」

「君にそれほどの覚悟があるのなら、有能な弁護士をつけてやろう。この国最高の弁護士を何人でも雇ってやるよ」

彼が言うように、今回の殺人事件がソロモンの一存でなされたものだとなれば、企業イメージは著しく低下することは避けられないものの、キャメロンも、そして何よりも自分自身が助かることは事実だ。しかも、ソロモンが自らその罪を被ると申し出ているのだ。まさに願ったり叶ったり、その手があったかとばかりにジャクソンは飛びついた。

「どんな有能な弁護士がついて、法廷で素晴らしい弁論を繰り広げようと、これだけ証拠が揃ってしまえば、陪審員が無罪評決を下すとは思えません。第一級殺人は、死刑、あるいは仮釈放なしの終身刑。第二級だとしても最低二十五年は出てこられない。どちらにしても、私が生きて刑務所を出てくることはないでしょう。凶悪犯に囲まれて、これからの一生を刑務所で暮らすのはごめんです」

「じゃあ、どうすると言うのかね」

ジャクソンは彼が言わんとしていることにすぐに気がついたが、敢《あ》えてそれを口にせず訊ね返した。

「死人に口なし……この言葉で私が何を考えているか分かるでしょう」

果たして予想していた通りの言葉がソロモンの口を突いて出た。

「君の家族の面倒は、私が責任を持つことを約束する……」

「その言葉を聞いて安心しました」ソロモンは静かに言うと、「幸運を……大丈夫、これですべてが終わります。どうかご安心を……」

一方的に電話を切った。

「グッバイ、デイヴ……ボンボヤージュ……」

もはや聞く者のいなくなった受話器に向かってジャクソンは呟きながら回線を切った。

長きに亘って自分の右腕として働いてきたソロモンを失うことに悲しみを覚えなかったと言えば嘘になる。しかし、今のジャクソンにとっては、それ以上に会社が、自分が救われるという安堵《あんど》の気持ちが勝った。

電話をホルダーに戻したジャクソンは、テレビの電源を切り、朝食が置かれた部屋に取って返すと、再び食事を摂り始めた。

＊

「やりやがった。テツのやつ、ついに目的を果たしたな。大したもんだ」

バークレーにあるフラタニティのマークの部屋で、白田はCNNのニュースを見ながら感慨深げに何度も頷いた。

「ようやく点が繋がって一本の線になったな。キャメロンにしてみれば、水素自動車に実用化の目処《めど》がつくことは、自分たちの存亡に関わる大問題だ。もちろん普及までには長い時間がかかるだろうが、十年、二十年というスパンで見た場合、今の自動車、いやオイルに頼っているすべての内燃機関のありかたが激変しちまう可能性があるんだからね。第一、内燃機関の燃料が水素に替わっちまえば、どこの国だってプラントをぶっ建てさえすりゃ自前で作り放題。原料は無尽蔵にあるときている。技術が進歩すれば、いずれ自家生産だって可能になる。石油産出国の匙加減《さじかげん》一つで価格が変わったといって右往左往する必要もなくなるんだ。連中からしてみたら、何が何でも教授の開発した技術を封印したいと思うだろうさ」マークはしたり顔で言うと、「テツは良くやったよ。父親の仇を取るためとはいえ、本当に良くやった……」

一転して目を細めて画面を見つめた。

「でもさ、マーク。まだ喜ぶには早いんじゃないのかな」

「なぜさ」

「僕らは山藤の告白が真実だということを分かっているけど、果たして世間はどう取るかな。だって、そうだろ。少なくとも、今ＣＮＮで流れた映像は、テツに銃を突き付けられた中で行われたもんだよな。これから山藤に単独記者会見をさせるとはいっても、社長室の中には、まだ人質が残ってるんだろ。もし、テツが投降した後の裁判の中で、あれは強制的に言わされたものだ、あるいは人質を取られていてしかたなく言ったものだとでも言い始めたら、状況は振り出しに戻っちまうんじゃないのかな」

警官一名、人質二名を負傷させたのは想定外だったが、それを除けばすべてが思惑通りに進んでいる。そのことが、逆に白田を不安にさせていた。

「それは、無用の心配ってもんじゃないか。第一、山藤の告白には当事者しか知り得ぬ秘密があったじゃないか。世間のやつらはＣＮＮのニュースしか見ちゃいないけど、僕らは山藤の告白をネットでリアルタイムに見ている。その中で、ヤツはこの件を持ちかけたのはキャメロンのデビッド・ソロモンだとはっきり言ったじゃないか。しかも、ファンドの連中がオリエンタル工機の株を買い占め、事実上キャメロンの支配下に置こうとしたことも喋っている。それで充分ってもんじゃないのかな」

「でもさ、そのキャメロンの裁判は、アメリカで行われるんだろ。もしも、もしもだぜ、キャメロンのソロモンって男が全面否認に出たらどうなるかな」

「そうだな……素直には認めない可能性がないとは言えんな」

マークの眉間《みけん》に皺《しわ》が寄った。

「そりゃこっちの警察だって、このニュースを見ればそのソロモンって男を取り調べもするだろうけど、山藤と会ったこともなければ、殺人の依頼をしたこともない。オリエンタル工機の株を買い占めにかかったのは事実だが、それは通常のビジネス上の理由からだ。そう言われてしまえばそれまでじゃないのかな」

「しかし、山藤はヤツが東京を訪れたと明言したぜ。だったら、当然日本への入国記録が残ってんだろ」

「もし、アリバイを作っていたら？　日本にいる誰かがその時間にヤツと確かに会っていたと明言したら？　裁判どころか取り調べの段階で、無罪放免ってことになりゃしないか」

「考えられない話ではないな」

「だろ？」

「だろって、そう他人事のように簡単に言うんじゃねえよ。そんなことになっちまったら、テツがしでかしたことは水の泡になっちまうんだぞ。特許の権利だって、オリエンタル工機、ひいてはキャメロンのものになっちまうんだぞ」

「もちろん、考えがなくてこんなことを言ってるんじゃないさ」

「だったら、その考えってやつを早く言えよ」

マークは少し怒ったような口ぶりで先を促した。

「あのモビー・ディックとニューヨークのクリス・リンドブラッドの名前を、今すぐにマスコミに教えてやるべきだと思うんだ」

「そんなことはいずれ知れちまうことだ。あのテープをサイトにアップした時から、ループの正体は見るやつが見ればすぐに分かると思っていたからな。もちろんそれでループの身柄が確保されれば、俺たちも無事じゃいられない。もっとも俺たちの存在は、テツの携帯電話の発信履歴から簡単に足がついちまう。俺たちもループを痛めつけてあのテープを手に入れたんだ。それ相応の罰は受けなきゃならない。それは覚悟の上のことだったからな」

「俺が言いたいのはね、キャメロンの連中が、ループとリンドブラッドたちの口封じに出やしないかってことなんだよ。あるいは口封じに出ないまでも、オイルメジャーのことだ、しかるべきルートで捜査当局に圧力をかけ、真実を闇に葬ってしまうことだって考えられなくはないだろ。あいつらの身柄が確保されないうちは、教授殺害を企てたのがキャメロンという真実には辿り着けないいんだからね。だから、一刻も早くヤツらの正体を明らかにして、キャメロンの連中が何らかの手を講じようにもできなくしちまう。それをすべきだと思うんだ」

マークは口を閉ざすと、暫く思案を巡らしている様子だったが、

「ヒデの言うことはもっともだな……よし、やるか！」

やがて意を決したように携帯電話を手にした。

マークは番号ボタンを数桁《すうけた》押したところで指を止め、

「しかし、俺たちもどうかしてるよな。ループがあのテープを奪われた経緯を話せば逮捕されることは間違いない。それを覚悟でこんなことをしでかすってんだからな」

自嘲《じちょう》めいた笑いを浮かべながら、再び指を動かし始めた。

「逮捕はされるかもしんねえけど、有罪になるかどうかは別だぜ。キャメロンの関与が認められれば、特許使用料が入ってくる以前に、テツは損害賠償訴訟を起こせる。相手がオイルメジャーとなれば、その額は半端なもんじゃない。その匂いを嗅《か》ぎつけただけで、腕に自信のある弁護士がわんさか寄ってくるさ。運が良けりゃ、無罪を勝ち取ることができる可能性も無きにしもあらず。何が起こるか分かんないのがアメリカの裁判だろ」

マークは白い歯を見せて笑いながら携帯電話を耳に押し当てると、

「CNN？　さっき流された上原教授殺害を謀議しているビデオに映った男たちなんだけど——」

名前は言えないと言いながらビデオに映った男たちの素性を喋り始めた。

＊

ここまでくれば、目的は達せられたも同然だった。

哲治はソファに身を預け、会見の準備が整う知らせを待った。

執務机を前にして座る山藤は、この瞬間もネット上にリアルタイムで画像が流れているというのに、がっくりと肩を落とし、顔を伏せたまま微動だにしないでいる。これから報道陣を前にして自らの罪を告白しなければならない屈辱と絶望の余りか、彼の顔からは血の気が引き、脂汗が浮かんでいた。

もはやショットガンを突き付ける必要はなかった。

哲治はショットガンを膝《ひざ》の上に置いたまま、部屋の隅で壁に身を凭《もた》せかけている北島に向かって、

「傷は痛むか」

と訊ねた。

「こんな目に遭わせておいて、傷は痛むかはないだろう」

北島は怒りに燃える目で、上目遣いに睨みつけてくる。

止血の効果もあってか、腕の出血は治まっているようだった。ワイシャツを濡《ぬ》らした血はすでに乾き、暗い葡萄《ぶどう》色の染みとなっている。

「成り行きとはいえ、あんたには悪いことをしたと思っている。もうすぐ終わりだ。こいつの記者会見が済めば解放だ。あと少し我慢をしてくれ」

少し前までなら身の安全を保証され、安堵の表情を浮かべたところだろうが、北島は、何をいまさらと言わんばかりに顔を背ける。

つけっ放しになっているテレビ画面では、相変わらず報道特別番組が映し出されている。

『少々お待ち下さい……』司会の男が、スタッフから差し出された紙に目をやると、暫しの間を置いて、『今、新しいニュースが入ってきました。先ほど中東のカタール・ニュース・ネットワークが、人質となっているオリエンタル工機の山藤社長がこの事件に関するコメントを述べた映像を報じました。まずそれを皆さんにご覧いただきましょう』

緊張した面持ちで視線をカメラに向けた。

画面が切り替わる。そこに山藤の姿が大写しになる。彼の告白が流れ始める。

呆然として映像に見入る山藤の目からは、生気と呼べるもののすべてが消え去っていた。

自分の前で語られた真実を、再び見る必要はない。

「どうだ、自分の姿をテレビ画像を通して見るのは」

哲治はミネラルウォーターが入ったボトルを傾けながら訊ねた。

山藤はすっかり観念した体で、首を左右に振りながら、

「これで、充分お前は目的を達成しただろ。この上記者会見なんかやらせてどうしようってんだ。恥の上塗りをさせるつもりか。このニュースは警察だって見ている。会見が終わ

れば私たちは解放だそうだが、その直後から警察の事情聴取が始まる。最初はこの事件に関してだろうが、続いて私の告白の真偽に及ぶことは間違いない。そこで、私は殺人事件の共犯とされ逮捕だ」

かろうじての言葉を吐く。

「もう、記者会見の準備は整いつつある。いまさらキャンセルなんてできやしねえよ」

哲治は薄ら笑いを浮かべながら答えた。

カタール・ニュース・ネットワークが山藤の告白画像を流したことは、当然アメリカのメディアも察知しているはずだ。これが単なる日本での人質監禁事件というなら、彼の地のメディアは何の興味も示さないだろうが、背後にキャメロンがいるとなれば話は違ってくる。オイルメジャーが、水素自動車実用化のキーになるタンクの特許を封じる手に出た。それも発案者の父を殺すという手段を用いたとなれば、大変な騒ぎになるに決まっている。

しかし、オイル産業はアメリカ経済のまさに命脈を握る存在であり、その影響力は政界にも深く及んでいる。もちろん、彼の地の警察、いやFBIもこの事件を見逃すことはあるまいが、捜査の過程において、どんな妨害が入らないともしれない。自分たちの存在を守るために、父を痛めつけたループや、殺しを行ったリンドブラッドたちの口封じに出ないとも限らないし、たとえ彼らの身柄を確保したとしても、蜥蜴《とかげ》の尻尾《しっぽ》切りのような形で事件を闇に葬り去ることだって考えられる。

なにしろ、アメリカの裁判で有罪無罪を決めるのは、裁判官の仕事ではない。何の知識もない一般市民が、無作為に陪審員として選出され、判断を下すのだ。腕のいい弁護士がついて、物証、状況証拠の点からも真っ黒な被疑者が無罪になった例など掃いて捨てるほどある。そして、被告が無罪となった裁判においては、検察側に上告の道は残されておらず、判決はその時点で確定する。もし、検察官に上層部から何らかの圧力がかかったとしたら、意図的に無能な人間が検事に任命されたら、あるいは陪審員に何らかの圧力、あるいは買収工作がかけられたとしたら――。キャメロンはおろか、ループ、リンドブラッドたちでさえ無罪になる可能性がないとは言い切れないのだ。彼の地でそんな事態が起これば、たとえ山藤が父の殺害を事前に知らされていたと主張しても、そんな事実はなかったということになってしまう。それは山藤の今後にも大きな影響を与えるだろう。この事件において、山藤が犯行に加担したという物証は、少なくともこの日本にはない。アメリカ側が彼らをどう裁くかによっては、一転、山藤は証拠不充分で不起訴ということにもなりかねない。

そうした事態を回避するための方法は一つしかない。日本側で、衆人環視の下すべてを洗いざらい山藤に喋らせてしまうことだ。記者会見の場では、居並ぶマスコミから鋭い質問が浴びせかけられるだろう。それは警察の事情聴取の域を脱し、事実上の取り調べに匹敵するものとなるはずだ。いったん走り始めたメディアの力はそう簡単に止めることはできない。日米のマスコミが真実を追及していけば、両国の捜査当局、もちろんキャメロンもへたな動きはできなくなるはずだ。

そうした点からも、山藤の会見は何が何でも実現させなければならないと哲治は考えていた。

テレビから流れていた山藤の告白が終わった。画面は再びスタジオへと切り替わる。

『衝撃的な告白ですが、どう思われますか。米倉さん』

司会者が居並ぶコメンテーターの中の一人を名指しする。初老の男の上半身が大写しになる。その下に『元警視庁捜査一課長』のテロップが浮かぶ。

『これが、本当だとしたら大変な事件です。特にオイルメジャーのキャメロンが背後で起こした事件だというなら、二つの企業のスキャンダルという域を脱し、国家を巻き込んだ大事件へと発展することは間違いないですね。もっともこの山藤社長の告白にどれだけの信憑性があるかということについては疑問がありますが』

『といいますと』

『銃を突き付けられた密室の中で撮影された映像ですからね。犯人がどういう意図を持ってこんな行動に出たのかは分かりませんが、彼が予め用意した文面を止むなく読まされたという可能性もあるということです』

『犯人は、山藤社長の単独記者会見をさせると言っていますが、これについてはどう思われますか』

『おそらく、銃の脅威がないところで社長に喋らせることで、告白の内容が真実だということを印象づけたいのでしょう。しかし、それでもまだもう一人の人質が部屋に残っていますからねえ』

『それでもやはり証言の信憑性には疑問が残るということですね』

『そういうことになりますね。やはり警察がきちんとした捜査をしないことには、真実は分からないでしょうね』

『警察は犯人の要求を呑んで、間もなく記者会見を行わせるようですが』

『何かよほどの事情があったんでしょうね』

『やはり人質の生命を第一に考えたということなんでしょうか』

『現時点で入っている情報からすると、そう考えざるを得ませんが、通常ではまず考えられないことです。第一、こんな記者会見を実現させれば、騒ぎをいたずらに大きくするだけですからね』

『実はもう一つカタール・ニュース・ネットワークが流した映像が入っております』司会者が満を持したように、神妙な面持ちを浮かべ、『上原教授を痛めつけろと依頼した二人の男たちが記録されている映像です。ここに映っている映像は、図らずも山藤社長の告白の内容を裏付けるものとなっています。どうぞご覧下さい』

と言った。

画面が切り替わり、暗い部屋の中で密談を交わす三人の男たちの姿が浮かび上がる。密かに交わされる会話の内容がテロップで流れる。

哲治は山藤の顔を見た。彼の目が驚きで見開かれ、画面に釘付けになっているのが分かる。

「こ、こんなものまで手に入れていたのか……」

　山藤が悲鳴を漏らすかのように声を絞り出す。

「当たり前だ。俺だって確証なくこんな強硬手段に打って出たりはしない。お前は知らないだろうが、この場所はサンフランシスコのダウンタウン、フォルサム・ストリートにあるモビー・ディックというゲイが金でプレイをする店でな。依頼者のうちの一人はクリス・リンドブラッド、ニューヨークで小さなコンサルタント会社をやっている男だ。そして依頼を受けたのは、この店のオーナーでループ……。正直言って、こいつらとキャメロンとの繋がりはどうしても摑めなかったが、その隙間を埋めてくれたのがあんたの証言だったというわけさ。デビッド・ソロモン。キャメロンの調査部長があんたに話したことと、このリンドブラッドがループに依頼した内容はぴたりと一致するからね。これこそ当事者しか知りえぬ秘密の暴露というものだ」

　哲治は、絶望的な顔をして画面を見やる山藤を薄ら笑いを浮かべながら見た。

　廊下の方で、人がざわめく気配がする。どうやら記者が会議室へ入ってきたらしい。

　その推測を裏付けるように電話が鳴った。

「金城だ」

　果たして受話器の向こうから聞きなれた声が漏れてくる。

「会見の準備は整ったか」

「それじゃすぐにその旨をマスコミの連中に知らせてくれ。画面が切り替わり次第、山藤を会議室へ行かせる。会見が終わればそのまま山藤は解放だ。俺も投降する」

「その言葉に嘘はないな」

「約束する」

哲治は一方的に電話を切った。

テレビの画面では、まだリンドブラッドたちとループの密談の様子が流されている。五分ほどの時間が流れただろうか。突然、映像が中断したかと思うと、司会者が慌てた口調で、

「映像の途中ですが、これから記者会見が始まる模様です。今までお送りした映像は、会見が終わり次第、再び放送いたします」

と告げるや、会議室の様子が映し出された。

テーブルの上には、マイクがずらりと並べられ、山藤が現れるのを今や遅しと待ち受ける記者たちの後頭部が並んでいる。

「さあ、出番だ。行け」

哲治は山藤を見ると、顎《あご》でドアを指した。

山藤はすっかり観念した体で、重い腰を上げるとうな垂れたままドアに向かって歩き始める。


「ああ……」

程なくして、画面に山藤の姿が現れる。まるで法廷に引きずり出され、これから裁きを受ける殺人者のように顔面が恐怖で引き攣《つ》っている。

「山藤でございます……」名前を名乗った次の瞬間、顔が歪んだ。彼の目から涙が溢《あふ》れ頬を伝い始めた。「私からお話しすることはございません……すでに放映された映像の中で告白したことに間違いはございません……」

山藤は深々と頭を下げると、そのままの姿勢で動かなくなった。

異常な沈黙が流れた。

突然記者の一人が、

「本当に、事前に上原教授殺害の計画を打ち明けられていたんですか。それを持ちかけてきたのはキャメロンの人間に間違いないんですね」

鋭い声で山藤に迫る。

「その通りです。デビッド・ソロモンというキャメロン社の調査部長が東京に参りまして……そこで上原氏殺害を持ちかけられました」

そこまで聞けば充分だった。

記者会見はまだ始まったばかりだが、ここで気を抜くわけにはいかない。金城の言葉からすると、自分が何者であるか、おおよその見当がついていることは明らかだが、いまだ推測の域を出ず完全に正体を把握しているというわけではなさそうだ。ということはいま、この瞬間にでも周辺に配備されたＳＡＴが突入してこないとも限らない。何しろ、こちらはまだ一人の人質を取っているのだ。それに、日本の警察というところは妙なところで、目的を遂げた犯人が自殺しようものなら、それはそれで世間から非難されることを恐れるふしがある。ましてや、記者会見までやらせた揚げ句に、肝心の犯人が骸《むくろ》となったとあっては面子《メンツ》丸潰《まるつぶ》れもいいところだ。安心させておいて最後に強硬手段を取り、自らの手で犯人を確保する。そんな手に出てくる可能性がないとは言えない。

ここでSATと銃撃戦になり、隊員の一人でも殺すのは御免だし、ましてや自分が命を落としたのでは、こんなことをしでかした意味がない。

哲治は携帯電話を取り出すと、テレビ局の番号をプッシュした。

＊

唐津はモニターを見ながら早くも次の番組展開へと考えを巡らせ始めていた。

新聞社の強硬な申し入れがあったせいで、結局テレビは代表取材ということになり、各局が同じ時間に同じ画像を流すという前代未聞の状況になっていた。人質となった事件の当事者には申し訳ないが、気になるのは事態の成り行きよりも視聴率のことである。視聴者がどこのチャンネルに合わせてこの映像を見ているのか。結果が出てくるのは明日のことだが、こうした場合、まず視聴者は民放にチャンネルを合わせたりはしないものだ。おそらくは公共放送の一人勝ちになることは目に見えている。挽回《ばんかい》できる手だてがあるとすれば、山藤の会見が終わりスタジオに画面が切り替わった後、どんな切り口で彼の告白を解説するかにかかっている。

ぶ厚いガラスで仕切られた先にあるスタジオでは、早くもディレクターが司会者やコメンテーターと入念な打ち合わせを始めている。

「局長、犯人と名乗る男から電話が入っています。報道担当の責任者と話したいと……」

傍らにいた部下の一人が受話器を翳《かざ》しながら慌てた様子で声を掛けてきた。

「犯人だって？　冗談だろ。性質《たち》の悪い悪戯《いたずら》じゃねえのか」

こうした事件が起きると、テレビ局には決まって頭のネジが緩んだ人間が必ず電話を入れてくるものだ。そんなものをいちいち相手にしていたのでは、体が幾つあっても足りはしない。

唐津は一刀両断に部下の言葉を切り捨てる。

「いや、それが、自分の正体を知りたくはないかって言ってるんです」

「自分って、犯人のか？」

「そうなんです」

困惑した顔で部下が答える。

「そいつがそう言っているってのか」

「ええ……」

一瞬、唐津は考えた。これだけの劇場型事件を演出する人間だ。ひょっとするとひょっとするかも知れない。

「貸せ」

駄目で元々、本物ならとんでもない拾い物だ。

唐津は受話器を耳に押し当てると、

「報道局長の唐津ですが」

名前を告げた。

「唐津さんか。俺はいまオリエンタル工機の社長室に立て籠もっている男だよ」

落ち着いた声が聞こえてくる。

「本当に犯人なのか」

「ああ、そうだ」

「君が犯人だという証拠は？」

声の感じからして随分若い感じがする。反射的に唐津は犯人と名のる相手を『君』と呼んでいた。

「たまたまこのチャンネルがあんたの局に合ってたもんでね。それで電話したんだ。少し前にカタール・ニュース・ネットワークが山藤の告白を流したよな」

「それがどうした」

「連中があの画像をどうやって手に入れたかは知ってるな」

「社長室に設置したカメラからの画像をそのままネットに流したんだろ」

「そうだ。その回線は今でも空けてあるが、あんたそれを見てるか」

「それが、カタール・ニュース・ネットワークは肝心のホームページアドレスは教えてはくれなかったものでね。今のところ中東経由で配信されてくる編集後の画像を流すしかないんだよ」

「だろうな」受話器の向こうで相手が含み笑いをする気配がする。「そのホームページアドレスを教えて、見事そこに俺の姿が現れれば、俺が犯人だということを信じてもらえるかな」

「そのアドレスにアクセスして君の姿が現れれば、信じざるを得ないだろうさ」

どうやら、頭のネジが緩んだ類《たぐい》の人間ではなさそうだと思いながらも、半信半疑で唐津は言った。

「OK、じゃあ教えてやろう、アドレスは——」

「ちょっ、ちょっと待ってくれ。いまペンの用意をする」唐津が胸のポケットからペンを取り出し、机の上にあった紙にその手を置く。「教えてくれ」

「アドレスはhttp://www——」

唐津は素早くペンを走らせると、傍らで成り行きを見守る部下にそのメモを渡しながら目配せを送った。

メモを受け取った男が、コンピュータの端末にアドレスを入れ、リターンキーを押した。画面が変わり、そこに目出し帽を被った男の姿が浮かび上がった。彼は携帯電話を耳に押し当てこちらに向かって手を振っている。

「どうだ、確認できたか」

コンピュータのスピーカーから流れてくる声と、電話の声が完全にシンクロする。

「確認した！　目出し帽を被ってこちらに手を振っているのが君だな」

「そうだ」

特ダネだ！

唐津は胸中で喝采《かっさい》を上げた。身震いするような興奮が込み上げてくる。金太郎飴《あめ》のように、同じ映像を映し出しているテレビ局の中で、唯一この画像を放映したら、かなりの視聴率が稼げるのは確実だ。他局のチャンネルで山藤の会見を見ている視聴者は、そのままチャンネルを変えないとしても、後で録画を流せばその時点で驚異的な視聴率を稼げるだろう。

「君が犯人だということは分かった。それで、この画像を我々に提供して何をするつもりなんだ」

「俺がどうしてこんな事件をしでかしたのか、それをこれからこの場で喋る」

「君自身がか」

「そうだ」

「今ここで？」

画面の中の男がこくりと頷く。

「それは我々の独占か？」

「不満かな」

「いや、是非我々の独占にしてくれ」

唐津の声が懇願調になる。

「独占にしてやってもいいが、条件がある」

「何だ」

「山藤の記者会見中継を直ちに中断して、この映像をリアルタイムで流すんだ。今すぐにな」

願ってもない展開になったと唐津は思った。

「局長、大丈夫ですかね。まさかカメラの前で自殺とか、残った人質をズドンなんてことはないでしょうね」

部下がそっと耳打ちしてくる。

「そんな心配は無用だ。俺は死んだりしやしない。ましてや人質を殺すつもりもない。第一、残った北島氏には何の恨みもないからな」

どうやら、声が聞こえてしまったらしい。犯人は余裕に満ちた笑い声を交えながら言う。

「分かった。君の言うことを信じよう。これから直ちに中継の準備に入る。五分ほど時間をくれ。すぐにカメラをスタジオに戻し、司会者のコメントの後でこの映像を流す」

「了解。こちらのテレビで確認でき次第、すぐに会見を始める」

電話が切れた。

唐津は受話器を放り投げると、スタジオに向かって走り出した。

*

交渉はうまくいった。何もかも読み通りだった。

山藤の会見はどこのテレビ局でも放送したがることは目に見えていた。どのチャンネルに変えても、同じ画像が流れることもだ。そんなところに犯人自らが会見を行うと持ちかければ、飛びついてくる局が一つもないことなど考えられない。テレビ東洋を選んだのに特別な理由があったわけではない。唐津という報道局長に言った通り、たまたまチャンネルをセットしていた局がそうだっただけの話だ。

哲治は山藤の執務机を前にして座り、正面に置かれた五十インチのテレビ画面に見入った。相変わらずモニターには厳しい記者たちの質問に晒される山藤の姿が大映しになっている。

と、その時だった。突然中継画像が途切れたかと思うと、慌てた様子の司会者が現れた。

「会見の途中ですが、ただいま、大変なニュースが入ってきました。犯人本人から、こちらテレビ東洋に電話が入り、これから犯人自身が今回の事件を引き起こした動機を喋るとのことです」

画面が再び切り替わると、そこに自分の姿が浮かび上がる。

哲治は、一つ大きく深呼吸をすると、落ち着いた口調で話し始めた。

「私は、現在オリエンタル工機の社長室にいます。これから、私がなぜこんな事件を引き起こしたのか、その理由を話しますが、その前にまず最初に私の正体を皆さんに明かしましょう」

哲治はおもむろに目出し帽に手をかけると、それを一気に脱ぎ捨てた。中に籠もっていた熱が一気に放出され、汗が冷たくなって行く。

「私の名前は上原哲治。キャメロン、オリエンタル工機の陰謀によって殺された上原裕康の息子です。年齢は十五歳――」

哲治はカメラに視線を向けると、落ち着いた声で自分の正体を明かした。

＊

「なに！　十五歳だ！」

唐津は思わず悲鳴を上げると、その場で凍りついた。特ダネをものにしたという喜びは一瞬にして消し飛んでしまっていた。もちろんこれだけの凶悪事件だ。彼が逮捕されれば、いずれ身元が明らかになることは明白だ。少なくとも上原教授の息子だということは、どのマスコミも報じるに決まっている。しかし、名前と顔は別だ。未成年のそれは少年法によって明かされることはない。状況的に彼の顔と名前が明らかになってしまったのは仕方がないとしても、彼の申し出に何一つ警戒することなく、まんまと乗ってしまった行為を社の上層部が黙って見逃すはずがない。

「切れ！　画像を山藤の記者会見に戻すんだ！」

中継が即座に中断され、映像は再び山藤の記者会見へと変わった。

「何てこった……」

唐津は、その場にへたり込むと、頭を抱えた。

＊

机の上の電話が鳴った。

「金城です」

「田村だ。いまテレビ東洋が犯人の会見を流したんだが、やはりヤツは君の推測通り、上原哲治だった」

やっぱり、と思う一方で、犯人の会見という言葉が引っかかって、

「会見って何です？」

と訊ねた。

「ヤツが社長室にセットしたカメラからネットを通じて流された画像をテレビ東洋が流し

たんだよ。そこであいつ、自分の名前と年齢を堂々と告げやがった」

「何ですって！」

言うより早く体が動いていた。椅子が激しい音を立てて床に転がる。周りにいた隊員たちが、何事かと金城を見てきたが構わなかった。慌ただしくチャンネルをテレビ東洋に合わせたが、画像は今まで見ていた山藤の会見の様子が映し出されているだけだ。

「部長、そんなものは映っていませんが……」

「当たり前だ。やつは自分は十五歳だと言ったんだ。その時点で、中継はカット。元の記者会見中継に逆戻りだ」田村は苦々しい口調で言ったが、「しかし、こうなってみると、やはりSATを突入させなかったのは正解だったな。銃撃戦にでもなって、ヤツを射殺なんてことにでもなっていたら、取り返しのつかねえことになっていたところだった。よく気がついてくれたよ」

「しかし分かりませんねえ。何で彼はこのタイミングで、テレビを通じて自分の正体を明かしたりしたんでしょう。山藤を会見場に引き出し、すべてを告白させた時点で、事件の全容を白日の下に晒すという目的は達成されたはずです。何も自分の正体を明かす必要なんてなかったんじゃありませんか」

「彼が何を考えてこんな行動に打って出たのかは、身柄を確保した後、彼自身の口から聞くまでは分からんよ。ひょっとすると、ここに至っても我々がSATを使って突入を試みるとでも考えたかも知れんな。ヤツの年齢を知ったら、強硬手段は取れなくなっちまうからな」

もし、田村の言うことが当たっているなら、この半日の籠城は哲治にとって、まさに賭《か》けであったに違いない。こちらがSATに突入命令を出す直前に、彼の正体に気がついたから良かったものの、そうでなければ我々は当然制圧行動に出ていた。そんなことになっていたら、哲治はもちろん、人質となっていた二人、そしてSATの隊員たちのいずれかが命を落としていても不思議はなかったろう。いずれにしても間一髪のところで最悪の事態が避けられたことは事実だった。

その時、机の上に置かれた別の電話が鳴った。

沢木がすかさず受話器を取る。一言二言言葉を交わし、

「警備課長、犯人からです」

と告げた。

「部長、いま上原から電話が入りました。詳しいことは後ほど——」

金城は、沢木の手から受話器を受け取り耳に押し当てる。

「金城だ」

「いい、ニュースだ。俺の目的はすべて達した。これから投降する」

哲治の静かな声が聞こえた。

「本当か。本当に投降するんだな」

「嘘は言わない。銃をここに置いて、ドアを開ける。外にはSATの隊員がいるんだろ。

これからは、すべてあんた方の指示に従うよ」

「分かった。その旨を直ちに現場に伝えよう」

「北島さんは自力で歩ける。担架は必要ないだろう。ただ早く治療を受けさせた方がいいね。病院の手配はそちらで頼むよ」

「分かった」

回線が切れる。

金城は沢木に向かって、

「犯人が投降するそうだ。ドアが開くのが合図だ。手荒なことはするな。相手は未成年だ。署に連行する際にも、彼の姿がマスコミの目に晒されないよう、充分気を遣え。いいな」

と命じると、現場に駆けつけるべく指揮車を飛び出して行った。

＊

哲治は静かに受話器を置くと、部屋の隅で壁に体を凭せかけている北島に向かって、

「長い時間、悪かったな。これですべては終わりだ」

静かに言った。

北島は、何も言わず睨みつけてくるだけだったが、それでもその顔には安堵の色が浮かぶ。

哲治は、膝の上に載せていたショットガンを机の上に静かに置きながら、再び山藤の姿が映し出されたテレビの画面を見やった。記者の質問は相変わらず続いている。そのほとんどが、父の殺害の背景に関するもので、彼は持ちかけられた殺害計画に同意した事情、そしてキャメロンの存在を改めてソロモンの名前を出しながら正直に話した。

それは、まさに自白というのに相応しいもので、彼はこの会見の終了と同時に、警察に身柄を確保され、さほどの時を置かずに逮捕されるはずだ。当然、オリエンタル工機は最終的和解合意に向けて進めていたすべての作業を中断し、特許の所有権についてこれ以上異議を唱えることはないだろう。結果、特許は父のものとなり、父が故人となってしまった今、その権利を引き継ぐ者は、遺産継承者となる自分である。もちろん、父を殺害されたという事情を加味しても、こんな犯罪行為を犯した揚げ句、莫大な収入を生む特許の権利者になるということに関して、世間は決していい目では見ないだろう。しかし、道義的な責任と、権利がどちらのものかという法的判断はまったく違う次元の問題である。

哲治は、目的をすべて成し遂げた達成感に満たされながら立ち上がった。

『山藤社長にお訊きします。犯人に心当たりは？』

もはや、父を殺害した背景についての質問はし尽くしたのだろう。記者の一人が話題を変えた。

瞬間、画像が飛んだ。

思わず笑いが込み上げてきた。

おそらく、テレビ東洋の中継画像で自分が正体を明かし、年齢が十五歳だと言った時点から、テレビ局は事情を知らない記者がそうした質問を発することを念頭に置き、リアルタイムで中継をしているようにみせかけながら、現場から局に入ってくる映像と実際に放映する映像との間にタイムラグを作ったに違いない。未成年の犯罪者の名前が公の電波に乗ることは少年法に抵触するからだ。映像がいきなり切り替わり、慌てた様子の司会者が画面に映し出された。

『会見はまだ続いているようですが、ここで再びスタジオからお送りします』

果たしてチャンネルを変えてみたが、どの局も揃って会見場からの映像を流すことを止めていた。

哲治はテレビのスイッチを切ると、ドアに向かってゆっくりと歩を進めた。

ノブを回し、ドアを開けた。

長い廊下が目の前に広がった。その先に、一人の男が立っていた。

「上原哲治だな」

聞き覚えのある声だった。

「金城さん？」

男は黙って頷く。

「約束通り何も持っちゃいないよ。これで終わりだ」

哲治は両手を挙げると、金城に向かって歩き始める。

金城もまたこちらに向かって近づいてくる。

背後に戦闘服に身を包んだSATの隊員たちが姿を現す。

「上原哲治……。傷害、窃盗、銃刀法違反、監禁、不法侵入で緊急逮捕する」

金城が静かに告げた。

哲治が両手を差し出すと、その手に手錠がかけられた。それは重い音をたてて哲治の手首に食い込んできた。

エピローグ

頰を撫《な》でていく風が心地よかった。

五月——。栃木にある少年院の庭には桜が満開で、乾いた空気の中で澄んだ空から降り注いでくる陽光に身を晒《さら》していると、サンフランシスコの春を思い出す。

事態はほとんどこちらの思惑通りに進んだ。山藤は、テレビを通じた会見ですべてを話したこともあって、会見終了と共に警察に任意同行され、それから時を置かず殺人の共犯として逮捕された。自分はと言えば、一連の取り調べの後、未成年ということもあって精神鑑定を始めとする面倒かつ退屈な検査を何度も受けなければならなかったが、元々自分は確信犯、精神に異常をきたしていたわけではない。ましてやこれまで前科があるわけでもない。人を傷つけたとはいえ、初犯の少年が送られる先は、少年院と決まっている。もっとも、事件の内容が内容である。家裁から逆送し、大人と同じ基準で裁くべきだという議論も世間ではしきりに巻き起こったらしいが、人一人を殺したとしても、よほど残虐非道、鬼畜にも劣る殺し方でもしなければ少年法が改正された今となってもそんなことは滅多に起こりえない。

結果、下された判決は五年の中等少年院送り。とはいっても実際のところは少年の場合、服役期間は三分の一に減免されるのが相場だから、一年八ヵ月の間ここでのんびりとしていれば再びシャバに出られるというわけだ。

山藤がいなくなったオリエンタル工機は、一転父の主張を認め、その時点で特許の権利者は自分になった。管理は、弁護士に任せていたが、すでに世界中の自動車メーカーや、内燃機関を製造する企業から使用許可を求める問い合わせが引きも切らずだという。おそらく、この分だと年間三十億円の使用料を得ることなど容易《たやす》いものだろう。もちろん、アメリカにも相続税はあるが、日本のそれに比べれば遥《はる》かに安い。グリーン・シーズに支払う訴訟経費など、三年あればきれいさっぱりなくなってしまうことは明白だった。

もちろん、すべてが思惑通りにいったわけではない。予想もしなかった出来事は幾つかあった。

その一つは、マークである。

携帯電話の通話履歴から、FBIは受信者の身柄を確保することに動いた。もちろん、ループ、リンドブラッド、イングラムの身柄を確保することも怠りなかった。結果、ループの口から例のビデオテープを入手する経緯が明らかになり、唯一正体を明かしていたマークは当局に傷害罪で逮捕されてしまったのだ。ループはあの時、他に二名の仲間がいたと、主張したが、マークはそれを頑として認めず一人で罪を被《かぶ》った。携帯で哲治と会話を交わしたのも、映像をサーバーにアップロードしたのも自分一人でやったと言い張った。

もっとも、あの程度の傷害事件など、アメリカでは日常茶飯事だ。判決は禁錮六ヵ月という軽微なものだったが、それでもマークはバークレーを辞めざるをえなかった。

もう一つの誤算は、殺人計画を山藤に打ち明けたソロモンである。山藤の告白がテレビで流れた直後、警察が駆けつける直前に彼は蟀谷《こめかみ》を拳銃《けんじゅう》で撃ち抜き、自らの手で命を絶ったのだ。死人に口なし。彼の背後にいたであろう、黒幕の存在には捜査の手が伸びることなく、逃げおおせてしまったのだ。キャメロン本体のイメージダウンには計り知れないものがあったが、だからと言って巨大な企業がすぐにどうこうなるというものではない。

それが心残りではあるが、水素自動車の実用化に弾みがついたのは明らかである。オイルメジャーが今のような莫大《ばくだい》な利益を上げ、企業規模を維持していくことが不可能になるのはもはや時間の問題というものだ。

白田は大学を辞め、ナパでワイン造りのノウハウを学びながら、早くも三人の夢だったワイナリーの用地を探し始めている。おそらくこのまま順調に行けば、自分とマークがシャバに戻り、グリーン・シーズに借金を払い終えた頃には、場所の目処《めど》もたっていることだろう。もちろんワインを実際に造るまでにはまだまだ長い年月がかかる。学ばなければならないことも山ほどある。しかし、自分たちで賄いきれない部分は、ノウハウを持った人間を雇い入れればいいだけの話だ。金は黙っていても山ほど入ってくる。それこそ長い年月をかけてワインが熟成していくように、満足するものができるまでじっくりと時と金を費やせばいいだけの話だ。

資金に心配のない事業なんて、そうあるものじゃない。投じた金に見合う収益が上げられるだけのワインができるまで、ただひたすら時と金を費やす。道楽と言われりゃそれまでだ。そんなものはビジネスじゃないと言われればその通りだろう。だが、満足できるワイン、それもナパを代表するワインを造り上げた時、世の中の評価は一変するだろう。そんなことができるのも、父が残してくれた特許という財産があるからだ。

こんな考えを自分がしていることを人が知ったら、『クレイジー』って言うかも知れない。だけど、そう言われるのも悪くはない——。

哲治はそう考えるようになっていた。

昼休みの庭では、仲間たちがソフトボールに興じていた。あまりの心地よさに哲治は草の上に横たわり高い空を見上げた。甘く気だるい眠気が襲ってくる。パーンというボールがバットに当たる音と共に白球が空を舞う。

瞬間、哲治の脳裏に自分たちが造るワインの名前が浮かんだ。

『クレイジーボーイズ』……。

クレイジーな賭《か》けに出て、勝利を収めた僕らに、これほど相応《ふさわ》しい名前はない。そして、僕らが造ったワインに誰もがクレイジーになることを祈って——。

哲治は至福の笑みをたたえながら、静かに目蓋《まぶた》を閉じた。

了

参考文献：『連合赤軍「あさま山荘」事件―実戦「危機管理」』佐々淳行著　文藝春秋社
http://hanran.tripod.com/terro/c-sat.html

解説

香山二三郎

地球の温暖化対策というと、ちゃんとやらなければなと思わせられる反面、何となく胡《う》散臭《さんくさ》さがつきまとうのも事実である。そもそも地球の温暖化が進んでいるという学説自体、反論が少なくないし、実際に温暖化が進んでいたとしても、それが自然現象によるものなのか、人間の活動によるものなのかは定かではないようなのだ。むろん温暖化が今後どの程度進むのか、それが人間の生活にどのような影響を与えるのかということも。

しかし真実はどうあれ、現実は世界が温暖化対策に向けて動いている。

たとえば温暖化の要因といわれる二酸化炭素の排出量の規制。特に各種の工場を有する産業界や車や船舶、航空機等を有する運輸界といった排出量が多い業界では、CO_2を少しでも削減すべく様々な試みがなされている。日本の基幹産業のひとつ、自動車業界も様々なエコカーの開発に追われており、もしそこで革新的な動力開発がなされればノーベル賞も夢ではないが、だからといってそうした新発明が皆を幸せにするとは限らない。

早い話、これまでのエネルギー源だった化石燃料が不要となれば、国際政治の力関係からしてガラリと変わりそうだ。さて、そうなったとき、今まで優位に立っていた国や企業はどんな対応に出るものか……。

本書『クレイジーボーイズ』の発想もまずはそこにある。

物語はアメリカ、サンフランシスコに隣接するバークレーで父とふたりで暮らす若者、上原哲治の優雅な暮らしぶりが描かれる。友人とフットボールを観戦し、ドラッグに酔《よ》い痴《し》れる日々。父の裕康は五年前まで日本の中堅自動車部品メーカーに勤め、「ガソリンに代わる新世代のエネルギー自動車、水素自動車を実用化させるためのキーとなるタンクの開発」に没頭、ついに成功を収めるが、特許をめぐって会社と対立、争いは法廷に持ち込まれることに。それを契機に裕康は会社を辞めるが、退職が原因だったのか、母親がいきなり離婚を切り出し、結果、両親は離婚。幸い、裕康の業績はカリフォルニア州立大学バークレー校に目をつけられ、再就職の運びとなったのである。

その裁判も東京高裁が地裁の判決を支持、裕康の全面勝訴となる。彼は哲治に最高裁が判決を覆すことはないだろうと予測していたが、その頃、アメリカのオイルメジャー、キャメロン社の最高経営責任者チェスター・ジャクソンがそのニュースを憂慮していた。水素自動車が実用化されれば、ガソリン自動車はたちまち駆逐されてしまう！　世界有数の環境保護団体グリーン・シーズが裕康を支援しているとなればなおさらだが、彼の腹心デビッド・ソロモンはある秘策を彼に申し出る。四日後、ソロモンは東京に赴き、裕康の訴訟相手、オリエンタル工機の山藤社長と会って秘策の核心を伝える。やがて——ある日の早朝、哲治のもとにサンフランシスコ市警から電話が入る。裕康とおぼしき他殺死体が海岸で発見されたというのだ。警察署に駆けつけた哲治は、そこでさらに衝撃の事実を突きつけられるが……。

水素自動車に関する特許裁判の行方はどうなるのか。はたまた裕康を殺された哲治の運命や如何《いか》に――というわけで、物語の後半は裁判の行方と哲治とその仲間たちの犯人探しが並行して進んでいく。そこではサンフランシスコの「世界に名だたるゲイの聖地」としての赤裸々な一面も明かされる。むろんそれは単に奇をてらった趣向というわけではない。ゲイの一大コミュニティが存在するような土地でもいまだに根強い偏見が存在しており、地元の住民たちとのトラブルも起きている。否応なしにマイノリティであることを強いられる彼らの生きざまと、企業にないがしろにされた悲運の発明者、上原裕康の生きざまが重ね合わせられているのである。

業務上の特許をめぐる上原裕康の裁判については、近年日本でも同様のケースが相次いでいる。運輸、通信技術の進化により、国際間交流が飛躍的に密になりつつある今、特許や著作権問題等、知的財産に関する戦いはこれから白熱化するいっぽうだろう。本書はそれを予見した一冊として記憶に留めておきたい。

本書の読みどころの第一をそれとするなら、読みどころの第二は上原裕康をバックアップする環境保護団体の活動実態ではあるまいか。現実にも、国際的な環境保護団体となると年度予算は一億数千万ドルにのぼるともいわれ、環境保護団体というよりは政治的な権力も有する多国籍企業だとする見かたもある。

その意味では、本書で描かれる上原哲治たちの戦いは、石油メジャーと国際環境保護団体との代理戦争の様相を呈しているといっても過言ではないだろう。

特許問題にしろ、環境保護問題にしろ、知られざる国際情報を自在に活《い》かした物語趣向は、長らくアメリカ系企業の日本法人に勤め、様々な局面において国際事情に通じたこの著者ならではのものといえよう。

著者ならではという点では上原哲治の復讐《ふくしゅう》活劇へと転じる後半の展開もまた同様だが、ここでは企業相手の迫真の籠城《ろうじょう》活劇の果てにあっと驚く結末が待ち受けているとだけいっておく。詳細は本文でお確かめを。

著者はもともと大藪春彦直系のアンチヒーロー朝倉恭介の暗躍ぶりを描いたデビュー作『Cの福音』（角川文庫）を始めとする一連のシリーズで売りだした活劇系作家である。してみると本書は、前半は国際情報小説をベースにその後切り拓《ひら》いた企業小説系趣向を活かした現代サスペンスで読ませ、後半は本来の活劇趣向を活かした作りになっていることがわかる。まさに作家・楡周平の持ち味を集大成した快作というべきだろう。

むろん著者の作風は今や多岐にわたっている。本書の後も、著者はテレビ朝日系でドラマ化された『ワンス・アポン・ア・タイム・イン・東京』（講談社）や『骨の記憶』（文藝春秋）等で、昭和——戦後日本の軌跡を振り返って現代社会のありかたを検証する全体小説的な試みにチャレンジしているほか（本書でも、哲治の祖父たちが暮らす山村の因襲的なありさまが描かれるところからその志向がうかがえよう）、CO_2を劇的に削減する新型車開発に取り組む自動車会社の姿を描いた『ゼフィラム』（朝日新聞出版）のような、本書とパラレルのビジネス系小説も発表している。初期作品からの読者としてはしかし、やはり本書のような活劇ものを忘れないでいただきたいと思うのだ。本書を閉じた後、上原哲治たちの再登場を期待したくなるのは筆者だけではあるまい。

本書は、二〇〇七年七月に小社より刊行された
単行本を加筆のうえ文庫化したものです。
本作品は、フィクションです。したがって登場
する人物・組織等は、すべて架空のものです。

クレイジーボーイズ

楡《にれ》 周平《しゅうへい》

平成22年 2月25日　初版発行
令和6年 11月25日　8版発行

発行者●山下直久

発行●株式会社KADOKAWA
〒102-8177　東京都千代田区富士見2-13-3
電話　0570-002-301（ナビダイヤル）

角川文庫 16141

印刷所●株式会社KADOKAWA
製本所●株式会社KADOKAWA

表紙画●和田三造

ISBN978-4-04-376509-6　C0193

角川文庫発刊に際して

角川源義

第二次世界大戦の敗北は、軍事力の敗北であった以上に、私たちの若い文化力の敗退であった。私たちの文化が戦争に対して如何に無力であり、単なるあだ花に過ぎなかったかを、私たちは身を以て体験し痛感した。西洋近代文化の摂取にとって、明治以後八十年の歳月は決して短かすぎたとは言えない。にもかかわらず、近代文化の伝統を確立し、自由な批判と柔軟な良識に富む文化層として自らを形成することに私たちは失敗して来た。そしてこれは、各層への文化の普及滲透を任務とする出版人の責任でもあった。

一九四五年以来、私たちは再び振出しに戻り、第一歩から踏み出すことを余儀なくされた。これは大きな不幸ではあるが、反面、これまでの混沌・未熟・歪曲の中にあった我が国の文化に秩序と確たる基礎を齎らすためには絶好の機会でもある。角川書店は、このような祖国の文化的危機にあたり、微力をも顧みず再建の礎石たるべき抱負と決意とをもって出発したが、ここに創立以来の念願を果すべく角川文庫を発刊する。これまで刊行されたあらゆる全集叢書文庫類の長所と短所とを検討し、古今東西の不朽の典籍を、良心的編集のもとに、廉価に、そして書架にふさわしい美本として、多くのひとびとに提供しようとする。しかし私たちは徒らに百科全書的な知識のジレッタントを作ることを目的とせず、あくまで祖国の文化に秩序と再建への道を示し、この文庫を角川書店の栄ある事業として、今後永久に継続発展せしめ、学芸と教養との殿堂として大成せんことを期したい。多くの読書子の愛情ある忠言と支持とによって、この希望と抱負とを完遂せしめられんことを願う。

一九四九年五月三日